秘비密밀의 門문

2016년 한국수필 대표선집

사단법인 한국수필가협회

秘비
密밀
의
門문

초판 발행 2016년 2월 29일
지은이 지연희 외
펴낸이 한국수필가협회출판부
편집위원 구양근, 김혜숙, 장호병, 김의배, 권남희
펴낸곳 코드미디어 **북 디자인** Micky Ahn **교정 교열** 성건우

등록 2005년 3월 22일
등록번호 제 2011-000098호
주소 서울시 마포구 양화로 156 엘지팰리스 1906호
전화 02-532-8702~3 **팩스** 02-532-8705
전자우편 kessay1971@hanmail.net
공급처 코드미디어 T 02-6326-1402

ISBN 979-11-87221-00-5 03810

정가 15,000원

秘비密밀의 門문

2016년 한국수필 대표선집

사단법인 한국수필가협회

오직 한 편의 작품에 기울이는 작가 정신

丙申年 새해 초입 한국수필 수필문학작품 진흥을 위한 연간 사업으로 대표선집 출간을 하게 되어 마음 뿌듯하다. 어떤 목표를 세우고 목표를 성취하기 위한 부단한 걸음은 아름다운 일이다. 한 송이 장미꽃을 피우기 위해 꽃봉오리가 감내해야 하는 혼신을 다한 노력이 있어 숭고한 꽃잎 한 겹 한 겹을 펼쳐낼 수 있는 일이었다. 뿌리로부터 자아내는 온갖 자양분을 나무의 줄기는 줄기대로, 가지는 가지대로, 꽃송이는 꽃송이대로 제 몫의 노력을 분담하여 감당하였기에 저토록 향기로운 꽃나무를 이루었으리라 믿는다.

탄생과 비밀, 죽음, 여행의 의미를 다각적 시선으로 채색한 오늘의 이 대표수필작품집은 '한국수필'이라는 대 명제 위에 놓여진 자존심일 수 있다. 우리의 이 작품집은 이 이상의 이견이 없을 만큼 훌륭한 작품집이어야 하고, 따라서 독자는 작가의 믿음을 신뢰할 수 있는 바탕이 될 것이라 생각한다. 그러나 어느 문학 작품도 극도로 완벽할 수는 없다. 다만 완성에 이르는 수고와 노력의 흔적이 보이는 작품들이 이 책 속의 주인이었으면 하는 바람이다. 자신을 투신하지 않는 예술작품은 없다. 예술가는 오직 한 편의 작품에 기울이는 작가 정신이 필요하다.

사단법인 한국수필가협회는 역사와 전통을 자랑하는 대한민국 수필 문단의 자존심으로 그 창단의 뜻을 45년의 흔적으로 잇는 수필문학단체이다. 무엇보다

수필 인구의 확대는 저변을 넓히는 성과는 이루었으나 작품의 질을 향상시키는 노력은 우리에게 주어진 절대 명제이다. 이 목표를 이루는 차원으로 월간『한국수필』의 대표선집은 해마다 출간이 거듭될 것이며 한 해 단 한 편이라도 명수필을 써서 대한민국 수필문학의 위상을 대내외로 격상시키는 노력을 하고 있다.

수필문학은 그 어떤 장르에서도 맛볼 수 없는 진솔한 사람다움의 정서가 묻어나는 문학으로 참다운 삶의 의미를 밝히는 문학이다. 근래에 들어 눈부시게 훌륭한 작품들이 여러 공모를 통하여 발표되고 있는 상황을 맞닥뜨릴 때는 여간 기쁘고 행복한 게 아니다. 문학작품의 기초는 하나의 체험으로 산출해낸 의미를 서술하는 데 그치지 않고 어떻게 형상화시키는가에 있다. 수필문학 또한 그 범주에서 벗어날 수 없음을 인식하고 보다 더 가슴으로 읽히는 수필문학작품을 생산하기 위해 혼신을 다했으리라 믿는다.

한국수필가협회 이사장 지연희

Contents

2부 _ 목련꽃 지는 법

3부 _ 가을 수채화

秘密의 門

1

탄생의 기적

생명 탄생 그리고 이별

지연희

가끔 대문 밖 시멘트 틈 사이를 비집고 대기 중에 오른 작은 풀 한 포기를 생각합니다. 몹시 슬플 때 그를 생각하고 감당하기 어려운 고통이나 고독이 찾아들 때 그를 생각합니다. 시멘트 담과 골목 포장도로가 맞닿은 지점의 실낱같이 벌어진 틈새를 용케도 비집고 돋아난 작은 풀포기 하나는 생명의 오묘한 이기利器를 내어 보이고 있기 때문입니다.

딱 엄지손가락 크기의 풀 한 포기는 가느다란 가지를 좌우로 뻗어 놓고 그 가운데에 굳건한 모습의 꽃대를 세워서 깨알만큼이나 작은 꽃을 피워 물고 있습니다. 그냥 스쳐 지날 때에는 그의 존재조차 눈에 담기 어렵습니다. 단숨에 그의 가슴에 핀 작디작은 꽃송이야 더욱 알아차리기 힘든 일이지요. 가까이 앉아 조용히 그를 지켜보아야만 천진스런 꽃송이를 확인할 수 있습니다. 실낱과 같은 가느다란 꽃대를 가지와 가지의 중앙에 반듯이 세워서 앙증스런 꽃송이를 피워 놓은 자태는 너무도 작아 애처롭기만 합니다.

어쩌다 불어오는 미풍 속에서 조용히 흔들리는 모양은 겨울밤 남몰래 사뿐히 내려앉은 하얀 눈송이처럼 맑고 깨끗합니다. 완전히 흰빛도 아니고 또한 완연한 분홍의 빛도 아니면서 어느 날은 희디희고 어느 날은 수줍은 소녀의 능금빛 볼처럼 불그레하게 상기되어 미소를 짓습니다. 너무도 맑고 깨끗한 미소를 보입니다. 그가 시멘트 틈 사이의 엷은 흙을 비집고 한 포기의 풀잎으로 돋아났을 때 나는 그의 생명이 예사롭지 않다는 것을 알아챘습니다.

몸 전체의 크기라고 해야 단 10cm도 되지 못하는 연약한 모양이지만 그가 펼쳐 놓은 잎새의 그 파릇한 윤색은 어떤 생명 못지않은 꿋꿋함과 희망의 빛으로 기름을 발라 놓은 듯 반들거리고 있습니다.

세상에 생명을 심고 삶을 영위한다는 일은 참으로 쉬운 일인 듯하지만 그렇지가 않습니다. 때로는 따사로운 햇살이 비치어 와 전신을 은혜로움으로 살을 찌우지만 어느 날은 모진 비바람이 단숨에 몰아쳐 뿌리까지 뽑아내고자 합니다. 나는 휘몰아치는 폭풍우 속에서 가지가 꺾이고 잎이 떨어져 나가는 고통을 감내하면서 뿌리를 보존하기 위하여 안간힘을 쓰던 그를 생각합니다. 온갖 사력을 다하여 생명을 이어가려는 불굴의 의지를 보았습니다.

세상을 살아내는 고통이야 어디 한두 가지뿐이겠습니까. 뜬금없이 외로움이나 슬픔을 느낄 때가 있습니다. 허무함을 실감할 때가 있습니다. 홀로 있다는 아득한 고독을 발견할 때는 참으로 견디기 어려운 일입니다. 그러나 모든 고통을 의연히 참아내는 모습은 참으로 아름답습니다.

어느 날 시멘트 담과 포장도로 사이, 벌어진 가느다란 틈 사이로 땜의 수문을 박차고 떨어지는 물살과 같이 장마의 세찬 물결이 몰려들었습니다. 전신이 좌우로 밀리고 밀치어 왔으나 가는 풀 한 포기는 끝끝내 자신을 잃지 않고 고개를 들어가지를 펼쳐내고 있었습니다. 비좁은 마른 공간의 실낱같은 틈새로 풀씨 하나가 떨어져 생명이 시작되고 쥐구멍에 볕이 들듯 은총의 빛이 머물게 된 탄생이었기에 그는 그렇게 강인한 의지로 자신의 생명을 지키고 있는 모양입니다.

한 줄기 따사로운 햇살의 등을 타고 오른 생명입니다. 참으로 영광스럽게 대기 중에 존재하게 된 풀포기 하나입니다. 삶의 가장 큰 축복이라 일컫는 꽃송이를 피우기까지 그토록 은혜로운 생명을 어찌 지켜보지 않을 수 있을까 생각합니다. 연약하기 짝이 없는 실낱같은 줄기와 가지, 누구도 쉽게 눈길 주지 않는 소외된 자리 지킴, 강인한 인내, 너무도 맑고 천진스런 아가의 얼굴을 닮은 꽃송이의 쌀알만 한 크기의 어여쁜 미소를 봅니다.

때때로 풀꽃의 꿋꿋하고 아름다운 삶에 박수를 보냅니다. 지표로 삼고 있습니다. 세루에 오염되지 않은 청순한 그의 지성에 경의를 표합니다. 늘 홀로 서 있어 쓸쓸하기 짝이 없으나 굳건히 견디어 내는 의지를 사랑합니다. 골목길로 접어들면 대문 곁에 서서 그가 미리 나를 맞는 모습이 보입니다. 어서 오라 합니다. 세상의 모든 근심 걱정 다 풀어 놓으라 합니다. 그 앞에 풀어 놓으라 합니다. 밝고 따뜻하고 아름다운 것들만 보고 살라 합니다.

늘 변치 않는 희망이듯 그의 모습은 언제나 내 가슴에 가득 차 있습니다. 그러나 요즈음 나는 새로운 걱정을 시작하게 되었습니다. 불현듯 다가올 것만 같은 이별 때문입니다. 크나큰 이별이 머지않은 시기에 내게 오기 위하여 내 가까운 곳 어디에 도사려 있는 것 같은 슬픔 때문입니다. 어느새 계절은 특유의 몸짓으로 그 열정적인 여름을 비켜나 조석으로 차갑게 살갗에 닿는 바람을 불러 앉히고 있습니다. 가을바람입니다. 눈 한번 감았다 뜬 찰나의 순간인 듯 하지만 산이며 들이며 강이며 하늘까지 계절은 바뀌고 있습니다.

가을이 지나 곧이어 겨울의 그 혹독한 한파를 맞이해야 합니다. 살을 찢는 한파를 맞이해야 합니다. 연약하기 짝이 없는 그는 분명 찬 서리 눈보라를 견디지 못해 생명의 옷을 벗지 않을 수 없는 것입니다. 그 굳건한 잎새는 누렇게 떨어지고 가지는 메말라 잘라 놓은 나무토막처럼 말라버릴 것입니다. 슬픈 이별을 건네주며 홀홀히 떠나지 않겠습니까. 어떻게 견디어야 할지 모르겠습니다.

풀꽃은 자신이 존재하는 동안의 삶의 의미를 지침이 되도록 일러 주었습니다. 어떤 역경이 다가와도 굳건히 딛고 일어서는 의지를 키워주었습니다. 그러나 떠나보내는 이별의 아픔이나 허망함을 극복해 낼 수 있는 보다 굳은 의지는 길러주지 않은 듯합니다. 이별은 참으로 두렵습니다. 그가 살아있으므로 지켜 왔던 굳건한 의지와 맑고 밝은 심성을 나는 잊지 않으려 합니다만 그와 다시 마주 설 수 없는 이별은 진정 아쉽습니다. 두려워하고 있습니다. 온 천지를 꽁꽁 얼어 붙일 겨울이 오기 때문입니다.

지연희

『월간문학』, 『시 문학』 신인상 당선 등단. E-mail : yhee21@naver.com

천변지이

구양근

이 세상에는 인간의 이성으로 이해가 잘 안 되는 일도 있다. 특히 새나 곤충의 세계에서는 상식으로 도저히 이해할 수 없는 일이 일어난다. 나는 전에 뻐꾸기의 탁란托卵을 다큐멘터리로 보고 말문이 막혔다. 뻐꾸기는 개개비의 알 사이에 자기 알을 섞어 낳아 부화하게 하는데, 개개비 알보다 먼저 부화한 뻐꾸기 새끼는 아직 눈도 뜨지 않은 꼬무락거리는 날갯짓으로 개개비 알을 모조리 둥지 밖으로 밀어내어 깨버렸다. 개개비가 날라다 준 먹이를 혼자 먹고 자란 뻐꾸기 새끼는 결국 제 뻐꾸기 어미를 따라서 하늘 높이 멀리 날아가 버리고 말았다. 이것이 무슨 조화일까. 어찌하여 세상에 이런 일이 있을 수 있단 말인가. 그런데 곤충의 세계에서는 더 기막힌 천변지이天變地異할 일이 많이 벌어지고 있었다.

왕오색나비 애벌레가 아직 방어능력이 없을 때 기생벌은 애벌레 몸속에 침을 박고 자기 알을 낳는다. 결국 기생벌의 애벌레는 왕오색나비 애벌레를 안에서 갉아먹고 죽은 왕오색나비 애벌레의 몸을 뚫고 나온다. 왕자팔랑나비 애벌레도 고치벌의 침입을 당하면 왕오색나비 애벌레와 똑같은 운명이 된다.

호박벌의 기구한 생애를 알고부터는 내가 어느 수수께끼 속에 살고 있다는 느낌이 들었다. 딱정벌레의 일종인 남가뢰는 한국에도 분포되어 있는 우리 토박이 곤충이다. 곤충이라고는 하지만 딱지날개가 하도 짧아서 날지는 못한다. 주로 쑥을 먹고 자라며 몸 빛깔은 검푸르고 배가 유난히 크고 뚱뚱하지만 머리 부위는 불균형스럽게 작다. 몸길이가 1~3cm 정도이어서 우리의 눈에도 흔히 띄는 곤충이다. 남가뢰 암컷은 짝짓기를 한 후에 땅을 파고 들어가 약 5천 개 정도의 알을 낳는다. 살아남을 확률이 적기 때문에 그렇게 많은 알을 낳은 것이다. 알에서 깨어난 애벌레들은 본능적으로 풀이나 꽃대를 타고 위로 올라간다. 풀잎이나 꽃잎 위에 덩어리지게 엉겨 붙어 그 자체가 꽃봉오리처럼 보이기 위해 일제히 펼쳐 보이기도 한다. 호박벌이 날아와 화분을 채취하면 애벌레들은 호박벌을 타고 올라가 털 깊숙이 파고든다. 호박벌은 몸에 달라붙은 남가뢰 애벌레를 열심히 털어낸다. 그럼에도 불구하고 떨어지지 않은 몇 마리의 남가뢰 애벌레들은 호박벌에 붙어있다. 꽃가루를 따서 땅속의 자기 집으로 날아간 호박벌은 무서운 불청객을 태우고 온 줄도 모르고 열심히 집을 짓고 꿀을 저장하고 알을 낳는다. 남가뢰 애벌레들은 그 땅속에서 호박벌의 알을 먹고 화분단자를 먹고 7번이나 허물을 벗고 어른 벌레가 된다. 남가뢰의 애벌레들은 2년이란 긴 세월 동안 호박벌집에서 기생하다가 호박벌의 모든 것을 다 파괴하고 벌집에서 나와 땅 위로 올라온다.

말벌의 일종인 홍다리조롱박벌의 생애를 알면 더 할 말이 없다. 홍다리조롱박벌은 들판이나 야산에 서식한다. 산란하기 위하여 큰 턱을 이용하여 땅굴을 파는데 빠른 속도로 능숙하게 일을 하여 반나절이면 완성한다. 땅을 파서 앞다리로 흙을 움켜쥐고 뒷걸음질로 물러나 흙을 버리고 다시 들어가 흙을 움켜쥐고 나와서 뒷걸음질로 흙을 버린다. 땅을 비스듬하게 7cm 정도 깊이 파고 들어가서 다시 직각으로 7cm 정도를 파들어 간 후, 산란에 필요한 먹이인 여치나 베짱이를 잡아다 저장한다. 홍다리조롱박벌은 조심성이 아주 많아, 먹이를 잡아오면 굴속에 끌고 들어가서 저장하고는 굴을 다시 흙으로 완전히 막아버리고 다음 사냥을 떠난다. 먹이를 잡아오면 다시 흙을 파서 굴속에 저장하고 다시 흙으로 막고 사냥을 나간다. 그렇게 예닐곱 마리의 여치나 베짱이를 굴속에 저장한다. 그런데 이 홍다리조롱박벌의 작업과정을 부근 풀잎 위에서 열심히 지켜보고 있는 불청객 침입자가 있다. 기생파리이다. 기생파리는 굴 주변까지 꼼꼼히 살피며 다시 풀잎 위에 앉아 홍다리조롱박벌의 모든 거동을 주시한다. 기생파리는 홍다리조롱박벌이 먹이를 물고 들어가는 어느 순간을 이용하여 굴로 날아가 낮은 공중에서 정지비행을 하며 자기 알을 굴속에 떨어뜨린다. 홍다리조롱박벌의 애벌레보다 먼저 깨어난 기생파리 애벌레는 굴속의 홍다리조롱박벌의 애벌레를 먹고 여치나 베짱이까지 다 먹어치운다. 어미 홍다리조롱박벌은 그것도 모르고 가장 안전하게 산란 준비를 끝냈다고 여기고 굴을 흙으로 꼼꼼히 막아버린다. 그러나 결국 흙을 뚫고 나오는 것은 홍다리조롱박벌이 아니고 우화羽化한 기생파리들이었다.

부끄러운 일이지만 나도 기생파리의 침입을 당한 적이 있다. 내가 피치 못할 사정에 의하여, 어느 인사문제에서 생전 처음으로 이전투구를 한 적이 있다. 나의 모든 권모술수를 총동원하여 수많은 잘난 이력서를 다 제키고 실력이 미달인 자를 채용한 적이 있다. 그런데 그가 나의 기생파리가 된 것이다. 나는 내가 옳지 못한 짓을 하여 하늘이 내린 인과응보라 생각하고 있다. 행여나 양심을 속이는 일을 해서는 안 되겠다. 거기에는 무서운 응징이 따른다는 것을 알았다.

구양근

『수필공원』 등단. E-mail : kooyangkeun@hanmail.net

칼 이야기

권남희

단군이 칼을 지닌 의미는 '하느님의 아들이라는 권위를 나타내는 것'이라고 단군신화에 풀이되어 있다. 역사적 인물들의 이름을 보면 '검' 자를 많이 넣었다. 신라의 화랑 '검군' 견훤의 아들 '신검', '양검', '용검', 동명왕의 단검, 김유신의 인검 등 '검' 자를 넣은 일이 결코 우연은 아니다.

조선 시대 여인들은 정절을 지키는 상징으로 장도를 가지고 다녔다. 임진왜란 때 우리 병사들에게 죽은 왜병보다 장도에 찔려 죽은 왜병이 더 많았다는 기록도 있다. 칼은 곧잘 맹세를 할 때도 나타났다. 게르만인은 칼에 대고 맹세를 했다. 왕이 작위를 내릴 때도 칼을 어깨에 가볍게 대주기도 했다. 르네상스 시대에는 정의와 승리의 상징이 되기도 했다. 철로 만들어진 칼은 강한 정신력의 상징이라 한다.

그래서일까. 벌써 30년이 지난 이야기지만 나는 지금도 칼을 보면 몸서리를 치고 만다. 어머니와 나만 알고 있는 이야기를 슬그머니 되작이며 그때 어머니가 진짜 죽겠다고 칼을 들었다면 일이 어떻게 되었을까, 생각에 빠진다. 그때 그 일에 대해 지금이라면 용서를 빌 텐데, 그 후 어머니와 나는 한 번도 그 일에 대해 이야기를 꺼내지 않았다.

나는 지금도 주방에서 쓰는 칼이 너무 무디어져 날을 세워야 할 일이 생겨도 그냥 쓴다. 가슴 아픈 기억 때문이다. 가끔 그 장면을 생각하면 무작정 슬퍼진다.

그 날의 기억은 예리한 칼날처럼 아직도 섬찍한 무엇이 가슴을 긋고 지나가 버린다. 이제껏 비밀처럼 간직했던 칼 이야기를 쓰려 한다.

일가붙이가 귀했던 사 남매와 어머니에게 아버지의 죽음은 큰 충격이었다. 환갑도 못 채우고 뜻밖의 사고로 아버지가 돌아가시자 사십 후반의 어머니는 거의 날마다 실신하다시피 넋을 잃고 울었다. 취업 준비생인 장남, 군에 있는 남동생, 학생인 막내 등 살아갈 일을 생각하면 앞이 캄캄했다. 장례와 삼우제를 마치고도 눈물은 흘릴수록 슬픔으로 강을 이룬다더니 어머니는 슬픔의 강에 몸을 날릴 기세로 눈물을 쏟았다.

나는 어머니에게서 하루 빨리 슬픔을 거두고 비장한 마음으로 자신을 추슬러 남은 자식들과 살아갈 걸 기대했다. 물론 한두 달 안에 추스르고 벌떡 일어선다는 게 무리였겠지만 서울에 두 아이와 남편을 두고 온 나로서는 속이 타는 일이었다. 나의 가정생활은 안중에도 없다는 듯 어머니는 나를 붙들고 당신의 앞날만 걱정하는데 어머니에 대해 강단 있는 여자라고 생각했던 내 기대를 무너뜨렸다. 날마다 어머니의 울음소리를 들으며 도리어 나는 점점 비장해져 갔다. 나는 어머니가 아버지의 죽음을 받아들일 수 없어 술로써 날마다 흐트러지는 걸 바라볼 수만은 없다는 판단을 내리고 있었다. 위로해주기 위해 잠시 들른 친구를 붙들고 술과 눈물로 흐느적거리고 이모들이 찾아와도 술, 혼자 있어도 술, 술에 의지하여 어머니는 아예 그 어떤 의지력도 보여주려 하지 않았다.

그날도 나는 아버지가 심어둔 국화꽃이 줄줄이 핀 마당에 선 채 한동안 어머니의 울음소리를 듣고 있었다. 그러다가 나는 모질어져야 한다는 마음을 스스로 다지며 하얀 국화꽃을 모두 꺾어 버렸다. 심장이 터질 것 같아 발작이 일어났는지 모른다.

그때 왜 칼을 생각했을까. 어머니가 의외로 나약하게 나오는 모습에 배신감을 가진 채 술 냄새에 진저리를 치면서 부엌에서 칼을 들고 나와 어머니 앞에 앉았다. 입안이 바짝 말라갔던 나는 무어라 말을 했는지 정확하게 기억은 나지 않지만 앞으로 살아갈 자신이 없으면 이 자리에서 둘 다 죽자고 했던 것 같다.

어머니에게 들러붙어 있을 것 같은 악령을 쫓아버리고 싶었기 때문이다. 어머니는 그 순간 눈물을 뚝 그치고 얼굴이 하얗게 질려 나를 바라보았다. 눈빛에서 나는 어머니가 술에 취하지 않았다는 걸 알아차렸다. 아버지가 없는 세상이 두려워 취하며 지내고 싶었을 뿐이었다. 눈물 바람의 얼굴을 훔치며 어머니는 아무 말 없이 일어나더니 단호한 태도로 '딸은 필요 없으니 서울로 돌아가'라는 말을 던지고 나를 외면했다.

추방인 셈이었다. 어머니 앞에 '살 거냐, 말 거냐' 정하라며 검을 던진 나로 인해 충격을 받았으리라. 순해 터져서 어찌 살아갈 거냐고 늘 걱정하던 유약하기만 하던 딸의 반전이었다.

아담과 이브를 추방한 신은 에덴동산 동쪽에 생명의 나무를 심고 그곳에 이르는 길을 지키기 위해 불칼을 장치하여 격리를 했는데 그 가을 어머니는 칼을 집어 든 딸을 쫓아내고 비로소 마음속에 불칼을 지닌 채 꿋꿋이 살아갔다.

권남희

1987년『월간문학』수필 당선 등단. E-mail : stepany1218@hanmail.net

숨어있는 힘

-생명-

최원현

그 옆을 지나갈 때마다 너무 가슴이 아팠다. 혹시나 해서 만져도 보고 손톱으로 긁어도 보았다. 그러나 아무리 보아도 살아있는 것 같지 않았다.

하기야 다른 것들은 늦을세라 질세라 자신의 살아있음을 알리려 하지 않던가. 그런데 4월이 다 가는데도 살아있다는 느낌도 예감도 보이지 않았다. 어쩌다 저리되었을까. 안타까움이 볼수록 커져갔다. 저대로 얼마간은 놔둘 수도 있겠지만 살아있지 못함을 알게 되면 필시 뽑아 없애버리려 할 것이다.

얼마나 잘 생긴 나무인가. 그것이 하나도 아니고 둘이다. 이십여 미터 사이를 두고 마주 보고 있어서 쌍둥이라 이름 붙여져 있다.

그런데 5월 초 어느 날 새벽 기도 후 집으로 향하는데 느낌이 이상했다. 뭔가 까만 몸에 붙어있는 것이 있다. 맞다. 싹이다. 분명 죽은 줄 알았던 나무에서 아주 작은 싹이 나와 있었다. 감격이었다. 살아있었구나. 죽지 않았구나. 건너편 나무로도 달려가 보았다. 그곳에서도 생명의 역사는 시작되고 있었다.

내가 성급했던 것이다. 아직 저들의 때가 되지 않았었던 것이다. 순간 낯이 뜨거워졌다. 자연은 결코 서두르지도 거짓이지도 않는데, 정확하게 제때 자기 자리를 지키는데 사람들이 그 얄팍한 지식으로 지레 살아있는 것조차도 죽었다고 성급한 판단을 하고 절망하지 않는가.

나무의 표피를 손톱으로 긁어 보았다. 분명 메말라 딱딱함만 느껴졌는데 지금은 아니다. 그 두꺼운 껍질에서도 생명의 기운이 느껴진다. 감촉이 다르다. 이 신비로움, 이 경외로움은 어디서 오는 것일까.

아파트 단지의 상징목으로 심어진 이 나무는 전라남도 고흥에서 옮겨 온 팽나무다. 개발 사업으로 도로가 나게 된 곳에 이 나무가 서 있었단다. 수령 300년이 넘는 거목이다. 내 팔로도 한 아름이 넘는 큰 나무다. 그걸 이곳에 옮겨다 심은 것이다. 어린 날 가지고 놀던 새총처럼 밑동 중간에서 갈래로 갈라진 두 개의 몸을 하늘을 향해 뻗쳐 가던 팽나무는 옮기는 과정에서 키가 반도 넘게 잘렸지만 그 굵기만으로도 얼마나 큰 나무였던가를 짐작게 한다.

자세히 들여다봐야 찾을 수 있을 만큼 작은 싹이었던 것이 하루하루가 다르게 커지더니 죽은 것 같던 나무의 몸을 거의 가릴 만큼 무성하게 가지와 잎을 만들어냈다. 이 놀라운 변신을 바라보며 저 힘은 나무의 몸에서가 아니라 뿌리에서일 것인데 얼마나 크고 튼실한 뿌리일까 궁금해졌다. 결국 뿌리가 살아있다면 나무는 죽은 게 아닌 것이다. 워낙 크고 오래된 나무라 싹을 틔워내는 것도 쉽지 않았을 뿐이다.

사람들은 눈에 보이는 것만으로 판단하고 말할 때가 많다. 하지만 보이는 것은 지극히 한정된 것일 수밖에 없다. 우리 눈의 정확도가 문제일 수 있고 사실 속에 가려있는 진실을 못 보는 경우가 허다하다. 그러고 보면 내게도 그런 경험이 여러 번 있다.

죽은 줄 알고 베란다에 방치해 버렸던 군자란에서 어느 날 꽃몽이 올라온 것을 발견했을 때의 충격도 있고, 현관에 상자 채 놔두었던 감자에서 수많은 싹이 올라와 있는 것을 발견했을 때도 그랬다. 운동을 하다 발톱이 까맣게 죽어 빠져 버렸는데 어느 날 보니 아무것도 없는 것 같던 그곳에서 새 발톱이 나오고 있었다. 살아있다는 것은 이렇게 신비로움이고 충격이었다. 어쩌면 생명이란 너무나 소중하기에 이렇게 숨어있는 것인지도 모른다. 살아있음을 나타내는 가지며 잎보다 보이지 않게 숨어있는 뿌리에서 생명을 보아야 하지 않을까.

요즘은 팽나무 옆을 지나노라면 나무의 숨소리가 들리는 것 같다. 사악삭 잎을 피워내고 그 잎을 키워내는 힘, 보이지는 않지만 숨어있는 그 힘이 바로 생명력이 아닐까.

문득 내 삶의 생명력은 어디에 있는 것일까 궁금해진다. 내 삶의 근원, 힘의 원천인 나를 살게 하는 뿌리는 무엇일까. 부초처럼 떠다니다 어렵게 뿌리를 내린 내 삶의 터는 이제 나라는 뿌리보다 팽나무처럼 두 개의 굵은 가지로 자라나 셋과 둘의 모체가 되어 있는 딸과 아들 남매가 오히려 튼실한 나무가 되고 있지 아니한가. 나라는 뿌리의 힘은 나도 잘 모른다. 그러나 두 가지를 붙들어 안고 있는 우리 부부의 힘이 아이들을 안전하게 지켜줄 수 있는 힘은 되어야 하리라. 그래선지 팽나무가 예사로 보이지 않는다. 옮겨오느라 삼백 년을 내려온 뿌리의 대부분은 잘려나갔을 텐데 새로운 곳에서 얼마나 열심히 새로운 뿌리를 만들어야 할까. 예전만큼 되어야 힘도 되찾을 테고 그래야 이곳에서도 튼실하게 서서 사랑받는 존재가 되지 않겠는가.

다섯 손주를 바라보는 나의 마음만큼 팽나무를 바라보는 내 마음이 기도가 되는 것은 내 살아온 날만큼 생명의 의미와 깊이가 더 절실하게 가슴으로 안겨오기 때문인 것 같다. 팽나무의 가지와 줄기가 자라고 내 손주들이 하루가 다르게 자라가는 것을 보면서 숨어있는 보이지 않는 힘이 생명을 키우는 것임에 새삼 놀란다.

최원현

월간 『한국수필』로 수필, 『조선문학』으로 문학평론 등단. E-mail : nulsaem@hanmail.net

비밀

김영중

누구에게도 말할 수 없고 하면 안 되는 일들, 마음속 깊이 박혀 있는 씨앗 같은 것이 비밀이다. 사람들은 세월을 살아오면서 관계 속에서 맺어진 비밀의 약속들은 나만이 알고 있는 내용으로 가슴에 묻고 살아가기도 하고 또 어떤 이들은 무덤까지 가지고 가기도 한다. 입 밖으로 쏟아 놓으면 안 되는 마음의 비밀, 그 비밀이 들어 있는 내 몸은 비밀의 창고이며 밀폐된 정원이기도 하다.

비밀에는 국가적인 것, 사회적인 것, 개인적인 것, 들이 있다. 그 어떤 비밀이라도 서로 은밀히 이루어진 것이라면 침묵으로 뿌리를 내려야 하는 약속이다. 침묵으로 인생을 살아간다는 것은 그만큼 무거운 자리에서 그만큼 가볍지 않은 인생을 살아가는 것이다.

변하는 것이 인간의 감정이나 마음이기에 영원성은 없다. 비밀을 지키겠다는 맹세나 약속을 철석같이 했다 해도 어떤 상황에 몰렸을 때, 사람들은 그 약속을 깨며 비밀의 진실을 폭로해 세상에 뉴스를 만들고 그로 인해 명예가 추락하고 가정이 파괴되는 불행을 초래하는 경우들이 우리가 사는 사회에서는 다반사로 일어난다. 인격과 믿음이 없는 비밀의 약속이라면 애초부터 모래 위에 집을 짓는 것 같이 어리석은 일이다.

요즘 사람들은 개인적으로 참 많은 비밀을 갖고 일상생활을 한다. 자신만이 아는 비밀을 기억해야만 시스템 속에 살 수 있고 사람들과 대화도 그렇다. 별거 아닌 것 같은 이야기를 실컷 해놓고 이건 비밀이니 절대 말하면 안 된다는 당부를 꼭 빼놓지 않는다. 우리 가족들도 예외는 아니다. 효심의 발로인지는 몰라도 엄마가 몰라야 하는 비밀들이 딸들 사이에 꽤나 많고 자매들끼리 그 비밀 유지규정도 있는 것 같다. 때론 소외되는 서운한 마음이 들기도 하나 모르는 것이 약이라는 심정으로 서운한 마음을 나 스스로 위로한다. 이런 현상은 개인의 사생활을 보호하고 존중해야 한다는 시대의 흐름에 반영이 아닌가 싶다.

사실, 비밀이 없는 사람이 있겠는가, 장 자크 루소는 어린 시절에 그 잘못의 비밀이 동기가 되어 실로 방대한 그이 참회록을 썼다고 한다. 그의 마음의 비밀은 위대한 창조력, 생산의 원동력으로 변한 것이다. 마음에 깊이 맺어진 비밀은 깊은 상처에서 오는 수가 많다. 즐거운 회상에서가 아니라 깊은 마음의 어두운 상처에서 새로운 생명력으로 돌려 만들어내기도 한다.

내게도 내 안에 밀폐된 비밀이 있다. 내가 32년간 적을 두었던 직장은 정부 일을 맡아 하는 대회사로 국가보안을 요하는 비밀사항의 일들이었다. 그래서인지 FBI 요원들이 직원을 가장해 곳곳에 배치되어 있다는 무서운 풍문이 사내에는 늘 돌았고 사무실 출입도 여간 까다롭지 않았다. 내가 고참이 되었을 때, 비밀을 요하는 일을 맡게 되어 부서를 옮기게 되었다. 그때 나는 회사에서 요구하는 각서 같은 것을 쓰고 내 싸인을 했다. 내가 하는 일을 외부, 또는 가족에게조차도 발설하지 않는다는 내용이었다. 간혹 지인들이나 가족들이 도대체 당신은 무슨 일을 하느냐고 질문해 오면 아주 곤욕스러웠으나 절대 내 일에 대해서만은 마음의 문을 닫고 함구했다. 은퇴 후, 오랜 세월이 지난 지금도 나는 그 비밀을 철저히 지키고 있다. 땅속까지 나와 함께 가져가야 할 소중한 마음의 비밀이다. 이렇게 인생은 비밀을 안고 사는 것이다.

김영중

1990년 『창조문학』 등단. E-mail : yongckim37@hanmail.net

저승까지 품고 간 사랑의 힘

이사명

고향 친구들과 옛 도시인 경주의 발자취를 더듬어 보고 오는 길에 한 상여 행렬을 만났다. 벌써 삼십여 년의 세월이 흘렀지만 얼마 전의 일처럼 생생하다. 갓 신혼을 넘긴 나이였지만 멀게만 느껴지던 죽음이 지척에 있음을 상여를 대하면서 느끼게 되었다.

경주는 신라의 고도답게 볼거리가 많았다. 그중에서도 유독 내 관심을 끌었던 곳은 김유신 장군 능이었다. 삼국통일의 의의를 놓고 친구들과 선의의 논쟁을 했다. 장군도 우리의 의미심장한 말들을 들으셨을까. 시대를 담은 삶의 편린들의 흔적을 역사 속으로 묻고 이야기로 전하던 경주를 가슴에 넣고 귀향길에 올랐다.

어린 시절을 생각하고 쑥을 뜯을 요량으로 산길을 돌았다. 그 길에서 우연히 꽃상여를 보았다. 도심에서는 좀처럼 만나기 어려운 장례 행렬이었다. 망자에게는 미안했지만 잊어버렸던 유년의 꽃상여를 보는 행운은 우리에겐 좋은 볼거리였다. 문득 김유신 장군 묘소가 상여와 겹쳐져 장관을 이루었을 장군의 상여 행렬도 눈앞에 펼쳐본다.

얼마 전까지만 해도 상여의 치장은 신분의 표상이 되어 고인이 살아온 흔적의 실체가 되었다. 산 자에게도 많은 의미를 주었던 상여를 지나간 시대의 유물일 뿐이라고 여겼다. 그런 상여를 아직껏 볼 수 있다는 것이 신기하기만 했다. 구국의 장수였지만 세상을 떴다. 지금 실려 나가는 상여 속의 망자 역시 세상을 뜨는 길이다. 상여의 주인공을 보면서도 어쩔 수 없는 생의 한계를 생각하게 된다.

이승에서의 마지막 집인 고별의 집답게 화려하게 꾸며진 꽃상여였다. 맨 꼭대기 지붕 위에 휘장을 쳐 펄럭였다. 네 귀퉁이 모서리엔 용과 봉황 보살을 새겨달아 어떤 수호적인 상징을 내포시킨 듯했다. 앞쪽 옆의 모서리엔 지전을 늘어뜨려 꽃술도 달아 놓았다. 망자의 노잣돈 역할까지 해 관속에 넣어준다고 한다. 바람결에 나부끼는 꽃술 때문인지 쓸쓸한 기운이 상여를 휘감았다.

상여가 가까이 다가올수록 아픔 같은 것이 느껴진다. 청상인 듯한 미망인은 상여 채를 잡고 떠나가는 남편을 향해 가닥가닥 얽힌 정한을 울면서 풀어낸다. 고인이 어느 여인을 사랑하다가 병을 얻은 듯했다. 선두의 요령잡이도 소리꾼 특유의 흐느끼는 듯한 몸짓으로 말과 노래를 섞어 영가를 위로하고 상두꾼에게 힘을 돋우며 마지막 가는 길을 인도했다.

청정하기만 하던 장마철의 하늘이 갑자기 먹구름을 만들면서 소낙비를 뿌린다. 상여는 앉을 자리를 고르느라 상두꾼의 힘을 빼고 그들을 따라 움직이는 복인들의 휘청거림 또한 힘겹다. 바람을 동반한 빗줄기가 상여의 휘장을 쉴 사이 없이 때린다. 하늘도 무심할 수가 없어 망인의 서러움을 거드는가.

나는 상여 모습을 지켜보면서 이루지 못할 사랑으로 꽃다운 나이에 세상을 떠나야만 했던 고향 아가씨를 회상했다. 꽃상여조차 타 보지 못한 고향 처녀의 정한이 우리네 한으로 스며드는 때문일까.

스물한 살의 아가씨가 한 대학생을 사모했다. 그러나 신교육을 받지 못한 자신의 무지로 다가가지 못하고 병이 나고 만다. 구습에 젖은 그녀의 부모는 시들어가는 딸을 보면서도 병을 숨기려고만 했다. 그런 와중에 아가씨의 병은 점점 깊어졌다. 자식을 놓칠 수도 있다는 안타까움에 처녀의 부모는 총각 측의 양해를 구해보았다. 하지만 학생의 반대로 아가씨가 그토록 그리던 사랑을 보여주지 못했다. 동네 사람들의 주선으로 겨우 총각을 볼 수 있는 소원을 이루는 듯했으나, 처녀는 총각을 알아보지도 못하고 그만 세상을 등지고 말았다.

사랑이란 도대체 어떤 색깔이기에 아가씨는 하나뿐인 목숨까지 저버렸을까. 인생은 한계를 지닌 운명이기에 가고 싶지 않아도 가야만 하는 것을. 왜 사람들은 자기 마음을 자기 방식대로만 고집하고 타협할 줄을 모르는가. 신은 무식한 사람도 유식한 사람도 엇바꿔 만나게 하여 공평하게 짝을 이루게 하였거늘, 왜 처녀는 무지만 한스러워하고 소중한 사랑에는 도전을 해 보지 않았을까. 내가 만일 처녀였다면 나도 그렇게 속절없이 죽음을 맞이했을까.

사랑이란 무엇이며 인생이란 무엇인가. 삶의 의미는 무엇이고 죽음의 의미는 무엇인가. 만나는 의미는 무엇이고 만나지 못하는 의미는 무엇인가. 보다 근원적인 물음에 조갈이 난다.

총각만을 짝사랑했던 그녀의 사랑은 어떻게 보면 지고지순한 사랑일는지 모른다. 하지만 자유롭게 자기 생각을 전할 수 있는 오늘에, 갇혀 살던 시대의 여인들처럼 노력 한번 해 보지 아니하고 생을 마감하였다는 것은 안타깝기 그지없다. 정은 만나면 만날수록 속도가 붙는다 했으니 연인의 가슴을 두드려 보았어야 했다.

일명 상사병은 백약이 무효여서 오직 사랑하는 대상만이 고쳐 줄 수가 있다 한다. 그나마 초기가 아니면 치유가 불가능한 병이어서 하룻밤만이라도 함께 할 수 있어야만 가능하단다. 그렇지만 상대의 동의가 쉽지 않고 설사 성사가 된다 하더라도 때를 놓쳐 불행을 당한다고 한다.

우리는 생활 속에서뿐만 아니라 역사를 통해서도 짝사랑에 관한 사연을 종종 대한다. 그래서 우리 조상들은 결혼을 못 하고 죽은 처녀 총각의 영혼을 위로하기 위해 남자는 길 가운데에, 여자는 길가에 묻어주었다. 음양의 이치로 서로의 이성을 향해 밟아 주게 하려는 의도지만 다분히 도교적인 풍습이기도 했다. 운

우지정을 헤아린 정의 배려로 결자해지와 맞물려 생각할 수 있는 구제 차원의 일환이 아니었던가 싶다.

이룰 수 없는 사랑이란 본인은 물론이지만, 상대에게까지 평생을 두고 지울 수 없는 상처가 된다. 빗나간 악연의 손짓으로 귀한 목숨에 마침표를 긋게 했지만 저승에까지 품고 간 사랑의 힘을 생각한다. 인류가 존재하는 한 사랑은 영원할 것이다. 그리고 짝사랑에 관한 테마 또한 영원하리라 믿는다. 사랑의 빛깔은 그 무엇으로도 그려낼 수 없는 아름다운 영혼의 빛깔인가.

이사명

1992년『한국수필』등단. E-mail : cmsamyoung@hanmail.net

이제는 원망하지 않을게요

강영실

전쟁으로 가난했던 어린 시절에 어머니는 우리 삼 남매에게 맛있는 쌀밥을 많이 해주고 싶어 하셨지요. 어머니가 나에게 못 해주신 그 흰 쌀밥 이제는 내가 해서 어머니에게 드려야겠어요. 설날에 흰 쌀밥과 고깃국, 과일 등 한 상 차려놓고 어머니를 모시고 이승과 저승의 이야기를 나누면서 어머니가 그토록 먹이고 싶었던 흰 쌀밥 많이 먹고 있다고 이제는 말하고 싶어요.

어머니는 밥 먹을 때면 우리 삼남매에게 "이 다음에 고향에 가면 흰 쌀밥과 고깃국 많이 해줄게." 하는 약속으로 자식들의 배고픔을 달래주었지요. 하루는 시래기에 수수를 넣고 죽을 쒀서 다섯 식구가 빙 둘러 앉아 먹으면서 시래기죽이지만 흰 쌀밥으로 생각하고 먹으라고 하셨지요. 그리고 "고향에 가면 흰 쌀밥 많이 해줄게." 또 한 번 굳은 약속을 하셨지요. 어머니는 자식들에게 배불리 먹이지 못하는 것을 마음 아파하셨어요.

밥은 어린 시절 나를 기쁘게도, 슬프게도 하였지요. 내 고향은 평안남도의 조그만 마을이며 부자는 아니지만 하루 세끼 밥은 먹고 살 정도였지요. 그러나 1·4 후퇴 때 살기 위해서 남쪽으로 피난을 오면서 배고픈 서러움을 겪었지요. 쌀이 없어서 밥을 못 할 때도 있고 폭격이 심해서 밥을 할 장소가 마땅치 않을 때도 있었어요. 한 번 폭격을 하면 길거리에는 죽은 사람, 다친 사람, 죽은 엄마의 가슴에서 젖을 빨아 먹는 아이, 시체를 붙잡고 우는 사람들…. 빨리 그 자리를 떠나고 싶어 배고픔도 잊고 도망가듯이 걸어갔어요. 운이 좋은 날은 아침밥을 한 그릇씩 먹고 점심은 둥글둥글하게 빚은 주먹밥을 갖고 가다가 한 덩어리씩 먹으면 꿀맛이었지요. 어떤 때는 하루 종일 걷기만 하고 저녁때 밥 한 그릇 먹고 쓰러져 잘 때도 있었어요.

여덟 살의 어린 계집애는 왜 이렇게 추운 날 먹지도 못하고 걸어야 하는지 몰랐어요. 많은 사람들은 보따리 하나씩 짊어지고 어디로 가는 것일까, 무엇 때문에 가는지 궁금했어요. 가끔 어른들 대화 속에서 서울까지는 가야 된다고들 하면서 중공군이 쳐들어오고 빨갱이가 뒤따라온다는 말, 들어도 이해되지 않고 그저 부모님 손에 끌려 배고프다는 말도 못하고 걷기만 했었지요.

어머니는 자식들에게 배고픔을 면하게 하기 위해서 남의 집 담장에 걸쳐 놓은 시래기를 삶아서 있는 대로 보리, 수수, 쌀을 넣고 밥을 해주었어요. 특별한 반찬도 없이 피난 간 빈집 장독에서 가져온 고추장이나 간장에 쓱쓱 비벼 먹어도 맛이 있었지요.

어머니는 쌀밥을 해주겠다는 약속을 지키지 못했어요. 전쟁은 끝나지 않았고 휴전선이 생겼어요. 고향을 떠날 때는 마음대로 떠났지만 가고 싶어도 갈 수 없게 되었지요. 본래 몸이 약하셨던 어머니는 전쟁 중에 병이 생겼으나 병원 구경도 못 하고 병명도 모르게 이 세상을 떠났지요. 나의 유년시절은 흰 쌀밥과 고향에 못 가고 돌아가신 어머니의 그리움으로 가득 찼었어요. 초등학생, 중학생이 되면서는 점심밥이 문제였지요. 예쁜 도시락 속에 눈부신 흰 쌀밥과 계란 프라이 넣어 갖고 가서 아이들에게 자랑하면서 먹고 싶었던 시절이 있었지요.

그러나 언니가 해주는 밥은 쌀보다 보리가 더 많은 거무칙칙한 밥에 멸치볶음, 고추장, 김치가 다여서 창피하다고 안 갖고 다니며 점심을 굶었던 때도 있었어요. 어떤 때는 보리밥 위에 쌀밥을 살짝 올려놓고 도시락 뚜껑을 열면서 "야 쌀밥이다!" 하고 소리 한번 쳐요. 그리고는 멸치와 고추장을 가운데 넣고 도시락

뚜껑을 닫고 마구 흔들어 밥이 빨갛게 되어 보리밥인지 쌀밥인지 구별이 안 되면 얼른 먹었지요. 너무 매워서 수돗가에서 물을 먹고 나무 그늘에 앉아서 하늘을 쳐다보면서 어머니 쌀밥 안 해주고 왜 그렇게 빨리 하늘나라에 갔어요, 하고 원망을 했었지요.

그뿐만이 아니었어요. 소풍날, 운동회 날, 어버이날, 결혼식 날, 어머니가 필요한 날은 항상 일찍 돌아가신 어머니를 불쌍하다는 생각보다 왜 자식들을 끝까지 책임 못 지고 돌아가셨느냐고 원망 먼저 하였지요. 이렇게 원망하는 동안 세월은 나를 어머니 곁으로 달려가게 만들었어요. 고희를 넘긴 저도 이제는 하늘나라가 가까워진 것 같아요.

어머니! 이제는 원망하지 않을게요, 그동안 철없이 원망했던 것 용서해주세요. 저를 만나면 어린 시절에 안아주셨던 그 포근한 가슴으로 안아주세요.

강영실

2010년 월간 『한국수필』 등단. E-mail : ysys1207@hanmail.net

감동 속에 탄생한 소년

국태주

빅토르 위고의 『레미제라블』

빅토르 위고의 『레미제라블』은 듣기만 해도 감정이 솟구치는 추억의 소설이다. 초등학교 1학년 때 일본인 선생님이 읽어주신 『종달새의 언덕ひばりの丘』이란 동화로 나는 장발장과 처음 만났다. 그 후 일본어 소설 『あ 無情 아! 무정』에서 더 깊은 내용으로 만났는데 중학교 2학년 무렵 우리글로 번안된 『아 無情』은 나를 그 이야기 속으로 더욱 빠져들게 했다.

주인공 장발장과 미리엘 신부, 불쌍하기만 했던 코제트와 가련한 엄마 판틴, 얄밉게도 끝까지 따라다니며 괴롭혔던 자베르 경감, 그 외 어린 코제트로 돈을 버는 악덕 여관집 주인과 그 일파들, 그리고 가슴을 훈훈하게 해 주었던 프랑스 혁명에도 앞장섰던 열혈 청년 마리우스와 사랑스러운 코제트와의 만남은 사춘기에 접어든 나에게 안도와 환희를 듬뿍 안겨주었다. 이토록 기막히게 감동적인 이야기는 내 생애 그때까지는 없었다.

『레미제라블』을 뮤지컬 영화로 볼 기회가 있었는데 보통의 영화와 달리 노래로 풀어나간 장면들이 색다른 감동을 주었다. 그 감격스러움은 20대 때 책을 읽고 받았던 감회를 과거로 이끌며 깨어나게 했다. 영화 처음부터 미리엘 신부와 장발장의 조우는 억울하게 19년 옥살이를 한 죄수의 변화를 예감하는 서곡이었다.

그 죄수에게는 집도 필요 없고 있어야 할 것이 없어도 좋았다. 급한 것은 허기진 배를 채우는 것과 눈을 붙일 수 있는 잠자리만 필요했다. 그런데 꿈같은 현실이 그 죄수를 맞았다. 귀인이나 먹는 밥상을 걸인의 밥상으로 차별하지 않고 부끄럼 없도록 내주며 나눌 수 있는 미리엘 신부의 따뜻함이었다. 신부의 거처나 몸에서나 집기와 방 가득히 자비의 향기가 퍼져가고 있었다. 빵 하나 때문에 그것도 굶주린 조카를 위한 가벼운 절도였는데 세상은 어찌 그리 매정했을까, 형벌이 너무나 억울해 탈출하려 한 죄가 보태져 19년 형을 살고 그것도 부족해 가석방의 꼬리를 달고 출소시켜 감시의 대상으로 살게 했다니 눈물이 책장에 떨어지던 옛날이 떠올랐다.

아무도 따뜻하게 받아주지 않는 죄수(?)에게 미리엘 신부는 귀인에게나 쓰는 은 접시, 은그릇, 은 촛대 등으로 따뜻이 대접했다. 신부는 잘못을 슬쩍 덮어줄 줄 아는 한겨울의 양털보다 온화한 사람이었다. 억울한 징역을 살아야 했고 긴긴 감옥의 삶이 사랑만의 빛으로 승화되는 계기가 되지 않았나 생각해본다. 귀족이나 걸인 가릴 것 없이 한결같이 식탁을 나누는 신부는 참으로 일용할 양식을 나누는 성직자로 거친 빵도 차가운 수프도 신이 주신 밥상으로 여겼다. 당시 은은 금과 버금가는 귀한 것이었다. 미리엘 신부에게 은 식기와 은 접시는 유일한 사치품인데도 행복과 불행, 부자와 가나한 자, 학식이 있는 자와 무식한 자의 차별 없이 그의 식탁으로 들어온 인생을 반갑게 대접했다. 신부의 은 식기는 사람을 귀히 여기는 사랑이다. 촛대는 어둠 속에서 스스로를 태워 빛을 내어 환하게 밝혀주는 촛불의 집이다. 깨끗하고 정갈하게 닦아서 번쩍거리는 은촛대는 누구에게나 쓸 수 있기 때문이며 정화의 증거가 된다.

그런 신성한 식탁에 사람대접을 받아본 적이 없는 죄수 장발장이 앉았을 때의 심리 상태를 상상해 보자. 사람들은 위험하다고 경계하라고 했을 텐데도 신부는 스스럼없이 괜찮다고 하였다. 하느님의 집은 고통 받는 사람들을 차별하지 않는다며 식사가 끝난 후 재워주기까지 했다. 위험하다고 한 예감대로 장발장은 은식기를 훔쳐 달아나다 경찰에 잡혔다. 그러나 신부는 그것을 선물로 주었다고 말했다. 게다가 은촛대도 주면서 "이것은 왜 가져가지 않았느냐"고 하였다. 미리엘 신부는 남의 고통을 자신의 고통으로 여기는 진정한 하느님의 사자였다. 장발장이 위악의 탈을 벗어버리고 말간 얼굴을 드러낼 수 있었던 건 사랑만을 알고 그걸 나눠준 신부 때문이다. 신부는 사랑의 에너지로 바꿔주는 마법사였다.

19년의 부조리가 모든 것을 견딜 수 있는 에너지로 전환된 사람에겐 거칠 것이 없게 되었다. 신부는 죄수인 장발장이 스스로 서도록 성장시켰고 고독 속에서도 빛을 내어 깊고 큰 사랑으로 조용한 사랑을 나눌 줄 아는 진정한 사나이가 되게 하였다. 사랑은 사랑으로 흐른다는 증거가 되었다.

한글로 번안된 『아! 무정』을 읽다가 가련하기만 했던 코제트가 장발장으로 인해서 마리우스와 사랑을 나누게 된 데서는 나도 모르게 "만세! 아! 시원하다."고 큰소리로 외쳤더니 부엌에서 어머니가 "무슨 일이냐?"고 방문을 열고 놀라시던 모습은 지금도 잊지 못할 추억이다.

미리엘 신부처럼 무조건 사랑만 주는 분과 따뜻한 사랑을 받아 개과천선하여 사랑을 되갚는 장발장이 많이 나온다면 이 세상이 얼마나 맑고 밝은 세상이 될까 꿈을 가져본다. 그리고 세상 사람들이 성경 다음으로 많이 읽었다는 『레미제라블』이 인문학을 홀대하는 이 시대에 밝은 빛을 주는 책으로 더욱 많이 읽혀졌으면 싶다. 영원히 잊을 수 없을 책 한 권, 나는 어린 날 읽었던 그 감동을 생각하면 지금도 가슴이 마구 뛴다.

국태주

2011년 월간 『한국수필』 등단. E-mail : taejookook@hanmail.net

바다의 철학

권오견

이십 대 청년 시절 나는 초임 직장을 따라 바닷가 생활을 한 적이 있었다. 늘 육지 생활에만 익숙하던 중 갑자기 거소를 옮겼어도 평소 동경하던 바다이었기에 너무 기뻐서 가슴이 부풀어 오르는 희열을 느꼈다. 세월 가는 줄 모르고 날마다 바다의 낭만과 서정에 젖어 즐겼던 생활이 지금도 이어지는 듯 기억이 생생하다,

4년여간의 바닷가 생활을 끝내고 다시 도심으로 돌아온 나는 밤마다 그리움에 취하여 잠 못 이룬 때도 많았다. 곁에 있을 때는 남모르는 혜택과 보살핌을 받던 은인에게 아무런 느낌도 없이 그저 평범하게 지내다가 막상 헤어진 후에는 절절하게 보고 싶어지는 것이 인간의 마음일까. 바다는 내게 많은 것을 일깨워 삶의 보람을 터득게 한 은인과도 같다. 세월이 지날수록 출렁거리는 파도 소리가 귓가에서 더욱 생생하게 들리는 듯 환청 같은 착각에 빠지기도 한다. 늘 긴장하기 쉬운 업무를 수행하다 보면 짜증이 나고 이성을 잃어버릴 정도의 정신적 착란에 빠질 때는 넓고 깊은 바다를 떠올리는 습관이 생겼다. 바다는 내가 풀어내야 할 삶과 연관된 무한한 비밀을 품고 있을까.

동양의 고전으로 손꼽히는 중용中庸에서 중中은 조금의 기울임이나 치우침이 없는 것, 즉 지나침이나 모자람이 없음을 뜻하며 용庸은 언제나 변함없이 한결같음을 뜻한다.

바다는 중용사상을 그대로 빼닮았다. 흥분과 격정으로 들뜰 때는 마음의 평정을 되찾게 해주는 바다의 마력! 긴장감을 풀어 주고 아늑한 품으로 감싸 안는다. 바다는 모든 것을 수용함으로 총화의 속성을 지녔다고 할까. 끊임없이 출렁거리며 부딪히면서도 제 모습을 지키며 흐트러지지 않는다. 바다의 삼매경은 내 신비의 삶을 푸짐하게 한다.

한때 바닷가 생활에서 얻은 사고와 경험은 비교적 안정되고 여유 있는 삶의 기초가 되었다. 자유분방한 바다의 이미지는 늘 내 빈 마음을 채우고도 남음이 있다. 바다를 떠올리면 사유의 그릇에 바다의 마음이 담기는 영적 즐거움도 느낄 수 있다.

깊어가는 밤 잠시 동안이라도 사색에 잠기면 철석이는 바다의 물결은 잠자는 내 영혼을 일깨워 준다. 무한한 우주공간으로 파문져 가는 속삭임이여. 바다의 언어는 하늘나라 멀리 별들과도 교신하는 듯하다.

아무도 보이지 않는 겨울 바닷가를 거닐면 차갑고 쓸쓸하지만 유난히도 맑고 푸른 내 마음의 심연을 떠올릴 수 있다. 겨울 바다를 바라보면 건강한 육체와 정신으로 아름답게 살아가는 지혜를 간파할 수 있다. 인간이 갈망하는 투명성, 정직성을 그대로 지녔기에 나는 겨울 바다를 더욱 그리워한다. 바다는 내가 살아야 하는 수수께끼 같은 비밀을 극명하게 풀어주기도 한다.

바다야 하고 부르면 언제라도 나를 적시는 그리움이여.

권오견

『문학공간』 수필 등단. E-mail : cham1998@naver.com

또다른 탄생

김무웅

'사람이 가벼워서는 안 된다'는 말이 있다. 사람의 인격에 무게가 있어야 한다는 의미라고 하겠다. 또 다른 말은 "몸은 가벼워야 하지만, 입은 무거워야 한다."는 말이 있다. 사람의 무게나 입의 무게가 그 사람의 부지런함이나 인품의 무게가 중후해야 함을 뜻한다. 인품의 무게를 쉽게 잴 수만 있다면 얼마나 좋을까? 인품의 무게는 저울로 달아 보는 것이 아니라 마음으로 느끼는 것이고 또 몸소 겪어 보아야 아는 것이다. 인품은 시간이 걸린다 해도 쉽게 알 수 있는 것이 아니라 궂은일을 함께 겪어 보아야만 비로소 알게 되는 것이다. 설령 궂은 일을 함께 겪었다 하더라도 그 결과가 즉시 나타나는 것도 아니어서, 한동안 세월이 지나고 본인이 죽은 후에야 뒤늦게 깨닫게 되는 경우도 흔히 있다. 가정교육이 엄중하셨던 부모님의 가르침마저 미처 이해하지 못하고 원망만 하다가 그 깊은 뜻을 나중에 뒤늦게 깨닫고 감사하는 자식들도 많이 보아왔다.

친구 간의 우정에서도 여러 가지 다른 무게를 느낀다. 우정은 산길과 같아서 자주 다니지 않으면 잡초가 자라난다고 하는 말이 있다. 우정이라는 것을 자세히 들여다보면 깊으면서도 허망한 구석이 있다. 친구는 원래 숫자가 많기 때문에 희소가치가 적다. 더구나 친구지간에도 이익이 상충되는 경우가 발생하면 어쩔 수 없이 적대관계가 되기도 한다. 대개는 정상적인 관계로 좋은 우정을 나누며 살아가게 되지만, 그마저 쉽지는 않은 일이라서 항상 교류하며 우의를 돈독히 다져야 한다. 그런 까닭에 특별히 아름다운 우정은 언제나 여러 사람의 선망의 대상이 된다고 하겠다.

내게는 이렇게 좋은 친구가 하나 있다. 누구라도 내게 교우 관계에 대해서 물어 올 때면 항상 나는 자신 있게 대답한다. 나도 어떻게 해서 이렇게 소중한 우정을 얻게 되었는지 어리둥절할 때가 있다. 내가 공들여 쌓은 우정이라기보다 나를 감싸준 우정이라고 할 수 있다. 내가 한창 사업으로 발돋움을 시작할 때, 여러 해 동안 금융기관에 무한정 근보증을 서준 친구가 내게 있다. 해마다 한 번씩 보증을 갱신할 시기가 되면 나는 그 친구 집을 찾아가야만 했었다. 그럴 때면 그의 부인은 도장을 감추고 내어주지 않았다. 그 친구는 나를 다독이며 말해주었다. "내가 설득해서 도장을 받아갈 테니 일주일만 시간을 달라." 지금 회고해 보아도 미안하고 고마운 일이다. 그의 집안은 서울 토박이이었고 나는 시골에서 올라와서 그의 집에 가끔씩 신세를 지던 식객 친구 중의 하나였다. 그의 집안 인심이 후덕해서 나 이외에도 여러 친구들이 식객으로 드나들었다. 나는 입학 후 일 학년을 마치고 군에 입대했기 때문에 그들 중에서도 짧은 기간만을 함께 공부한 편이다. 그가 나를 남다르게 보아왔는지는 알 수 없는 일이지만, 실제로 그와 함께 깊은 우정을 쌓을만한 시간이 모자랐다. 그런 까닭에 나에 대한 그의 우정은 그의 인품에서 우러나온 소중한 보물이라고 나는 생각한다.

그의 우정의 무게는 내게 얼마나 무거운 것이었을까? 이 해답은 어렵지 않게 얻어낼 수 있다. 내가 사업을 운영한 장본인이기에 회사의 부채규모를 내가 알고 있기 때문이다. 그가 해준 보증의 위험성은 실로 큰 금액이었다. 액수의 문제뿐만이 아니라 만일 내가 사업에 실패했더라면 이로 인해서 그는 평생 만회할 수 없는 재산상 손해를 입게 됐을 것이다. 더구나 온 가족이 빈곤의 고통 속에서 살게 된다는 점을 생각해 볼 때 나는 그의 우정에 대하여 감사를 넘어서 숙연한 마음이 된다.

지금 그 친구는 지병으로 거동이 불편하다. 나는 그에게 어떻게 보답을 해 주어야 할지도 모르겠다. 마음은 굴뚝같으나 실행할 길이 잘 보이지 않는다. 그럼에도 불구하고 내게는 가늠할 수 없이 소중한 친구 하나가 아직 살아있다는 행복감에 가슴이 뿌듯하다. 주말이 되면 내 친구에게 우선 가보아야 하겠다.

김무웅

월간 『한국수필』 등단. E-mail : muwangkim@daum.net

피사체 너머에는

김선화

1. 신화神話

사진 찍을 때는 미처 몰랐다가 렌즈에 담긴 풍경이 경이로워 감탄할 때가 있다. 사진기술이 문외한인 나는 길을 가다가 기이한 형상을 만났을 때 그저 놓치고 싶지 않은 마음에 몇 컷 담아오곤 한다. 그런데 그런 물상들이 종종 힘 좋게 살아난다. 어느 것은 신화로, 어느 것은 원형 상징으로, 또 어느 것은 이승과 저승까지를 이어주는 다리가 되어 그 나름의 성격을 띤다.

한라산 등반길에 찍어온 사진을 들여다보다 말고 내 눈을 의심했다. 눈빛 형형한 호랑이와 곰이 모니터 화면을 가득 채우고 있었다. 그런데 호랑이는 산을 향하고, 곰은 확 트인 산 아래 저편을 향해 서로 엇갈리게 곧추앉아 있다. 정해진 시각에 약속 장소에 닿느라 주변을 세세히 살피지 못하는 점이 안타까워, 능선에 돌기처럼 돋아있는 바위들을 드문드문 카메라에 담아왔던 것이다. 그것이 여행길에서 걸음 더딘 사람이 부릴 수 있는 최대의 욕심이었다.

저들은 신성한 영산에서 언제부터 저렇게 저 자리를 지켜왔을까. 예부터 제주도 주민들은 백록담에 올라 '산천제山川祭'를 지냈다고 한다. 영산에 기도하여 얻고 싶은 것이 어디 하나둘이었을까. 사방이 바다인 섬사람들의 생활상에서 많은 것을 생각해보게 된다. 여인들은 우선으로 고기잡이 나간 남정네들의 무사 귀가를 빌었을 것이고, 대대로 섬을 지켜나갈 손孫을 염원하며 떡시루를 안고 이고 산에 올랐을 것이다.

호랑이와 곰이라. 단군 신화로 풀어보면 피사체 너머의 형상이 금세 이해된다. 호랑이의 야성과 곰의 인내를 우리가 다 알지 않던가. 3주간의 실험에 못 견딘 호랑이는 본성대로 산을 지키고, 사람이 되고자 하여 뜻을 이룬 곰은 사람 살아가는 아랫마을을 바라보며 굳어있는 것을. 곰이 인간과 좀 더 가까이 있는 모습이다. 광채를 내는 호랑이의 눈빛과 곰의 눈빛까지 어쩌면 저리도 선명할 수 있단 말인가. 게다가 조금 떨어진 곳엔 꼬랑지 튼실한 다람쥐도 노닐고 있다. 여행길에 얻은 덤 중의 덤이다. 전혀 예상치 않았던 소득에 기운이 솟는다.

울퉁불퉁한 바위에 햇살이 조화를 이루어 만들어내는 상이련만, 렌즈에 잡힌 모습은 그 이상이었다. 눈으로 보고 체험한 어떤 세계도 사람이라는 특수한 그릇에 들어와 가지각색으로 형상화되어 세상으로 나아가지 않던가.

만약 그때 내가 그 자리에서 저 형상들을 알아보았더라면, 하산 길은 한 마장(약 393m)쯤이나 더 길어졌을 것이다.

2. 원형原形

보슬비를 맞으며 남해 금산錦山의 봉수대를 향해 오른다. 봉수대는 금산의 정상으로 해발 681미터가 되는 해상공원이다. 애초엔 계획에 없던 곳이어서 거의 무지상태였다. 한데 보리암과의 갈림길에서 산 정상이 멀지 않다는 안내판을 보고 난 후, 발길은 엉뚱하게도 그쪽을 향하였다.

혼자 걷는 길이 무안할 정도로 둘, 아니면 셋씩 행보를 맞춘다. 나는 사람들로부터 일부러 떨어져 몇 발짝 거리를 둔다. 앞서 걷는 사람들의 다감한 대화를 방해하고 싶지 않은 심산에서였다.

습성대로 그렇게 또 혼자가 되었다. 길을 나서서 누구와 함께일 때는 사물이 잘 들어오지 않는다. 사물이 들 자리에 사람이 들어 정신세계를 점령하는 까닭이다. 그렇다고 꼭 사물을 들이기 위해 사람을 멀리하는 것은 아니다. 이런저런 구속으로부터 놓여나 혼자 걷는 길을 즐기는 것이다.

산에서 만난 대숲 곳곳이 닭둥우리처럼 가라앉아 있다. 어릴 때 짚 덤불에 들앉아 놀던 대로 아늑해 보인다. 누군가가 부스럭거리며 걸어나올까 봐 지레 겸연쩍어진다. 숨바꼭질하는 아이들처럼 꼭꼭 숨어 내 눈에 띄지 않길 속으로 뇌까린다. 그러면서 쏜살같이 대숲 사이의 오솔길을 지나친다.

그러자 평평한 바위 군(群)이 등장한다. 거기 올라서면 전망이 좀 더 시원해 보일 듯싶다. 허나 그곳에도 한 쌍의 남녀가 서 있다. 나는 또 훼방꾼이 될 뻔한 것을 간신히 모면하고 길을 오른다.

이젠 정말 바위 군락이다. 안개가 심해 양쪽으로 손을 짚어가며 걸어야 했다. 고려 의종 때 세워 조선 시대까지 사용했다는 봉수대 자리가 장엄하다. 웅장한 바위엔 누가 새겼는지 모를 글귀들이 음각되어 기상을 뽐낸다. 기암괴석 군데군데에는 구멍을 뚫어 깃대를 세웠음직한 자욱이 우리의 역사를 말하고 있었다. 이곳에 와보지 않았으면 상상도 못 할 정경이다. 힘센 장수가 우악스러운 손 내밀어 허겁지겁 오른 내 손을 덥석 잡는 느낌이다. 남해가 바라보이는 산 정상에서 긴긴 세월 망을 보며 머물렀을 사람들, 나는 맘을 다해 그들의 노고를 치하한다.

몇 걸음 거리에 돌로 둘러쳐진 망대가 있다. 그 위에 냉큼 올라서서 짝 앞에 교태부리는 나이 든 여자가 있어 눈살이 찌푸려진다. 한 마디 따끔하게 꼬집고 싶었으나 '저 여인에게도 사람이 사물을 지배하여 일어난 현상이지' 하고 꿀꺽 삼켰다.

일행과의 약속 시간을 떠올리며 내려와야 할 시각이다. 하지만 이 먼 곳에 언제 다시 오랴 싶어, 바위와 바위 사이를 껑충껑충 건너다니며 곳곳을 둘러보았다. 그러다가 막 돌아서려는데 풀쩍 건너뛴 자리에 가느다란 물줄기가 흐른다. 바위 복판에 층이 이뤄져 물이 머물다 흐른 자국까지 역력하다. 그 홈 패인 곳엔 어디서부터 밀려왔는지 모를 모래가 몇 줌 가라앉아 있었다. 여기도 사람 사는 곳이었으니, 옛날부터 생의 근원이 되는 물이 있었으리라. 그런데 카메라를 조준하던 나는 놀라움을 금할 수 없었다. 그건 다름 아닌 여성의 '원형原形'이었다.

그 후 방치해온 그 사진을 이 글을 쓰는 동안 다시 열어보게 되었다. 한데 그 작은 소에는, 보슬비 흩뿌리던 날씨와는 무관하게 파아란 하늘이 들어앉아 있다. 그 생경스러운 거울에 그만, 카메라를 들이대던 내 모습이 단단히 잡혀있다. 아무리 뛰어난 재담꾼이라 하더라도 이 피사체 너머의 세계를 어찌 풀어 말할 것인가. 그저 영이 육이고 육이 영이라고 말할 수밖에. 이 둘은 떨어져 있는 듯하면서도 함께일 때가 많다.

3. 공간空間

이육사 시비 맞은편 강 건넛산, 한 남정네의 무덤에서 머리카락 미투리가 나왔다고 한다. 젊은 나이로 세상 뜬 남편을 위해 아내가 넣어주었던 것. 황망함 속에서 청상의 아내는 스스로 머리를 잘랐을 것이다. 사랑하는 이 옆에 묻히고 싶은 마음을 가무리며, 임의 발에 꼭 맞을 미투리를 한 올 한 올 자았을 것이다. 그것을 남편의 시신 곁에 놓아두고 물러나는 여인은 얼마나 통한의 눈물을 흘렸을까.

그로부터 수백 년이 흐른 후, 그 지역 사람들은 그들의 사랑을 기리기 위해 달그림자 비치는 곳에 다리를 세웠다. 그게 바로 미투리 모양의 나무다리다. 그 다리가 낙동강 이쪽과 저쪽을 잇고 있다. 마치 이승과 저승을 잇듯이…. 다리 위에는 '월영루'라는 정자가 있다. 그리고 그 다리에서는 한 시간에 한 차례씩 날개 모양으로 분수가 뿜어진다. 꼭 천상계의 날갯짓으로 보인다. 그 동작에 의해 이쪽과 저쪽이 이어질 것만 같다.

몇 해 전 9월, 그곳에 갔다가 그대로 주저앉아 멎고 싶었던 적이 있다. 달그림자 비친다는 다리에 서니 생각이 만 갈래로 퍼져나간 탓이다. 그게 어디 이승과 저승으로 길 갈린 사람들만의 켜켜로 묵은 사연일까.

사물은 늘 그대로이다. 인위적으로 변형을 하지 않는 한 다리는 다리이고 미투리는 미투리이다. 다만 사람의 감정에 교차가 따를 뿐이다. 잔잔히 흐르다가 여울목에 부딪혀 소용돌이를 일으키는 물처럼, 사람의 감정이 사물과의 사이에 존재한다. 또 이쪽과 저쪽 사이 그 여백에는, 채우면 채울수록 빛나는 사유가 흐른다.

우리가 예사로 지나치는 피사체 너머에는 필시 보이는 것 이상의 그 무엇이 있다. 무심한 듯 지나치는 사람과 사람 사이에도 심층 저 깊은 곳에 감도는 그 무엇이 있어, 가슴을 곱절로 펄떡이게 하고 기름지게 한다. 그 역동성이 공간을 무늬로 채운다.

김선화

『월간문학』 수필 부문(1999), 청소년소설 부문(2006) 당선 등단
E-mail : morakjung@hanmail.net

백비의 비밀

김윤희

범상치 않은 모습으로 우뚝 서있다. 무언가 말을 전하라는 임무가 부여됐을 터인데 입을 굳게 다문 채 말이 없다. 긴 침묵이 흐른다. 수백 년, 아니, 그 훨씬 전부터였는지도 모른다. 그저 잠잠히 서있는 돌비석 하나.

누가, 왜 그렇게 서있도록 했을까? 의문에 싸인 채, 눈길을 사로잡고 있는 '진천 연곡리 석비'이다. 보물 404호로 지정되어 있다. 그를 만들 당시 온 몸에 들인 공이 예사롭지 않음이 한눈에 와 닿는다.

비석의 받침돌은 천년을 산다는 거북 모양이다. 등 거죽이 일부 벗겨지고 깨져도 거북등 문양은 생생하다 얼굴은 마모되어 말의 형상을 닮았다. 앞 발톱은 떨어져 나갔어도 머릿돌에는 용이 꿈틀거린다. 아홉 마리의 용이 여의주를 물고 하늘로 오르려는 모습이다. 용트림, 저 무언의 암시에 눈 맞춤을 한다.

반듯한 몸체에 올록볼록 쏟아내고 싶은 말이 무엇인데 차마 못하고 입을 다무는가. 매끈하다. 입을 뗀 흔적이 없다. 그래서 이곳의 돌비석은 백비란 이름으로 홀로 말을 꾹꾹 삼키며 무자비無字碑로 서있다.

국내에 몇 안 되는 무자비 중 대표적인 것이 연곡리 석비다. 또 하나는 전남 장성의 박수량 묘 앞에 있는 비석이다. 박수량 백비는 평생을 청빈으로 산 박수량에게 조선의 명종이 하사한 비다. '그 청백함에 오히려 누를 끼칠까 염려되니 비문 없는 비를 세우라'는 어명에 의해 아무런 글자를 새기지 않고, 청백리의 표상으로 삼고 있다.

연곡리 백비는 언제부터 거기 서 있었는지, 또 주인이 누구인지조차 모르는 돌비석이다. 비의 형태로 보아 고려초기의 것으로 본다. 그것도 후대인들이 그저 짐작할 뿐이다. 전해 듣기로는 땅에 묻혀 있던 것이 일하던 농부의 눈에 띄어 세상에 그 모습을 드러내게 된 것이라 한다. 흙 속에 묻혔던 돌비석이 몸을 일으켜 보물로 재평가 되면서도 한동안 맨 몸으로 논 가운데 서있었다.

내 어렸을 적, 엄마 따라 외갓집 가는 길에 마주쳤던 비선골(비립동)이라는 마을에서의 일이다. 비가 서있는 동네란 뜻을 지닌 비립동碑立洞은 연곡리에 있는 조그마한 동네다. 그곳에 여승들의 도량인 보탑사가 들어서면서 주변이 달라지기 시작했다. 비碑가 있던 논바닥은 메워지고 다시 정비가 되었다. 그리고 보물답게 어엿한 비각의 보호를 받으며 자리를 잡았다.

잘 차려 입고 강단에 선 연사가 무언의 암시를 전하고 있는 형상이다. 보물의 의미를 짚어내기 위해 백비를 찾아 기웃거리는 사람들의 발길이 잦아졌다.

3개월간 안거에 들었던 스님도 해제가 되면 일성을 하거늘, 오랜 세월 절집 마당 한편에 선 백비, 그는 여전히 입을 굳게 다물고 침묵을 지킨다. 삼삼오오 그를 찾은 사람들만이 저마다의 생각을 한마디씩 풀어놓는다. 말들이 고였다 흩어진다.

신문, 방송에서는 오늘도 무성한 말들이 세상을 어지럽히고 있다. 여야가 침을 튀기며 말싸움이 한창이다. 정치전문 패널들은 가장 객관적인 얼굴을 하고도 양편으로 나뉘어 의견이 분분하다. 또 한바탕 말잔치가 난무한다.

진실하지 않은 말, 말을 위한 말, 말이 홍수가 되어 쏟아진다. 이리저리 물줄기의 쏠림을 피하며, 약삭빠른 사람은 제각각 둔덕을 찾아 제 아성 쌓기에 바쁘다. 그들에게만 허물이 있는 양, 손가락질 하는 나는 또 얼마나 그로부터 자유로울 수 있는가.

묵묵히 물길을 가래질하며 쟁기 끝으로 건져 올린 돌비석의 비밀이 침묵으로 섰다. 이 시대의 보물이다. 진정한 보물을 흙 속에서 일으켜 세운 건 선량한 농부가 아니었던가.

긴긴 세월 정을 통해 온 바람에게도 하지 못하는 그 말을 듣겠다고 오늘도 난 그를 찾아 나섰다.

"쉿!"

여전히 침묵이다. 백비 속에 숨어 있는 비밀은 진정 무엇을 말하고 싶었던 걸까? 풀리지 않는 수수께끼를 붙잡고 부질없이 비각에 매달려 본다.

'침묵이 때론 보물이다' 무언의 소리를 듣는다.

무심히 서있는 백비를 뒤로 하고 돌아 나오는 등 뒤로 따사로운 햇살이 빗겨 든다. 움쭉움쭉 잎눈 트는 봄의 소리가 발치를 따른다.

김윤희

2003년 『월간문학』으로 등단. E–mail : yhk3802@hanmail.net

꺼병이를 그리며

김의배

장마가 오기 전에 과수원의 풀을 뽑고 소독하기로 했다. 유월 하순에 아침 일찍 아내와 양평 산으로 차를 몰았다. 한 달여 만에 간 과수원은 사람의 허리만큼 자란 풀들이 어지러워 어디서부터 손을 대야 할지 난감했다.

우선 과일나무 밑의 풀을 뽑았다. 아내는 쑥쑥 웃자란 씀바귀를 캔다며 여기저기 풀숲을 헤치고 다녔다. 그때 아내의 바로 앞에서 까투리 한 마리가 '푸드덕' 하고 날아갔다. 나는 '암꿩이 알을 품다가 도망쳤나 보다'고 했다. 꿩이 날아간 자리에 꿩 알이 있다며 아내가 그릇을 가져오라고 했다. 그릇을 들고 뛰어간 나에게, 아내는 난생처음 꿩 알을 주워본다며 어린애처럼 좋아했다. 어렸을 때, 집안 오빠가 꿩 약을 놓아 그걸 먹고 죽은 꿩을 주워본 적은 있어도 꿩 알을 줍기는 처음이라며 기뻐했다. 파르스름한 색깔의 햇닭이 처음 낳은 알만한 것이 아홉 개나 오붓이 있어 보기에도 예뻤다. 아내가 그릇에 조심스럽게 옮겨 담았다. 어미의 체온이 느껴졌다.

그냥 뒀다가 부화하거든 갖다가 키울 걸 그랬다고 했더니, 아내는 여기까지 알이 깼나 보러 날마다 다닐 거냐며 안 된다고 했다.

어렸을 적에 산에서 어린 꿩 새끼를 쫓아가면 병아리보다도 작은 것이 어찌나 걸음이 잰지 붙잡기는 하늘의 별 따기였다. 도망가는 녀석을 쫓아가다 보면 금방 눈앞에서 감쪽같이 사라졌다. 도망가다가 다급해지면 가랑잎을 두 발로 꼭 껴안고 발랑 눕는다. 금세 어디로 숨었는지 알 수가 없는 위장술의 귀재다. 누가 외모와 잘 어울리지 않고 거칠게 생긴 사람을 꺼병이라 했는가?

과일나무에 소독하며 생각했다. 불교대학 출신으로 경전연구반에서 공부하는 불자가 생명체인 꿩 알을 앗아가는 죄를 지으면 안 되겠다. 이 알을 가져가면 잠시 입은 즐거울지 모른다. 알을 잃은 어미는 얼마나 허탈해할까? 아홉이나 되는 자식을 한꺼번에 잃었으니 얼마나 낙심할까? 아홉 마리 꺼병이의 생명을 앗아 감은 강자의 횡포요, 죄악일 것이다. 내 목숨이 중하면 남의 생명도 중함을 알아야 할 것이다.

난생처음 꿩 알을 주웠다고 좋아하는 아내의 마음을 상하지 않게 돌려줄 궁리를 했다. 아내에게 우리가 지금 백일기도 중이니 알을 돌려주자고 했다. 아내는 왜 진작 그 생각을 못 했는지 모른다고 했다. 처음 주운 알이 너무나 좋아서 잠시 이성을 잃었다며 얼른 제자리에 갖다 놓자고 했다.

그릇에 담아놓은 알을 다시 꿩의 둥지에 넣는데 햇볕을 받아서인지 따뜻한 느낌이었다. 알을 원래대로 둥지에 넣고 아무 일도 없었던 것처럼 만져놓았다. 어미가 알을 잘 품어 부화하기를 바라는 마음에서다. 만약 어미가 안 오면 어쩌느냐고 했더니, 어미는 모성애가 강해서 반드시 올 거라고 아내가 말했다.

알을 품고 있는 암꿩에게, 아내가 점점 다가갈 때 그는 얼마나 불안했을까? '제발 더는 오지 말라'며, 까투리의 조그만 가슴이 얼마나 콩닥거렸을까? '어! 점점 가까이 오네. 제발 오지 마, 오지 마!' 하다가 손을 뻗으면 닿을 만큼 가까워졌을 때 '이제는 안 되겠다'며 절박한 순간에 '푸드덕' 하고 날아서 도망쳤을 것이다.

아무쪼록 암꿩이 돌아와서 그 알을 잘 품어 하나도 낭패 없이 모두 부화해서 아홉 마리의 꺼병이들이 사이좋게 살아가기를 바라는 마음이다.

부처님의 제자로서 살생을 금하는 것을 잊으면 안 된다. 고귀한 새 생명의 탄생을 기대한다. 구 남매의 꺼병이들이 평화롭게 엄마 뒤를 따라 나들이 가는 모습을 그려보며 나는 흐뭇한 미소를 지었다.

꺼병이의 부화가 몹시 궁금하여 가보고 싶었다. 바쁜 생활에 차일피일 조바심만 하다가 벼르고 별러서 팔월 초에 아침 일찍 과수원에 달려갔다. 과일나무보다 꿩의 둥지가 궁금하여 먼저 가봤다. 우리의 바람대로 하나도 실패하지 않고 모두 부화하여 떠난 흔적이 완연했다. 정말 반가웠다. 아내에게 "여보, 꿩 알이 잘 부화하여 떠났네" 하고 큰 소리로 말했다. 우리는 서로 마주 보며 환하게 웃었다. 마치 무슨 큰 성과를 이룬 듯이 가슴은 한없이 뿌듯했다.

김의배

1998년 월간『한국수필』등단. E-mail : euibaekim@hanmail.net

은가락지

김진수

사람마다 그에게로 가는 과거가 있듯이 물건에도 물건으로 가는 길이 있다. 단순히 시간을 거슬러 가는 길이 아니다. 이야기가 서리서리 엉켜 있는 추억의 길이다.

얼마 전부터 이제는 좀 내려놓고 살아야겠다고 생각하고 서랍 정리부터 시작하였다. 서랍장 맨 밑에서 은가락지 한 쌍을 발견하였다. 까마득하게 잊고 있었던 가락지이다. 희뿌연 녹이 슬었으나 자세히 보니 꽃무늬 새겨진 칠보가락지였다. 은가락지에서 여고 2학년 된 딸아이의 목소리가 들려온다. 폭염이 심했던 여름이었던 걸로 기억된다.

"엄마, 올해는 딸이 엄마에게 은반지 끼워 드리면 장수하신대요."

녹슨 가락지를 고운 소금으로 닦아 때를 벗기고 나니, 가락지 본래의 모습이 드러난다. 딸의 예쁜 마음 같다. 딸아이 덕에 내가 이렇게 오래 잘살고 있는 게 아닌가 하는 생각도 든다.

옹이진 손가락 마디에 가락지를 끼워보았다. 가락지를 낀 손마디를 한참 보고 있는데, 문득 머언 옛날 그 여인의 모습이 뚜렷이 떠오른다.

9살 적 유난히도 추운 겨울이었다. 아버지도 나도 회색 누비 두루마기를 치렁하게 걸치고 머리엔 토끼털 모자를 눌러 쓰고, 흰색 바랑까지 메고 보니 영락없는 큰스님과 동자승이었다.

강릉에서 영주로, 영주에서 경성으로, 경성에서 밤을 달려 평양에 도착하였다. 평양역 구내에는 이마에 붉은 띠를 두른 아까보(짐꾼)라는 짐꾼들이 지게를 지고 짐을 기다렸다. 밖으로 나가니 인력거꾼들이 하얀 눈을 맞으며 손님을 기다렸다. 우리 부녀는 인력거를 타고 일본식 오까베 여관에 들었다. 다다미방에 짐을 풀고 나니 추위에 지친 몸이 혼곤하였다.

아버지는 볼일 보고 올 테니 잠자라며 전등을 끄고 나가셨다. 잠시 후라 여겨진다. 옆방의 불빛이 희미하게 장지문 틈으로 새어 나오면서 아버지의 음성이 들려왔다. 반가워서였는지 호기심에서였는지는 모르지만 발딱 일어나 장지문 틈으로 엿보았다.

젊은 여인과 아버지가 마주 앉아 이야기를 나눈다. 괜히 내 가슴이 쿵당거린다. 은가락지 한 쌍이 여인에게 건네진다. 여인은 당연한 듯이 장난감 자동차 바퀴 같은 굵직한 가락지를 말없이 받는다.

그때만 해도 대갓집 아낙들은 손에는 옥지환을 끼고 치마끈에는 노리개를 달아 멋을 냈었다. 그러나 어머니 손에 옥지환 낀 것을 본 적 없고 노리개 찬 것도 보지 못했다. 장롱 깊숙이에서 가락지를 꺼내어 소금으로 닦아 치마끈으로 묶고는 방안에서만 혼자 즐기시는 모습은 한 번 본 적이 있다. 아버지가 젊은 여인에게 건넨 가락지는 어머니가 그토록 애지중지하던 그 가락지임에 틀림없었다.

집에 돌아와서 몇 날 며칠 입안에 넣고 있다가 큰 결심을 한 끝에 어머니께 고해바쳤다. 어머니의 반응은 기상천외하게도 담담하였다. 칭찬받을 줄 알고 입을 열었는데, 여식 아이 입이 가랑잎처럼 가벼워서야 어디 쓰겠느냐며 되레 나를 꾸중하였다.

알 수 없는 수수께끼로 남겨 둔 채 몇 개월 지나는 사이 광복이 왔다. 광복군으로 활동하던 둘째 삼촌이 와서 수수께끼가 풀렸다. 은가락지는 아버지에게서 여인의 손으로 여인의 손에서 삼촌의 손으로 삼촌의 손에서 광복군에게 넘어간 것이었다.

사랑방에는 삼촌의 무용담을 듣기 위해 동네 젊은이들로 밤새 북적거렸다. 금가락지며, 은수저며 은가락지며, 한밤중 몰래 부려 놓고 간 쌀가마며, 기부받은 품목들이 줄줄이 이어졌다

내 손에 낀 은가락지가 더욱 영롱하게 빛난다. 할 수만 있다면 딸이 드리는 반지라며, 어머니께 이 반지를 끼워드리고 싶다. 반지를 끼워드리며 그때 못한 얘기를 밤새 나누고 다시 보내드리고 싶다.

김진수

1992년『창조문학』수필 등단. E-mail : jinjinq52@hanmail.net

아버지의 편지 봉투

김태식

족보는 먼 훗날 나와의 연결고리다. 사방으로 꼬이고 엉킨 실타래를 풀어줄 도구이자, 끊어지지 않도록 묶어줄 매듭이다. 어느 날 인위적으로 고리가 끊어졌을 때 아버지가 느낄 상실감이 어떠했을까 하는 안타까움이 내 가슴을 무겁게 가라앉힌다. 옛부터 나는 그것을 캐내기 위하여 무던히 애를 썼다. 마치 어딘가에 감추어진 꽃의 여신인 나만의 '플로라'라도 찾아 떠나는 사람처럼 잃어버린 시간을 찾아서 여행을 떠나곤 했다.

시간을 타고 다니며 왜 뿌리가 만물의 근원일까 생각한다. 식물이든 동물이든 뿌리가 튼실해야 줄기와 이파리도 무성해진다. 조상을 통해서 현재를 생각해 보고 훌륭한 모습을 닮아가며 나를 단련해 나가는 계기를 맞는다.

어렴풋이 집안의 사정을 알게 되면서 뿌리 캐기가 시작된 듯하다. 어디서든 제일 잘 보이는 곳의 한편을 차지하고 자랑스럽게 꽂혀 있는 족보를 바라보면 어린 시절부터 부러움과 질투를 느꼈다. 명절 때마다 종갓집을 취재하여 집안 대대로 내려오는 자랑거리라며 그들의 전통을 보여줄 때는 일부러 외면하곤 했다. 왜 나는 그럴 수 없나 하는 소외감 같은 기분을 느끼곤 했다. 축젯날에 즐기지 못하는 사람들의 처지를 더욱 혼란에 빠뜨릴 필요가 있을까 하는 생각을 가졌다. 물론 제작의 의도는 한울타리 안에서 몇 대가 뼈대 있는 생활을 하는 것을 보여주기 위함이었으리라.

몇 해 전에 큰 폭발사고가 일어났던 평안북도 용천이 나의 원적이다. 지금도 가만히 눈을 감으면 아버지가 내 머릿속에 그려주신 가보지 못한 고향 마을이 선명하게 떠오른다. 고향에 가진 못해도 마음으로 고향을 느끼라고 그러셨을까. 그곳을 잊지 않도록 머릿속에 또렷하게 각인시키기라도 해주려는 듯 나의 눈 속에 고향의 이야기를 넣어주셨다. 마을 어귀의 다리며 아버지가 친구들과 어울려 고기 잡고 놀던 큰 개울, 집 앞 큰 앵두나무 가지 우거진 우물가, 때 되면 할머니가 밥 먹으라 부르시던 꿈속에서도 놓지 못하던 곳. 물론 아버지를 통해서 나도 그들을 만났다. 현실에서 만났으면 더욱 좋았을 것을…. 그 긴 세월을 꿈에서만 가능했다. 아버지가 돌아가시며 그것도 그리움 속에 묻혀버렸지만.

어린 시절부터 고향집 증조할아버지가 머물던 방에는 귀한 보자기에 싸서 모셔놓은 우리 집 족보가 있었다고 들으며 자랐다. 집안 행사나 명절 때면 어김없이 그것을 펼쳐 보이곤 하셨단다. 그때는 그것이 얼마나 중요한 것이었는지 느끼지 못하던 시기였다. 모든 것이 흔하면 하찮아지고 귀해지면 보물로 변하는 게 당연한 일이지만 말이다.

학창시절 청계천의 헌책방을 다니는 것을 좋아했다. 좋아하는 책도 마음대로 구경하고 찾던 책을 만나면 보물이라도 만난 것처럼 들뜬 마음으로 그것을 손에 쥐고 돌아왔다. 헌책방에서도 또 인터넷의 헌책 판매 코너에서도 나의 본관과 관련된 족보가 있으면 이유 불문하고 구매했다. 조그마한 끈이라도 붙들 수 있을까 하는 이유에서다. 남한의 집성촌의 대동회에서도, 족보박물관에서도 해답을 찾을 수는 없었다.

중국과의 수교로 왕래가 막 시작되던 무렵이었다. 일 관계로 알게 된 조선 동포로부터 가족을 찾아주겠다는 제의를 받았다. 아버지는 깨알처럼 적어 내려간 편지를 빛바랜 젊은 시절의 사진과 함께 밀봉도 하지 않은 채 주셨다. 장남인 나에게 한번 읽어보라는 무언의 말씀이셨나 보다. 고향에 남겨 놓은 가족사를 편지로 전하신 것 같다. 수십 년을 간직했던 내가 알지 못했던 비밀이었다. 그 편지 봉투는 아버지의 과거를 여는 비밀의 문이었다. 영화 '인디아나 존스'에서 비밀을 파헤치려고 어느 입구의 문을 찾아드는 주인공처럼 나도 그 문을 들어서며 끊어졌던 나와의 고리가 어떻게 연결되는지 알 수가 있었다. 아버지가 감추고 싶어 하던 이야기여서 그랬을까. 아니면 시간의 흐름을 잊기라도 한 것일까. 그 문을 통해서 알았던 사실들을 형제들에게까지 이야기하지 못했는데 아무래도 나는 그 이야기를 끝내 하지 못할 것 같다. 잠시나마 소식을 접할 수 있겠다는 희망과 달리 아무 소득도 없이 끝나 버렸다. 그렇지만 그 일로 아버지의 새로운 과거와 가족사를 일부나마 알게 되는 계기가 되었다.

아버지가 입원을 하셨을 때다. 직장관계로 공휴일은 대부분 병원에 머물렀다. 자연스럽게 수첩을 꺼내놓고 세세한 질문을 하기 시작했다. 아버지의 형제를 시작으로 사촌을 지나 아버지의 기억 속에 남아있는 모든 것을 흡수라도 하려는 듯 열심히 그려냈다. 아버지도 질문이 귀찮지는 않은 모습이었다. 물론 오래전의 일이라 기억이 한계에 부딪히는 일도 많았다. 몇 날 간의 씨름 끝에 5대에 걸친 세보世譜가 그려졌다.

끝없이 질문을 해대는 나에게 가족의 관계를 알려주며 뿌리를 확인시켜주실 일도 이제는 더 이상 기회가 없다. 이제 와 생각해보니 이러한 모든 일들이 후에 고향에 남겨진 가족을 찾으라는 암시가 아니었나 하는 생각이 든다. 생전에 시간이 얼마 남지 않았다는 것을 예견이라도 하신 듯 자세하게도 그려주셨으니 말이다. 평생소원이던 고향의 가족을 그리워하며 아버지는 떠나셨다.

얼마 전 남북한 간에 추석 명절을 맞이해 이산가족 상봉을 추진하기로 합의하였다고 한다. 아버지와 함께 퍼즐 맞추듯 캐어낸 가족의 명단을 들고 내가 그것을 대신하려 하고 있다. 마음속으로 아버지의 응원을 받으며 내가 찾아 나서야겠다. 그 시절 가족관계를 알려 주며 뿌리의 근원을 알려주신 것이 그것을 찾으라는 의미가 아니었을까.

항상 부러운 대상이었던 족보다.

이제 책상의 한편을 내가 자랑스럽게 만든 세보世譜가 자리하고 있다. 물론 앞으로 그 수는 더욱 늘어갈 것이다. 다른 집처럼 멋들어진 000대동회는 아닐지라도 나의 뿌리 캐기는 계속 이어질 것이다. 먼 훗날 우리의 끈을 이어주기 위해서 선조가 이처럼 노력을 했으며 그 결과 이렇게 우리가 연결되고 있구나 하는 생각을 가져준다면 충분하리라. 과거에도 그래 왔고 현재에도 또 미래에도 뿌리 캐기는 숙명처럼 찾아가야 할 나의 최종 행선지가 아닐지.

김태식

2015년 월간『한국수필』등단. E-mail : qualitychem@hanmail.net

비밀이 있을까요

김현찬

비밀을 말해버리면 비밀이 아니겠지요. 세상에 비밀이 없는 사람은 없을 거고요. 무덤 속까지의 비밀도 폭로된 것도 있을 거예요.

사람 사는 세상에 유난히도 비밀이 많은 건 정치인들이나 옛날 철의 장막이라 불리던 소련도 공개된 세계정세로 나라의 모든 평범한 일상이 아직도 비밀리에 진행되고는 있다.

북한은 더욱 철저한 비밀 속이다. 북한은 전쟁 무기 핵폭탄 실험 같은 건 크게 자랑하고 싶어 하고 갑자기 튀어나온 IS까지 마치 비약하자면 동물들이 자기 영역 확보하는 생리적 행동 같아 보인다. 설마 그렇게 되진 않지만 불안의 요소로 계속되고 있으니 과연 세계를 난장판으로 뒤엎어 버리면 무엇이 남을까, 의식 없이 사는 동물과 무엇이 다른가,

가까이 있는 사람도 비밀을 갖고 살기는 한다. 가볍게는 옛날 숨겨둔 첫사랑이라던가 혹은 지나간 인간 사이의 일이 뒤엉켜 중요 줄거리가 된다. 드라마, 사극에서도 인간 사이의 작은 애정행각과 갈등은 역사의 존폐가 좌지우지된다. 결국 비밀이던 게 모두 비밀이 아니게 되어 버린 건가, 세상엔 비밀은 없다고도 한다.

국어사전에 비밀 정의를 찾아보니 1) 국가안보에 관한 일이나 일정한 조직체에서 당사자나 자기네끼리만 알아두고 외부에 알리지 않은 일의 속내, 2) 밝혀

지지 않았거나 알려지지 않은 속내, 3) 남에게 공개하거나 알리지 않음, 4) 남몰래 함, 으로 공식적 정리가 있는데 사람 사는 세상에 과연 비밀이 유지될 수 있을까, 이제는 비밀이 지켜지지 않아 세상은 범죄 투성이고 싸움이고 사건이 계속되기도 한다. 인터넷 매스컴시대가 되어 유출되고 공개되고 거짓말도 비밀 탐지기로 모두 탄로된다고 하고 나의 행적도 CCTV나 블랙박스든지 추적장치 위성사진을 통해 모두 밝혀지는데도 아직도 비밀스럽게 밝혀지지 않는 것들이 있긴 하다. 더구나 속내는 방정스러운 입만 아니면 영원히 밝혀질 수가 없을 것 같은데 '발 없는 말이 천 리를 간다'고 하니 입도 믿을 수가 없다.

그 속에서 비밀스럽게 진행되는 것이 있다. 삶의 사계절처럼 당연히 올 것으로 알고 있지만 조용히 다가와 의기양양한 시절을 잊어버리게 하고 어느 날 갑자기 비밀이 터지고 만다.

나이 먹는 것, 이것처럼 숨겨져 있는 신체의 비밀을 누가 찾아낼 수 있을까, 동물처럼 사람들과 직접적 대화는 없어도 행동으로 나타나지는 일들 세상의 모든 일은 계속하고 보면 익숙해지고 노련해지는데 삶의 비밀만은 나이 들면 들수록 이해는 하나 해결할 수 없는 문제만 가득 앉은 채 이별해야 한다. 세월이 가는 건 표적은 보이나 미처 느끼지 못한다.

누군가 이렇게 말한다. "젊어서는 재력이 있어야 살기 편하고, 재력을 쌓느라 건강 해치고 늙어서는 건강이 있어야 살기 편하고 재력을 허물어 건강을 지키려 한다. 재산이 많을수록 죽는 것이 더 억울하고 죽으면 가져갈 방도도 없고 인물이 좋을수록 늙는 것이 더 억울하고 안 늙을 도리도 없다. 아파봐야 건강의 가치를 알 수 있고 늙어봐야 시간의 가치를 알 수 있다. 세도가 등등한 때는 사돈에 팔촌도 다 모이지만 쇠락한 날이 오면 측근에 모였던 형제마저 떠나간다. 지나간 세월을 정리하는 것도 소중하나 다가오는 세월을 관리하는 것은 더 소중하다. 늙은이는 남은 시간을 황금같이 여기지만 젊은이는 남은 시간을 강변의 돌같이 여긴다. 거창한 무대일지라도 자기 출연시간은 얼마 안 되고 훌륭한 무대일수록 관람 시간은 짧게 생각되기 마련이다. 자식이 없는 사람은 자식 있는 것을 부러워하나 자식이 많은 사람은 무자식이 상팔자라고 말한다." 이 모든 사건은 세월이 지나야 알게 되고 미처 깨닫지 못하고 비밀인채 끝나는 세상이기도 하다. 이게 무슨 비밀이냐고 할 사람도 있겠지만 이건 살아봐야 느낄 수 있는 철저한 비밀이다.

나이가 들면 아는 게 많아질 줄 알았는데 오히려 나이가 들면서 알고 싶은 게 많아진다. 나이가 들면 모든 게 이해될 줄 알았는데 나이가 들면서 오히려 이해하려 애써야 할 것들이 많아진다. 나이 들면 무조건 어른이 되는 건 줄 알았는데 어른으로 보이기 위해 항상 긴장해야 한다. 세월이 소리 없이 나를 휘감아 가며 끊임없이 나를 변화시킨다. 젊어서는 절대 변할 것 같지 않던 모든 것이 비밀처럼 나를 감돌아 온다.

변하는 것이 어찌 세월뿐이랴, 십 년이면 강산도 변한다는데 오직 변하지 않는 건 철저한 비밀 속에 영원히 건재하고 싶어 하는 사람들의 이상야릇한 정치행정 야욕일 듯하다. 무엇이 비밀인지 모르지만 그 비밀은 언제 풀릴지 모르고 다른 사상 때문인지 무엇 때문인지 인간사 세계정세의 흐름은 아마 지구가 존속하는 한 비밀도 마음속 깊은 속에 존재한다면 풀리지 않을 것 같다. 오래된 화석들도 유전자와 DNA로 어느 정도 밝혀지건만 나이나 세월처럼 표적도 볼 수 없으니.

김현찬

1993년 『시 2001』 봄호 등단, 『현대수필』 84호 수필 신인상 당선 등단
E-mail : sagacite@hanmail.net

판잣집의 비밀

김화순

햇살도 고요한 산기슭 허름한 집에 도착했다. 주변의 나목들도 빈 바람 속에 울고 옆집에도 인기척이라고는 나지 않는다. 대문에는 커다란 자물쇠가 채워져 있고 집 앞에 선 두 여자와 세 남자 사이에는 전투를 치르려는 듯 팽팽한 긴장감이 흐른다.

김장철인 11월을 전후해서는 눈 코 뜰 새 없이 바쁜 게 김치냉장고 매장이다. 눈썹 문신이 유달리 짙고 뚱뚱한 중년 여인이 남편인 듯한 사람과 와서 물건을 예약하고 갔다. 현금 계약 조건이었는데 돈 받기 전에 물건이 배송되었다. 전화를 하면 언제나 내일 준다 모레 준다 하고 미루기만 하더니 급기야 물건이 맘에 안드니 바꿔달라고 생떼를 쓴다. 전화도 받지 않고 어쩌다 받으면 왜 돈도 안 받고 물건을 보내느냐고 빈정댄다. 그리고는 그 물건은 동생한테 팔고 자기는 더 좋은 걸로 산다는 등 횡설수설이다. 그러기를 한 달 여. 회사에서는 수금 독촉이 빗발치고 그 여자에 대해서 아는 것은 핸드폰 번호와 냉장고가 배송된 주소가 전부였다. 십 년 이상 판매를 해보니 촉이라는 게 있는데 이 사람에게는 돈을 받기가 힘들다는 생각이 들었다. 사정이 여의치 않아서 못 갚는 게 아니었다.

몇 년 전 돈을 나누어 줄 테니 김치냉장고를 달라고 지인에게서 전화가 왔다. 언제나 오더에 목마른 참에 흔쾌히 그러마고 물건을 보냈다. 살림에 꼭 필요한 제품이기에 가족들에게 신선한 집 밥을 대접하라는 마음이었다. 힘이 드는지 첫

달부터 삐끗하더니 번번이 약속을 어겨 결국 원금도 다 받지 못한 채 끝이 났다.

만날 때마다 서로 어색했는데 한동안 그녀의 얼굴이 자꾸만 돈으로 보이는 것이다. 일 년 이상 끌다가 원가도 못 받고 보니 속 좁은 마음에 공황장애 같은 현상이 나타난 것이다. 어느 날 그녀에게 덜 받은 원가만큼의 돈을 달라고 하였다. 돈을 건네는 그녀도 느낌으로 아는 듯 말이 없었다. 그 후에 주술처럼 그녀 얼굴이 돈으로 보이지 않는다. 액수는 많지 않지만 서로 간에 금간 신뢰를 회복하고 싶어 벌인 일인데 해피 앤딩이 되었다.

지방으로 보낸 제품의 수금이 안 되는 일이 있었다. 남편이 교통사고로 입원을 해서 당분간 줄 수 없다는 것이다. 화도 내지 못하고 가끔 전화만 했더니 일 년 뒤에 대금을 다 보냈다. "다음엔 나 같은 사람에게 물건 팔지 말아요." 미안함을 그리 표현하였다. 악의가 아닌 이런 일들은 '병가지상사'로 늘상 일어난다.

그러저러한 상황을 많이 겪었지만 이번엔 느낌이 좋지 않았다. 부산하고 어수선한 년 말이 다가오자 조바심이 나서 내용증명을 보냈다. 년 말 까지 돈을 주거나 물건을 반납해 달라는 내용이었는데 반송되어왔다. 꼼짝없이 그 돈을 물어내야할 판이다. 좁은 내 어깨에 걸린 무게도 견디지 못해 절절매는데 아찔하다.

그 주소로 찾아가 보니 무너질 듯 허름한 집에 자물쇠가 걸려있다. 사람이 살지 않는 곳이었다. 고민 끝에 경찰서에 고소장을 냈더니 담당 형사가 그 여자에게 전화를 걸었다. 내 전화는 받지 않더니 덜컥 물렸다. 형사가 3일 안에 돈이나 물건을 내놓지 않으면 고소장을 접수하겠다고 엄포를 놓았다. 그로부터 3일 간 내게 온갖 미혹의 말로 수 십 번의 전화가 빗발쳤다. 공권력이 개입된 이번 기회가 아니면 절대로 해결할 수 없겠다는 판단이 서서 단호하게 물건을 가지러 가겠다고 하였다.

혼자서는 두려워 회사 담당자와 물건을 실어내 올 기사 까지 다섯 사람이 동원되어 자물통으로 꾹 다문, 겨울바람에 거미줄만 살랑이는 대문 앞에 서 있는 것이다.

잠시 후 두꺼운 눈썹 문신만 기억나는 뚱뚱한 그 여자가 나타났다. 덜거덕거리는 자물쇠를 열고 마당으로 들어섰다. 좁은 마당 한 쪽에 에어컨 등 가전제품들이 포장도 벗지 않은 채 쟁여있다. 집 안으로 들어가니 방 한 켠에 사용 중인 내 물건이 있다. 정성스레 담아 가득 채워놓은 김치를 어쩔까 하는 중인데 김치통 값은 주겠다고 한다. 다 쏟아버리고 용기를 가져갈 기세였으니. 용기 값도 반만 겨우 받았다.

서둘러 물건을 내오면서 집안을 둘러보니 가구며 집기들이 모두 새 것이었다. 김치냉장고만도 두 대나 보인다. 이 집과 전혀 어울리지 않는 최신 새 제품들이다. 같이 간 우리 모두 다 입을 다물지 못했다. 재개발 되는 산 밑 허름한 판자 집에 가득 찬 물건들의 반 이상이 포장도 뜯지 않은 것들이다. 어느 날 분양 받은 새 집으로 이사하고 이 집을 허물면 찾을 방법이 없다. 달랑 핸드폰 번호 하나가 연결고리의 전부 아닌가. 핸드폰만 바꾸면 증발이고 실종이다. 이 많은 물건들도 내게 한 것처럼 갈취한 건 아닐까 두렵고 무서웠다. 제발 아니기를 바라며 그 집을 떠나왔다. 그 여자는 무심한 얼굴로 다시 그 대문에 철커덕 자물쇠를 채웠다.

김화순

월간 『한국수필』 등단. E-mail : hii0316@naver.com

느티나무와 플라타너스

노태숙

낮은 산자락 오르막길에 오뚝하니 작은 공원이 있다. 집으로 가는 길목이기에 자주 이 공원에 들르게 된다. 놀이기구나 체육 시설을 지나면 느티나무와 플라타너스가 높은 곳에 우뚝 자리 잡고 있다. 느티나무의 진초록 단단한 잎사귀에 비해, 플라타너스 잎은 넓고 화려한 잎사귀 모양이 후덕해 보인다. 아침 산책을 할 때마다 두 나무 아래 동그마니 놓인 의자에 앉아서 책을 보든지 무엇이든지 하루의 일정을 수첩에 써 볼 때가 있다. 때로는 깊은 사색에 잠길 때도 있다.

어느 날 운동기구에 누워서 하늘을 올려다보고 있자니 문득 느티나무와 플라타너스의 모습이 눈에 들어 왔다. 수십 년을 한자리에서 둘이 나란히 서 있다가 몸이 자라고 세월이 흐르며 아예 그들은 부부가 된 것 같다. 하늘로 힘차게 올린 검고 굵은 둥지의 느티나무 가지와 고운 분으로 맵시를 낸 플라타너스는 서로 엉겨 살을 맞대고 있다. 도란도란 속삭이다가 바람이 불어오니 서로의 잎으로 입맞춤도 한다. 나란히 서 있는 것 같지만 땅속에서는 비밀의 유희를 즐기며 행복한 부부애를 나눌 것 같다. 굵은 뿌리가 흙 밖으로까지 나와 힘껏 엉겨 있는 걸 보면 말이다. 아마 누구도 알지 못하게 땅속에서 은밀히 가약(佳約)을 맺은 건 아닐까. 둘만의 비밀의 공간에서 저들은 어느 누구의 간섭도 없다. 맑은 가을 하늘 아래 세상이야 어떻든 저희끼리 마음껏 호흡하며 사랑을 나누며 살고 있는 것 같다.

새벽하늘이 유난히 맑은 날 아침 운동기구에 매달려 이리저리 움직이고 있을 때, 나는 언제나 그 두 그루 나무들과 이야기를 나눈다. 저들은 새들의 보금자리가 되어서 온갖 곤충들의 놀이터로 자기 몸을 내어 준다. 수많은 벌레들이 기어올라도 단 한 번도 마다하지 않는다. 비가 오면 잎사귀 뒤로 숨겨주고 겨울이 오면 껍질 속에 안고 추위를 막아준다. 모두를 받아준다. 여름내 그늘막을 만들어 사람들에게 햇빛을 가려 더위를 잊게 해 주려는지 부지런히 잎도 피운다. 요사이는 소슬바람을 안아내려 여름 더위에 몸살 난 내 어깨를 감싸주기도 한다. 산길이라 행인들이 많지는 않지만, 제 발밑에 간혹 모인 사람들을 내려다보고 바람 살랑이며 위로의 말도 전해 주는 것 같다. 말없이 깊은 저들의 사랑의 선행을 느끼고 나는 아침마다 두 그루의 몸 둥치를 안아보기도 하고 어루만져 주기도 한다. 사람도 말 많이 하는 사람은 별 신뢰감이 들지 않는다. 이것저것 자기 자랑에 들뜨는 사람들을 본다. 어디 가서 봉사하고 어디 가서 좋은 일 한다고 외쳐대는 사람은 결국 자신의 어리석음을 드러내는 일이 아닌가 싶다. 둥치에 얼굴을 대고 들려오는 저들의 물 긷는 소리에 귀 기울여 본다. 깊은 땅속에서 물 긷는 소리가 '쭈룩 쭈르륵 쭈 쭈르륵.' 들려오는 것 같다. 나무 둥치의 사랑이 가슴에 따뜻이 전해온다. 어느덧 느티나무와 플라타너스는 나의 친구가 되어 날마다 만나게 되었다. 조곤거리는 저들의 고운 대화를 엿듣고 있노라니 내 살아가는 모습이 눈에 들어왔다.

나는 무엇을 하며 살고 있는가. 행여 자신을 위해 나만의 만족감에 사로잡혀 살고 있지는 않은지. 주위의 어려운 사람들의 사정은 아랑곳하지는 않는가. 몇 푼 이웃 사랑 실천했다고 여기저기 떠벌리고 다니지는 않는지. 어느 기관 방문해 멋진 드레스 입고, 모양새 내고 노래하고 악기 불며, 할 일 다 했다고 내 의義로 우쭐대는 건 아닌지. '무엇을 위해 무슨 종을 얼마만큼 울리고 있는가.'에 생각이 다다르면 언제나 마음이 가을비 맞은 벼 이삭 된다.

'저 나무만큼도 못한 날을 살지는 않았을까' 뒤돌아본다. 'IMF'라는 경제적 위기는 여인으로서의 젊음을 송두리째 뿌리 뽑았다. 고통의 시절 이후 고단한 삶의 여정에 가족의 한 동이 녹수 역할만을 위해 온 힘 다해 노력해 온 지난 이십 년. 시간과 일의 양을 구분 않던 지난날의 힘과 건강이 옛 같지가 않다. 열정으로 오로지 꿈을 향해 내 닫던 때가 몇 년 지나지 않았는데도 벌써 체력의 한계를 느낀다. 조금은 초조함도 있다. 이나마 남은 구절초 꽃 빛 소박함의 꿈과, 아직은 자투리 남은 칸나 빛 날들을, 못다 한 꿈의 조각보에 모아 볼 때가 아닌가 한다. 올 추석 슈퍼 보름달을 느티나무 기둥에 서서 올려다보았다. 재촉 않는 세월이건만 저 달처럼 잘도 간다. 나에게 주어진 남은 소명은 저 느티나무의 공원 지킴이 역할일까, 플라타너스 잎의 산소 동화작용 일일까. 이제 내 꿈은 거대하지도 않고 새빨갛지도 않다. 거창했던 꿈은 내 던지듯 포기 한지 이미 오래고, 삼십 세가 지난 나의 건장한 분신들은 제 갈 길을 잘 가고 있다. 이제는 다른 곳에서 빛바래 가는 어둠 속의 영혼들을 위해 스러져 가는 날까지 살아야 함을 절실히 안다. 아주 작은 일에서부터 시작하여 욕심 없이, 하는 데까지 해 보자는 이정표 정도가 내 여로의 현실이다. 인생은 미완성이라 하지 않았던가. 완성을 추구하다가 욕망의 늪에 빠질 뿐이다.

저 느티나무와 플라타너스는 삶이 무엇인지 잘 모르면서도 묵묵히 선한 일을 잘 감당하고 있지 않은가. 당연히 해야 할 나의 길을 가며 어려운 일 또 닥쳐도 '사뿐히 지나가자. 무거워 말자'고 다짐해본다. 말 많이 하는 사람치고 믿을 만한 사람 별로 없다. 어디 가서 봉사한 것을 좋은 일 했다고 떠드는 이 치고 깊이 있는 사람 없다. 일을 하고 선행이라 제 입으로 자랑하고 내세우는 건 이미 선행으로의 빛깔이 퇴색된 것이다. 포도에 굴러다니는 마른 낙엽일 뿐이고, 제 자랑에 빠지는 일은 가치 없는 썩은 밤 껍데기에 불과하다. 선행이란, 소리 없이 아낌없이 내주는 것 그뿐이지 않는가. 사람 살이 한낱 촌음 일에 불과한 것일진대 어찌 내 만족에 젖으랴. 아주 조용하고 깊게, 그리고 푸르게 살란 말이다. 소리 없이 숨어 일하는 나의 벗 느티나무와 플라타너스처럼.

노태숙

월간 『한국수필』 등단. E-mail : ts-noh@daum.net

아버지의 죽음

문육자

아버지는 바람이었다. 어디서 와서 어디로 가는지 알 수 없는 그런 바람이었다. 잠자다 엄마의 신음소리에 깨어날라치면 언제 왔는지 집에 왔다가는 말없이 배웅하는 엄마의 눈길을 피하듯 부리나케 빠져나가던 그런 뒷모습이 아버지의 전부였다. 기억의 끝자락은 초등학교 2학년 때이고 그 다음 해 아버지의 빚 정리로 적산가옥이었던 이층집을 주인인 양 방마다 진 치고 자리한 채권자들에게 내놓고 정들었던 집을 뒤로했다. 아버지는 나타나지 않았다.

부끄럽고 미안한 마음은 접어두고 외삼촌 댁에 둥지를 틀었다. 어머니는 일벌이 되었다. 일벌이 어찌 꽃을 가리랴. 레이션박스를 저녁이면 하나씩 얻어 올 수 있던 미군 부대며 머리에 얹은 똬리 위에 세월의 무게만큼 무거운 채소 다발들은 어머니의 즐거움이었다. 아니 안도의 한숨을 쉬게 하는 것들이었다. 휘장처럼 내려뜨려진 어둠 속에서 돌아가던 싱거미싱 소리에 어머니는 구성진 노랫가락을 얹었다. 어머니의 세월은 쳇바퀴 돌 듯 돌아가고 내 일상은 닥치는 대로 책을 읽는 것으로 채워져 갔다. 아버지의 존재는 잊혀져가고 그리움도 야속함도 시들해졌다.

그러한 시간들로 세월은 누벼져 갔다. 일곱 해라는 산을 넘었다. 라일락이 꽃비가 되어 서럽게 내리던 오월이었다. 아름다운 오월에 훼방꾼처럼 마음 짓누르는 중간고사라는 학교의 행사는 꽃비처럼 찾아왔다. 시험이 끝나면 꽃비를 맞으며 퍼렇게 멍들어 울어대는 바다로 가리라. 해마다 손꼽으면서도 이루지 못했던 꿈을 또다시 간직했다. 쉽게 이루어지는 것보다 더 값진 추억이 되리라 자위하기도 했다.

시험 첫날은 긴장 속에서 어떻게 시간과 시험지를 메웠는지 알 수 없이 지나가고 또 다음날을 위한 준비에 골몰하리라 다짐하며 돌아왔다. 휑한 집인데 우체국 아저씨는 나를 기다린 듯 편지 한 통을 건네주었다. 지금은 기억 한 자락에도 남아 있지 않은 어느 군부대였다. 집에는 남자라고는 아버지 한 사람이었고 그것도 두절된 지 오랜 시간으로 행방조차 알 수 없는데

잘못 온 것은 아닐까 다시 보아도 어머니에게 온 것이었다.

내 손에 들려진 편지는 아버지의 죽음을 알리고 있었다. 군에 입대할 나이도 아니요, 부대와는 아무런 연관조차 없는 아버지는 부대에서 무엇을 했다는 것일까. 어찌하여 군부대에서 아버지의 죽음을 알리는 걸까. 과실치사라고 했다.

아버지는 비교적 유복한 가정의 장남이었다. 삼촌 둘, 고모 둘이 내가 기억하는 아버지의 형제자매들이었다. 할아버진 장남은 유식해야 동생들을 거느릴 수 있다고 아버질 일본에서 공부를 하게 했단다. 바로 그것이 불행의 시초였다. 할아버지가 눈을 감게 되었을 때 공부 많이 한 녀석은 논이나 밭뙈기가 없어도 살 수 있다며 한 뼘의 땅도 주지 않았고 삼촌 두 사람에게 논밭을 나누어 가지게 했단다. 큰삼촌에게는 제사 마련을 위해 더 많이 주어졌던 것도 그때서야 알게 되었다. 더 많은 유산을 받은 큰삼촌은 그것조차 복에 겨운지 얼마 지나지 않아 세상을 떠났고 어머니와 내가 사는 것에 목숨을 걸 때 아버지는 큰삼촌 대신 땅을 갖게 된 숙모에게 하루에 한 번씩 들러서는 할아버지 유산을 팔지 못하게 감시하는 것으로 긴 세월을 보냈던 것이었다.

세월이 숙모를 변하게 했을까. 어쩌다 정분 난 숙모는 아버지의 출입이 불편할 수밖에 없었겠지. 그 날도 어스름 무렵 아버진 삼촌 집을 찾았고 숙모를 찾아

온 젊은 군인의 손에 들려진 총을 맞아 아버진 그대로 숨지고 말았다.

어둠 속에 짐승이 나타난 줄 알았다는 것이 그 군인의 변명이었고 힘없는 어머니와 나는 부대에서 처리해 주는 대로 따르는 무식함을, 평생 후회할 무식함을 씹을 수밖에 없었다. 부대 넓은 광장 한 귀퉁이에 아버진 누워 있었다. 하얀 텐트 아래.

내게 비밀이 생긴 것은 그때였다. 아버지가 총을 맞아 비명횡사했다는 부끄러운 소리를 할 수가 없었다. 그것도 할아버지가 남긴 밭뙈기의 한 뼘이라도 숙모로부터 빼앗으려 한 것은 아니었을까 하는 생각에 아무도 아는 사람이 없는데 얼굴이 달아오르기도 했다.

방법은 하나였다. 시험이 끝나는 날까지 결석을 하지 않으리라. 장례는 시험 끝난 뒤의 일요일에 하리라. 어머니에게 간청도 하고 부대에 가서 사정을 얘기하기도 했다. 닷새였다. 하루의 시험이 끝나면 부대로 가서 책을 읽었다. 아버지 기일이 음력 사월 열흘이니 닷새 동안의 달빛은 비수보다 더하게 꽂히고 푸르다 못해 가슴까지도 멍이 들고 있었다.

달빛을 타고 내려오는 아버지의 모습은 책 위에서 일렁이다 사라지고 포르말린 냄새는 도망가고 싶을 만큼 역하고 슬펐다. 장례엔 변변한 상여도 물론 상여꾼도 없었지만 어이어이 울음 뱉는 사람도 없었다. 아버지의 시체는 화장장에서 가루가 되어 나와 마주했다. 내 팔에 안기던 아버지는 한 줌이었다. 바다와 강이 보이는 곳에서 풍장을 했을 때 바람을 따라 바람 속으로 들어가 바람이 되는 아버지의 편안한 모습을 볼 수 있었다. 어머니도 나도 마른 눈을 문질렀다. 아버지의 죽음은 살아가는 일보다 훨씬 작은 일이었기 때문이었다. 다만 어머니는 집으로 돌아오셨을 때 노리개 같은 곰방대에 담배를 짓이겨 피우셨고 나는 비밀을 어떻게 간직할까 궁리했다. 멀지 않아 어머닌 곰방대를 힘없이 내려놓고 눈을 감았지만.

오월의 푸른 하늘 아래 시험에서 벗어난 후련함만 안고 아무 일도 없었다는 듯이 등교했다. 학교에 갔을 때, 학생들도 심지어 이웃도 아버지를 입에 올리는 사람은 없었다. 나의 아버지는 아주 일찍 이미 바람이 되어 바람으로 살고 있었던지도 모를 일이었다. 아버지의 죽음, 음험했던 닷새의 비밀스러운 기억은 이젠 빛이 바래져 이름할 수 없는 그리움으로 남았는데 아버지의 바람 같은 혼백은 내게 들어와 오늘도 길 떠날 채비를 하고 있다.

문육자

월간 『한국수필』 등단. E-mail : theresia42@hanmail.net

탄생, 나의 분신分身

백미숙

수십 년이 지난 일인데 지금도 가끔씩 생각이 날 때는 가슴에 거머리가 붙어있는 것처럼 몸서리치게 된다. 사범학교를 졸업하고 문교부 장관이 되겠다는 어린 꿈을 안고 초등학교 교사임명을 받았다 부임해 보니 한 학급에 70명이 넘는 아이들의 초롱초롱하게 빛나는 사랑스러운 눈동자들이 교실을 가득 채우고 있었다. 더욱이 6학년을 담임했기 때문에 학예회 운동회 웅변대회 중학교 입시지도까지 어린 학생들을 가르치는 보람에 힘들었지만 꿈을 꾸는 것 같은 즐거움에 파묻혀 지낸 지 3년쯤 되었을 때였다.

부모님의 성화와 한 남자의 끈질긴 구혼 작전으로 거역할 수 없는 운명을 받아들이고 결혼을 하였다. 그런데 결혼 1년 만에 아무런 마음의 준비도 상식도 없이 덜컹 임신을 한 것이다. 교사로서 사명을 잘 지켜야 할 텐데 아이들의 교육에 지장을 초래하지 않을까 걱정이 앞섰지만 차츰 몸 안에서 꿈틀거리는 생명에 대한 호기심과 신비스러움을 느꼈다. 점점 배는 불러오고 출산의 고통을 생각하니 가슴이 두근거리고 무섭기도 했다. 한 달쯤 예정일이 가까워 오는데 다리가 붓고 어지럽기도 하여 처음으로 병원을 찾아갔다

간호사의 말을 듣고 커튼을 젖혔는데 이상한 발걸이가 있는 침대로 올라가라고 했다. 순간 겁이 나고 창피한 생각이 들자 화장실 다녀온다 말하고 집으로 와버렸다. 그게 화근이 될 줄 몰랐다. 그날은 출산 예정일 밤이었다. 별 증상이 없

이 자고 있는데 갑자기 쥐어짜는 듯한 배의 통증과 동시에 조금씩 하혈을 하기 시작했다.

무서운 공포가 엄습했다. 계속 피는 쏟아지고 나는 그만 정신을 잃고 말았다. 너무 출혈이 심해서 혼수상태에서 깨어나지 못했다. 얼마의 시간이 지났을까, 사람들의 웅성거리는 소리에 가까스로 눈을 떴는데 병실이었다. 내 팔뚝에는 링거병에 매달린 새빨간 혈관주사의 바늘이 꽂혀 있었다. 사흘 동안 내가 깨어나지 않아서 걱정을 하고 있는 중이라는 것이다.

'전치태반前置胎盤', 아기가 자궁 밖으로 나오기 전에 태반이 먼저 떨어져 버리는 태아와 산모의 생명이 위급한 상황이었다는 것이다. 그런데 내 옆에 누워있어야 할 아기가 보이지 않았다 산모의 정신이 좀 나아지면 데려오겠다 말을 하면서 며칠이 지났는데도 데려오지 않고 의사나 간호사나 남편까지 자기들끼리 눈짓만 하는 것 같았다.

갑자기 불안해지면서 아기가 죽었을지도 모른다는 생각이 뇌리에 스치면서 온몸에 소름이 돋으며 정신이 가물거리더니 정신 줄이 끊어지고 말았다. 1963년 그 시대 병원은 시설이 열악하고 전문의사도 별로 없었다. 나는 시간을 다투어 응급으로 제왕절개帝王切開 수술을 해야 할 상황이었는데 의사가 집에서 수면제를 먹고 잠이 들어서 새벽에야 수술을 했기 때문에 산모와 태아 모두 과다 출혈로 아기를 잃었다는 것이다.

한 달 만에 겨우 퇴원했지만 후유증으로 불면의 밤이 계속되고 간난 아기가 내 품에 안겨서 울며 보채는 꿈을 꾸거나 금방 천정이 무너져 나를 덮치고 달리는 자동차가 우리 집으로 돌진할 것 같은 공황상태 때문에 심한 고생을 했다. 첫 아이를 그렇게 잃어버리고 다시는 임신을 하지 않을 생각이었다. 그리고 2년의 세월이 가고 어느 정도 건강이 회복될 무렵 기대하지 못했는데 하늘이 나에게 새로운 축복으로 희망을 주셨다 또 다시 임신을 한 것이다.

그날은 추석날 저녁이었다. 맛있는 음식으로 차례를 지내고 만삭의 몸으로 뒹굴며 누워있는데 슬슬 태아가 발길질을 하며 버둥거리더니 차츰 배가 뒤틀리듯 아프기 시작했다. 첫 출산 때의 실패를 뼛속 깊이 간직하고 있는 터라 급히 병원에 입원을 했다. 배는 남산보다 크게 불러있고 제대로 누워 있을 수도 없는 아픔이 한참 진행 되었지만 이제나 저제나 이틀 동안 기다리는 태아는 나올 기미가 없다는 것이다.

이번에는 절대 실패하지 않겠다는 다짐으로 나는 주먹을 불끈 쥐고 바득바득 이를 갈며 고통을 견디었다. 내일은 제왕절개 수술을 한다는 것이다. 출산은 지연되고 사흘째 되는 새벽 비몽사몽 까무라치듯 잠깐 잠이 들었다. 쌔에엥, 반짝이던 별 하나가 새벽하늘을 가르며 날아오더니 내 품에 파고들어왔다. 번갯불이 눈앞을 스치며 수많은 은빛별들이 반짝거렸다.

갑자기 보름달을 삼킨 듯 온몸이 뜨거워지는 것 같아 소스라치며 놀라서 잠에서 깨어났다 꿈이었다. 허리가 쪼개지는 것처럼 아프고 뒤틀리면서 몸 깊숙한 곳에서 둥근 태아의 머리가 쑤욱 빠져 나오는걸 느끼는 순간이다. 그때 '으앙' 애기울음 소리가 들렸다. 의사와 간호사 어머니와 시어머니 남편과 여동생이 당황하며 황급히 우르르 달려왔다. 삼 일 동안 잠도 못자고 고통에 시달리며 기진맥진했던 나는 그대로 깊은 잠에 빠져들었다.

눈을 떠보니 내 곁에서 쌕쌕 아기의 숨소리가 들렸다 4.3kg의 건강한 공주가 태어났다고 야단이 났다. 태아가 너무 커서 출산이 그렇게 어려웠던 것이다. 인형처럼 평화롭게 잠든 애기를 보면서 드디어 내가 엄마가 되었구나 벅찬 기쁨이 가슴으로 스며들었다.

온몸 떨리는 그 포만감, 그 희열을 어찌 다 말로 표현할 수 있으랴 가슴에서부터 올라오는 눈물이 애기의 볼 위로 주루룩 흘러 내렸다. 뼈가 으스러지는 아픔을 견디며 어머니도 그렇게 나를 낳았구나 눈물을 닦아주는 엄마의 손을 끌어다

꼬옥 안아드렸다.

칼날로 살을 에는 엄동설한을 견디며 죽은 것 같던 개나리의 잔가지에서 개미새끼 같은 새움들이 솟아나고 있다. 죽었거니 생각하고 베란다 구석에 치워둔 서양란 화분 속에서 펜촉 같은 꽃대가 뾰족이 올라오고 있다. 32년 만에 급습한 폭설과 한파에 지구는 온통 얼어붙어 있지만 지금도 지구촌 곳곳에서 새로운 생명의 탄생은 수많은 산모에게 행복을 나눠주고 있을 것이다.

백미숙

『한국문인』 신인상 시, 수필 등단. E-mail : msbaik77@hanmail.net

행복의 비밀

손보령

차가운 겨울의 오싹함이 내 발길을 재촉했다. 평소보다 빨리 성당에 도착한 나는 성당 입구 의자에 앉아 본의 아니게 성당 안으로 들어오는 사람들의 표정을 살피게 되었다. 제각각인 표정에 섞갈리는 미로가 단호하게 박혀 어지러움이 파래진다. 행로가 묘연한 표정의 미로에는 등짐을 짊어진 행복의 비밀이 숨어 있지 않을까?

진정한 행복의 비밀은 쉽사리 드러나지 않는 듯하다. 살갗으로 매섭게 파고드는 행복의 비밀에 서슴없이 찬란한 입맞춤을 하여 본다. 자신의 행복을 지나치게 강조하는 억센 표정의 처량한 헐떡거림은 무섭도록 씁쓸하기 짝이 없다.

한 집에 살지만 남과 다를 것 없는 남편, 부모와 자식과의 엉클어진 실타래, 인정사정 볼 것 없는 형제간의 대결 - 바싹 마른 무언無言의 소용돌이 속에 팽개쳐진 행복의 진심 어린 아우성이 들려온다. 미치도록 행복한 어느 한 인간은 신들린 것처럼 너풀너풀 춤을 춰대고 자지러지게 웃어댄다.

"나는 남편 눈치, 자식 눈치 안 보고 내가 하고 싶은 것 다 하고 다녀. 남편은 내가 뭘 하고 다니는지 간섭도 안 해."

또 한 편에는 우아함을 뽐내는 애처로운 백조의 우울한 억지 행복의 그림자가 드리운다.

"밍크코트가 장롱에 수두룩해도 마음에 드는 것이 하나도 없어서 또 하나 샀는데 나 예뻐? 어때?"

세상 누구보다 행복한 듯 으스대며 잘난척하는 벌거숭이의 눈부신 비밀이 기막히도록 천연덕스럽다. 행복의 표정은 아무 일 없는 듯 그렇게 바뀌어간다. 올가미에 씌워진 행복은 인간을 더욱 낯선 비참함에 가두어 미련한 빈털터리의 형상을 만들어 간다. 자신을 지배하고 있는 비밀의 늪은 과한 욕심의 발악일 것이다. 인간의 욕심은 끝이 보이지 않는 뜨거운 사막을 맨발로 걷는 참담한 고통의 여정이다. 그리고 욕심이 불러일으킨 과한 욕망은 행복의 지푸라기조차도 낙오시키는 시꺼먼 술주정과 같은 행태이다.

어떤 두 사람을 보고 있노라면 무엇인가가 부족해 보이고 덜 채워진 느낌이 든다. 서른 살이 넘은 다운증후군 딸과 그 딸을 한 시도 떼어놓지 않고 데리고 다니는 지극정성인 엄마가 있다. 그저 부족한 딸이 걱정이고 안쓰럽다. 그런 딸을 위해 하루도 빠짐없이 기도를 한다. 자신보다 덩치가 큰 딸을 데리고 다니느라 늘 진땀을 빼지만 딸의 징검다리가 되어주는 그 엄마의 얼굴에는 딸을 지키려는 강인한 떨림이 느껴진다. 그리고 외로움에 치를 떠는 허기진 행복의 소리는 들리지 않는다.

남과 조금은 다른 딸이기에 눈물이 마를 만큼 많이 울기도 했을 것이고 자신의 가슴을 피가 맺히도록 치고 또 쳤을 것이다. 하지만 바람의 장단에 춤을 추는 나뭇잎들의 놀음판에 행복을 쑤셔 박지는 않은 듯하다.

행복은 어떠한 대가도 바라지 않는다. 높게 치솟은 대가의 우월감은 파렴치한 행복의 슬픈 눈물이 될 수밖에 없을 것이고 자신의 자투리 공간까지도 채우려는 욕망의 위태로운 탐욕일 뿐이다.

자신이 가진 최고의 조건이 부족하여 그 최고의 조건을 밑거름으로 욕심을 부풀리고 욕망을 키우려는 인간의 끝없는 표독함이 주제넘게 거만하다.

행복은 늘 변함없이 본래 자리를 굳건히 지키고 있음에도 인간은 낭떠러지 끝에 서서 오들오들 떨어가며 보이지 않는 것을 한없이 갈구하고 독이 든 사과의 유혹조차도 뿌리치지 못한다.

비밀은 자신의 외롭고 쓸쓸한 처지를 스스로 처방하는 순간순간의 처절한 치료약이 아닐까? 비밀은 비밀 그 자체를 만드는 것도 자신이고 지키려고 하는 것도 자신이며 사람들에게 누설시키는 것 또한 자신이다.

영원한 비밀은 없다. 나 자신이 진정으로 느낄 수 있는 참 행복을 찾는 것이 어느 누구에게도 들키지 않는 최고의 비밀이 될 것이다.

손보령

2015년 월간 『한국수필』 등단. E-mail : composer0512@hanmail.net

생일 날에 부치는 글

유동종

나는 계절 중에서 가을을 가장 좋아합니다. 풍요의 계절인 가을, 한 해의 농작물을 추수하여 거두어들여 우리의 마음을 풍요롭게 하는, 그래서 예로부터 가장 마음이 넉넉한 계절이라 하였습니다. 또한 하늘은 높고 말이 살찌는 천고마비天高馬肥의 계절이라 하였습니다. 하늘이 푸르고 상쾌한 날씨가 계속되며 산과 들이 아름다운 가을 색으로 물들어 우리를 황홀하게 합니다. 농사를 짓느라 피와 땀을 흘리며 많은 고생을 했기로 농부들의 마음 또한 가을맞이로 넉넉하여집니다. 아, 가을인가요. 어릴 적부터 가을 앞에는 "아-"가 절로 붙습니다. 한동안 벌어진 입이 다물어지지 않습니다. "오-" 봄이 왔구나의 입 모양과는 그냥 다릅니다.

가을 길은 마을 어느 남산을 거닐어도 참으로 즐겁습니다. 껑충 커버린 소나무 틈새로 온종일 걸어도 마음이 그냥 가볍습니다. 산들바람이 쏴와 쏴와 마을 앞 정원수를 흔들고 있습니다. 아, 어릴 때의 그 가을, 아 어릴 적의 그 가을 하늘, 어딜 걸어도 마음이 넉넉합니다. 올벼를 심어 타작을 끝낸 이들도 있다지만, 익어가는 벼가 누렇게 겸손한 마음으로 고개를 숙이는 모습도 가을이 주고 가는 아름다운 정취입니다. 타작을 끝낸 올벼 논… 저 멀리 백로 한 마리가 그저 여유롭기만 합니다. 오늘도 가을 풍경을 알리는 붉은 노을로 가득합니다. 가을 하면 단풍이 하늘이 구름이 마냥 우리를 즐겁게 합니다.

산이나 들녘에 노랗게 빨갛게 물들어 있는 가을 색, 그저 바라만 보아도 즐겁습니다. 그래서 가을 풍경은 사람의 마음을 안정시켜줍니다. 가을이란 높은 것은 더 높아지고 더는 높아지지 못해 그만 자신을 비워 가는 것. 가을이란 푸른 것은 더 푸르러지고 더는 푸르다 못해 그만 노랗고 빨갛게 자신을 물들어 가는 계절이라 하였습니다. 가을의 특징은 맑은 가을 하늘과 구름의 모양이라 하였습니다. 한 번도 똑같은 구름 조각을 본 적이 없습니다. 시시로 변하는 하늘 구름이 가을 하늘의 작품이라서 나는 가을을 좋아합니다. 그 가을에 추석이 있어서 좋아하고 명절 중에서도 특히 추석을 좋아하였습니다.

무더운 여름을 보내고 선선한 가을로 들어서면서 맞이하는 첫 명절이 추석이어서 좋습니다. 추석이라, 중추절이라, 한가위라, 가위라, 팔월대보름이라 그 이름만으로도 아름답고 넉넉하여서 좋습니다. 그리고 년 중 최대의 만월 잔치가 밤하늘에 펼쳐져 좋습니다. 송편을 만들어 먹고 햅쌀과 햇과일로 차례를 지내며 성묘에 다녀오고, 달맞이, 강강술래, 소싸움, 소놀이, 거북놀이, 씨름, 줄다리기 등의 놀이를 즐기는 우리네의 오랜 민속 풍속이 추석입니다. 나는 또한 가을에 추석과 내 생일이 겹쳐서 참으로 좋습니다. 내 생일날은 추석 만월 잔치 다음다음날이 내가 이 세상에 태어난 날입니다.

그래서 다른 사람들이 겪어보지 못한 아주 풍성한 음식을 곁들여 생일잔치를 치르곤 하였습니다. 점점 자라면서 나보다도 축복을 더 받은 사람도 없을 것이라고 생각하며 자랐습니다. 다른 아이들은 맛있는 음식과 떡을 먹기 위하여 생일을 기다린다지만 나는 항상 추석을 기다렸습니다. 우리나라에서는 생일을 존대하여 생신이라 하고 해학적으로 귀 빠진 날이라 부르기도 합니다. 자녀의 생일은 부모가, 어른이 되어서는 당사자나 성장한 자손들이 소연小宴을 베풀고, 마음이 너그러운 옛날 양반네들은 하인 또는 머슴까지도 생일상을 차려 주었습니다.

생일날에는 당사자나 그 가족들이 새 옷으로 갈아입거나 생일상을 차려 주었는데, 생일상은 아침에 차리는 것이 원칙이었고 평소의 밥상과는 달리 고기, 생선, 전, 약식, 떡 등으로 차리는데 미역국과 흰 쌀밥은 빼놓지 않았습니다. 초대받은 사람이 반드시 축하금이나 축하품을 가지고 가는 일은 없고 초대에 응해주는 것만으로 축하의 뜻을 표했습니다. 지금이야 초등학교 아이들도 서로 생일을 축하해주고 선물을 교환하며 생일케이크를 준비한다지만, 우리가 어렸을 적에는 가족과 함께 떡과 미역국을 먹으며 생일을 보냈습니다.

내 어렸을 적에 내 생일날은 친척들이 함께 할아버님과 할머니 산소에 성묘가는 날이었습니다. 아버님과 작은 아버님과 사촌들 10여 명이 우리 집에서 아침을 들고 길을 나섭니다. 두 분의 산소는 신작로 길을 십여 리 걷다가 산길로 그 거리만큼 또 걸으면 아주 깊은 산자락에 있었습니다. 걸으면서 쉬면서 밤알을 주워 먹고 다래를 따 먹고 철 잃은 잠자리를 따라다니며 다녀오던 그래서 즐거운 성묘길이였습니다. 두 분은 내가 태어나기 수십 년 전에 돌아가셨지만 산소에 가는 날은 그래서 기분이 좋은 날이었습니다. 어느 해에는 논밭을 일구며 산소를 관리하는 할아버지가 전날에 노루를 잡았다며 고기를 내와서 처음으로 맛있게 먹었던 추억도 새롭습니다.

나는 오늘 아침 일찍 아들네 집으로 와서 추석 예배를 드렸습니다. 아버님과 어머님 사진을 거실에 모시고 간단한 과일을 차려놓고 예배를 드렸습니다. 두 분의 얼굴을 뵈니 옛날 추억으로 마음이 가득합니다. 추억은 사라지는 것이 아니라 마음으로 더 가까이 다가오는가 봅니다. 세월이 흐를수록 더욱더 선명하게 다가옵니다. 나는 아들 내외에게 일렀습니다. "아범아, 이번 내 생일은 내일 저녁 식사를 집에서 하고 여기서 밤을 새우고 내 생일날 아침에 미역국이나 먹고 가겠으니 별도로 준비할 것은 없다. 그리 알 거라."

아들네는 가까운 용인시 신도시에서 살고 있습니다. 내 어릴 적에 추석이 다가오면 가족끼리 모여 앉아 서툰 솜씨로 송편을 만들던 추억으로 아련합니다. 아무리 잘 만들려고 하여도 못생긴 송편으로 인하여 어머님으로부터 핀잔을 듣던 일이 떠오릅니다. "너는 송편 만드는 것을 보니 예쁜 색시 얻기는 아마도 틀렸나 보다. 좀 예쁘게 만들 거라."고 하시던 어머님의 말씀이 지금도 귀에 들리는 듯 젖어 옵니다. 팔월 보름날 저녁, 창문을 열고 밤하늘을 들여다보고 있습니다. 어디론가 흩어져 가는 구름 사이로 얼굴을 내미는 팔월 대 보름달을 바라보노라니, 스스로가 "구름에 달 가듯이 나그네"라는 마음으로 가득 채워지고 있습니다. 저 달을 바라보며 또 한 번 다짐해 봅니다. "휘영청 밝은 저 달을 바라보며 모든 근심과 걱정을 비우고 밝은 마음으로 살아가리라."

유동종

월간 『한국수필』 등단. E-mail : ydj2525@naver.com

탄생의 기적

유한나

세상에 살아가면서 체험하는 가장 큰 환희의 순간은 한 생명이 탄생하는 순간이 아닐까? 한 알의 씨앗을 땅에 심은 후, 얼마 동안이 지나 꽃봉오리가 맺힐 때도 신기하고 기쁜데 하물며 만물의 영장이라는 사람이 태어날 때 어떠하랴? 주위 가족 친지들의 축하를 받고 부모와 함께 큰 기쁨을 함께 누리는 인간사의 대사 중의 하나가 새 생명의 탄생이다.

결혼하여 32년이 넘는 긴 세월 동안 세 자녀를 낳아 키우며 많은 웃음과 기쁨을 맛보았다. 그들의 천진난만한 모습과 행동이 우리 부부와 양가 부모님에게 삶의 기쁨과 즐거움을 선사하였다. 세 자녀 중 첫아들이 2년 전에 결혼하여 그의 첫아들이 태어났다. 우리 부부의 첫 손자이다. 아직 오십 대의 나를 어머니에서 할머니로 전격 승격시켜준 아기이다. 다른 도시에 살던 아들 내외가 지난해 6월 우리가 사는 도시로 이사를 왔다. 우리 집에서부터 걸어서 10분 정도 거리에 살게 되었다. 덕분에 5개월 된 손자를 거의 날마다 볼 수 있는 특권(?)을 얻었다. 내 주위에 아들이나 딸이 삼십 대, 사십 대가 넘어도 싱글로 머물러서 손자 손녀를 안아보고 싶어도 못하는 분들이나 자녀들과 손자 손녀들이 먼 도시나 먼 나라에 떨어져 살고 있어 동영상으로 손녀 손자들의 커 가는 모습을 보는 이들도 적지 않다는 것을 알기 때문에 아들 내외와 손자가 바로 이웃에 살고 있다는 것이 우리에게 특권이고 축복이라는 것을 안다. 며느리가 병원에 갈 일이 있거나 약속이 있으면 손자는 유모차를 타고 우리 집에 와서 두어 시간을 지내다가 돌아가곤 하였다. 그 시간은 오십 중반이 넘은 내가 어린 손자에게 모든 것을 맞추어야 하므로 아기처럼 마음과 생각이 젊어지고 순수해지는 귀한 시간이 되곤 하였다.

내가 한국에서 첫아들을 낳았을 때에는 직장생활을 하던 때였다. 2주간의 산후휴가 후에 다시 직장 생활 하느라 할머니 한 분을 구하여 아기 돌보는 일과 집안일을 그분에게 맡기고 직장 생활을 계속하였다. 그래서 퇴근 후나 주말에 잠시 아기를 유모차에 태우고 밀어준 기억은 나지만, 바쁘게 살던 신혼 때라서 손자를 유모차에 태워 밀어주고 돌보는 때에 비해 마음의 여유로움이 없었던 것 같다. 5개월 때 만나기 시작한 손자가 누워서 손과 발만 움직이던 아기에서 스스로 혼자 소파에 앉았을 때 신기하여 환호성을 질렀다. 첫돌이 되자 아장아장 걷기 시작하였을 때도 놀라워하고 기뻐하였다. 아기의 이가 하나둘씩 생겨나고 과일이 그려진 그림책을 보며 한 음절씩 "과"(사과), "포"(포도) 소리를 낼 때를 지나 "아빠" "엄마" "오모"(고모), "부지"(할아버지) 하며 얼굴을 알아보고 호칭을 부를 때도 신기하여 놀라워하고 아기처럼 기뻐하였다. 아기들이 말만 배워가는 것이 아니라 배운 대로 따라 하며 스스로 놀이를 즐길 줄 알고 상황을 깨달아가는 힘을 깨쳐가는 것을 보는 것도 신기하기만 하였다.

이처럼 새로운 생명의 탄생이란 변화나 성장이 정지된 정체성을 파괴하는 힘, 새로운 생동력과 창조력을 공급하는 새 힘과 미래를 보여주기에 그 주위에 기쁨과 희망이 파문처럼 퍼져나가게 만든다.

아직 첫아들이 결혼하기 전, 남편은 주위 선배분들이 손자나 손녀 자랑을 하시며 사진을 보여주시는 것을 보며 자신은 그분들처럼 나중에 손자 손녀들에게 마음이 뺏기지 않을 것 같다고 말하였었다. 그런데 첫 손자가 태어나고 우리 집 이웃으로 아들 내외가 이사 오자, 하루라도 손자의 얼굴을 못 본 날에는 궁금해하며 어느새 마음과 발걸음이 아들 집으로 향한다. 요즘은 손자가 기쁨의 근원이라고 하면서 직장에서 돌아와 저녁 식사 후에 내가 부엌일을 하는 동안 손자 보러 간다고 집을 나서곤 한다.

며느리가 곧 두 번째 아기를 출산할 예정이다. 두 번째 아기 임신 소식을 들었을 때, 첫아들이 태어났으니 다음에는 아들이나 딸 모두 좋다고 하면서도 예쁜 손녀가 태어났으면 하는 마음이 있었는데 의사가 딸이라고 말해주었다고 한다. 손녀가 누구를 닮은 모습으로 이 세상에 태어날지 궁금하지만 손자 때와는 또 다른 느낌을 받을 것 같다. 생명의 탄생 자체가 신비에 쌓인 기적이 아닌가! 부모라도 그들이 원하는 대로 아기의 얼굴이나 앙증스러운 손이나 발을 만들 수 없고 다만 조물주에 의해 얼굴 모습, 오장육부 뿐 아니라 기질까지 빚어져 만물의 영장으로 이 세상에 탄생하는 기적 덩어리, 신비 덩어리가 아닌가! 날마다 세포가 늘어나고 키가 자라며 몸무게가 불어나고 생각하는 힘과 사물이나 주위 사람을 지각 판단하고 느낌을 갖는, 이 다이나믹한 생명력의 비밀과 성장의 신비를 어떻게 우리의 제한된 지식에 근거하여 또박또박 논리적으로 파헤쳐 설명할 수 있을 것인가!

세상에 70억 이상의 많은 사람들이 살고 있고 또 오랜 역사를 이어왔지만 지금까지 한 사람도 다른 사람과 모습이나 성품, 취향이 똑같았거나 똑같은 사람은 한 사람도 없다. 여기에 생명의 신비, 탄생의 신비가 있다. 가족 중 비슷하게 닮기는 하였어도 얼굴이 똑같은 사람은 한 사람도 없다. 나는 이 세상에서 단 하나뿐인 유일한 존재이다. 그러기에 나의 인생, 너의 인생은 다른 누구의 인생과 비교하거나 대체할 수 없는 귀한 인생인 것이다. 탄생은 그러나 아픔과 고통을 수반한다. 새로운 생명의 탄생은 새가 알을 깨고 나오듯, 옛것을 깨야 새로운 것이 탄생한다. 이 생명을 탄생시키기 위해 어머니는 열 달간 자신의 몸속에 또 다른 생명체를 품고 살아야 한다. 그리고 마침내 세상에서 가장 고통스러운 해산의 고통을 겪고 새 생명을 탄생시킨다. 해산의 고통은 스무 개의 뼈가 부스러지는 고통과 맞먹는다고 한 연구에서 발표했다고 한다. 이 새로운 생명체를 뼈가 부스러지는 극한 고통과 아픔 가운데 낳기 때문에 여자는 연약한 존재일지 모르나 어머니들은 위대한 것이다.

내가 첫아들을 낳을 때였다. 진통이 시작되어 밤 9시경 병원에 입원하였는데 그 후 6시간의 진통과 고통을 견디고 새벽 세 시경에야 아기를 해산하였다. 진통이 처음에는 20분 간격으로 오더니 그다음에는 10분, 5분, 2분, 1분 간격으로 오면서 마치 뾰족한 바늘로 배를 콕콕 찌르듯이 아팠다. 얼마나 고통스러웠던지 병원 침대 옆 창가에 달려있던 긴 커튼을 두 손으로 붙잡아 당겨서 마침내 우두둑 우두둑 소리가 나면서 긴 커튼이 뜯어져 내렸다. 아기를 해산하고 거울에 얼굴을 비춰보니 진통을 참느라 입술을 얼마나 깨물었던지 입술에 시퍼렇고 뻘건 피멍이 들었었다. 이러한 고통을 겪으며 아기를 해산하고 나서 깊이 깨달았던 것은 '몸에 통증이 없는 상태가 가장 행복한 상태'라는 것이었다. 그러한 아픔과 진통 가운데 생명을 얻었기에 어머니들은 몸의 분신인 아기를 온 정성과 마음으로 키우며 평생 자녀를 위해 희생을 아끼지 않는 힘을 얻는 것이리라.

생명의 탄생이라는 엄숙한 해산의 예식을 치러 본 여자로서, 모유를 먹이며 갓난아기를 키워본 어머니로서 그리고 없던 손자가 아들과 며느리를 통해 이 세상에 태어난 탄생을 체험한 할머니로서 생명의 탄생이 우연히 어쩌다가 이루어지는 것이 아니라 생명의 창조주가 존재한다는 사실을 부인할 수 없게 되었다. 손자는 웃는 모습이 며느리의 모습을 많이 닮았다. 그런데 자라면서 '아빠를 많이 닮았다'는 말들을 주위 친구들이나 친지들이 말하는 것을 듣고 나도 손자의 얼굴 모습에서 그 나이 때의 첫아들 얼굴을 얼핏 보게 되는 것을 보면, 아빠와 엄마를 골고루, 절묘하게 다 닮았다는 결론이 나온다. 그뿐인가? 성격이나 기질, 취향, 재능도 아빠나 엄마 또는 조부모의 유전자에서 이어받는다.

오늘도 지구 상에서 수많은 아기들이 울음을 터뜨리며 태어나고 그 주위에 서서 아기를 보며 기뻐하는 부모들과 가족·친지들이 수없이 많을 것이다. 새 생명의 탄생은 주위에 기쁨을 선사한다. 그 생명이 끝까지 가족·친지들과 이웃, 사회와 국가, 세계에 기쁨을 주는 존재로 잘 성장하도록 부모가 사랑과 정성을 다하여 성실하고 정직하며 이웃사랑을 실천하는 사람으로 키워야 할 책임이 따른다. 그다음에는 학교와 사회, 국가에서 그들의 올바른 성장을 위해 좋은 환경을 이루어주도록 최선을 다하여야 할 것이다. 그런데 저출산율 1위 국가인 우리나라에서 탄생의 기적을 낳을 어머니들이 먼저 많이 탄생해야 되지 않을까?

유한나

2012년 『한국수필』 신인상 등단. E-mail : hanna2115@hanmail.net

이건 비밀인데!

윤정희

처음으로 하는 말이다. 나는 그동안 동생에게 이 말을 할 수가 없었다.

아버지가 빚을 지시고 일찍 돌아가신 후 우리는 단칸방을 얻어 이사를 했다. 엄마는 순대와 호떡 장사를 하시며 생계를 꾸려 가셨다. 어느 날 새벽 엄마는 우리를 모두 깨우셨다. 머리맡에 두신 지갑이 없어지셨다고 했다. 우리는 하나같이 모른다고 했다. 엄마는 회초리를 가지고 들어오셨다. 바른대로 말하면 용서해 주시겠다고 하셨다. 하지만 나와 동생들 어느 누구도 가져가지 않았다고 했다.

엄마는 그 돈이 어떤 돈인 줄 아느냐고 하시며 우리를 다그치셨다. 한 번도 이런 일이 없었는데 도대체 누구 짓이냐며 빨리 말하라고 하셨다. 그 돈이 없으면 오늘 하루 장사를 못 하고 그러면 월세도 못 내고 쌀도 못 사고 우리는 앞으로 굶어 죽어야 한다고 하셨지만 아무도 나서지 않았다.

우리는 모두 남동생을 의심하기 시작했다. 항상 공부 잘하고 말도 잘 듣던 동생이 얼마 전부터 집에 늦게 들어오기 시작했다. 어디를 갔다 이제 오느냐고 하면 친구 집에서 놀다가 왔다며 말을 얼버무리고 돌리기 일쑤였다. 우리는 남동생이 나쁜 친구들과 어울려 오락실에 다니는 것은 아닐까?, 혹시 오락비가 필요해서 엄마의 지갑을 훔친 것은 아닐까 추측했다.

나는 엄마보다 더 무서운 기세로 동생을 다그쳤다. 바른대로 말하지 않으면

이 집에서 내쫓아 버리겠다고 했다. 그래도 효과가 없자 남의 것에 손을 대는 아이는 싹수가 노라니 때려서라도 고쳐야 한다고 엄마에게 회초리로 마구 때리라고 재촉했다.

동생은 그날 심하게 매를 맞았다. 종아리에서 피가 날 정도로 맞았다. 엄마와 누나들에게서는 도둑놈이라는 말과 나쁜 놈이라는 말에 별의별 소리를 다 들었다. 동생은 끝내 자신은 돈을 훔치지 않았다고 발뺌했다. 엄마와 우리는 모두 지독한 놈이라며 때리기를 그치고 그날 하루 종일 동생을 굶겼다.

그 후 얼마간의 시간이 지나고 나는 내가 다니는 고등학교에서 남동생을 보았다. 동생은 한 손 가득 신문을 들고 있었다. 동생은 그동안 신문을 돌리면서 나에게 들키지 않으려고 우리 학교를 올 때마다 교문에서 이리저리 눈치를 보고 들어 왔었다고 했다. 집에 늦게 들어온 것도 다 그 이유였다고 했다. 또 친구가 다니는 컴퓨터 학원 원장님이 친구들 중에 공부 잘하는 아이가 있으면 소개를 하라고 해서 동생이 전교 1등이라고 소개를 받았다고 했다. 그 소개로 공짜로 컴퓨터를 배우면서 학원 원장님을 도와 아이들에게 공부를 가르치고 있었다고 했다. 미리 말하지 못한 이유는 엄마가 자식들에게 돈이 없어 하고 싶은 것을 못 해주는 것에 대한 미안한 마음을 가질까 봐 그랬다는 것이었다. 동생이 나쁜 아이들과 어울리는 것은 아니라서 고마웠다. 나는 이 모든 사실을 엄마에게 이야기했고 그 일로 인하여 동생에게 품었던 오해를 어느 정도 풀었다. 하지만 없어진 지갑에 대해서는 여전히 동생을 의심하고 있었다.

오랜만에 대청소를 하기로 했다. 방안 구석구석을 뒤지며 먼지를 털어내고 닦고 정리를 했다. 방안에는 장롱 하나 작은 냉장고 하나 책상이 전부였다. 냉장고 문을 윤기 나게 닦고 냉장고 밑바닥 아래로 걸레를 밀어 넣으며 먼지를 슥 닦는데 뭔가가 손에 걸리는 느낌이 들었다. 나는 긴 자를 가져와 다시 손을 밀어 넣고 움직여 보았다. 무언가가 걸려 나왔다. 엄마가 잃어버렸다는 그 지갑이었다. 엄마가 말한 금액이 그대로 들어 있었다. 엄마는 냉장고 앞에서 누워 주무셨는데 항상 머리맡에 지갑을 두셨다. 아마도 잠을 잘 때 잘못 손으로 툭 쳐서 지갑이 냉장고 밑으로 들어간 것 같았다. 나는 돈을 엄마에게 줄까 하다가 그러지 않았다. 그 돈으로 꼭 한번 해 보고 싶었던 일을 하기로 했다. 다른 아이들처럼 나도 단과 학원에 한번 다녀 보고 싶었다. 그 돈으로 3개월간 영어 학원을 다녔다. 학원을 다니면서 친구들과 같이 수업을 땡땡이도 쳐보며 허영 부리기도 해보았다.

동생은 아직도 나 이외의 가족들에게는 그 당시 사건의 범인으로 몰려 있다. 동생에게는 미안하지만 이 글로 고백과 사과를 대신해야겠다. 그 돈을 내가 다 쓰긴 했어도 사실은 나도 범인은 아니라고 당당히 웃으며 말할 수 있다. 내가 이렇게 말하면 동생은 나를 잡아먹을 듯이 노려보려나? 나도 사회적으로는 좋은 선생님 멋진 선생님 평생 멘토로 삼고 싶은 선생님으로 나름 인정받는 사람인데, 정말로 용기가 필요한 시간이었다. 어쩌겠는가? 나도 당시에는 정말로 모르는 사실이었던걸.

나의 고백으로 동생은 착하고 심지가 굳은 효자임이 밝혀졌고 나는 철딱서니라고는 눈 꼼만큼도 없는 어리석은 사람으로 비춰졌으니 손해는 내가 더 큰 거라고 해볼까? 영영 비밀로 하고 싶은 유혹에도 불구하고 이렇게 고백하기도 싶지 않은 결정이었다며 이제라도 혐의가 벗어진 것에 감사하라고 큰소리치면 내가 너무 뻔뻔한 인간일까?

윤정희

2010년 월간 『한국수필』 등단. E-mail : junghee0312@hanmail.net

아트 파탈의 매력

윤태근

녀석을 만난 것은 미술관 조각전에서다. 유연함을 자랑이라도 함인가. 양 팔다리를 뒷목으로 감아올린 발가숭이 몸으로 천연덕스럽게 앉아 있다. 도드라진 고추가 첫눈에 들어온다. 옹알이를 하던 아들이 제 발을 빨며 놀던 모습이 떠오른 것은, 필경 녀석의 천진무구한 미소 때문이리라. '귀여운 개구쟁이'라는 제목으로 높이가 20cm에 불과한 작품이다. 보면 볼수록 정감이 간다. 아직 여물지 않은 저 귀여운 불알 안에는 얼마나 많은 씨앗들이 숨어 있을까. 목욕시킬 때마다 쓰다듬어 보던 아들 녀석의 그것만 같다.

그 옆엔 전라의 아가씨가 두 팔을 머리 위에 올린 대담한 포즈로 수줍은 듯 서 있다. 봉긋 부풀어 오른 가슴과 목선이 아름답다. 갸웃이 숙여진 머리, 벌어질 듯 도톰한 입술, 지그시 감은 두 눈이 황홀한 꿈속을 헤매고 있는 듯하다. 왼쪽 발꿈치를 살짝 들어 올린 팽팽한 허벅지와 흘러내리는 허리의 선이 긴장되어 보이는 것은 '설레임으로'라는 제목 때문이리라. 20살쯤 되어 보이는 아가씨는 무엇에 설레고 있는 것일까.

아가씨란 시집갈 나이의 여자를 이르는 말이다. 그런데 아가의 씨라니? 씨앗이란 수컷들의 전유물이 아닌가.

수컷들은 씨를 뿌린다 한다. 씨를 뿌릴 수 있는 곳은 땅이다. 여성을 밭에 비유하는 것은 이미 진부한 메타포다. 씨가 여문 수컷들은 항상 밭을 엿본다. 옥토를 선호하지만 때론 박토라도 사양하지 않는다. 자신의 씨를 퍼뜨리려는 본능이니 조물주의 섭리가 분명하다. 자식을 많이 낳고 번성하여 땅을 가득 채워라. 창세기 노아의 홍수 편이 그 증거다. 이 지엄한 축복의 말씀을 따르는 수컷들의 행복한 노고가 눈물겹다. 씨앗을 뿌리기 위해선 모험을 넘어 목숨을 담보하기도 한다. 그러고 보니 '사랑합니다'란 '당신 몸속에 내 씨를 뿌리고 싶습니다'와 동의어일 것만 같다. 이 말에 내 볼퉁이라도 콱 쥐어박고 싶어 하는 자가 있다면, 그는 분명 아가페만의 외짝 눈을 지녔으리라.

수컷들의 암컷에 대한 집념과 진화의 끝은 어디일까. '신은 지구의 아름다움만을 모아 여체를 만들었다. 그녀들은 온 우주의 아름다움과 등가물이다.' 어느 남성의 주장이다. 남자란 누구나 어느 정도의 페미니스트일 것 같다. 함부르크 시립미술관에 있는 장 레옹 제롬의 유채화 「배심원들 앞에 선 프리네」가 이를 증언한다. 차가운 석조건물의 실내. 에로틱의 음험함을 상징하듯 화면의 윗부분은 어둡다. 수컷들의 욕정을 은유함인가 보다. 검붉은 망토를 걸친 20여 명 배심원들의 놀란 시선이 집중된 곳. 프리네가 눈부신 나신으로 서 있다. 팔등신 미녀가 뿜어내는 밝은 빛이 어둠과 대조를 이루는 데, 히페리데스는 그녀의 옷을 벗겨 높이 쳐들고 있다. 예술가들의 영감을 자극하는 전설이 모티브란다.

기원전 아테네의 창녀 프리네는 신성 모독죄로 법정에 선다. 데메테르 제전 때 알몸으로 바다에 들어가는 불경죄를 저지른 탓이다. 그녀의 애인 히페리데스가 배심원들 앞에서 변론했으나 끝내 유죄를 면할 수 없게 되자, 순간적으로 프리네의 알몸을 공개하고 만다. 얼마나 뇌쇄적인 육체였을까. 넋을 잃은 배심원들은 그녀의 무죄를 선언한다. 프리네의 아름다움은 신의 영역에 속한 것이니, 신을 모독한 것이 아니라는 논리였다나. 배심원은 모두 남성. 그중엔 수염 긴 노인도 여럿이다.

신성모독을 용서받을 수 있는 육체의 소유자. 그것이 여성이란다. 아무리 수컷들의 시각이라지만 이 정도면 중증 페미니스트 환자가 아닐 수 없다.

자기만의 사랑이라고 치장할 필요는 없다. 예술의 소재 중 사랑보다 큰 비중을 차지한 것은 없고 사랑이란 모두 통속성이 있으니까.

'치명적 매혹과 논란의 미술사'란 부제가 붙은 『아트파탈』*을 보면 분명해진다. 현학적 수사를 동원해 에둘러 표현하고 있으나 작가의 주장은 간단하다. '미술사란 음탕하고 저속한 취향을 만족시켜 왔던 인간 역사를 예술이란 형식으로 포장한 것이다.' 만약 작가의 논리를 부정하고 싶은 자가 있다면, 토르소 기법이 연상되는 귀스타프 쿠르베의 유채화 「세상의 근원」을 감상하라 권하고 싶다. 어디 수긍하지 않고 배길 수 있을지 궁금하다. 깊은 잠에 빠졌나 보다. 침대 위 풍만한 나부의 국부가 노골적이다. 지난밤 폭풍우 같은 잠자리가 있었음인가. 흰 잠옷은 거의 벗겨져 있고 숨길 듯 또렷한 연분홍 유두에 자연스럽게 벌린 두 다리가 편안하다. 풍만한 가슴, 깊숙한 배꼽, 튼실한 허벅지 사이의 무성한 숲과 골짜기는 풍요로운 대지를 연상시킨다. 이보다 더 노골적이고 저속한 포르노는 없으리라. 그러나 이 작품은 파리의 오르세 미술관 벽 하나를 당당하게 차지하고 뭇 남성들의 시선을 즐겁게 하고 있다. 그야말로 아트Art를 빌어 파탈擺脫하고 있는 것이다.

녀석의 고추를 어루만져 본다. 머잖은 미래에 녀석도 씨 뿌릴 밭을 기웃거리며 험난하고 행복한 여정을 걸어가리라. 돈 주앙을 꿈꾸며 이 밭 저 밭 헤매지나 않을까. 그러고 보니 녀석의 표정이 예사롭지 않아 보인다. 옆자리 아가씨를 살살이 보아서 알 것은 다 안다는 의뭉스러운 미소로 시침을 떼고 있는 것 같다.

미술관 안을 한 바퀴 돌아본다. 모든 예술가들은 조물주를 찬미해야 마땅하리라. 이브가 없는 예술세계는 상상할 수도 없다.

작품 「설레임으로」 앞에 다시 선다. 아무리 봐도 균형 잡힌 아가씨의 몸매가 만개하기 직전의 꽃이다. 건드리면 터질 것 같은 긴장미가 행복하다. 인정하고 싶지는 않지만 이럴 땐 나도 프리네의 배심원이 되고 만다. 여성 비어천가를 부르고 있다고 누군가가 꼬집어도 할 말이 없다. 예술을 빙자해 파탈하는 재미를 - 내 음흉한 시선을 포장하는 비밀을 알아냈으니까.

* 『아트파탈(Art fatale)』 : 이연식. 2011년. 휴머니스트 출판 그룹

윤태근

2011년 『한국수필』 등단. E-mail : vkdka@hanmir.com

알고 싶지 않았던

이은정

"언니 자꾸 눈물이 나…."

"자기감정 때문이야. 너무 몰입하지 말고, S는 괜찮을 거야. 웃고 있을걸."

"그렇긴 하겠지만 너무 속상해."

"난 직접 들었는데 잘 살길 바란다고 얘기해줬어. 오히려 직접 들으니 진심으로 그렇게 바라게 되더라구."

그렇게 몇 차례 어르고 달래다 전화를 끊었다. 막내 친구 엄마 전화다. 같은 학부형이었고 예쁘고 글 잘 쓰던 내 친구가 하늘나라로 간지 겨우 일 년이 넘었다. 열 살이던 친구의 딸아이는 키만 조금 자랐을 뿐 아직 앳된 모습 그대로이고 매일 궁둥이를 두드려야 겨우 일어나던 중3 큰아이는 일주년 미사 때 먼저 다가와 감사 인사를 할 정도로 의젓해졌다. 아이들을 기다리다 마주친 그녀의 남편에게 언제부터인가 SNS 프로필에 올라와 있던 쌍가락지에 대해 물었다. 왈가왈부 말도 많은데 거기에 보태서 뒷말하고 싶지 않기도 했고 자매처럼 친하게 지낸 사이이니 그 정도는 물어볼 수 있지 않냐 는 자신감에 그걸 좀 알아오라는 미션을 받은 상태이기도 했다.

아이들 이모 얘기를 하며 주말에 와서 좀 봐주면 훨씬 낫지 않겠냐는 질문에 이제 정 떼야죠. 한다. 무슨 계획이 있는 것처럼 들리는 말에 무식한 동네 아줌마로 변모해 얼굴이 화끈거리는 걸 참고 단도직입적으로 물었다. 근데 그거… 무은 반지에요? 충분히 예상하지 않았을까. 새 출발에 대한 구구절절한 예상에 쐐기를 박고 싶었으리라. 몇 시간처럼 느껴지는 짧은 머뭇거림 이후 소개를 받았노라고 외국에 있어서 다음 달에 아이들과 만나러 갈 거란다. S는 한 번도 외국엘 가본 적이 없는 데 낫기만 하면 내가 어디든 다 데려가 주겠노라 했는데. 그 약속을 못 지켰는데. 난 순간적으로 내 감정에 매몰되어 있다. 한번 시작하니 차츰 구체적이고 현실적으로 설명을 한다. 그래도 술술 얘기해 주는 그가 너무 고마워 딸아이 생각하면 서두르셔도 되죠. 잘되시길 기도할게요, 했다. 그 이상 뭐라고 할 수 있을까.

그렇게 막내의 친구들끼리 Y는 외국 여행 가서 학교에 안 나와요. 하는 얘기를 듣고 아~ 진짜 갔구나 했다. 오랜 병원 생활로 공백이 길었던 게 위안이라면 위안이다. 공백이 길었으니 절절한 그리움으로 새 사람을 심하게 밀어내지는 않겠지 오지랖 넓게 온갖 걱정 다 한다. 그 사실을 사람들에게 얘기하지도 않았다. 그녀는 내 가슴속의 사람이고 우리 둘만의 추억을 고이 간직하고 싶지 남은 가족이 뭘 어떻게 했다는 둥 그런 얘기를 떠들고 싶지 않았다.

그 가족이 입국한 후 아이 아빠의 프로필 사진이 바뀌었다는 전화를 받은 것이다. 다정하고 정상적이고 완벽한 일가족의 사진이다. 이제 더 이상 묻지 마라. 설명도 않겠다는 의지가 보였다. 그날 고백을 들은 날처럼 너그러운 미소를 띠며 축하해주어야 한다. 머리는 그렇게 말하고 있지만 가슴은 울부짖는다. 차라리 몰랐다면, 은밀하게 진행했더라면, 내게만이라도 쉬쉬했더라면. 그렇다 해도 슬픔은 언제고 똑같은 크기로 터질 것이다. 나중에 안다고 슬프지 않은 것은 아니다. 그녀가 언제나 내 안에 똑같은 크기로 자리 잡고 있는 이상 그 크기만큼 슬프겠지.

전화 너머 울먹이던 그녀가 다시 묻는다. 언니는 저 위에서 지금 웃고 있겠죠? 그러엄 당연하지…. 대답은 하지만 그쪽 사정을 전혀 모르니 자신이 조금 없다.

아무리 좋은 곳에 있다고 이런 상황도 웃어넘길 수 있을까. 아이들이 얼마나 그리울까. 하지만 그곳은 우리 짧은 생각이랑 많이 다를 거야. 나 자신에게 한 번 더 다짐을 해본다. 이렇게 자신 없고 복잡한 심경은 숨긴 채 전화 너머의 그녀를 다시 달랜다. 그녀는 역시 언니는 대범하단다. 뜨끔하다. 전화를 끊고 나서 오랫동안 속상해하고 눈물짓고 죄 없는 남편에게 당신도 그럴 거냐고 눈 흘길 텐데. 자기감정에 매몰되어 슬픈 거라고 너무 몰입해서 속상해하지 말라고 시원스레 조언하던 내 모습과 아주 반대다. 그 이후로도 몇 명인가 더 연락이 왔다. 그들에게는 솔직하게 내 감정을 드러냈다. 속상하고 눈물 난다고. 더 이상 알고 싶지 않은 일이라고 해서 아무렇지 않은 척하기 싫었다.

이은정

월간 『한국수필』 등단. E-mail : ejlee6383@hanmail.net

비밀

이정아

포털 사이트 담당자가 이메일을 보냈다. 내 아이디가 도용당한 것으로 추정되어 계정을 쓰지 못하게 차단시켰다는 것이다. 당장 이메일을 쓸 수도 블로그에 들어갈 수도 없게 되었다. 여러 군데 가입한 문학 카페에도 들어가지 못한다. 이유인즉슨 내 아이디로 성인 음란 사이트에 59회 접속한 기록이 나왔다나? 나의 로그인 히스토리로 미루어 수상하기에 그 아이디를 쓰지 못하게 막았다는 것이다.

보호 차원에서 차단했다는 것까진 좋으나, 나의 컴퓨터 접속 기록이 다 저장되어있었다는 게 놀라웠다. 무생물이라 여기고 무심히 다루었던 컴퓨터가 이제 보니 유심한 생물과 다름없지 않은가. 하기야 손가락을 통해 문자도 주고받고 화상으로 대화도 오가니, 감정이 2% 정도 부족한 생물이라 해도 과히 틀린 말은 아닐 것이다.

비밀번호라는 게 전화번호에 문자를 보탠다든가 생년 월일에 영문을 더한다든가 해서 오롯이 나만 아는 것이라 만들었는데 그걸 해킹하여 성인사이트나 게임 도박사이트에 들어갈 수 있다니 속상하다. 혹시나 별난 사이트에서 내 이름을 발견한 이들이 당황할까 봐 지레 부끄럽다.

두 달 정도 지나자 실명을 인증하면 예전의 사이트를 쓰도록 해제해주겠다고 연락이 왔다. 그땐 이미 난리 법석을 치르고 새 계정을 만들어 쓰고 있을 때여서 아쉽지 않았다. 아는 이들에게 새 메일 주소를 주고 몇 카페는 탈퇴한 후 다시 가입하고 블로그는 새로 만들고 등등 스마트 시대에 무척 스마트하지 않은 번거로움을 겪은 후여서 다시 되돌리기도 귀찮았다. 그러나 곰곰 생각해보니 그전 계정의 메일 안에 나만의 비밀이 저장되어 있는 것이 아닌가?

어떤 골치 아픈 문제에 엮여서 그걸 해결하고자 오고 간 서류를 다 저장했었다. 주변에 조언을 구하려고 알렸기에 지금에 와선 알만한 사람은 다 아는 공공연한 비밀이 되었지만 말이다. '세 사람 사이의 비밀은 모든 사람의 비밀'이라는 말이 있듯이 비밀은 여럿이 공유하면 이미 비밀이 아니다. 가치 없는 비밀은 간직할 필요가 없어서 아쉽지만 예전의 계정을 복구하지 않기로 하였다. 비밀이 많을수록 마음은 복잡해지므로 빨리 잊고 사는 쪽을 택했다.

오늘도 집 현관에 비밀번호 5자리를 입력한다. 스포츠센터에 가서 수영하려면 10자리 번호에 지문까지 인식시켜야 통과된다. 탈의실의 옷장은 3 번호 비밀조합이 필요하다. 은행거래, 카드 사용 시 본인 확인차 도처에서 비밀번호를 요구해 그 비밀번호만 따로 비밀리에 모아두어야 한다. 비밀 안에 또 다른 비밀이 필요하니 비밀이 비밀을 낳는 세상이 되었다.

"숨겨지는 것은 재미있지만 아무에게도 발견되지 않는다는 것은 불행한 일이다." 이 아이러니 한 말은 영국의 정신분석학자인 도널드 위니캇Donald Winnicott의 말이다. 어떤 호사가는 비밀이 많은 여자는 신비로워 더 매력적이라고 하고 성경엔 부부 사이엔 비밀이 없어야 한다고도 한다. 어쨌든 비밀이란 지키기도 벅차고 떠벌리기도 주저되는 복잡 미묘한 그 무엇이다.

봉인해제 뒤에 말썽이 없으려면, 비밀은 있되 거짓은 없어야 한다. 도대체 나만의 비밀이란 게 요즘 존재하기는 하는 걸까?

이정아

미주문학 회원. E-mail : joannelim@hanmail.net

그 강에 용은 있었을까

이정이(정희)

광활한 강물은 고요하고 깊고도 파랬다. 바다같이 약간의 물고기 비늘 같은 물결이 거품을 내며 출렁거리고 있었다. 꼭 아줌마 파마머리나 곱슬머리를 길게 늘어뜨려 놓은 것 같았다. 여태 그렇게 예쁜 강물의 물결은 본 적이 없었다. 그 강가에서 버들가지가 피어 있었고, 흰색과 보라색의 라일락 꽃들이 많이 있어 풍성했고, 나는 그 향내를 맡고자 코를 대고 있었다.

고향의 강은 컸다. 한 번씩 홍수가 나서 우리 집은 높은 지대의 남의 집으로 피난을 가기도 했으며 물에 잠겨 피해를 보기도 했다. 그런데 고향을 떠나 온 지 40년 만에 새벽의 강가에서 물결을 바라보며 꽃향기에 젖어 있는 꿈을 꾼 것이다.

물은 내가 세상에 태어날 때부터 떼려고 해도 뗄 수가 없는 사이였다. 나의 출생일에 이모는 태반을 강물에 떠내려 보내기 위해 강에 갔다가 용을 보았다고 했다. 나는 용띠 해 1월 14일생으로 새벽 4시에 태어났다. 그즈음의 주변 사람들은 새벽 4시는 용이 승천하는 시간이라는 말들을 했다. 내 생일 때마다 엄마는 무슨 예시를 받은 듯이 생일 밥으로 찹쌀과 팥을 넣어 밥을 짓고, 미역국을 끓이고, 다른 음식도 잔뜩 해서 붉은 나무 함지에 담아 머리에 이고 새벽에 강에 갔다. 그리고는 귀신 바위라 불리는 바위에 오뚝하니 앉아 소지를 사르며 내가 건강하고 무탈하게 잘 자라기를 용신에게 빌었다. 생일날 저녁에 집에서도 대나무

살강*에 오곡밥이 아닌 내 생일밥을 다른 음식과 나란히 차려놓고 부뚜막에서 바람을 올리던 엄마의 모습이 떠오르기도 한다. 그 시절의 풍습으로는 정월 보름 하루 전날 14일 밤에는 대보름을 맞으려고 오곡밥과 묵은 나물(검은색의 말린 나물)을 볶아 놓고 바람을 올리곤 했다.

그리고 나는 친구들과 어울려 작은 대나무 소쿠리를 들고 이집 저집 친구들의 집으로 밥을 얻으러 다녔다. 우리 집의 밥은 친구에게 주고 우리는 친구네의 밥을 얻어먹었다. 지금 생각하니 거지 시늉인 밥 동냥 풍습의 연유가 무엇인지 어머니가 계시지 않으니 알 수가 없으나 그때를 생각하면 그립기도 하고 어처구니없기도 하지만 재미도 있어 실실 웃음이 나기도 한다.

또 엄마는 여름을 잘 견딜 수 있게 하고, 부스럼이 생기지 않게 한다며 부럼(호두와 땅콩)을 먹이곤 했다. 그 연례행사는 내가 결혼을 하고 집을 떠나던 24살까지도 이어졌고 그 해에도 엄마는 생일 밥상을 차려놓고 딸이 친정에 다니러 오기를 기다리고 있었다.

내가 태어난 날 새벽 강에서의 용이 진짜인지 이모의 환상이었는지 아니면 아기의 울음을 그치게 하려고 지어낸 이모의 상상 속의 이야기였는지는 이모가 아무 말도 없이 세상을 떠나고 엄마 또한 그 길을 가셨기에 지금까지도 알 수 없다. 그렇지만 나는 유년시절 엄마를 따라 그 새벽 강의 바위 위에 앉아 있었다. 그곳에서 소지를 사르며 양손을 비비며 중얼거리던 엄마의 모습이 아련하다.

살면서 엄마가 섭섭하게 대할 때도 나의 행복을 위해 손 모아 축수하던 엄마의 모습을 기억하며 그 사랑을 확인하곤 했다. 다른 건 몰라도 차가운 새벽 미명에 한적한 강가의 바위 위에서 엄마는 무서운 것도 잊은 채 나를 위해 기도했다. 그것이 미신이었더라도 엄마와 내가 그곳에 함께 있었으니 그 정성을 목도한 기억의 추억만으로 괘념치 않는다. 자라면서 형제가 많아 제대로 사랑을 받지 못해 사랑에 목말랐지만 그 추억만은 엄마와 나의 것이었다.

정월의 매서운 바람 속에 아직도 웅크리고 있을지라도 엄마의 그 새벽 미명의 홀연한 모습이 추억이란 이름으로 내게 다가온다. 그때도 그랬듯이 늘 지켜 줄 것이라 생각하니 부모와 자식의 마음은 생사를 넘어서도 통할 수 있지 싶다.

어느덧 동녘이 밝아 와서 나는 따뜻한 햇살을 온몸으로 받는다.

내 마음은 따뜻함으로 그득하여 은은한 사랑의 향기가 나를 감싼다.

거짓말 같은 나의 출생 실화도 세월과 함께 지나가 버렸다. 내가 엄마와 동행했던 강에서의 새벽 생일 기도를 생각하며 나는 태반이 떠내려간 고향의 강을 그리워한다. 그 강에 용은 정말 있었을까?

---

* 살강 : 그릇을 얹어 놓기 위해 시골집 부엌의 벽 중턱에 드린 선반

이정이(정희)

2015년 월간『한국수필』등단. E-mail : Leejh5005@hanmail.net

누구에게도 말할 수 없었다

이춘자

내 나이 이십 대 후반쯤 되었을까. 그 날 오전에 이 층에 사는 아주머니가 돈이 급하다고 했다. 며칠만 변통해주면 고맙겠다고 한다. 나는 누구에게 돈을 빌려줄 만한 형편이 못 되었다. 나의 통장에는 갑자기 병원에 갈 일이 생기면 쓸 몇 푼의 비상금이 전부였다. 나는 돈이 없다고 말했다. 남의 부탁을 거절한다는 것이 무척 힘이 들었고 미안하였다. 그 알량한 비상금이 있는데 거절을 해서 마음이 편치 않았다. 돈은 빌려줄 때는 앉아서 주고받을 때는 엎드려도 받기가 힘이 든다. 내 비상금을 탈탈 다 털어주고 갑자기 돈 쓸 일이 생기면 어떻게 할까. 그냥 모른 척 해 버릴까.

나는 은행으로 가서 돈을 찾았다. 집으로 가는 길은 한가하여 사람들의 왕래가 드물었다. 아주머니가 기다릴 것을 생각하고 걸음을 바삐 하였다. 내 앞에서 걸어가던 여자가 길바닥에서 검정색 지갑을 주웠다. 여자는 "어머 웬 지갑이야." 하면서 지갑을 주웠다. 여자가 지갑을 열었을 때 지갑 속에는 만 원짜리가 가득 들어 있었다. 그때 어느 방향에서 왔는지 선글라스를 낀 여자가 다가와 지갑 속의 돈에 관심을 보였다. 선글라스를 낀 여자는 길에서 주운 돈이니까 나누어 갖자고 제안을 하였다. 지갑을 주운 여자가 내 옷자락을 붙잡고 당신도 목격자니 세 사람이 나누자고 하였다. 두 여자는 나를 가운데 세우고 인적이 뜸한 골목으로 자리를 옮겼다.

얼마가 지났을까. 꿈속처럼 사람들 소리가 들렸다. 내가 왜 골목 맨땅에 앉아 있는지 이해가 되지 않았다. 골목까지 들어 온 기억은 난다. 나는 불현듯 은행에서 찾은 돈이 생각나서 손을 보았다. 내 손에는 은행에서 찾은 돈지갑은 없어지고 편지봉투가 한 묶음 들려 있었다. 두 여자도 온데간데없이 사라졌다. 너무 황당하였다. 길 건너에는 가게 주인 여자가 나를 바라보고 있었다. 정신을 차리고 가게에 가서 두 여자의 행방을 물었다. 가게 주인의 말을 들어보니 한 시간 전에 두 여자가 가게 앞을 지나갔다고 한다. 한 사람은 선글라스를 꼈다는 말을 하였다. 두 여자는 잠깐 다녀올 테니 아무 데도 가지 말고 기다리라는 말을 하고 떠났다는 것이다. 가게 주인도 처음에는 아는 사이인 줄 알았다고 한다. 한참 동안 꼼짝하지 않고 맨땅에 앉아 멍하니 있는 것이 이상하게 생각하였다고 했다. 나는 백주에 돈을 네바다이 당하고 오랫동안 속앓이를 했다.

나는 그날 있었던 일을 누구에게도 말할 수 없었다. 시골 할머니들이 금비녀 금가락지를 묘한 방법으로 빼앗겼다는 이야기가 나와는 전혀 상관이 없는 것인 줄 알았다. 빼앗긴 돈보다 바보스럽게 당한 나에게 더 화가 났다. 이 사실을 다른 사람들이 알면 나를 얼마나 비웃을까. 남의 이목보다 이미 나를 비웃고 있었다. 돈을 나누자고 골목으로 따라간 것이 정신이 있는 사람의 행동인지, 그 여자들이 붙잡고 늘어질 때 뿌리칠 용기도 없었는지 그때 나에게 물어보고 싶다. 만 원짜리 돈을 보고 정말 욕심이 나지 않았다고 할 수 있을까. 마음의 거울이 흐려진 것은 아닌지. 그것은 부끄러운 나의 자화상을 보는 것 같아 견딜 수가 없었다. 돈은 배운 사람이나 못 배운 사람을 가리지 않고 이성을 잃게 하는 마약인가.

요즈음 돈 뺏는 수법이 진화되어서 금융기관을 사칭한다. 우리 집 이 층에는 노부부가 살고 있다. 하루는 점심을 먹고 설거지를 하는데 할머니가 신발을 신은 채 거실에 올라와서 손에 든 가방을 작은 방에 밀어넣었다. 우리 부부는 갑작스럽게 당하는 일이라 그냥 서 있었다. 할머니의 말이 금감원에서 전화가 왔는데 은행에 예금한 돈이 있냐고 물어서 적금이 있다고 했다. 누가 빼가고 있으니까 빨리 은행에 가서 몽땅 찾아오라고 했다. 아들에게 전화해보겠다고 하니까 지금 당장 돈을 빼지 않으면 다 없어지니 빨리 은행에 가란다. 핸드폰은 끄면 절대 안 된다고 하였다. 은행에서 적금을 해약해서 이천팔백만 원을 찾았다. 핸드폰이 울렸다. 지금 역으로 가고 있느냐고 재촉을 해서 집에 가서 물 좀 먹고 가겠다고 했다. "돈이 없어지는데 물은 무슨." 핸드폰을 절대 끄지 말고 택시를 타고 가서 중화역 물건 보관소에 돈을 넣으라고 했다. 할머니는 돈을 들고 중화역으로 가려다가 이상한 생각이 들어서 우리 집으로 왔다. 가방을 작은 방에 밀어 넣은 것도 끄지 않은 핸드폰 때문이란다. 할머니의 말을 듣고 있던 남편이 경찰에 전화를 했다. 경찰차가 와서 할머니를 태워 은행에 갔다. 할머니가 저금을 해약하려고 은행에 갔을 때 은행직원은 속으로 자녀들에게 주려는 줄 알았다고 한다. 아쉬운 것은 은행직원이 할머니에게 왜 적금을 해약하느냐고 물었으면 좋았을 거라는 생각이 든다. 남편이 할머니가 해약한 적금을 복원시킨 일이 얼마 전의 일이다. 할머니가 우리 집에 오지 않고 바로 지하철역으로 갔으면 어떻게 되었을까. 할아버지가 가지말라고 말렸는데 할머니가 말을 듣지 않았으니 화병이 나서 몸져누웠을 것이다. 오늘은 할머니가 감사하다고 구운 김을 가져왔다.

어쩌면 내가 길에서 네다바이를 당하지 않았다고 해도 그 돈은 내가 은행으로 발걸음을 옮겼을 때 이미 나한테서 떠난 것이 아닐까. 아주머니가 일이 꼬여서 내 돈을 못 갚을 수도 있었겠다는 생각을 해 본다. 아니면 아이들이 아파서 병원에 가져다주었을 수도 있겠다. 아주머니가 돈을 못 갚고 애를 먹는 것은 못할 짓이다. 이 핑계 저 핑계로 질질 끌고 갚지 않으면 오랜 시간 속이 상하고 그녀와의 우정도 깨어질 것이 뻔하다. 또 아이가 아팠다면 돈이 문제가 아니니 정말 싫다.

단념할 것은 빠를수록 좋다. 버스 안에서 쓰리를 당해도 없어진 돈이 아깝고 화는 났지만 부끄러운 마음은 없었다. 그 날 일을 지금도 누구에게 말하지 못하는 것은 내 속에 숨은 탐욕을 들키고 싶지 않아서일 것이다.

이춘자

월간 『한국수필』 등단. E-mail : dajeongd1@hanmail.net

겨울 해바라기

임순자

아침에 눈을 떴을 때, 유리창에 해가 비치면 내 마음도 밝아진다. 빛살 무늬가 가운데 하얀 점에서 교차하여, 곱셈표를 그리며 힘 있게 뻗칠 때, 말로 형언할 수없는 감동을 느낀다. 야! 오늘도 살았구나, 또 한날이 주워졌다. 감사의 콧노래를 흥얼거리며 자리를 턴다. “빛은 실로 아름답다. 눈으로 해를 보는 것이 즐거운 일이다.(성서 전도서 11장 7절)” 밤새 뒤척인 날이나 컴퓨터나 책을 보다가 늦게 잠든 날이면 눈꺼풀이 무겁다. 애들도 없고 특별히 할 일도 없는 겨울 아침 늦은 기상이지만, 밝은 해가 문을 두드린 날이면, 생의 소중함을 배로 느끼고 감사함은 한결 더 희열을 느낀다.

해만큼 이 땅에 유익한 것이 있을까? 사람들은 해가 뜨면 기상을 하고 지면 잠자리에 든다. 해의 시간에 맞춰 일과를 정하고 해를 의존하며 해만큼 산다. 생물은 해가 있어야 살아간다. 무생물이라 할지라도 그의 스침이나 돌봄이 필요하다. 식물은 햇볕을 받아 광합성을 하여, 자라고 열매 맺고 알뿌리가 든다. 그러면 동물과 사람은 그것을 먹고 산다. 해는 가장 큰 에너지원이고, 빛과 열이다. 색깔, 자양분, 살균 소독제이기도 하다. 해를 보면 깨끗하고 온화하고 명랑하고 밝고 따뜻하다. 일시와 사계가 일정하며, 만물을 아우르고 베풀고 치료하고 사랑한다.

해가 소중하고 햇볕이 많이 그리운 계절이다. 나는 추위를 몹시 탄다. 9월이면 내의를 입는다고 주위에서 놀림을 받는다. 그러나 추워도 산책은 해야 한다. 소화기와 순환계를 위해서 산책만 한 것이 없다.

현관을 열고 나서니, 햇볕이 거실로 환하게 밀고 들어온다. 소파에 앉았을 때 창문을 거쳐 들어오는 빛과는 비교가 안 되게 밝고 찬란하다. 너무도 좋아 한참을 문을 연 채로 햇빛을 받으며 서 있었다. 문을 닫기가 아까워서 그대로 활짝 열어놓고 밖으로 향했다. 대문을 열고 나서니 어제보다 추웠다. 너무 추워 동네나 한 바퀴 돌고 와야겠다고 대문 오른쪽 길로 걸었다. 바람이 생각보다 매섭다. 다시 돌아와서 대문을 지나 왼쪽 방향으로 걷다가 동리 뒤편 들로 가는 길에 접어들었다. 찬바람이 휑한 게 안 되겠다 싶어 되돌아와서, 오늘은 산책의 효능을 놓치나 보다 하고, 조금이라도 더 햇볕과 공기를 쐬고자, 바람이 스치고 지나갈 대문 편으로 붙어 서서, 한참을 햇볕을 향해 섰다가 들어왔다.

열어놓은 현관문으로 햇볕이 들어와, 거실 바닥을 진하게 비추고 있는 입구에 걸터앉아 햇볕에게 말하였다. '넌 참 아름답다. 어쩌면 사람의 마음을 이렇게 밝게 하고 따뜻하게 하니?' 이 한겨울에 너마저 없었다면 우린 누구를 바라보며 사니? 너를 보지 못하는 자의 손실은 이루 말할 수가 없겠구나. 가난한 자들에게도 네가 있어 고맙구나. 나도 너처럼 살 수 있으면 얼마나 좋을까? 너같이 기쁨과 밝음과 희망을 주는 내가 되었으면, 가능치도 않은 말을 해보며 한참을 햇살과 속살거렸다.

2001년 9월에, 남동생은 간 경화로, 열여섯 시간이 소요되는 간이식 수술을 받았다. 유리벽으로 된 답답한 무균실에서 4일, 특별 격리실에서 한 달 치료를 받고 나올 때, '햇볕이 너무 좋다'고 몇 번을 감격하는 것을 봤다. 해를 본다는 것은 살아 있다는 의미이다. 햇빛을 값으로 치면 얼마나 될까? 노랫말처럼 잴 수도 없고 셀 수도 없다.

문을 나설 때 이쪽으로 비스듬히 기울었던 사각형 햇볕 무늬가, 벌써 저쪽으로 기울어지고 있다. 한동안 비치다 지나가는 햇빛 같은 시간을 허송하지 말라고, 아버지께선 입춘 날 기둥에 '일촌광음 불 가경'이라고 써 붙이셨다. 이때쯤이면 해가 그리운 시기여서, 유독 입춘 날 부치는 글귀에는 햇빛이 들어가는 글이 많은가 보다. 건양 다경, 입춘대길 등.

'일촌광음 불 가경'이란 원래의 뜻 외에, 나는 또 하나의 의미를 더 두고 싶다. '일촌광음'이란 말을 '시간'이란 뜻 말고 '빛'에다 역점을 두는 것이다. '한순간 비추는 햇볕'이라도 아름답고 고귀하고 소중한 그 가치를 깨달았으면 하고. 장갑을 빼고 손에 햇볕을 쬔다. 손등과 바닥을 뒤집으며 두 손으로 햇볕을 받아본다.

임순자

월간 『한국수필』 등단. E-mail : dlatnswk77@naver.com

비밀을 지킨다는 것

임혜정

"우리 엄마 술집 여자다." 초등학생 때였다. 늘 같이 놀던 친구가 어느 날 굉장히 슬픈 얼굴로 이렇게 말했다. 대낮이었는데 우리 둘이 있던 방이 순간적으로 깜깜해진 것처럼 느껴졌다.

낮에 그 집에 놀러 가면 집이 어수선하고 엄마가 늘 없었던 것 같다. 용돈이 많아서 나에게 떡볶이도 잘 사줬었는데 그 모든 것들이 갑자기 낯설게 느껴졌다.

그 친구는 나에게 비밀이니까 죽을 때까지 말하면 안 된다고 몇 번이나 비장하게 말했다. 나는 흔들리는 눈동자로 고개만 끄덕끄덕하고는 비밀을 입에 물고 창백해져서 집으로 돌아왔다.

누워서 혼자 생각했다. 텔레비전에 나오는 그런 술집 여자들이 쓱쓱 지나갔다. 그 친구의 엄마와는 전혀 연결되지 않는 모습이었다. 또 한편으론 밤에 엄마가 일하러 가버리면 내 친구와 친구 동생은 둘이서 잘 거라는 생각이 들면서 약간 슬퍼졌다. 늘 명랑해 보이던 그 친구가 아른거려 결국 밤새워 뒤척였다.

다음날 학교에 갔더니 반 친구 중 하나가 시끌벅적하게 자기 아버지를 자랑했다. 들어보니 아버지가 버스 운전을 하시는데 몇 번 버스니까 그 버스 타면 인사 잘하라는 것이었다. 큰 목소리로 당당하게 말하는 그 친구는 아버지가 큰 차를 몰고 다니시는 게 꽤나 자랑스러운 모양이었다. 그 장난꾸러기 친구 주변에 친구들이 웅성웅성할 때 나는 괜히 그 친구를 힐끔 쳐다봤다. 친구들 사이에서 깔깔대며 웃는 녀석 뒤로 무표정하지만 슬퍼 보이는 그 친구가 있었다.

마음의 아파하는 친구의 비밀을 공유하게 된다는 것은 그 나이의 나에게는 쉬운 일이 아니었다. 하지만 나는 입에 물고 있던 그 친구의 비밀을 꿀꺽 삼키고는 체한 것 같은 상태로 오랜 시간 비밀을 지키기 위해 꾹꾹 참았다.

그러나 그 당시 나는 너무 어렸고, 비밀을 지킨다는 것이 정말 힘들게만 느껴져서 친구의 비밀을 듣고 난 이후에 오히려 조금씩 더 소원해져 버렸다.

이제는 나도 어른이 되었고, 결혼해서 엄마가 되고 보니 초등학생이었던 나의 친구도, 친구 엄마도 이해가 된다. 그분에게는 그 일이 아이들을 키우는 생계수단이었을 것이고, 밤에 어린아이들을 두고 나가 일을 해야 할 만큼 절실한 현실이었을 것이다.

그 당시 나는 친구의 엄마가 술집에서 일한다는 것보다 내 친구가 그 사실을 슬퍼하고 숨기고 싶어 한다는 것이 훨씬 더 마음 아팠었는데, 이제 그 친구도 나처럼 마흔이 훌쩍 넘었으니 그런 엄마를 이제는 더 사랑하고 고마워하고 있을 것이라 생각한다.

비밀은 단둘이서만 나눠야 비밀이다. 여러 명에게 나누면 이미 비밀이 아니다. 내 친구가 나에게 나눠 준 비밀은 자신의 무거운 짐을 나눠서 지고 싶어하는 마음이었을 거라 생각한다. 혼자서 끙끙 앓기에는 너무 무거웠을 그 짐을 나에게 말하면서 나눠서 지고 싶었을 것이다.

만약 지금의 나에게 그때 그 친구가 초등학생으로 다가와서 비밀을 터놓는다면 그 아이를 말없이 꼭 안아주고 싶다. 그렇게 오들오들 떨면서 비밀이라고 말하는 그 아이의 마음을 괜찮다며 감싸주고 싶다.

쉿~ 이거 비밀인데 말야 하고 말하던 나의 어린 시절 친구들이 갑자기 떠오른다. 그때는 참 비밀이 많은 시절이었다. "나 누구 좋아한다."부터 아주 사소한 것까지 모두 비밀이었다. 친구들끼리 그런 이야기를 굳이 비밀이라는 틀에 넣어서

귓속말로 하던 귀여운 시절이었다.

그 모든 비밀들이 우리를 지금까지 조금씩 자라게 했다. 그래서 이제는 비밀이 별로 없는 나이가 되었다. 산전수전 공중전을 거치면서 산다는 것이 이럴 수도 있고 저럴 수도 있는 것이라고 스스로를 위안할 수 있게 되었다. 하지만 그래도 여전히 이건 비밀인데 하고 다가오는 친구가 있다면 이제는 도망치지 않고 품어주고 안아주고 싶다. 나에게 비밀을 말해준 것만으로도 그는 분명 나의 좋은 친구일 것이다. "쉿 비밀인데 말야" 하는 친구들의 목소리가 귓가에 들리는 듯하다.

임혜정

월간 『한국수필』 등단. E-mail : winnie2645@naver.com

무등산 야생화

-옥잠화 옆에서-

장정식

무등산 계곡에는 야생화가 한창이다. 무등산은 백두산에 버금가는 야생화의 천국이다. 봄, 여름 잡초처럼 성장한 수많은 종류의 수풀들이 가을철에 접어들면 제마다 이름 모를 꽃들을 지천으로 피워낸다. 무등산의 가을은 골짜기마다 꽃피는 야생화로 천태만상의 조화를 이룬다. 이것들이 뿜어낸 미향微香에 이끌려 모여든 벌, 나비는 꿀 따기 경쟁에 밤낮이 없다.

가을에는 순결하게 피어난 군락지의 야생화들이 삽상한 가을바람에 가볍게 흔들리며, 교태를 부린 앙증한 손짓으로 산행인의 마음을 끌어당기듯 유혹한다.

사시사철 산행에 생활화된 등산객들에겐, 만발하여 호들갑을 떠는 봄철의 꽃들보다 은은하게 피어난 가을꽃이다 여름꽃들이 훨씬 다정하고 다감하다. 이것들은 가슴에 파고드는 은근한 정취가 있어, 일렁이는 서정의 시심詩心을 자극하기 때문이다.

오가는 길에 유독 눈에 들어온 백옥 같은 꽃이 있어 다가가 마주친 것이 옥잠화다. 옥잠화, 꽃 이름이 특이하다. 자칫 아름다운 기녀妓女 이름 같은 인상의 꽃 이름이다. 하지만 옥잠화玉簪花란 꽃 이름은 꽃봉오리가 옥비녀 같다는 데서 붙여진 것이라고 했다. 백합과에 속하는 다년생 초본식물이라고 해설되어 있다. 옥잠화가 무슨 과의 식물에 속하든 상관할 게 아니다. 옥잠화는 눈부시게 하얀 색깔이 너무도 아름답다. 너무나 하얀색이라 고독한 인상이다.

나는 대체로 흰 꽃을 좋아한다. 꽃은 대개 원색적으로 핀 꽃이 사랑을 받는다.

붉게 핀 꽃은 정열적이고 강렬함을 상징하기에 힘지고, 노랗게 핀 꽃은 명랑하고 희망적인 이미지에다 미적 정서를 유발하여 황홀감을 갖게 해서 좋다. 그런가 하면 파랗게 핀 꽃은 상쾌하고 신선하여 신비로운 느낌을 준다. 그러나 냉정함을 느끼게 하여 쉽게 정들지 않아서 머뭇거려지는 꽃이다. 하지만 백옥같이 티끌 없고 백설처럼 새하얀 꽃을 보면 애인처럼 사랑스럽다. 그러기에 이른 봄 앞다투어 피어나는 꽃들 중에 첫 손님으로 맞이하는 꽃이 백목련이다. 대자연이 한겨울 동면에서 완전히 깨어나기도 전에 삭막한 자연의 풍경에 거방지게 도색의 꽃을 피운 것이 백목련이다.

백목련은 봄날의 햇살과 더불어 순수하고 고결한 조화의 상징으로 우리의 심상心想을 정화해주는 역할로 다가선다. 그러나 개화 기간이 너무도 짧다. "기적같이 왔다가 행복같이 사라진다."는 말은 이를 두고 한 말이던가 싶을 만큼 실감되는 형상이다. 뿐만 아니라 갓 피어날 때의 눈부신 아름다움에 비하여, 경각에 시들은 양상이 비참할 만큼 추하고 구질구질하게 떨어지는 꽃잎이 가련하기 이를 데 없다. 이러한 백목련의 인상 속에 새롭게 인각된 옥잠화이니 이 어찌 아름다움의 새로운 발견이 아니랴!

옥잠화는 야생화이지만 아무 데다 지천으로 피어나는 야생화처럼 천한 생물이 아니다. 산에서 자라면서도 구질구질하지 않은 깨끗한 산지에 자생하는 꽃이다. 관상용으로 우리나라 각지에서 재배되고 있는 곳도 있다고 한다. 공원 주변이나 호수가 등 대중의 휴식공간에는, 옥잠화를 뿌리나누기로 심어 눈빛나게 하얀 꽃을 피운다. 그리하여 이를 싸고 있는 주변의 녹색 지대까지 하얗게 물들인다.

옥잠화를 자칫 비비추와 혼동하는 경우가 있다고 한다. 그러나 비비추와 옥잠화는 꽃 색깔이 달라 확연한 구별로 인식된다. 비비추는 약간 자주색으로 피지만 옥잠화는 눈부시게 특이한 하얀 색인 데다 8월~9월에 핀다. 중국이 원산지이며 관상용이다. 관찰해보면 잎은 자루가 길고 달걀 모양의 원형을 이루고 있다.

6개의 꽃잎 밑부분은 서로 붙어 통 모양을 이루고 꽃줄기에는 1~2개의 포(변형된 잎의 하나)가 달려 있다.

옥잠화에 시선이 끌리면 유독 가을의 정취를 만끽하게 된다. 꽃이 활짝 피기 전의 봉오리진 모습이 명명한 그대로 여인들의 머리에 꽂은 옥비녀 같은 모양새다. 그래서 옥잠화의 다른 이름을 옥비녀꽃, 백화석이라고 한다는 것이다. 옥잠화는 볼수록 정이 깃들고 사랑스러운 꽃이다. 꽃향기가 아쉬운 8~9월에 취할 만큼 감칠맛 나게 뿜어낸 값진 숨은 향기는 꽃 중의 꽃이다.

짙은 녹색으로 뒤덮인 산야의 무더위 속에 순백의 꽃향기로 산길따라 수풀 사이에서 심신을 상쾌하게 쓸어내리는 순결한 꽃이다. 가냘픈 그 향기는 스치는 여인의 은근한 화장 냄새로 코끝에 스멀댄다.

꽃대의 아래쪽에서부터 피어난 옥잠화는 저녁에 피다가 시들어 떨어지지만, 바로 그 위에 있는 꽃봉오리가 다음 날 아침 연하여 쌕쌕한 꽃봉오리를 피워낸다. 이렇게 해서 이것들은 오래된 꽃으로 줄을 잇는다. 그리하여 한여름의 끝자락에 이르도록 노염에 지친 마음을 아름답게 일깨워주는 꽃이다. 희다 못해 아름답고 순결한 신부의 웨딩드레스를 연상케 하는 꽃이다. 그런데 옥잠화에는 한 서린 추억이 있다. 이것의 신선한 어린잎은 식용의 나물로 채취되었다. 이른봄 나물 캐는 여인들은 취나물에 섞어 캐다 국을 끓여 먹는 산나물로만 알았다. 초근목피로 서러운 춘궁기를 연명하고 가시 돋친 세월의 보릿고개를 넘긴 때의 흘러간 시대를 살아온 나는 이것들은 아름다운 꽃이기 전에 가난한 목숨을 연명한 산나물로만 알았다. 그런 오늘의 옥잠화는, 그 험한 인고忍苦의 세월을 거쳐 3만 불 시대의 물질적 풍요를 구가한, 서정의 아름다운 꽃으로 감상하는 격세지감이다.

장정식

1994년 월간 『한국수필』 등단. E-mail : unescogi@hanmail.net

두 눈을 질끈 감다

전수림

결혼을 약속한 남자친구가 군에 입대했다. 아무것도 보장된 것은 없지만 그는 내게 전부였고, 나 자신보다 그를 더 사랑했다. 그런 그와 떨어져 지낸다는 것은 상상할 수가 없었다. 그러나 아무리 울고불고 매달려도 소용없는 일이었다.

처음 얼마간은 허전하고 쓸쓸해서 미칠 것 같았다. 세상에서 나만 쓸쓸하고 나만 슬픈 것 같았다. 그러나 시간이 약이라 하지 않았던가. 죽을 것 같은 마음이 점차 안정을 찾아갔다. 아니, 어쩐 일인지 날이 갈수록 혼자여서 홀가분하기까지 했다. 더욱이 면회 다니면서 연애 감정은 감정대로, 만나지 못하는 애절함은 애절한 채로 간절해져 그런대로 나쁘지 않았다. 늘 보호만 받다가 뭔가 혼자 할 수 있음에 뿌듯하기도 하고, 나머지 시간을 여유롭게 즐길 줄도 알게 되었다.

나의 이상야릇한 마음을 눈치라도 챈 걸까. 입대한 지 반년쯤 되었을 때, 그가 약혼식을 올려야 한다고 갑자기 서둘러댔다. 우리는 뭣에 홀린 듯 아무런 준비도 없이 식을 올리게 되었다. 친구들은 미팅이다 뭐다 해서 몰려다니며 자유를 만끽하는데, 나는 약혼자 면회 다니느라 정신없었다. 그리고 일 년쯤 지나고 살짝 심심해하고 있을 때, 친구의 달콤한 유혹의 손길이 뻗쳐왔다.

"야! 너 미팅 안 할래?"

화들짝 놀라는 내게 친구는 얼굴을 바짝 들이대며 말했다.

"야! 너, 그 오빠 제대하고, 결혼하면 너 인생 끝이야! 지금 아니면 언제 할 건데! 딱 한 번만 해…."

그 달콤함에 귀가 쫑긋거리기 시작했다. '그래, 딱 한 번만이야, 한 번인데 뭐….' 친구의 말은 백 번 천 번 옳은 말이었다. 나는 친구에게 큰 인심이라도 쓰듯 딱 한 번만이라고 말했다.

그렇게 겉으로는 마지못해 끌려나가는 척했지만, 내심 어떤 남자애들이 나올지, 어떤 기분인지를 만끽하고 싶은 것이 솔직한 속내였다. 훔쳐 먹는 사과가 맛있다고 하지 않았던가.

몰래 하는 미팅은 정말 재미있었다. 두근거리는 마음으로 시작된 만남은 새롭고 신선했다. 그동안 내가 접하지 못한 신세계였다. 그래도 양심은 있어서 살짝 미팅 짝꿍 S에게 나는 약혼한 사람이고, 짝이 모자라서 나왔노라고 고백했다. 나중에 적당히 친구인 듯 연인인 듯 애매한 관계를 청산하는데 수월하고 싶었다. 다행히 S는 대수롭지 않게 받아들였다. 덕분에 편안하게 친구들과 떼로 몰려다니며 신나게 놀았다. 그러면서도 문득문득 내가 지금 무슨 짓을 하고 있는 건지 싶었다. 이제 그만해야지를 다짐하곤 했지만 쉽게 그만둬 지지가 않았다. 그 와중에도 틈틈이 면회를 다니면서 서너 달은 거든히 어울려 놓았다.

어느 날이었다. 약혼자가 휴가 나온다는 편지가 왔다. 이제 정말 모든 것을 정리해야만 하는 시간이 다가왔다. 안타까웠지만 어쩔 수 없는 일이었다. 꿈같았던 날들을 하루아침에 없었던 일로 해야 한다고 생각하니, 서운했지만 더 이상은 어떻게 할 수가 없었다.

나는 S에게 이제 그만 만나야 한다고, 이 만남에 나오지 못할 거라고 말했다. 더 이상은 약혼자에게 미안하고, 곧 휴가 나올 것이라 말하니 "약혼…? 그거 그냥 한 말 아니었어?"라며 황당해 했다. 어쨌거나 나는 이제 여기까지라고 말하고 돌아서는데 S가 집 앞까지 따라오며 심각한 얼굴로 믿을 수도 없고, 그만두고 싶지도 않다고 했다. 가슴이 철렁했다. 이 난감한 일을 어떻게 해야 할지 걱정스러웠다. 그때서야 '아… 보통 일이 아니구나…. 너무 많이 놀았구나.' 싶었다.

포기를 모르고 계속 찾아오는 S에게 약혼반지를 보여줘도 도대체 믿지를 않았다. 결국은 휴가 나온 약혼자와 대문을 나서는데, 집 앞에서 기다리고 있던 S와 정면으로 마주쳤다. 눈앞이 캄캄하니 머릿속이 하얗게 비워졌다. 말이라도 붙이면 큰일이었다. 나는 눈을 내리깔고 약혼자를 따라 걸었다. 눈앞이 캄캄한 채 S의 앞을 지나쳐갔다. 가슴이 두근거려 심장이 쪼그라드는 듯했다.

S는 내가 지나쳐가는 것을 얼빠진 듯 바라봤다. 나의 뒤통수를 잡고 끈질기게 놓아주지 않는 모습이 눈에 선하게 다가왔다. 제발 그 눈빛을 거둬주길 바랐다. 뒤를 돌아보고 싶은 마음은 굴뚝같았지만, 그만한 용기는 없었다. 더 이상 짝꿍이 아닌 그저 모르는 사람으로 돌아가는 순간이었다. 얼마쯤 걸었을까. '잘한 거야….' 돌아보지 않은 것은 정말 잘한 거라고 스스로를 다독였다.

그 뒤로 S의 모습은 볼 수 없었다. 대문을 나설 때마다 S가 서 있을 것만 같은 환상은 꽤 오래갔다. 그가 서 있던 자리에 휑한 바람이 지나가고, 가슴 한구석은 서늘했다. 비워진 자리는 쉽게 메워지지 않았다. 그럴 때마다 나는 약혼자에게 편지를 쓰고, 열심히 면회를 다니곤 했다. 달리는 차 창에 기대어 정말 내가 올바른 길을 가고 있는 것인지, 공부를 계속할 것인지, 보이지 않는 미래에 대한 확신도 없으면서 덜컥 약혼이라는 테두리에 갇혀버린 건 아닌지 갈등이 일었다.

그로부터 삼십여 년이 지난 지금, 나는 그 약혼자와 결혼해서 살고 있다. 어쩌면 남편은 그때의 일을 알면서도 두 눈을 질끈 감고 모르는 척해주었는지도 모르겠다. 한동안 면회를 건너뛴 것을 기억하는 것으로 봐서 알고 있을 것으로 추측한다. 무슨 일이 있었는지 묻지도 않고, 나 역시 말하지 않았다. 다만, 가끔 그 시절을 이야기할 때, 나는 '한눈 한번 팔지 않고…?'란 말에는 말끝을 흐리지만, 그래도 결국은 기다렸노라고 환하게 웃어 보일 뿐이다.

젊어서는 꿈을 먹고, 늙어서는 추억을 먹고 산다지 않던가. 거창한 비밀이랄 것까지는 아니지만, 가끔 돌아보고 피식 웃을 수 있는 일이긴 하다. 그렇게 가슴 두근거리는 아련한 추억 하나쯤 비밀스럽게 품고 사는 것도 좋지 않은가. 마땅히 기댈 곳 없고, 외롭다고 느낄 때, '그 애는 지금 어디서 무얼 할까?' 하고 궁금해하며 웃을 수 있어서 좋다.

전수림

『예술세계』 신인상 등단. E-mail : soolim724@hanmail.net

출생신고

조경숙

올해는 국가에 정식으로 신고할 일이 많았다. 미국에 사는 작은 언니의 이중국적 취득을 위해 정월 초부터 출입국관리소를 드나들었다. 연이어서 서글프게도 「서울시 어르신 교통카드」를 발급받기 위한 신고를 했다. 요즘은 웬만해서는 버스를 타지 않고, 무료카드인 지하철을 주로 애용한다. 딱 가야 할 일도 아닌데 가는 경우도 있고, 단번에 가는 버스가 있는데도 지하철을 세 번씩이나 갈아타면서 갈 때도 있다.

자동차운전면허 갱신 신고를 했다. 다음 신고날짜는 다시 십 년 후이다. 그때 또다시 적성검사를 해서 갱신한다면 87세가 된다. 무슨 의미가 있으랴. 그렇지 않아도 65세 이상의 교통사고 건수가 해마다 폭발적으로 늘어난다고 하는데, 하지 않아도 되었을 이번 신고는 아마 마지막이 될 것이다.

나의 딸이 출산을 했다. 이제 그녀가 자기 딸의 출생을 신고하려고 한다. 뭐니 뭐니 해도 출생신고가 가장 성스러우면서도 엄숙하지 않을까. 까마득한 삼십여 전의 일이 떠오른다. 글자 하나하나를 써 나가면서 조금이라도 비뚤어지면 내 딸의 인생이 그렇게 되기라도 하듯이 자를 잰 듯이 써 내려갔었다. 그러한 일들은 그 딸이 초등학교 입학을 하면서도 죽 이어졌다. 가정 환경 조사서를 한 칸도 비우지 않고 아이의 특성을 세밀히 작성하던 일이 생각난다. 미리 복사를 몇 장 해 두고 가장 정성을 들인 것으로 가져가게 했다. 노산이었던 딸은 아마 더 할 것이다.

중2 때 국어 선생님이 '만물의 영장인 너희들'이라는 말로 시작을 해서 '그래서 의식 있는 사람이 되어야 한다.'고 결론짓던, 제주도 특유의 억양으로 귀에 못이 박이도록 되새겨 주던 말도 떠오른다. 이제 그 만물의 영장이 된 손녀의 출생을, 본인을 대신해서 그 부모가 최선을 다해 작성하고 있다.

태아의 심장 소리가 들리던 날부터 부르던, 태명 그대로인 '땡슥이Thanks'로 출생 보름이 지난 지금까지도 부르고 있다. 그대로 불러도 좋을 것 같은데, 이름 짓는 일은 아가 부모의 몫이라고 조부모들은 말했다. 인터넷에서 사주를 넣고 오행을 넣어 다섯 개의 이름을 받았다. 그중에서 부르기 쉽고 또 예쁜 것도 같아 '승아'로 결정했다. 그 이름 속에는 아리따운 날개를 단 것 같이 훨훨 타고 세상에서 뜻을 펼치라는 깊은 뜻이 담겨있다. 세상에 허술한 이름은 하나도 없다. 내 외손녀는 자기 이름에 담긴 소중한 뜻이 무엇인지 자라면서 점점 알아 갈 것이다.

마지막으로 아가의 이름까지 기록한 후 출생증명서를 제출하면 고유의 주민등록번호가 나올 것이다. 그 일은 정현종 시인이 말한, 한 사람의 과거와 현재와 그리고 미래의 전부가 온다는 어마어마한 그 방문객이, 이 세상을 첫 방문한다고 온 천하에 알리는 성스럽고 숭고한 작업이다. 이제 그 아가의 삶이 어떻게 펼쳐질지는 아무도 모른다. 다만 확실한 것은 아가의 부모가 서로서로 엄청나게 사랑한 끝에 태어났다는 사실이다. 게다가 그 아가를 둘러싼 친인척과 친지들도 맘껏 축복하고 있다. 그런 울타리 속에서 절도 있는 사랑을 먹고 자란다면 아마 별 탈은 없을 것이다. 앞으로 성장하면서 국가에 신고해야 할 일은 수도 없이 많을 것이다. 기쁨과 즐거움이 따르는 긍정적인 신고가 되기를 기원한다.

내 대학 동창생은 진짜 할아버지가 되었을 때 비로소 인생이 완성된 것 같은 비장함마저 들었다고 울컥거렸다. 나도 비로소 할머니가 되었다는 그 감회의 깊은 맛을 실감하고 있다. 여유와 연륜이 쌓여가는 지금에서야 비로소 자식에 대해 객관적으로 바라볼 수 있게 되었다고나 할 수 있을지.

딸에게 바라는 것은 좋은 부모가 되어달라는 것이다. 인생이라는 먼 길을 가다 보면 물론 특별히 기쁘고 평범한 날도 있다. 그러나 메마르고 눅눅한 날, 폭풍 불고 천둥 친 날에도 이 모든 것을 함께 맞을 영혼의 등대가 되어주기를 바란다. 태초에 잉태하던 순간부터 든든한 둥지가 되어 주었듯이. 엄마 아빠가 사이좋게 지내는 모습을 보여주는 것이 가장 좋은 양육 환경임을 부디 잊지 않았으면 한다.

갑자기 김동길 교수의 말이 떠오른다. 어떤 자식이 속을 하도 썩여서 야단을 치니까 태어날 때 누가 낳아달라고 부탁했느냐면서 눈을 치켜떴다는 것이다. 그 부모는 할 말을 찾지 못해 머쓱해 했다고 하여 폭소를 터뜨린 적이 있다.

태어나는 것이 본인의 의지는 아니지만 이왕에 만물의 영장으로 태어났으면 그답게 살아야 할 것이다. 기쁨 속에 출생신고를 해 준 부모에게 그만한 보람을 안겨드려도 되지 않을까. 훗날 그 부모가 연로해서 전혀 미동도 하지 않을 그때는 거꾸로 그 자식이 부모의 파란만장한 한 생의 주기가 완전히 끝났음을 애도하며 신고해 줄 것이다. 인간의 의지대로는 절대 불가능하기에 누군가가 대신 신고해 줄 수밖에 없는 탄생과 죽음, 돌고 도는 삶의 이치가 경이롭다. 우리가 겸허하게 살아야 하는 이유가 여기에 있는 것이 아닐까.

이제 딸은 출생 신고를 마쳤다. 포근한 꽃 이불 속에서 새근새근 잠든 손녀가 만물의 영장답게 의식 있는, 세계 속의 한 일원이 되기를 간절히 기도한다.

조경숙

2014년 9월 월간 『한국수필』 등단. E-mail : rudtnr49@hanmail.net

할머니와의 비밀

조은해

언제나 할머니 곁에서

껌딱지처럼 할머니 옆에 붙어 다녔다. 할아버지는 사랑채에 할머니는 안채에 따로 기거하셨는데 나는 언제나 할머니 방에서 잤다. 밭에 감자를 캐러 갈 때도 따라가고 논에 새참을 내갈 때도 따라다닌다. 동네에 잔치가 있어서 나들이 갈 때는 할머니 치맛자락에 붙어가고 한밤중에 변소에 갈 때도 할머니가 변소 앞에 보초를 섰다. 초등학교에 입학해서는 학교에 볼일이 있을 때마다 엄마 대신 할머니가 학교에 오셨다. 일 학년 때는 여섯 살에 초등학교에 입학한 내가 너무 어려서 그랬는지 수업이 끝나면 할머니가 학교 앞에 기다리고 있어서 할머니의 등에 업혀 집으로 돌아오곤 했다.

할머니가 밭 가장자리에 심어놓은 옥수수를 꺾어다가 수염과 겉껍질을 대충 벗기고 가마솥에다 넣고 삶는다. 한참을 아궁이에 불을 때서 삶은 다음 솥뚜껑을 열면 한 아름의 하얀 김이 하늘로 올라간다. 그런 후에 솥 안을 들여다보면 어떤 것은 덜 여물고 어떤 것은 너무 여물고 또 어떤 것은 까마귀가 쪼아 먹어서 꺼멓게 된 것도 있다. 할머니는 언제나 그 옥수수들 중에서 알이 알맞게 여물고 옹골찬 놈으로 골라서 내게 주었다. 속껍질을 벗겨 보면 노란 옥수수 알갱이가 아직은 뜨거운 김을 그대로 머금은 채 줄지어 서서 나를 향해 말을 건넨다. '먹어, 어서 먹어봐. 맛있어.' 뜨거워서 앞에 놓고 바라만 보는데 그것이 할머니가 나를 제일 사랑한다는 증표인 듯해서 마음 그릇이 그득하게 채워진다.

그때는 가장의 권위가 절대적인 시절이었다. 무엇이든 귀한 것이나 제일 좋은 것은 할아버지께 먼저 드려야 하는 것이 원칙이었다. 그 원칙을 깨고 내가 제일 좋은 놈을 미리 먹은 것은 언제나 할머니와 나의 비밀이었다.

어느 날 면서기였던 아버지가 군청으로 발령이 나서 살림을 나게 되었다. 할머니와 할아버지는 외아들인 아버지가 집을 떠나야 하는 것을 힘들어하셨지만 어쩔 수 없는 일이었다. 아버지는 삼 남매 모두 군 소재지로 데려가 공부시키고 싶다고 하셨다. 할머니는 다른 식구들은 다 데려가도 큰 손녀인 나만은 데려가면 안 된다며 단식투쟁에 들어갔다. 그래서 나는 할머니 집에 남게 되었다.

할머니하고 인절미를 만들다가

반공일날이면 군 소재지로 이사 간 가족들, 엄마 아버지 두 남동생이 온다. 할머니가 무언가 맛있는 음식을 하는 날이다. 어느 날 할머니와 나는 인절미를 만들었다. 가마솥에 베 보자기를 깔고 물에 불린 찹쌀을 쪄낸다. 그 찐 찹쌀을 절구에 넣고 쿵쿵 찧는다. 그 찐득한 떡을 덩어리째 도마 위에 놓고 손에 물을 발라가며 비슷한 크기로 자른다. 할머니가 그 일들을 하는 동안 어느새 해가 지고 부엌에는 호야불*을 밝혀 놓는다. 할머니는 찧어 놓은 떡을 자르고 어린 나는 콩고물을 묻히는 작업을 하고 있었다. 볶은 콩을 빻아서 만들어 놓은 노란 콩고물은 왜 그렇게 고소한지 그 일을 하는 중간 중간에 한 번씩 콩고물을 움켜쥐고 입안에 털어 넣곤 했다.

그때의 시골 아이들은 왜 그렇게 콧물을 달고 살았을까. 오죽하면 '내려올 때는 완행, 올라갈 때는 급행인 것은 뭐게? 콧물.'이라는 퀴즈가 다 있었을까. 나도 그때 감기에 걸렸었는지 찰떡에 콩고물을 묻히면서 콧물을 훌쩍거리다가 아뿔싸! 콧물이 그만 고물 통 속에 쑤욱 빠져 버렸다. '할매, 콧물이 여기로 빠져버렸

데이.' 할머니와 나는 그때부터 콩고물과 찰떡을 이리저리 뒤적거리며 콧물 묻은 놈을 찾기 시작했다. 부엌에 켜놓은 호야불이 시원치 않아서인지 아무리 애를 써도 찾을 수가 없었다. 오히려 뒤적거리면 뒤적거릴수록 고놈의 행방은 점점 더 묘연해졌다. 한참을 찾아보았지만 문제의 콧물 인절미는 가려낼 수가 없었고 드디어 할머니는 결단을 내렸다. '야 야아. 식구들 오면 아무 말 하지마래이. 알았제.' 나는 고개를 끄덕였다. 그건 할머니와 나만의 비밀이었다.

드디어 식구들이 도착했다. 그 날 저녁 온 식구가 모여서 인절미를 먹었다. 그 인절미에 내 콧물이 빠진 줄은 꿈에도 모르고 모두 맛있게 먹었다. 집에서 찧어서 만든 인절미는 고소한 콩고물에 우들우들 씹히는 식감이 정말 좋았다.

할머니의 비자금

농사를 업으로 하면서 자수성가한 할아버지는 대단히 근검절약하는 분이어서 웬만한 용처에는 돈을 주지 않았다. 좀처럼 현금을 만질 수 없었던 할머니는 좋은 방법을 생각해냈다. 동네에는 오일장이 섰는데 할머니는 장날이면 할아버지가 논에 나가고 안 계실 때 장사꾼들을 집으로 데려오곤 했다.

집에는 온갖 추수한 곡식들을 보관하는 고방이 있었고 기역자 모양으로 생긴 고방 쇳대는 할머니의 허리춤에 매달려 있었던 것이다. 그 방에 들어가면 콩이며 팥, 쌀, 마른 고추 같은 것들이 커다란 자루에 담긴 채 줄을 서서 손님을 기다리고 있다. 할머니는 큰 자루에서 얼마간의 고추를 덜어내어 장사꾼에게 건네며 몇 근인지 달아보라고 한다. 그러면 장사꾼은 저울의 갈고리에 고추 자루를 매달고 저울대에 걸린 추를 이리저리 옮겨 보면서 무게를 잰다. 욕심 많은 장사꾼은 저울대의 끝이 공중을 향해 쳐들리도록 야박하게 근 수를 재고 할머니는 잘 좀 재보라며 실랑이를 한다. 할머니와 장사꾼은 그날의 고추 금을 얼마를 쳐 줄 것인지 흥정을 하고 잠시 후 할머니에겐 얼마간의 지폐가 건네진다.

할머니의 껌딱지였던 나는 그렇게 할머니의 비자금 만들기 현장을 지켜보곤 했다. 할머니가 말하지 않아도 나는 알고 있었다. 그 일을 말해서는 안 된다는 것을.

어느 날 할머니의 비자금은 빨간색 멜빵 가방이 되어 내게 돌아오기도 했다. 대부분의 아이들이 보자기에 책을 싸서 학교에 다니던 시절 그 빨간 가방을 등에 메고 다니면 나는 아주 소중한 사람이 된 듯했다. 할머니의 사랑이 아이를 단단하게 키워 낸다. 아이에게 필요한 것은 단 한 가지 '사랑'이다. 지금도 할머니를 떠올리면 내 마음속에 조그만 화롯불 하나 들여놓은 듯 따스한 기운이 온몸으로 퍼진다.

---

* 호야불 : 남포등을 가리키는 경상도 사투리

조은해

월간『한국수필』등단. E-mail : cmi0319@hanmail.net

나도 누군가의 가지치기였다

최명선

첫 선을 보았다. 인상이 훤칠민틋하다. 세 번의 만남을 가져야 상대를 파악할 수 있다는 직장 선배들의 조언을 새겨들었다. 쾌활한 웃음 자신감 넘치는 그 남자 앞에 어정쩡한 내 모습이 자꾸 작아진다. 가슴은 이미 둥둥 북소리를 낸다. 두 번째 만남, 호텔 커피숍, 백화점 쇼핑, 내 마음을 들여다본 듯 남자는 나에게 하얀 토끼털 가죽장갑을 선물한다. 장갑 낀 손으로 양 볼을 감싸니 부드러운 촉감이 그의 느낌으로 다가온다. 당장 그에게 달려가고 싶다. 이십사 년 간직한 순정 모두 바치리라 가슴에 불이 당겨진다. 불씨에 새싹이 돋는다. 비옥한 토양의 나무는 거침없는 속도로 자라 하늘바라기를 한다. 세 번째, 기다림은 시계태엽을 감아 돌려놓고 싶다. 데이트에 한껏 즐거워진 남자는 아버지의 농장 평수를 묻는다. 어디서부터 무엇이 잘못됐을까 잠시 망설이다 가진 것 없는 촌로라 말했다. 봄 햇살에 웃자란 싹이 뚝 부러졌다.

산악회에 가입했다. 주말 피로도 풀고 건강도 챙길 수 있어 일석이조다. 가입 인사차 북한산 등반을 했다. 산을 아끼고 사랑하는 모임답게 화기애애하다. 유난히 호의를 베푸는 한 사람 내 눈길을 끈다. 작은 체구 딱 벌어진 어깨 치켜선 눈썹까지 부담스러운 인상인 그가 산악회 총무라 한다. 스틱 사용법이며 간단한 스트레칭까지 곁으로 다가와 각별하게 신경 써준다. 매주 산행 안내며 회원 명부까지 전화선으로 세심히 알려온다. 빈번히 거절하기 민망해 한두 번의 만남을 가졌다. 남자는 퇴근길 파수꾼을 자처하며 직장 근처에 진을 치고 기다린다.

"미스 최 애인 와 있어."

동료들의 놀림이다. 평소 곰 같다는 소리를 듣던 내 속에 여우 한 마리 슬쩍 들어와 앉는다. 남자가 귀찮으면서도 한편으론 누군가 나를 기다려 준다는 것이 싫지 않다. 한두 번 통하는 재미에 장난까지 동원했다. 약속 시간 바로 전 장소를 변경하는 것, 광화문 육교 위, 덕수궁 정문 앞, 짧은 시간에 이리저리 장소를 옮겼다. 그는 어김없이 그 자리에 나와 서 있다. 내면에 숨어있던 나의 양면성이 거침없이 튀어나온다. 맞선으로 뭉개진 자존심을 세워볼까 거들먹거리며 고급 레스토랑서 만남을 제의했다. 붉은 카펫과 우아한 실내장식 모든 것이 호화롭다. 서울생활 5년에 처음 가보는 곳이다. 휘둥그레 눈을 돌리던 그가 뒤통수를 긁으며 해장국집이나 감자탕집이 편해요 한다.

남자는 이후 일방적으로 약속한다. 신데렐라를 꿈꾸고 있는 나에게 인쇄업을 하고 있는 그가 성에 차지 않는다. 더 싫은 것은 나와 같이 고향이 시골이라는 이유다. 계속된 그의 구애에 데이트 제의를 수락했다. 모처럼 반응에 신이 난 그는 카메라를 메고 싱글벙글 나타났다. 용인으로 출발하는 버스 안 어디서부터 말을 꺼낼까 머릿속은 빠르게 회전한다. 남자는 밤새 잠을 이루지 못했다며 고백한다. 뜨거운 열기에 물을 너무 빨리 끼얹는 것 같아 돌아오는 길에 말하리라. 함께 거닌 시간 잠시 마음이 흔들린다. 눈빛을 고정한 채 막 겨울잠을 깬 햇살 따라 자연농원 길을 걸었다. 동물 우리 밖으로 사슴이 얼굴을 내밀며 인사한다. 다가가 먹이를 건네며 눈빛을 교차했다. 그때마다 남자의 카메라 셔터는 나를 향했다. 미안함에 애써 미소로 답했다. 조성한 지 얼마 되지 않는 자연농원 나무들 사이로 바람이 분다. 내 마음에도 바람이 인다. 말을 꺼냈다. 인연이 아닌 것 같다. 좋은 사람 만나 행복하길 바란다. 빠른 걸음으로 뒤돌아섰다. 순간 나뭇가지 하나가 큰 소리를 내며 부러진다. 곁가지인 줄 알았던 것이 본 가지였다.

직장으로 계속 걸려오는 전화 애써 회피한다. 잊혀질 무렵 등기우편 한 통 사무실로 배달이다. 꽃사슴과 함께 찍은 사진, 메모지에 눌러 쓴 편지 한 줄.

"좋은 시간 감사했어요. 행복하세요."

스물넷 청춘이 변덕을 부린다. 흠칫 몸이 떨리게 보고 싶다. 그 나무에 기대어 쉬고 싶다. 낯선 전화 한 통 남자의 여동생이다. 식음을 전폐하고 앓아 누었다는 오빠 소식. 다시 한 번 만나 달라 사정을 한다. 여자의 냉정한 거절은 남자에게 새로운 시작을 일깨우리라. 산을 좋아했지만 산악회 모임은 그것으로 끝을 맺었다. 아이들과 함께 다시 찾은 자연농원. 나무들은 우거진 숲으로 멋지게 변해있다. 바람 불고 흔들리던 나무는 거목으로 변해있다. 가지 잘린 옹이 진 나무는 커다란 그늘을 만들어 새로운 안식처서 누군가에게 휴식과 위안을 주고 있으리라.

최명선

월간 『한국수필』 등단. E-mail : muyngsan@daum.net

2

목련꽃 지는 법

하루살이의 죽음

정목일

저녁놀은 가끔 우리를 지난날의 회상에 젖게 만드는데 그 아름다움은 잠시뿐이다. 소녀의 홍조 같은 빛깔도 추억과도 같은 어둠의 저편으로 침잠해 버리면 무언가 애틋하고 서운하여 공허감에 사로잡힌다. 어쩌면 인생도 이런 것이 아닐까 생각된다. 노을을 바라보면 막연하게 인생이 무얼까 하는 풀벌레 소리같이 애잔한 마음이 들면서 '인생'이라는 말, 그 자체에 그만 연민의 정을 느끼게 한다.

열어 놓은 창문으로 어느새 들어온 하루살이들이 전등불을 에워싸며 날고 있다. 그냥 날고 있는 것이 아니다. 불을 따라 빙빙 돌다가 방바닥이며 책상 위로 떨어지고 있다. 죽음이 꽃잎처럼 떨어지고 그들의 일생이 떨어지고 있는데, 누구도 눈썹 한번 깜박거려 주지 않는다.

대저 죽음이란 이런 것인가. 떨어져 숨을 거둔 하루살이를 한 마리 손바닥에 올려놓고 들여다본다. 작은 개미처럼 생긴 몸매에 유리같이 맑은 두 장의 날개가 겨드랑이에 달려 있다.

이제 그들의 생애는 끝났는가. 하루살이의 전 생애인 하루여! 그 하루는 시계의 초점이 재고 있는 24시간이 아닐 듯싶다. 하루살이의 하루야말로 어쩌면 나무의 수백 년이나 동물들의 수십 년의 연륜과 같은 것일지도 모르지 않겠는가.

하루살이들은 밤이 새벽으로 변신하는 여명을 보았을까? 사라지는 노을과 단 몇 분 동안에 반짝거리다 스러지는 이슬을 보았을까?

인간의 생애도 하루살이의 생애와 무엇이 다를 수 있겠는가. 일생을 끝마치는 데 단 하루가 필요한 그들과는 달리 인간에게는 수많은 하루가 있다는 차이 이외는 없을 듯하다.

하루살이들은 그들의 지닌 단 하루를 어떻게 보냈을까. 하루살이의 죽음을 보고 있노라니, 그 죽음에서 하루가 되살아나 무언가 말해 줄 것만 같다.

하루가 얼마나 소중한 것인가를! 결국 모든 생물들의 일생도 하루의 연속에 불과하다는 것을…. 하루살이는 하루가 바로 전 생애이듯 모든 생물들의 생애도 하루일 수 있을 것만 같다.

하루살이의 죽음! 그 죽음에서 나의 하루를 발견한다. 내 생애의 하루하루를 성실히 살고 싶은 욕망이 뭉클 치밀어 오른다. 하루가 바로 당신의 전 생애일 수 있다고 말해 주는 것만 같다.

지금까지 살아온 나의 삶이란, 흔적도 없는 바람이며 무의미였었다. 임종을 앞둔 노을같이. 단풍같이 무언가 생애를 쥐어짜내어 어떤 빛깔이라도 표현하지 않는다면 칠야 같은 허무이리라. 신에게 조금만 기다려 달라고 말한다면 신은 '당신의 하루살이는 지루하리만큼 한가하지 않았느냐?'고 말할 듯싶다.

무의미 속에 묻혀버린 수많은 나의 하루여, 어디서 찾을 수 있을까.

하루살이의 생애와 하루를 생각하면서 창가로 가 어둠을 바라본다. 아무것도 보이지 않는다. 아마도 무명뿐인 것 같다. 별빛은 어둠 속으로 무심히 내리고 하루살이는 일생을 끝내고 소리 없이 죽음을 맞고 있다. 나도 언젠가 하루살이와 같은 죽음을 맞이하리라.

사라지는 하루를 본다. 인간도 하루씩을 살아가는 존재임을 느낀다. 하루의 일생을 끝내고 하루살이들이 떨어져 내리고 있다. 하루살이는 내일이란 미래를 알지 못한다. 오로지 햇빛 속에서만 혼신을 쏟은 일생을 마치고 있다. 치열하고 후회 없는 마지막의 모습이다.

일생을 거두고 있는 하루살이들을 보며 중얼거린다.

"하루살이여, 안녕!"

정목일

1975년 『월간문학』 수필 당선. 1976년 『현대문학』 수필 당선.
E-mail : namuhae@hanmail.net

죽음이 뭐길래

김학래

이 세상에는 세 가지 거짓말이 있다고 한다. 노처녀는 시집을 안 가겠다고 하고, 장사하는 이는 남는 게 없다고 말하고, 노인들 왈 '어서 죽어야지.' 하는데 사실은 거짓말이라는 것이다. 모든 사람들은 늙으면 병이 들고 언젠가는 죽게 된다. 저세상으로 간다고도 하고 세상을 떠난다고도 하고 돌아간다, 타계한다, 영민한다는 등 여러 가지 표현을 적당히 구사하지만, 간단히 말한다면 죽음을 당하는 것이다.

죽음이 무엇일까? 왜 최후를 맞이해야 되는 것일까? 아기가 태어날 때 기뻐하고 자축을 하고 축하를 받고 반대로 죽음을 당하면 슬퍼하고 조의를 표하는데 지구 상의 어떤 곳에는 정반대의 정서와 인습이 있다고 한다. 출생 시는 통곡을 하고 죽음에는 축하한다는 것이니 이해할 수 없는 일이다.

아기가 태어나는데 어째서 곡성을 내는 것일까? 이 험악한 세상에 어째서 나왔느냐, 앞으로 수십 년 고생하고 악전고투할 운명을 타고났으니 미리 울어준다는 것이다. 반대로 초상이 나면 사람들이 모여서 지긋지긋한 세상을 떠나니 얼마나 시원하겠느냐며 술을 마시고 노래를 부르고 춤을 춘다는 것이다.

세상사를 살펴보면 죽음에도 양극이 있는 것 같다. 대부분 인간들은 오래오래 살기를 원하고 죽기를 싫어하는 데 이와 반대로 죽음을 자초하고 스스로 목숨을 끊는 이들도 있다. 죽지 못해 사는 이들도 있고, 살기 싫어 죽으려 해도 차마 죽지 못하는 이들도 있다. 자살을 감행할 용기가 있다면 무슨 일을 못 하겠느냐는 말도 있지만, 그것은 어디까지나 이론에 불과하다. 그 증거로 자살족이 늘어나고 있지 않은가?

세상이 많이 좋아졌다. 암울한 일제강압기와 50년대, 60년대 배고팠던 세상에 비하면 엄청 좋은 세상이 되었다. 풍요롭고 편리한 세상, 죽도록 일을 안 해도 되는 세상, 화려하고 휴일도 많고 국내·국외 관광도 즐기는 세상인데 어째서 자살자가 늘어날까?

자살국 통계를 보면 미개한 나라보다는 문명국에서 더 높고, 사회복지 제도가 수월한 나라 국민의 자살 비율이 높다는 것이니 위의 의문은 여기에서 답을 찾은 것이다. 자살은 지극히 어려운 일이다. 어떤 독거노인은 구두 수선공인데, 늙어서까지 구두를 손질하며 외롭게 살아왔단다. 가족도 없고 평생 하는 천한 직업에 염증도 느끼고 사는 재미라고는 눈곱만큼도 느낄 수 없기에 어느 날 죽기로 결심하고 웅덩이에 투신자살을 결행하였단다. 그런데 죽었어야 될 자신이 물위에 떠 올랐다. 이래서는 안 된다며 다시 물속으로 빠져들었는데, 어찌 된 일인지 또다시 수면 위로 부상하여 가쁜 숨을 내쉬는 게 아닌가?

자살미수에 그친 노인은 이날은 운수가 나쁘기 때문인지 좋아서인지 잘 모르지만 어떻든 실패했다며 집으로 돌아왔다. 다음날 심기일전하여 죽음에 다시 도전하기로 작정하였는데, 밤이 깊도록 잠을 이룰 수가 없었다.

자신은 어째 자살복도 없는 극히 불행한 사람이냐고 슬퍼하면서, 도대체 무슨 이유로 물속에 가라앉지 않았느냐고 곰곰이 생각해보니 번개 같은 요인이 떠올랐다. 이 노인은 젊었을 때 수영선수였다. 죽기를 결행하려 했지만, 그것은 일시적인 의지였고, 이 노인의 몸에는 물속에 결코 가라앉지 않는 수영 기능이 도사리고 있었던 것이다.

노인은 결국 자살을 포기하고 말았다. 한강물에 빠져 죽고 싶지만 거기까지

나갈 버스비가 없어서 죽지 못 한다는 말도 있고, 독극물을 먹고 가고 싶은데, 독약을 살만한 돈이 없어 포기한다는 말도 있다.

요즘 자살자가 많다. 무슨 자살 사이트가 있다고도 하고, 연인끼리 동반 자살을 하는 이도 있고, 사업 실패와 부채 때문에 가는 이도 있는데, 이들 말고도 사람들은 일상생활 중 죽고 싶다는 극언을 많이 쓴다. 일이 고되니 죽고 싶다고도 하고, 수능 성적이 나쁘기에 죽고 싶다고도 하고, 부부 싸움 끝에 죽고 싶다는 이도 있고, 속상해서 죽겠다는 말도 흔히 쓴다. 어디 그뿐인가. 좋은 일에도 죽겠다는 말미어가 붙어 다닌다. 웃어 죽겠네, 좋아 죽겠네, 배불러 죽겠네, 예뻐 죽겠네. 그렇지만 죽음은 마지막이다. 죽음은 슬픈 것이고, 죽음은 불행한 것이니 죽겠다는 말은 삼가야 될 것 같고, 자살은 절대로 생각하지 말아야 될 것 같다.

만일 자살을 기도하는 이가 있다면 다음 우화를 생각해 볼 일이다.

어느 날 토끼들이 물에 빠져 죽기로 결의하였다. 이유는 세상에서 가장 약자이고 당하기만 하고 맹수는 물론이고 사람들의 먹이 노릇만 하고 있으니 살아서 무얼 하겠느냐는 비관에서였다. 토끼 떼가 강가에 도달했을 때 무엇인지 풍덩풍덩 물속으로 뛰어들어 도망을 가고 있었다. 토끼들은 행동을 멈추었다. 이상하다. 토끼들이 몰려오자 도망을 가는 것들도 있다니, 그것들은 개구리들이었다. 토끼들은 집단자살 직전에 큰 것을 깨달았다. 토끼들보다도 더 약한 것들이 있다는 사실, 토끼 자신들을 무서워 피하는 것들도 있다는 생각이 들어 자살을 포기하고 되돌아갔다는 것이다.

자살 기도를 접을만한 우화가 되는지 모르지만, 어떻든 최후의 선택만은 택하지 말아야 될 것이다. 자살은 자신을 죽이고 부모·형제의 가슴에 큰 상처를 주는 극한 행위이기 때문이다.

그건 그렇고 사람이 죽으면 어찌 되는 것일까? 천당과 극락에 간다는 말도 있고, 지옥에 떨어진다는 말도 있고, 구천을 헤맨다는 말도 있는데, 천당과 지옥 극

락세계를 갔다 온 이가 없으니 믿기 어렵다.

오래오래 사는 일이 꼭 복 있는 일만은 아닌 것 같다. 늙고 병 들고 고통받고 천대받고 살며 흉물이 될 바엔 적당한 나이에 타계하는 이가 복 있는 사람일 것이다.

벗들이 다 떠난 후에 죽음을 당한다면 빈소에 헌화하고 술 한 잔 따라 올릴 벗도 없다면 그것도 불행한 일 아니겠는가? 문제는 오복 중의 하나인 고종명을 누리는 일인데, 이게 또 뜻대로 원대로 되는 일도 아니다.

어떤 노인은 아프지도 않고 앓지도 않았는데, 밤사이 눈을 감았다. 어떤 할머니가 밤에 떠났는데, 다음날 슬피 울던 할아버지도 숨을 거두었으니, 쌍 초상이 났지만 같이 살다 같이 가자는 젊은 날의 언약이 이루어진 것이다.

어떤 노인은 병마와 싸우다가 일주간 식음을 전폐하고 장내를 깨끗이 배설하고 목욕을 한 후 새 옷으로 갈아 입고 자식들의 임종을 받으며 조용히 운명하였다.

어떤 유명 시인은 평생 가난한 문인으로 살다 가면서도 좋은 세상 구경 잘하고 가노라는 마지막 덕담을 남기고 저세상으로 갔다는 말을 들었다.

인간의 죽음을 노래했으니 나의 죽음을 생각해 볼 차례가 되었다. 1934년 갑술생이니 팔순을 넘겼다. 5년을 더 사는지, 아니면 90까지 사는지 그것도 아니면 수년 후 숨을 거둘는지 나도 모르고 가족들도 모른다. 오늘까지 큰 병 없이 살고 있는 것도 복이고 다행이라는 생각이고, 평생 교육자로 살아왔는데 45년 2개월간 잘했던 못했던 큰 과실 없이 정년을 했으니 이 또한 큰 복이라는 생각이다.

금년 2015년 가을에는 나의 수필집 제11집을 출판할 예정이다. 아직 테니스는 즐기고 있고, 교육은 끝났지만 문단 활동은 하고 있으니 이것도 복 받는 일인 줄 안다. 장남으로서 조상님들을 성의있게 모시고, 동생과 3남 1녀 자식들을 편하게 해주고, 어느 날 훌쩍 떠나고 싶고, 반드시 아내보다 먼저 가고 싶은데, 이 모든 일은 조상님과 신들의 음덕으로 될 수 있는 일일 것이다. 내 어찌 욕심을 부릴 수 있겠는가. 죽음에 관한 이와 같은 노래를 늘어놓을 수 있는 마음의 여유를 지닌 것만도 다행으로 여겨야 될 것 같다. 인명은 재천이라고 했던가!

김학래

수필가. 1966년 월간 『새교실』 4월호 등단(1964~1966년 3회 입선 천료)
E-mail : kimjaykay@hotmail.net

영혼이 있기를

김용대

강원도 연천에 사는 분이 현시대에 터무니없는 일인 줄 알면서도 무당이 일러준 가상체험을 했다는 진지한 편지를 보내왔다. 그분은 자신이 들어갈 관과 부인과 아들을 실은 차를 직접 운전하여 선산의 묫자리로 갔다 했다. 그리고 자신은 죽은 몸이 되어 관 속에 누워있고 부인과 자식이 약식 영결식을 치러주었다 했다. 부인과 아들이 자신을 그대로 두고 떠나며 어찌나 슬피 울던지 진짜로 이승을 떠난 것처럼 느껴졌단다. 일러준 대로 혼자 남았다가 밤이 되어 집에 가니 이번에는 죽었던 사람이 살아 돌아온 것처럼 부여잡고 또 대성통곡했다는 것이었다. 부인의 성화에 희극을 했으나 관 속에 누웠을 때 죽었다는 생각이 들자 태어나서 지금까지 살아온 삶이 생생히 지나가며 덧없이 보낸 자신이 부끄러웠다고 했다. 그 후 지금은 행복하게 산다는 말도 덧붙였다.

이 시각에도 태어나는 이가 있고 떠나는 이가 있다. 세상에 올 때는 가족과 친척이 기뻐하고 환영하나, 떠날 때는 그를 아는 많은 사람들이 슬퍼하며 배웅한다. 다시는 볼 수 없어서이다.

의학적 사실에 따르면 심장 정지를 일으킨 사람은 죽은 상태에 있다. 생리학적으로 심장 박동이 없고 뇌 기능이 마비되었으며, 의식이 없는 상태의 사람 감각은 사망과정의 어느 시점에 놓인 감각과 같을 것이다. 그러나 죽었다고 판단된 사람이 다시 살아나서 증언한 이야기를 기록한 의사 샘파르니아의 글에 놀라지 않을 수 없다.

그가 인조혈관으로 대체한 어느 환자는 마취된 상태에다 눈이 가려져 아무도 볼 수 없었고 누구와도 대화할 수 없었다. 90분의 수술 도중 잠시 심장이 멈춰 의학적으로 사망에 이르렀다. 그러나 기적적으로 인공 심장이 제 기능을 발휘해서 살아났다. 환자는 수술 도중에 몸 밖으로 빠져나와 간호사가 구체적인 수술 도구를 의사에게 건네는 모습을 보았다고 했다. 또한 마취 상태와 머리 뒤에 설치된 초음파 심장 검사기를 알고 있었다. 뇌 기능이 정지되어 침대에 누워있을 때 수술실에서 일어난 일을 상세히 증언하는 것이었다. 의사들이 확인한 수술 과정은 환자의 증언과 일치했다. 환자는 평화로움과 기쁨을 느끼고 환한 빛도 보았다고 했다. 그는 자신의 의식과 자아가 천장 높이의 공중에 떠 있고 몸은 아래쪽에 누워 있었다는 것이었다. 증언은 의식이 몸 밖에 있어야만 볼 수 있는 내용이었다.

영혼을 믿지 않았다. 지금도 그렇다. 허나 영혼이 있기를 바란다. 가슴에 묻어 둔 진한 아픔 때문이다.

초등학교 6학년 때 여름방학이 끝나고 등교하였더니 뇌염이 유행하여 휴교하니 일주일 후에 오라며 돌려보냈다. 뇌염이라는 말을 처음 들었다. 그 무렵 다섯 살 된 남동생이 며칠째 잠만 잤다. 어머니와 할머니께서는 수시로 잠을 깨워 죽을 떠 넣어주건만 스르르 눈을 감고 잠에 빠지곤 하였다. 어른들은 남동생이 잠풍이 들었다며 곧 좋아질 거라 했다. 나는 그런 동생을 보며 가슴이 탔다. 억지로 일으켜 말을 시켜도 대답이 없고 그 좋아하던 사탕을 주어도 손에 쥔 채 눈을 감았다.

일주일이 지나도 말 한마디 없이 잠만 잤다. 사십 리가 넘는 읍에는 병원이 있을지 모르나 당시엔 병원에 간다는 생각조차 못 했다. 보다 못한 어머니와 아버지는 동생을 업고 학교 부근의 한약방 할아버지한테 간다기에 나도 따라나섰다. 한약방 할아버지가 그 무서운 대침을 동생의 목덜미에 두세 번 꽂아도 신음 한 번 내고는 눈을 감았다.

그날 오후 동생은 뜻밖에도 자리에서 일어나 의식을 차리고 어머니와 할머니 품에 안겼다. 절망의 늪으로 떨어지던 동생이 일어난 것이었다. 집안에 먹구름이 걷혔다. 식구들은 기쁨의 웃음을 터뜨리고 번갈아 안아보며 어쩔 줄 몰라 했다. 나는 아무도 모르게 눈물을 닦았다.

동생은 우리 형제 중에서 가장 잘생겼기에 주위 사람들로부터 귀여움을 독차지했다. 마실을 나서면 누구나 볼을 쓰다듬으며 예뻐했다. 뚜렷한 이목구비에 하얀 피부 하며 늘 웃음 짓는 모습이 부럽도록 고왔다. 나는 그런 동생에게 온통 빠졌다. 내가 하교하여 동구 밖에 나타나면 동생은 마루 끝에서 손을 흔들며 반가워했다. 어느 땐 동네 앞까지 나와 기다리기도 하였다. 학교에서도 그의 웃는 모습이 어른거려 밖을 내다보곤 하였다. 동생은 나를 더 많이 좋아했다. 학용품을 사고 남은 돈으로 동생에게 주기 위해 십리사탕을 산 날은 학교가 끝나기 바쁘게 달려갔다. 사탕을 오물거리며 뛰어놀던 내 동생, 나는 그런 동생이 있어서 참으로 좋았다.

그러한 동생이 일주일이나 잠 속에 빠졌다가 일어났으니 그 기쁨은 하늘 끝에 닿은 듯했다. 어머니 품에 안겨있던 동생에게 등을 내밀었더니 내 어깨를 잡고 업혔다. 벅찬 가슴을 달래며 집 앞 길로 나섰다. 등을 타고 스며드는 사랑스러운 동생의 온기가 너무 좋아 반달노래를 불러주는데 멀리에서 매미가 울었다. 말을 걸어도 대답이 없어서 반응을 살필 요량으로 길에 내려놓고 걸어보라 했더니 맨발로 비틀거리며 집을 향해 몇 발짝 걷는 것이었다. 안쓰러우면서도 감격에 겨워 와락 안았다. 동생은 집에 오자 자리에 누워 다시 잠에 빠졌다. 그리고 그날 밤, 평소에 그리도 갖고 싶어 하던 별을 따러 하늘로 영영 떠나고 말았다.

숨을 거두는 것을 사람들은 돌아갔다고 했다. 그곳이 어디인지 모르나 왔던 곳으로 갔다는 말인데 결국 사라졌다는 뜻이다. 금지옥엽처럼 귀염받던 동생이 다시는 올 수 없는 곳으로 사라졌으니 가족의 비통함은 극에 달했다. 떠나기 전에 식구 한 사람 한 사람에게 안기고 마지막으로 내 등에 업혔던 내 동생. 가족에게 작별 인사를 하려고 온 힘을 쏟아 그리했던 것을. 동생이 세상을 떠나기 전에 나는 어떤 짓을 했던가. 동생은 세상을 하직하며 몸을 빠져나와 울부짖는 식구들을 보았을까. 가슴을 도려내는 슬픔에 젖은 나를 헤아렸을까. 앞선 환자의 증언처럼 행복과 기쁨 속에 떠나갔을까?

나는 누구에게도 발설할 수 없는 엄청난 회한과 죄책감으로 청소년기를 보내야 했다. 영혼을 믿지는 않지만, 있기를 간절히 바란다. 나 또한 숨이 멈추면 그리도 보고 싶은 동생이랑 어머니 아버지, 그리고 할머니의 영혼과 함께 화목했던 지난날처럼 지내고 싶어서다.

김용대

1994년『한국수필』등단. E-mail : kkkyyy555@hanmail.net

찔레꽃머리

박영자

오소소 소름이 돋는다. 으슬으슬 추워지면서 오한이 난다. 세상이 다 노랗게 보인다. 햇볕이 사정없이 내리쬐는데도 아래윗니가 덜덜덜 소리를 내며 부딪는다. 양지쪽 담벼락에 기대어 눈을 꼭 감았다. 눈물이 주르르 흘러내린다. 이러다가 엄마도 못 보고 죽을 것만 같았다.

외할머니는 장터 약방으로 약을 구하러 가셨다. 하루거리가 찾아온 것이다. 이상한 것은 그저께부터 오돌오돌 한 축이 나고 아프더니 어제는 멀쩡했다가 오늘은 또 한 축이 나니 학교에서 간신히 두 시간을 버티었다. 선생님께서 머리를 짚어보시더니 안 되겠다며 집으로 보내주셨다. 선생님은 학질瘧疾이라고 하셨다.

할머니는 쓰디쓴 노란색 금계랍을 구해 오셨다. 우리는 그때 그 약을 깅게랍이라고 촌스럽게 말했다. 세상에서 이보다 더 쓴 약은 없지 싶었다. 넘어가지 않는 약을, 채근하는 할머니 눈빛이 애처로워 억지로 삼켰다. 지금도 그 생각을 하면 입이 쓰디쓰다.

할머니는 나를 업고 집 뒤로 난 향림으로 넘어가는 오솔길로 비틀비틀 걸어가셨다. 아홉 살짜리가 업히는 것이 민망했지만 할머니 등이 아랫목처럼 따뜻해서 얼굴을 묻고 진드기처럼 등을 파고들었다. 한낮의 햇살이 내 속눈썹 끝에서 아른거렸다. 건너편 짙푸른 토끼봉에서 뻐꾹뻐꾹 뻐꾸기가 처량하게 울어댔다. 엄마가 보고 싶었다.

한참을 올라가 찔레꽃이 덤불져 하얗게 핀 언덕배기에 나를 내려놓으신 할머니는 두 손 모아 합장하곤 빌고 또 빌었다. 서리병아리처럼 병약한 손녀딸을 위한 할머니의 비손은 간절하였다. 무슨 말인지 알아듣지 못했지만 절절한 기도였다.

어질 머리가 나는데도 다복다복 셀 수도 없이 피어있는 찔레꽃의 하얀 웃음이 반가웠다. 다섯 장의 하얀 꽃잎이 할머니의 옥양목 치마보다 더 새하얗고 꽃잎 한가운데 포슬포슬한 노란 꽃술은 금계랍 색깔보다 더 노랗다. 찔레꽃을 이렇게 가까이서 만나기는 처음이다. 은은한 꽃향기에 눈이 스르르 감겼다.

언덕배기 밑에 순자네 보리밭은 누렇게 익어 바람에 파도처럼 일렁였다. 할머니는 여기저기 풀을 헤집고 무언가를 뜯기에 분주하셨다. 그것을 달여 약으로 먹였지만 무슨 풀이었는지는 지금도 알 수 없다.

할머니와 나는 가끔 그 찔레꽃 더미 앞에서 둘만의 지순 지결至純 至潔한 사랑을 익혀갔다. 어느 날은 빨갛게 익은 산딸기를 한주먹 따서 먹기도 했고, 찔레나무 여린 햇순을 따서 껍질을 벗겨 먹던 일도 할머니에게 배웠다. 비릿하면서도 달착지근하던 그 맛은 아직도 잊지 못한다. 밭에 갔다 오시며 오솔길 모퉁이에서 연분홍 메꽃을 따다 내 손에 들려주시던 할머니의 검버섯 핀 따스한 손길이 그립다. 열 살이 되던 이듬해 할머니와 떨어져 엄마와 함께 살면서도 내 마음은 온통 할머니를 향한 그리움이요, 기다림이었다.

사범학교 2학년, 열여덟 살 되던 해 5월, 찔레꽃 머리 보리누름에 외할머니는 저세상으로 떠나셨다. 꽃상여를 타고 향림으로 가는 그 오솔길을 넘어가셨다. 그날도 찔레꽃은 그 자리에 하얗게, 하얗게, 번지며 피어있었다. 할머니의 애틋한 사랑을 떠올리며 나는 찔레꽃 더미 앞에서 오열하였다. 할머니의 꽃상여도 차마 발길이 떨어지지 않는 듯 주춤거렸다. 나를 외갓집에 맡기고 떨어져 살던 엄마는 내 아픔을 짐작이나 했을까. 나는 그 해 외할머니를 여읜 슬픔으로 한동안 비틀거렸다. 사춘기 소녀는 그때부터 슬픈 게 뭐라는 걸 조금씩 알아갔다.

수십 년이 흘러 일흔이라는 무거운 나이를 부담스러워하던 그해 5월, 나는 세상이 무너지는 가장 쓰라린 일로 허물어졌다. 동반자를 잃은 슬픔은 어떤 말로도 표현할 길이 없었다. 모든 것이 뒤집히고 하늘이 무너져 내렸다. 인정하고 싶지 않은 일이었고 차마 입에 담고 싶지 않은 청천벽력이었다.

남편을 산에 묻고 경황없이 돌아오는 차 속에서 눈물도 말라 멍하니 차창 밖을 바라보는데 산기슭 양지바른 밭두렁에 새하얀 찔레꽃이 나를 향해 손을 흔든다. 가슴 속에 묻어두었던 찔레꽃 영상이 파노라마처럼 스쳐 갔다. 잿빛 슬픔이 안개처럼 몰려온다. 아! 어쩌자고 찔레꽃은 오늘도 나에게 또 서러움을 부추기는가. 가물가물 멀어져가는 찔레꽃의 손짓은 내 가슴에 또 한 켜의 앙금을 쌓았다.

계절의 여왕 5월은 얼마나 찬란한가. 연초록과 초록 사이로 계절이 스쳐 지나갈 그때가 나에게만은 견디기 어려운 잔인한 달이 되었다. 순박한 꽃, 하얀 꽃, 찔레꽃은 나에게 한없이 슬픈 꽃으로 각인되었다. 원나라에 공녀로 끌려갔던 산골 소녀 찔레의 무덤에서 피어난 슬픈 넋이라지만 나를 울리는 꽃이 되었다.

'하얀 꽃 찔레꽃 순박한 꽃 찔레꽃, 별처럼 슬픈 찔레꽃, 달처럼 서러운 찔레꽃, 찔레꽃 향기는 너무 슬퍼요. 그래서 울었지. 목 놓아 울었지….'

장사익이 온몸으로 부르는 찔레꽃 노래를 나는 끝까지 듣지 못한다. 가슴을 후벼 파는 듯 너무 서러워 차마 듣지 못한다.

박영자

1990년 『한국수필』 등단. E-mail : pyjjp@hanmail.net

가끔씩

강귀분

몇 번의 헛구역질을 참으며 위내시경을 했다. 금속 이 부딪히는 차갑고 을씨년스러운 소리와 슬리퍼 끄는 소리 수런거리는 소리는 긴장감과 불안함을 더 했다. 긴 호스 끝에 그믐밤 빛나는 별 같은 카메라가 내 식도를 지나고 달의 표면처럼 울퉁불퉁 굴곡진 위장의 표면을 더듬거리고 작은 주름 사이 사이를 세밀하게 탐색했다. "위장의 상태가 좋지 않군요. 일 년에 한 번씩 내시경을 하세요. 그대로 두면 암으로 갑니다. 의심되는 부분이 있어 조직을 떼 냈습니다. 검사 결과는 일주일 내로 알려 드립니다." 지극히 사무적인 말투다. 다시 복부 초음파를 하던 의사가 "담낭에 무엇인가 있네요. CT를 찍으셔서 재검을 받으십시오." 했다. 이 년마다 검진을 받았지만 이런 말은 처음 들었다. 조금 긴장이 되었다

커튼으로 칸막이를 한 진료실 침대가 열 개가 넘는다. 어떤 이는 잠꼬대를 하고 누군가는 코를 골며 깊은 잠에 빠져 있다. 나는 매번 수면 내시경을 하지 않는다. 말썽 많은 프로포풀 주사를 맞고 병원 침대에서 혼미하게 잠을 자는 것도 싫고 헛구역질 몇 번 하고 나면 검사가 끝나고 맑은 정신으로 결과를 듣고 곧바로 집으로 올 수 있기 때문이다.

아버지가 칠십 대 후반 어느 날 먹물 같은 피를 토했다. 검사 결과 위장에 혹이 자라고 있다며 수술을 권유했다. 그대로 두면 삼 년을 넘기기 힘들다고 했다. "삼 년을 더 산다고? 네 어미를 보내고 살고 싶은 생각이 없었는데 어서 가고 싶다.

수술해서 더 산들 무엇 하랴. 이만큼 산 것으로 넘치도록 충분하다." 아버지는 단호했다. 퇴원 수속도 하기 전에 환자복을 벗어 놓고 홀로 택시를 타고 도망치듯 집으로 와 버렸다.

삼 년여가 지난 어느 날 아버지는 토하기 시작하셨고 물도 못 넘기고 입술이 타들어갔다. 얼음으로 입술을 적시다가 차마 볼 수가 없어 강제로 입원을 시켰다. 링거를 꽂으니 한결 편해지신 듯했고 보라색으로 변하던 피부가 연한 분홍색 온기가 돌았다. 침대에 코를 박고 잠깐 조는 사이 아버지가 링거 줄을 잡아 당겨 줄이 빠지고 꽂힌 바늘로 피가 역류하여 시트가 피로 흥건했다. "떠날 시간을 지연시키지 마라. 어서 집에 가서 죽고 싶다."고 애원을 하셨다. 입원 하루 만에 집으로 왔다. 명석하셨지만 차고 냉정했던 아버지를 빼닮은 것이 더 싫었던 나는 아버지에게 정다운 눈길 한 번 준 적이 없는 모진 딸년이다.

아들을 보겠다는 핑계로 소실을 들이고 밤이면 어린 첩실 방에서 흘러나오던 아버지의 윤기 나던 높은 웃음소리는 비수가 되어 유년의 계집아이 가슴에 꽂혀 피를 흘리게 했다. 밤마다 얼음을 한 바가지씩 씹으며 날밤을 새우시던 어머니는 나의 눈물이었고 치마끈을 잡고 엄마가 죽을 것만 같아 겁에 질려 울던 다섯 살이었던 나의 기억에는 비정하고 싫고 미웠던 아버지다. "미안하다. 한세상 원 없이 잘 살고 간다."면서 뒤 한 번 돌아보지 않고 의연하고 당당하게 떠나시던 아버지의 마지막 모습은 평생토록 아버지와 화해하지 못한 내게 지워지지 않는 각인을 남겼다.

수년 전 따분하고 답답한 일상이 힘들어 문화센터를 기웃거리다가 수필교실을 찾았고 내 딸보다 어린 선영이를 만났다. 그녀는 회원 중에 가장 어렸고 궂은 일을 마다하지 않았다. 수업에 필요한 무거운 책을 공동 구매해서 메고 와 싫은 기색 없이 나누어 주던 착한 선영이. 따뜻하고 맛깔나게 글도 잘 썼다. 내가 검진 받은 병원에서 처음 위암을 발견했다고 했다. 투병을 하면서도 힘든 내색을 감추고 틈틈이 수업에 참석하고 늘 밝게 웃던 젊고 아름다웠던 그녀가 떠났다. 그를 보내면서 눈물이 하염없이 쏟아지는데 조금 긴 여행을 떠나보내는 어미처럼 가슴은 더없이 평온하고 내 영혼도 선영이를 따라 광활한 하늘을 자유롭게 날고 있었다.

조직 검사 결과를 기다리면서 많은 생각을 했다. 시대의 격변기를 살았으면서도 끔찍했던 전쟁 한가운데서 가진 변고를 피해가며 살아남아 많은 복을 받고 살았다. 어느 날, 갑자기 아프지 않고 가기를 바라지만 쌓은 공덕도 없으면서 그것까지 바라는 것은 너무 염치가 없다. 만약 투병을 하다가 가야 한다면, 수술을 하고 항암 치료를 권한다면 어찌할까? 나도 내 아버지처럼 단호하게 수술을 거부하고 산골로 들어가 석양으로 물드는 능선에 앉아 새 소리 물소리를 벗 삼고 어머니의 복중에서 세미하게 들리던 자장가 같은 신의 부르심을 따라 조용히 떠날 날을 기다릴 수 있을까? 하루라도 더 연명하려고 남은 날들을 병원 침대에 누워 자식들과 세상에 짐이 되어 구차하게 바둥거리지 말자. 하나님께서 무드셀라만큼 명을 늘려준다 한들 그만하시라고 사양할까? 많은 생각으로 뒤척거리며 밤을 새웠다. 정리할 것은 무엇인가? 나누어 줄 유산 때문에 아이들을 싸움질을 시키지 않아도 되니 다행이다. 아직도 지척거리며 끈적이는 세상에 대한 미련만 끊어 버리면 된다.

"한 세상 원 없이 잘 살고 간다."던 내 아버지처럼 말이다. 남기고 싶은 것이 있다. 나름 열심히 살아온 내 삶의 궤적과 진솔한 내면의 고백을 담은 작품집을 남기고 싶다.

온갖 아름답고 의미 있는 마무리를 결심해도 막상 결과가 시한부로 나온다면 하루라도 더 살려고 무슨 짓을 할지… 나도 모르겠다. 내 성품과 인격의 한계가 여기까지다. 왠지 허망하고 쓸쓸하고 부끄럽다.

새들도 죽을 때에 푸른 하늘을 향해
한번은 맑고 아름다운 종소리를 내고 죽는다는데
나 죽을 때에 한 번도 아름다운 종소리를 내지 못하고
눈길에 핏방울만 남기게 될까 봐 두려워라
풀잎도 죽을 때에
아름다운 종소리를 남기고 죽는다는데

-정호승의 시 「종소리」 중에서

그날이 언제일지 모르지만 가끔씩 곧 떠날지도 모른다는 위기의식을 가져 보는 것. 감사함으로 찬찬히 뒤돌아보고 상처 준 이에게 따뜻한 미소로 작별 인사를 나누는 것. 모든 것을 비우고 영혼에 끼인 묵은 때를 말끔하게 벗기고 세상과 이별 연습을 해보는 것도 나쁘지 않다.

강귀분

월간『한국수필』등단. E-mail : chulwk@naver.com

황천길엔 주막도 없다는데

권순악

10년 전이다. 대장암 진단을 받고 눈앞이 캄캄하였다. 병원 문을 나오면서 한참이나 거리에 서 있었다. 뭐를 어떻게 해야 하는가. 순간 생의 정리와 죽음을 어떻게 맞이해야 하는가를 생각하게 되었다. 말기 암이라니, 사형선고였다.

몇 군데 병원을 다니면서 진찰을 받고 검사도 많이 하였으나 오진이 많았다. 병세는 날로 악화되어 갔다. 병원을 전전하기에 지쳐갔다. 서울대병원에 예약을 하였다. 보름 후로 날짜가 잡혔다. 답답해도 어쩔 수 없는 일이다. 그런데 집 가까운 곳에 모 대학병원이 새로 문을 열었다. 그곳으로 갔다. 개원한 지 얼마 안 되어 환자는 많지 않았다. 진찰과 검사가 신속하게 이루어졌다. 담당 의사의 의견이 솔직하고 현실적이었다. 서울대나 유명한 다른 대학병원에 가시면 진찰 예약, 검사 예약, 수술 예약, 입원실 예약, 이러다 보면 한 달 이상 걸리기 쉽다는 것이다. 이곳은 새로 개원하여 진료가 빠르다고 하였다. 의료진이 우수하고 각종 의료기구가 최신식이니 선택은 본인이 하라고 하였다. 현재 병 상태는 좋지 않아 수술은 시간을 다툰다고 하였다. 다른 대학병원을 기다리는 동안이면 이곳에서는 퇴원하게 된다는 것이다. 다음 날로 입원 절차를 밟았다.

그날은 비가 많이 내렸다. 바람도 없이 빗줄기가 억세어 갔다. 마음은 더 불안하고 울적하였다. 식구들에게는 암이란 말을 하지 않았다. 가족들의 걱정을 덜어주는 것이 좋을 듯하였다. 애써 마음을 담담하게 갖도록 하였다. 죽음을 앞두고 무엇을 먼저 어떻게 하여야 할 것인가? 우선순위를 정하였다. 먼저 이발을 하기로 하였다. 자주 다녔던 이발소 문을 열었다. 마침 손님이 없었다.

'안색이 안 좋으시네요, 어디 불편한 데라도..'

이발소 주인이 친절하게도 관심을 두었다.

머리를 깎고 면도를 하고 머리를 감고, 이발은 쉽게 끝났다.

'그동안 고마웠어요.'

'어디 이사 가세요?'

'아니, 어쩌면 못 올 거 같아서.'

울음이 터져 나오는 것을 꾹 참았다. 바삐 문을 열고 나왔다. 거리엔 빗줄기가 점점 억세어 갔다. 무작정 걸었다. 다음은 어디로 가야 하는가. 전에 잘 다녔던 단골 술집으로 갔다. 밀린 외상값이 있었다. 택시를 타고 바삐 갔다.

'아이구나, 선생님, 오랜만이네요. 비 오는 날 무드를 아셔.'

주인아주머니는 반갑게 맞아 주었다. 외상값은 안 갚아도 되니 오늘 술이나 실컷 마시자고 한다. 손님도 없고 비는 내리고 술 마시기 좋은 날이라는 것이다. 시키지도 않은 주안상을 가득 차려왔다. 트로트 곡을 쾅쾅 틀어놓고 무드를 잡았다. 정이 많은 여자였다. 술보다 외상술값을 먼저 갚기로 하였다. 밀린 술값은 아가씨 월급에서 공제하였다고 한다. 매정한 세상이다. 그 아가씨 연락처를 알려달라고 하니 수일 내로 다시 올 것이니 그때 와서 만나라고 하였다. 공제한 돈을 주면서 고맙다는 인사를 전해달라고 하였다. 아주머니는 나에게 술잔을 권하였다. 어차피 수술할 거 몇 잔 마셔볼까 하는 충동도 생겼다. 그러나 그럴 수는 없는 일이다. 생을 정리하는 마당에 술을 마셔서는 안 될 일이다. 나는 못 마시더라도 아주머니에게 한 잔 술을 가득 따라 주고 싶었다.

'자, 받으세요. 그동안 신세 많이 졌어요.'

'왜 어디 멀리 가세요.'

'아니, 어쩌면 못 올 거 같아서.'

'어디 멀리 여행이라도?'

'응, 아주 멀리 여행길을.'

'서운하다. 이별주 한 잔 가득 따라 주세요.'

아주머니는 혼자 취해서 노래를 불렀다. -이리 가면 고향이요 저리 가면 타향인데 이정표 없는 거리 헤매 도는 삼거리 길 이리 갈까 저리 갈까 차라리 돌아갈까 세 갈래 길 삼거리에 비가 내린다.-

나도 따라 부르며 몇 잔 거듭 따라주었다. 목이 메었다. 갈 곳 없는 내 신세 노래였다. 돌아갈 곳도 없는 신세라면 어디로 간단 말인가! 그동안 살아온 게 유행가 가사 인생뿐이란 말인가. 마지막 불러보는 노래일까. 빗줄기는 계속 쏟아졌다. 흐르는 눈물을 닦았다.

하루해가 저물어 가고 있었다. 야속하게도 하루해는 짧았다. 포장집으로 들어갔다. 소주 한 병에 안주 한 접시 시켰다. 술 한 잔 가득 따랐다. 마지막 시켜보는 술이요 마지막 따라보는 술잔이다. 그동안 참으로 술도 많이 마셨다. 술잔 속에 청춘이 흘러가고 인생도 모두 흘러갔다. 이제 와서 술잔과 담배 연기 속에 남은 거란 무엇인가. 아, 안타깝게 가버린 인생이여!

잡다한 주변 정리를 끝내니 마음이 가벼워졌다. 평생 살아오면서 정리할게 겨우 이런 일뿐이란 말인가. 죽음 앞에 철학은 무엇이고 문학과 종교는 무엇인가. 부질없는 인생에 공연스레 바쁘기만 한 것이 아닌가. 소크라테스도 최후의 독배를 마시며 이웃집에 닭 외상값을 갚아달라고 제자들에게 말하였고, 철학가 디오게네스도 알렉산더 대왕에게 통나무에 따뜻한 햇볕이 가리니 비켜달라고 하였다 한다. 충신 성삼문은 의연하게 형장으로 끌려갔다. 해는 서산으로 뉘엿뉘엿 넘어가고 북소리는 둥둥 울리며 목숨을 재촉하였다. 황천길에는 주막이 없다는

데 하룻밤을 어디서 쉬어 갈 거냐고 하였다.

나는 무슨 말과 무슨 노래를 부르면서 내 인생을 마감할 것인가. 황천길에는 이발소도 없을 것이니 이승에서 마지막 이발을 하였고, 밀린 외상 술값을 갚았고, 이런저런 일로 죄를 많이 지었으니 극락이나 천당은 가기 틀린 몸이라 염라대왕 앞에 단정하게 서야 할 준비만 할 뿐이다. 청산은 말없이 살라 하였고 창공은 티 없이 살라 하여 바보처럼 살려고 하였다. 물려 줄 재산도 없고 물려 줄 학문이나 명예도 없다. 자식들에게 남기고 떠날 아무것도 없다. 이웃에게 베푼 것도 없이 살아왔다. 자신만을 생각하며 삭막하게 살아온 것을 이제 와서 후회한들 무엇 하는가. 특별한 유언도 없다. 낙엽처럼 가볍게 떠나 한 줌 흙이나 연기로 사라질 몸이니 살아온 것이 그저 허허로울 그뿐이다. 영원한 억겁 속으로 망각되고 소멸되고 사라지고 말 것이다.

수술 날이다. 눈물 젖은 가족들의 인사를 뒤로하고 수술실로 들어갔다. 쾅하고 비정하게도 문이 닫혔다. 마취를 하기 직전 옆에 누워서 대기하는 사람이 있었다. 이름도 성도 모르는 낯모르는 환자였으나 인사를 하고 싶었다.

'수술 잘 받으세요. 이 세상에서 마지막 대화겠네요.'

'예, 감사합니다. 환자님도 수술 잘 받으세요. 다시 살아오겠지요.'

이승에서 마지막 만나서 헤어진 사람이다.

신은 나에게 가석방을 해주었거나 저승사자의 명부에서 누락되어 지금까지 살았으니 그저 모든 것에 고마울 뿐이다.

권순악

1990년 월간 『한국수필』, 1991년 『농민문학』에 소설, 2011년 월간 『한맥문학』에 시 등단

선이의 미소

김의숙

흰 눈으로 뒤덮인 공원에서 눈사람 같던 하얀 털 스웨터의 선이를 다시 보고 싶다. 자정이 다 된 것 같은데 전화벨이 울렸다. 밤늦게 걸려오는 전화는 아주 기쁜 일이거나 그 반대의 경우가 많기 때문에 조금 긴장하며 수화기를 들었다. 그런데 여동생의 상기된 목소리다. 함박눈이 내리고 있으니 밖을 내다보라는 것이다. 창문을 열었다. 가로등 불빛 속에서 눈이 그야말로 펑펑 내리고 있었다. 얼마를 그렇게 바라보고 있었을까. 문득 잠자고 있던 기억 하나가 조심스럽게 깨어난다.

그날도 이렇게 눈이 내리고 있었다. 마당에서 아이들과 눈사람을 만들고 있는데 전화벨이 울렸다. 연희동에 사는 선이였다. 여느 때와는 달리 힘이 없고 목까지 메인 음성이다. 순간 불길한 예감이 들었다. 그가 자궁암이라는 말을 어렵게 꺼냈다. 너무도 충격적인 사실에 나도 한동안 아무 말을 할 수가 없었다.

그녀는 5년여의 투병 생활을 하다가 세상을 떠났다. 처음 암이라는 진단을 받게 되자 그는 너무 당황해 하며 우리와의 소식까지 모두 끊어버렸다. 그녀는 한참 동안을 몹시 방황했었다고 한다. 그러나 얼마 후 그녀는 예전의 밝은 표정으로 우리 앞에 나타났다.

"야, 얘들아! 나 어때? 긴 머리에 청 옷 한번 입어보고 싶어서 한 벌 샀지!"

가발 머리에 청바지를 입고 폼을 잡아 보이는 그녀 모습에, 우린 붉어지는 서로의 눈시울을 비켜가며 모두 실성한 것처럼 한참을 깔깔거렸다. 그의 생활이 변했다. 그녀는 남은 시간들을 친구들과 함께하고 싶어 했다.

그녀는 그림 그리기를 좋아해서 늘 화랑을 하나 갖는 것이 꿈이었다. 그러던 그가 연희동의 가정집을 개조하여 자그마한 화랑으로 꾸몄다. 그녀의 손때 묻은 작품들도 아기자기하게 진열해 놓았다. 창가에는 작은 테이블도 하나 두었다. 그녀가 사색도 하고 차도 마시고 그림도 그리는 자리였다.

그곳에서 보내는 시간을 그녀는 몹시 즐겼다. 그곳은 간간이 찾아오는 친구들과 만남의 방이 되기도 했다. 그녀의 꽃꽂이는 수준급이어서 우리는 작품을 보며 즐거움을 맛보기도 했다. 삼십여 년이나 잠들어있던 내 감성을 깨워 준 것도 선이였다. 그녀의 마지막을 지켜보며 나도 더 늦기 전에 무언가 해야겠구나 생각을 하게 되었고, 그렇게 글공부를 시작한 것이었다.

우리도 그녀와 함께하는 것이 너무나 즐거운 시간이었다. 그녀가 좋아하는 일에 함께해줄 수 있다는 것도 기뻤지만, 전시회장으로, 극장으로, 때로는 한적한 교외 카페로 그리고 즐거운 여행으로, 평상시엔 우리가 엄두도 내지 못했던 것들을 그녀를 핑계로 거침없이 저지르고 다녔다. 허나 남은 삶의 시간을 헤아리고 있을 선이를 생각하면 더욱 가슴이 아파왔다. 시한부의 삶이지만 최선을 다하려는 그의 선택과 마음 씀은 내게도 많은 생각을 하게 하였다. 그런 만큼 그와 보내는 한 순간 순간이 더 소중하고 안타까웠다. 나뿐 아니라 다른 친구들에게도 더없이 소중하게 느껴지는 순간이었다.

우리는 너무도 빨리 흘러가는 시간 앞에서 어찌할 바를 몰라 했다. 나도 그저, 새벽같이 강화도로 달려가 가장 좋다는 인삼을 구하고 그걸 정성껏 다려내 안타까운 마음을 전해볼 뿐, 홀로 떠나는 그의 마지막 여행을 더 어찌해 볼 수가 없었다.

그녀를 다시 찾은 날도 하늘이 뚫리기라도 한 듯 눈이 쏟아지고 있었다. 꺾은 머리인데도 많이 빠져 듬성듬성 자라 오른 그녀는 힘없는 미소로 나를 맞았다. 그리고 내가 가져간 인삼액을 찻잔에 담아 건네자 지그시 실눈을 그으며 답례를 했다.

따뜻한 찻잔을 받아 든 그녀가 창가에 다가섰다. 그리고는 하얀 눈으로 뒤덮이는 정원에 눈길을 주었다. 나는 하얀 털 스웨터를 사뿐히 걸쳐 입은 그녀가 순백의 눈을 닮았다고 생각했다. 삶의 무게조차 모두 내려놓은 양, 그녀는 한없이 평온해 보였다. 두 손으로 감싸 쥔 그녀의 찻잔에선 하얀 김이 힘겹게 피어오르고 있었다.

그녀가 내 곁을 떠난 지도 어느덧 여러 해가 지났다. 하지만 그녀의 밝고 단아한 모습은 아직도 내 곁에 함께 있는 듯하다. 오늘같이 눈이 많이 오는 날이면 불현듯 살아나는 그 친구의 생각. 때로 내 삶이 힘에 부칠 때면 그녀의 마지막 미소를 떠올리곤 한다. 감당 못 할 죽음의 공포 앞에서까지 오히려 흐트러짐 없는 모습으로 자신을 추스르던 그녀의 용기와 의지가 내 삶을 돌아보게 한다. 그는 갔다지만 저 눈밭에 온몸으로 함박눈을 뒤집어쓰고 서 있는 나무같이 그녀는 여전히 내 속에서 살고 있는 것처럼 느껴진다. 오늘같이 함박눈이 내리는 날이면 어김없이 내 앞에서 환하게 웃고 있는 선이의 미소를 본다.

김의숙

월간 『한국수필』 등단. E-mail : catarina_kim@naver.com

그 자리만이 정녕 내 자리인 것을

김종국

한여름 더위가 막바지 기승을 부리던 지난 팔월 초순, 서둘러 조반을 먹고 김천을 가기 위해 영등포역에 갔다. 동대구가 종착역인 무궁화호 급 누리호, 조금 느리다는 것 말고는 어느 고속 열차와 비교해도 손색이 없을 만큼 쾌적하고 시원했다. 차에 오르자 이내 잠이 들었다가 첫 번째 정차역인 수원역에서 슬며시 깼다.

삼십 대 초반의 여성이 올라와 "자리를 잘못 앉으셨네요."라며 내어주기를 바랐다. 깜짝 놀라 승차권을 꺼내 확인했다. 4호실에 타야 할 것을 3호실에 앉아 있었다. 승차할 때 호실과 자리를 익혀뒀건만 엉뚱하게 다른 호실로 들어온 것이다. 칸을 옮겨 7D 자리를 찾아 앉고 다시 잠들었다. 가뜩이나 때와 장소 가림 없이 잠 잘 자는 사람이 간밤 열대야에 시달려 잠을 설쳤으니 오죽했으랴. 차가 평택역에 멎으면서 타고 내리는 사람들의 소란으로 그만 다시 깼다.

그런데 이번엔 삼십 대 후반으로 보이는 젊은이가 곁에 와서 "제 자리 같은 데요"라고 했다. 여기가 몇 호실이냐고 물었더니 2호실이란다. 수원역에서 자리를 내어주고 3호실 뒤편에 4호실이 있을 것이란 짐작으로 호실을 확인 안 하고 옮겨간 게 실수였다. 내가 내 정신인가 싶고 무엇인가에 홀린 사람 같은 생각도 들었다. 겸연쩍어 도망치듯 단숨에 3호실을 거쳐 4호실로 갔다.

비어있어야 할 내 좌석에는 20대로 보이는 남녀가 나란히 앉아 뭐가 그렇게 재미있는지 자지러지게 웃으며 한참 대화의 꽃을 피우고 있었다. 비로소 내 자리를 찾았다는 안도의 마음을 갖기도 전에 여성이 선수를 잡고 나섰다.

"어르신! 뒷자리가 제 자리인데 바꿔 앉으시면 안 될까요?"

그날 불볕더위를 무릅쓰고 열차를 탄 것은 김천에 살던 오랜 친구의 부음을 듣고 조문을 위해서였다. 병원 영안실에 차려진 빈소에 들어서자 먼저 영정에 시선이 갔다. 병세가 깊어지기 전 준비해 둔 듯 비교적 건강해 보이는 얼굴에 엷은 미소를 띠고 있었다. 영정을 바라보면서, 그가 힘들고 외로워할 때 좀 더 따뜻한 관심으로 다가가지 못했음이 미안했다. 그리고 두어 번 부질없이 지껄였던 말들이 후회스러웠다.

"이 사람아! 자네는 OO이 엄마에게 큰절 해야 하네."

내가 그렇게 말할 때면 친구는 표정 없는 침묵으로 일관했다. 그는 십수 년을 고혈압과 당뇨 합병증으로 고생했다. 그로 인해 일주일에 두세 차례 병원에 가서 투석을 하면서 겨우 연명했다. 보행도 시력도 자유롭지 않아 문밖을 나설 때는 그림자처럼 따라다니는 아내의 부축을 받았다. 가끔 서울에라도 올라오면 전날부터 그 아내는 바쁘게 서둘렀다. 내 딴에는 친구 아내의 수고를 격려하려는 단순한 생각으로 했던 말들이 지금 생각하니 사려가 부족했다.

눈썹 하나도 짐이 되었을 노약한 아내에게 매달려 하루하루를 버텼던 그 친구, 마음고생인들 얼마나 컸을까. 그걸 왜 헤아리지 못하고 아픈 곳을 건드렸는지 모르겠다. 그가 세상을 떠나면서 아내의 그동안 수고에 대해 뭐라고 감사의 표현을 하고 눈을 감았는지 궁금하다.

영정 앞에 머리 숙여 예를 갖추고 나서 "자네 정말 잘 갔네. 이제는 세상 시름 내려놓고 편히 쉬게. 훗날 천국에서 다시 만나세." 진심 어린 속말을 전하면서, 열차 안에서 자리를 제대로 못 찾고 허둥대던 내 모습과 그의 영정의 모습이 겹쳤다. 우여곡절 끝에 겨우 찾은 자리를 양보하고 끝끝내 남의 자리를 전전하다가 목적지에 내리게 된 것이 우연한 해프닝으로만 여겨지지 않았다.

김천까지 가는 동안 단잠은 저 멀리 달아나고 뭉게구름이 넘실넘실 내 쪽을 향해 밀려들고 있음이 차창으로 보였다. 그 구름과 함께 지나간 날들이 살포시 가슴으로 스며들었다.

내 등에 수많은 자리들이 얹혀 있었다. 아들의 자리, 남편의 자리, 아버지의 자리, 형제의 자리, 시민의 자리, 심지어 성직자의 자리도, 그리고 내가 소속했던 이러 저러한 모임에서 자의와 타의로 얻어진 자리들까지, 어느 것 하나 가볍고 수월한 자리는 없었다. 그러니 제대로 감당한 자리가 있었을 것 같지 않다. 자기 자리를 충실히 감당한 사람이라면 온갖 찬사와 박수를 받아 마땅하리라. 사람은 때때로 명예나 이권이 달린 자리에 과도한 욕심을 부리기도 한다. 하지만 치열한 경쟁 끝에 꿰찬 그 자리를 성실히 감당하는 데는 소홀히 하기 일쑤다.

죽음 저 너머에는 안식이 있다. 눈물도 아픔도 세상의 온갖 자리의 무거움도 다 벗어놓은 홀가분함이 있어서다. 친구가 지금 누리고 있을 평안함의 자리, 그 자리만이 정녕 보장된 내 자리일 것이다.

김종국

2011년 『한국수필』 등단. E-mail : jongam380@hanmail.net

꽃은 피고 지는데

김한호

전생에 나는 꽃을 좋아하는 선비였는지 모른다. 선비들이 좋아하는 사군자를 좋아하고, 그중에서도 눈 속에서 꽃을 피우는 매화를 더욱 좋아한다. 그런데 눈 속에 핀 매화꽃을 보면, 어린 시절 고향에서 함께 살았던 매화가 생각난다. 매화는 이웃집 소녀였다. 초롱초롱한 눈망울에 얼굴이 고운 그녀를 동네 사람들은 매화나무집에 산다고 하여 매화라고 불렀다. 그녀는 외동딸로 아버지를 여의고 홀어머니와 함께 살면서도 구김살 없는 착한 소녀였다. 그런 소녀를 우리들은 좋아했다. 매화는 한 청년을 남몰래 사랑하고 있었다. 그들은 달 밝은 밤이면, 달빛보다도 더 애틋한 사랑을 꽃피웠으리라. 하지만 가난한 그녀와 부잣집 청년과는 이루어질 수 없는 사랑이었다. 어느 날 갑자기 그 청년은 고시 공부를 한다고 산속의 암자로 들어가버렸다. 들불같이 피던 봄꽃들이 사라지고 보릿고개가 찾아왔다. 달 밝은 밤, 초가지붕에 하얀 박꽃이 서럽게 지던 날, 매화는 사랑하는 사람을 찾아 어디론가 가버렸다. 홀어머니를 남겨두고 고향을 떠나가버렸다.

세월이 참 빠르게 흘러갔다. 그녀를 잊은 지도, 그녀의 소식을 들은 지도 참 오래되었다. 온갖 꽃들이 흐드러지게 피는 봄이 오면, 내 고향 섬진강가의 매화마을에 하얀 매화꽃이 눈이 시리도록 필 때면 그녀가 생각났다. 아직도 그녀는 매화꽃처럼 아름다운 모습으로 어디에선가 살고 있을 거라고 믿었다.

매화의 소식이 어렴풋이 들려왔다. 그녀는 어느 절에 비구니가 되었다는 풍문이 보리깜부기같이 떠돌았다. 그 청년과 인연을 맺지 못한 그녀는 세속을 떠나 중이 되었다고 한다. 우리들은 그럴 리가 없다고 고개를 흔들었지만 매화를 보았다는 사람이 있었다. 매화 어미는 그 소문을 듣고 목 놓아 울었다.

세월이 흐르고 나이가 들어갈수록 눈 속에 핀 매화꽃 향기가 그리워진다. 더욱이 여느 해보다도 추운 겨울의 끝자락이면 매화꽃이 피는 봄이 빨리 오기를 손꼽아 기다린다. 그 해는 남녘 어느 절에 수백 년 된 홍매화가 천연기념물로 지정되었다는 보도가 있었다. 그 매화꽃을 보기 위해 이른 봄에 탐매를 나섰다.

고즈넉한 절에는 매화 향기보다도 더 은은한 염불 소리가 메아리가 되어 울려 퍼졌다. 이끼 낀 석탑 옆에는 고목이 된 홍매화가 숱한 세월 동안 추운 겨울을 이겨내고 해마다 봄이 되면 화사한 꽃을 피우고 있었다. 수줍은 듯 붉게 핀 홍매화가 마치 매화를 닮았다. 탐방객 모두가 매화꽃을 보더니 부처님이라도 된 듯이 염화시중의 미소를 짓고 있었다.

대웅전의 부처님께 삼배를 하고 불탑을 돌아 나오는데, 매화를 닮은 여승이 걸어가고 있었다. 가까이 다가가 그녀를 쳐다보았다. 아! 분명 매화였다.

"스님! 어디서 많이 본 듯한 데, 혹시 저를 아시는지요?"

갑작스러운 물음에 스님은 잠시 당황하더니,

"저는 속세의 인연은 모릅니다."

뒤돌아서서 총총히 걸어가는 여승의 모습이 늙은 홍매화 나무처럼 외롭고 쓸쓸해 보였다.

세월이 흐르고 또 세월이 흘러갔다. 올해는 매화꽃이 유난히도 일찍 피었다가 진다. 기후 온난화로 남녘의 날씨가 무척 따뜻해졌기 때문이다. 매화꽃이 일찍 피고 지자, 진달래, 개나리, 벚꽃들도 덩달아 피더니 한꺼번에 시들어버렸다.

봄꽃들이 떨어져 버린 잔인한 4월에, 고등학교 수학여행단을 실은 세월호가 물살이 거센 맹골수로에 침몰하여 304명이 목숨을 잃었다. 그것도 한 맺힌 혼백을 달래는 씻김굿의 고장 진도 앞 바다에서, 남녀 학생들이 비바람에 우수수 떨어지는 꽃잎처럼 꽃넋이 되어 버렸다.

이들은 내 기억 속에 남아 있는 매화 또래의 학생들이다. 그들은 꽃다운 청춘의 꿈을 제대로 펼쳐보지도 못한 채 이 세상을 하직하고 말았다. 꽃 같은 어린 생명들이 차디찬 바닷물 속에서 핏빛 울음을 울부짖는 것 같아 참으로 처절하고 비통하다.

그런데 세월호 선장을 비롯하여 선원들은 침몰하는 배에서 자기만 살겠다고 먼저 탈출하고, 탑승객들에게는 배 안에 가만히 있으라고 했다니, 이 얼마나 어리석은 짓인가! 더구나 해양경찰 등의 늦장 구조로 수많은 인명들이 희생당했다고 하니, 참으로 애석하고 통탄스럽다.

초파일 무렵, 혼자 조용히 바다가 보이는 절을 찾아갔다. 고등학교 교장으로서 세월호 참사로 꽃넋처럼 이승을 떠난 영령들을 추모하기 위해서였다. 경내에는 향 내음이 자욱하고 깊은 침묵만 흐르고 있었다. 부처님 전에 여승 한 분이 목탁을 두드리며 염불을 하고 있었다.

불현듯 여승이 매화일지도 모른다는 생각이 들었다. 매화가 속세의 삶을 초탈하고 구도승이 되어 부처님 앞에서 무언가를 구원하고 있다고 생각했다. 그녀가 염불을 하는 동안 나는 부처님을 향해 합장을 한 채, 매화의 젊은 날의 모습을 상상하며 목탁소리가 끝날 때까지 기다리고 또 기다렸다. 그러나 스님은 쉼 없이 염불을 하며 좀처럼 자리에서 일어나질 않았다. 그런데 스님의 애절한 염불 소리에 나도 모르게 동화되어 스님과 내가 하나가 된 듯 부처님의 자비를 염원하고 있었다.

봄꽃들이 피고 지는 산사에서, 세월호 참사로 세상을 떠난 학생들을 추모하면서 매화를 상상하게 된 연유는 무엇 때문일까? 인간이 산다는 것은, 억겁의 윤회

속에 꽃이 피고 지는 것과 같은 것. 하지만 꽃은 다시 피고 지지만 인생은 한 번 밖에 피지 않는 꽃! 더구나 꽃다운 나이에 피어보지도 못한 채 떨어져 버린 꽃송이처럼, 바다에 꽃넋이 되어 버린 어린 학생들을 생각하니, 인생이 허허롭기 그지없다.

김한호

1994년 『한국수필』 수필, 2001년 『문학춘추』 평론 등단
E-mail : kimhanho2000@hanmail.net

나비가 되어

김혜강

산과 호수를 끼고 있던 마을의 겨울은 유별스러웠다. 빨래는 한 번도 제대로 마르는 날 없이 해가 지면 꽁꽁 얼었고, 빨리 다가온 어둠에 이른 저녁을 먹은 우리는 문을 꼭 닫고 밖에는 나가지 않았다. 밤이면 호수가 강철처럼 얼어붙고 앞뒤 산에서는 바람의 벼린 채찍을 맞는 나무들이 스산스레 울어댔다. 아랫목 이불 속으로 오종종 발을 넣고 있어도 위풍에 코끝이 시리던 방, 덜컹이는 창문 소리에 부엉이까지 성가시게 울어대던 겨울밤은 길고도 길었다.

당시 나는 스무 살의 나이로 지독한 방황을 하고 있었다. 세상과 자아에 대한 끊임없는 의문과, 이상과 현실에서 느끼는 괴리로 폭풍에 강바닥이 뒤집히듯 흔들리고 있었다. 지금 생각하면 그럴 때일수록 신체를 많이 움직이는 운동을 하는 것이 효과적이었지만 나는 광복동에 있던 음악 감상실 '무아'나 동래시장 근처, 지하에 있던 음악다방 '천일'과 '약속'에서 주로 눅눅한 시간을 보냈다.

음악 감상실 안은 언제나 어두침침했지만 그곳을 좋아했기에 문 열면 들어가 닫을 때 나오는 날도 있었다. 음악 신청 종이에 듣고 싶은 음악과 시를 적어 뮤직 박스로 밀어 넣고 신청한 음악이 나오길 기다리며 시와 고독, 청춘에 관해 진지한 척했다. 박인환의 '목마와 숙녀' 김남조의 '너를 위하여' 고정희의 '실낙원 기행' 같은 시를 읊조리며 청춘의 고뇌를 찰흙처럼 이리저리 주무르는 사이 나침반 없는 청춘은 흘러가고 있었다.

그날도 동래시장 근처에 있던 음악다방 '천일'에서 친구들과 뭉그적거리다 어둠이 내려서야 집으로 왔다. 음력 정월의 날씨는 추웠다. 마당으로 들어서는 순간 이상한 분위기가 느껴졌는데 아침에 집을 나설 때 멀쩡하던 엄마가 쓰러지셨다는 게 아닌가. 어리둥절해 하며 방문을 열고 들어가니 '훅' 더운 공기가 밀려올 정도로 덥고 방바닥은 뜨거운데 아랫목에 누워 계신 엄마는 기척이 없다.

저녁에 퇴근한 아버지가 집에 오니 앞집 아주머니께서 엄마가 몸이 이상하다며 자기 집에 와 있다고 하더란다. 놀라 달려간 아버지가 부축해 집으로 모셔왔지만 춥다는 말과 함께 '아무래도 내가 죽을 모양이다'라는 말을 끝으로 정신을 놓으셨단다. 아버지는 엄마의 춥다는 말에 아궁이에 쉬지 않고 불을 지핀 모양이었다. 얼마나 많이 지폈으면 나중에 보니 엄마 엉덩이 한쪽 살갗이 누렇게 데어 있었다. 의식이 흐려질 때쯤이었으니 아프다는 말도 하지 못하고 고통스러워했을 엄마를 생각하면 지금도 눈가가 젖는다.

끝내 엄마의 정신은 돌아오지 않았고 병원에선 뇌졸중으로 가망이 없다 했다. 태어나서 가까운 사람의 죽음을 겪은 적이 없던 터라 엄마가 돌아가실지 모른다는 말에도 실감을 하지 못했고 당연히 자리를 훌훌 털고 일어날 것으로 알았다. 병원에 입원한 지 일주일 만에 엄마는 산소 호흡기를 달고 구급차에 실려 집으로 돌아오셨다.

밖에서 돌아가시면 집안으로 들일 수 없다는 풍습 때문에 사실상 돌아가신 엄마를 형식적이나마 집에서 운명하게 하기 위해서였다. 건전지가 다 된 괘종시계의 추처럼 유언 한 마디 남기지 못한 엄마의 심장은 산소 호흡기를 제거하자마자 멈추었고 그 순간이 공식적 사망시간으로 기록되었다. 갑작스러운 육친의 죽음에 우리는 도대체 무슨 일이 일어났는지 체감하지 못했고 황망한 가운데 장례 절차가 진행되었다.

그 와중에 보았던 아버지의 모습을 나는 지금도 선명하게 기억한다. 부엌에서는 집안 아지매들과 동네 아주머니들이 분주히 음식을 만들고, 밖에선 조문 온 사람들이 잡다한 이야기와 함께 음식을 들고 있었는데 마당 한쪽에 망연히 선 아버지가 초점 없는 눈으로 먼 곳을 바라보고 계셨다. 아니 바라보는 게 아니라 시선을 방치해 놓고 계셨다.

스물일곱에 스물셋의 엄마와 결혼하여 쉰셋에 사별하였으니 부부로 산 해는 고작 스물여섯 해밖에 안 된다. 부부의 연으로 산 이를 순식간에 잃고 홀로 남겨진 배우자의 마음은 어떠할까. 음악다방에서 눙치다 늦게 귀가한 탓에 곁에 있지 못했다고 통탄하던 나의 자책감과는 비교도 할 수 없는 커다란 감정의 파고와 아버지는 대적하고 계셨을 것이다.

엄마가 사용하던 물건과 옷가지를 태우려고 할 때 아버지는 엄마가 돌아가실 때 입고 계셨던 윗옷을 챙기셨다. 브이넥으로 된 티셔츠는 가위로 잘라 벗긴 탓에 펼쳐 놓으면 나비 모양이 되었다. 엄마의 혼은 나비가 되어 날아갔을까. 한갓 천에 불과한 잘려진 옷, 아버지는 거기에 남아 있는 엄마의 체취를 아껴가며 맡으시려는 듯 잘 개켜서 장롱 속에 간직하셨다.

삼우제를 다녀오실 때도 아버지는 눈물을 보이지 않으셨고 후에도 눈물을 흘리는 것을 한 번도 본 적 없다. 나비가 된 옷을 간직하시며 자신도 언젠가는 나비가 되어 엄마가 계신 곳으로 날아가실 것이라는 신념을 가지고 사셨던 것일까. 지금 내 나이가 아버지가 엄마와 사별하던 때의 연배쯤인데 그때 아버지가 느꼈을 절망감을 생각해본다.

때로는 지우개로 말끔히 지워버리고 싶을 때도 있는 게 부부관계지만 배우자는 세상을 살아가는데 더없이 든든한 벽이고 친구이며 가장 편하게 쉴 수 있는 마음의 안식처가 아닌가. 그런 배우자와의 사별이 어떠한 고통보다 견디기 힘든 것이라는 경험자들의 말을 들었다. 죽은 자만 섧지 산 사람은 어떻게든 살아간다. 주위 사람들이 그렇게 말했지만 아직 여의지 않은 자식들 앞에서 주저앉아

버린 하늘을 아버지는 어떻게 일으켜 세우셨을까.

아버지는 엄마가 돌아가시고도 스물여덟 해를 더 사시다 돌아가셨다. 효자 열보다 악처가 낫다 했는데 자식들인 우리가 엄마의 빈자리에 무시로 부는 바람을 막았을 리 없었을 터고 보면 아버지의 가슴에는 대꼬챙이 몇 개쯤은 꽂혀 있었지 싶다. 목울대까지 차오르는 울음과 설움을 삼키고 또 삼키며 사셨지 싶다. 아마도 무너진 하늘을 두 어깨로 떠받치며 남은 생을 사시지 않았을까.

사랑하는 이의 형상을 다시는 볼 수 없이 만드는 사별. 아버지도 가시고 없는 지금 아버지께서 혼자 감당하셨을 그 무게가 내 삶에 포개진다. 세상 어디에도 남아 있지 않은 아버지의 별리를 생각하며 살아 있는 내가 비에 젖는다.

김혜강

1988년 부산MBC 신인상 당선. E-mail : thanksqeen@hanmail.net

무덥고 무덥던 날

김회직

아침부터 덥기 시작하더니 오후 들어서는 산자락까지 찜통 폭염으로 지글거렸다. 바람기마저 없다면 한증막에 들어앉은 것처럼 대책 없이 헉헉거릴 테지만 가끔씩 불어오는 한 줄기 바람으로 더위를 식히곤 했다. 그럴 때마다 "산 위에서 부는 바람 시원한 바람 그 바람은 좋은 바람 고마운 바람…"이 머릿속에 떠올려지곤 했다.

상엿소리가 그늘진 언덕을 돌아 나오고 있었다. 비록 선소리꾼의 낭랑한 향두가는 없었지만 '어허 어어허 어이허어 어이허어' 해가며 천천히 발맞춰 올라오는 상두꾼 소리가 그런대로 들을 만했다.

제기랄, 이제사 나타나면 어쩌자는겨? 저녁 때가 다 돼가는디. 어이 조장 나리 나 오늘 하루 땡 쳐버렸는디 어쩔라는가? 육십 평생에 이리 오래 걸리는 산역은 츰 당허는 일이구먼. 아직도 해가 중천인디 뭔 소린지 모르겄구먼. 하루를 땡치다니 그건 또 무신 소리여? 바람 잠잠해지면 뿌릴라고 풀약 섞어놨넌디 이러다가 해 지기 전까장은 못 허게 생겼응게 하는 말 아녀? 늦거들랑 촛불 켜놓고 밤새 논두렁 후질러대면 되잖여?

합장묘 봉분 왼쪽 한 곳만을 반듯하게 파헤칠 때는 산역꾼 중 누구도 그렇게까지 배슬거리는 사람이 없었다. 일을 끝내고 두세 시간 가까이를 기다리고 있자니 무더운 날씨에 지루하고 짜증이 나서 모두들 은근히 심사가 꼬여있었던 것이다.

여름철에는 발인 시각을 서두르는 것이 통례다. 피치 못할 사정이라면 혹 모를까 오후 두 시 반이 발인 시각인데 아무리 가까운 거리라고 해도 이곳 장지까지 삼사십 분, 하관식이 또 삼사십 분 해서 아직도 한 시간 반 정도는 있어야 봉분을 덮게 될 것이었다.

얼핏 계산해봐도 네 시 이후에나 일이 끝나게 생겼으니 가뜩이나 바쁜 때에 산역꾼의 볼멘소리가 틀린 말도 아니라는 생각이 들었다. 상여가 도착하자마자 하관식이 곧바로 이어졌다. 살아생전 교회에 열심이셨던 분이라 목사님이 주도하는 기독교식으로 의식이 치러졌다.

사형제 분을 나란히 모셔서 참말로 좋아 보이는구먼. 둘레석도 깔끔해서 좋고. 그나저나 우리 아랫대부터는 참말로 큰 문제가 아니겄어? 땅이 널찍해야 이 근처로 오든지 말든지 할 텐디. 땅도 문제지만 묘를 크게 쓰는 것이 더 큰 문제가 아닌감? 오륙 년 전만 해도 한두 장뿐이던 묘가 지금은 열 장도 넘게 들어앉았으니 이대로 가다가는 얼마 안 가서 이곳 전체가 묘로 덮이게 생겼구먼. 다른 나라들처럼 우리도 인제는 평장을 해야 되지 않을란가 몰라? 평장이 뭣이여? 어떻게 하는 것인디? 골분만 항아리에 넣고 봉분 없이 땅에 묻고 나서 작은 석비 하나 세우면 그만이라는 게여. 그럼 골분 모시는 항아리는 어떻게 생긴 것인디? 뚜껑 있는 돌 항아리나 옹기 같은 것일 테지만 요새는 몇 해 안 가서 흙처럼 풀어져 버리는 항아리등가 아니면 썩어 없어지는 나무상자를 쓴다는 게여. 이를테면 모든 것이 자연으로 돌아가라는 그런 뜻이 아니겄어?

젊은 축에 드는 사람들이 주고받는 말이었다. 납골당이나 수목장, 평장은 물론이고 요즈음에 와서는 화단장이나 텃밭장이란 말까지 거의 자연스럽게 회자되고 있다. 진작부터 치표를 해두었거나 합장하기 위해 처음부터 묘 터를 잡아놓은 사람 말고는 화장 이외에는 답이 없다는 말을 서슴지 않는 연령층이 많아진 것이다.

그러고 보면 장례문화에 대한 인식이 달라진 게 분명하다. 호화 묘를 쓴다는 것이 효의 근간이라고 할 수 없는 세상에 살고 있으면서 가풍 때문에 어쩔 수 없다느니, 풍수가 어떻고, 명당자리가 어떻고 해가며 옛것을 버리지 못한다면 그 또한 현실을 외면한 어리석은 처사가 아닐 수 없다.

큰 상주만 빼고 복 입은 사람은 다 오시오. 모두들 와서 뗏장 꾹꾹 눌러 다지시오. 떼가 잘 살어야 비바람 몰아쳐도 빗물에 젖지 않고, 눈이 쌓여도 춥지 않을 테니께 어서들 와서 힘주어 다지시오. 한평생이 잠깐이란 것을 오늘도 보았소만 어찌어찌 살다 보면 이런 날이 후딱 오지 않겠소? 후회할 일도 남기지 말고, 미련도 남겨둘 것이 없오. 그저 열 날을 하루 같이 부지런하게 살어가기만 헙시다. 누구나 당허고 말 그날은 아무도 피할 길이 없는 벱이오. 그러니 울지 마시오. 울지 마시오. 서럽겔랑은 울지 마시오.

산역꾼이었다. 술을 좀 했는지 얼굴이 불콰했다. 작년에 어머니를 저 세상에 보내드렸다는, 인근에 효자로 소문이 나 있던 바로 그 사람이었다. 술김에 실례를 했노라고 연신 고개를 숙여댔지만 눈길은 젖어있었다. 목소리도 가늘게 떨려 나왔다. 십여 년 전에는 선소리꾼으로 불려다니며 상주들을 많이 울렸다고 했다.

고개 끄트머리쯤에 있는 빈터에서 꽃상여가 불타오르고 있었다. 불꽃이 바람을 타고 크게 흔들렸다. 언덕 너머까지 멀리 펼쳐진 초록들판 위로 백로 두 마리가 훨훨 날아가고 있었다.

문상객들이 산을 내려가기 시작했다. 큰 상주와 상복 입은 몇 사람들만 오랫동안 묘 앞을 떠나지 못하고 있었다.

김회직

2001년『문학세계』로 등단. E-mail : hg4925@hanmail.net

밀화부리

남상숙

쏟아지는 햇살이 눈부신 봄날이다. 시아버님 생신으로 오랜만에 만난 집안 식구들이 마루 끝에 앉아 얘기꽃을 피우고 있다. 두 노인만 사시는 절간 같던 집안에 모처럼 사람 소리로 왁자지껄하다. 아이들은 아이들대로 어른들은 어른들 대로 무엇이 그리 재미있는지 한바탕 웃음이 터져 나온다.

그때 자그마한 새 한 마리가 담장 위에 앉아 있었다. 잠시 후, 마당 가 닭장 위로 날아올랐다, 가만히 있질 못하고 연신 무어라 지저귀며 앞집 지붕 위로 갔다, 마당가 감나무 위에 앉았다, 다소 수선스럽게 움직였다. 연회색 몸뚱이에 꼬리가 검고 부리가 샛노란 것이 예쁘장하게 생겼다. 가만히 들어보니 소리도 다른 멧새들하고 다른 것 같았다. 나중에 알았지만 남쪽 나라에서 겨울을 보내고 봄이 되면 우리나라에 온다는 철새 '밀화부리'였다. 부리가 노란해서 붙여진 이름이란다.

마침 부엌에서 나오던 시어머니께서 그 새를 보셨다. 소리를 듣고 이미 새가 날아와 있는 것을 아시는 듯싶었다. 새가 참 예쁘네요. 내가 말했다.

"그래…. 우리 기상이가 저렇게 찾아오는가 보다 …."

시어머니는 말끝을 흐리며 뜻밖의 말씀을 하셨다. 한숨인 듯 탄식인 듯한 그 말을 들으니 아직도 막내아들을 잊지 못하는 것 같았다. 자식들이 다 모인 자리에 응당 있어야 할 자식이 없음을 가슴 아파하시는 듯했다. '부모가 죽으면 산에

다 묻고 자식이 죽으면 가슴에 묻는다.' 하더니 자식이 죽은 지 십오 년이 넘었는데도 자식을 가슴에 묻은 노모는 아직도 이렇게 떠난 자식을 생각하고 있었다.

시동생은 서른다섯 한창나이에 우리 곁을 떠나갔다. 자신의 일터에서 쓰러지곤 그만이었다. 난데없이 웃어른들과 형제들, 친구들을 오게 해놓고 한마디 말도 없이 하루 만에 떠났다. 하얀 종이꽃이 눈부신 상여가 마을 어귀를 돌자, 일곱 살짜리 철부지 아들은 동네 아이들과 딱지치기에 바빴다. 그러고 보니 그때도 이렇게 화창한 봄날이었다.

시어머니에게 있어 막내아들은 애물단지였다. 어려서 소아마비에 걸려 동네 침쟁이에게 침을 잘못 맞은 뒤로 한쪽 발이 불편했다. 남이 보기에 그리 표가 나지 않았으나 급한 성격이 자라면서 매사를 그것으로 트집을 잡아 반항적인 성격이 되었다. 예나 지금이나 자식한테 만만한 사람은 어미인지라 어머니께 불만을 터트리곤 하여 애간장을 끓이게 하였다.

중학교는 이십 여리나 떨어진 곳에 있었다. 걸어 다니기 불편하니 아버지께 자전거를 사달라고 졸랐다. 그러나 아버지는 남들도 걸어서 다니는 학교 그대로 다니라고 거절하셨다. 어머니라도 마련해 주었으면 좋았으련만, 어머니는 경제력이 없으니 그냥 마음만 아파하셨지 대책이 없는지라 시동생은 급기야 다니던 학교도 그만두고 말았다. 내가 잘못하여 자식을 저 지경으로 만들었다는 죄책감이 늘 어머니 마음을 괴롭혔다. 공부도 다 때가 있는 법이니 중학교라도 마쳐야 한다고, 지금 안 하면 나중에 크게 후회한다고, 형들이 아무리 어르고 달래도 막무가내로 듣지 않았다.

시동생은 그 길로 나가 자동차 정비 공장에 들어갔다. 어린 나이에 그것 또한 쉬웠겠는가. 제대로 가르쳐 주지 않으면서 그것도 모르느냐고 매타작을 당할 때는 억울하고 야속하여 속울음도 많이 울었다고 했다. 그래도 눈칫밥 먹으며 어렵사리 기술을 배웠노라고 자랑스러워했다. 얼마 동안 드난살이를 하며 잘 견디어 내더니 자기 사업을 하고 싶어 했다. 사업 밑천을 대줄 사람은 아무도 없었다. 그러자 중동에 건설 붐이 한창일 때 돈을 벌겠다고 사우디아라비아로 갔다. 삼 년 후에 들어와서 애면글면 고생하더니 가게도 차리고, 결혼도 하고, 이제는 일가를 이루고 살만하였다. 생활도 안정되고 세 아들 중에서 가장 부모를 생각하여 어머니께서는 늘 대견해 하셨는데 무정스레 그렇게 떠나가 버렸다. 생각할수록 애석하기 짝이 없는 노릇이다.

해마다 봄이 오고 자녀들이 모이는 날이면 시어머니는 떠난 자식 생각이 더욱 간절하고, 그토록 가슴 절절하기에 떠난 자식이 '새'로 환생하여 어미를 찾아오는 거라고 여기는 것 같았다. 한 번도 내색하지 않아서 우리는 몰랐다. 아무도 채워주지 못하는 빈자리 그나마 새가 채워 주는 것 같아 다행스레 여겨지고 안쓰럽기도 했다. 자식을 앞세운 늙은이라는 말이 욕스러워 땅거미가 질 무렵 산에 올라 무덤 앞에 엎드려 울다 내려오곤 하였다는 시어머니께 세월은 흐르지 않은 것 같았다. 남의 눈에 띌까 두려워 서둘러 산모롱이를 돌아섰을 시어머니의 아린 심정이 가슴을 뭉클하게 한다.

저 위에 무엇이 있나 보라며 시어머니께서 마루 천장 밑에 달린 신발장을 가리키신다. 반투명 유리로 된 미닫이문이 반쯤 열려 있었다. 나는 까치발로 서서 안을 들여다보았다. 아! 그곳에는 놀랍게도 지푸라기로 만든 새 둥지에 앙증맞게 생긴 얼룩무늬 새 알 다섯 개가 숨겨놓은 듯 고스란히 놓여 있었다. 나는 못 볼 것을 본 것처럼 가슴이 두근거렸다. 나도 모르게 얼른 본래대로 문을 반쯤 닫아 놓고 순간 새를 바라보았다. 다행히 담장 위에 새는 없었다.

'그랬었구나. 얼마나 놀랐을까.' 갑자기 손님들이 마루에 죽 늘어앉아 떠들고 있으니 새는 제집에도 들어가지 못하고 안절부절못하였구나. 예사롭지 않던 새의 부산한 움직임들이 그제야 이해되었다. 혹시 불청객이 새알에게 해코지라도 할까봐 경계를 하였는가 보다. 한낱 미물일망정 제 새끼에 대한 애정은 사람이 자식을 생각하는 바와 다름없는 것 같았다.

키 작고 허리 구부러진 시어머니는 그곳을 들여다보지 못해서 궁금하신 모양이다. 어쩌면 새가 드나드는 것으로 보아 둥지 틀었을 거라고 짐작하셨는지 모른다. 내심 반가워하며 남몰래 눈물지었을지도 모를 일이다. 한 사람이 이 세상을 떠났다고 하여 어찌 인연까지 끝났다고 할 수 있을까. 우리가 살아있는 한 실핏줄처럼 이어진 그 사람과의 좋고 나쁜 기억들은 가슴 속에 남아서 때때로 아픔처럼 되살아난다. 아깃적 어여쁨이나 자라면서 보여준 대견스러운 순간들이 세월이 흐를수록 괴로움이 되기도 한다. 좋은 추억은 좋은 대로 슬픈 사연은 또 그대로 우리 삶을 애처롭게 한다. 자식을 가슴에 묻은 어미의 애달픔도 결국 이 세상을 하직하는 날 끝날 것이다.

끝나지 않은 슬픔을 안으로 삭이며 작은 새에게 시선을 보내는 시어머니를 보며 나에게 연계되어진 혈연들이 종내는 순리대로 풀어지기를 소망한다. 그것이 우리 삶에 있어 얼마나 커다란 행복인가를 생각한다.

팔순 노모의 굽은 등 위로 사월의 햇살은 무더기로 쏟아져 내리고 기회를 엿보다 지친 작은 새는 서쪽 하늘로 날아가고 있다.

남상숙

1988년 『시와 의식』 수필 신인상. E-mail : namsook100@hanmail.net

소풍 끝내는 날

문희봉

"어떻게 살아왔느냐? 이웃에 폐를 끼친 적은, 양심에 어긋나는 일을 하진 않았는지? 어린 시절 부모 몰래 돈을 훔친 적은, 아내를 속이고 다른 여자에게 이상한 감정을 품은 적도, 어린 자식에게 보여주어서는 안 될 것을 보여준 적은 없는지? 너는 진정 한 점 부끄럼 없이 살았다고 생각하느냐?" 자책 겸 반성을 해본다.

철 들면 죽음이라는데 이런 생각을 자주 하게 되니 나이를 먹었는가 보다. 생명 있는 것들은 언젠가 죽는다. 인간 누구도 예외가 없다. 이는 전혀 놀랍거나 새로운 사실이 아니다. 그러나 우리는 때로 잊는다. 결국 죽을 수밖에 없다는 진실을.

천금 같은 내 아들아! 보배 같은 내 딸아! 아빠는 너희들을 사랑한다. 너희들 어렸을 적을 생각하면 가슴이 미어진다. 참말로 가진 것 없어 먹이고, 입히고, 재우는 일에 소홀하였구나. 남의 아빠들 가끔씩 먹이는 붕어빵이나 잉어빵도 제대로 먹이지 못하였구나. 여행 한 번 데리고 나가질 못했구나. 아비 노릇 제대로 하지 못하고 이제는 나도 이 세상 소풍 끝내고 처음 왔던 곳으로 다시 돌아갈 나이가 도래하는구나.

나는 염라대왕 앞에서 내가 지금껏 살아온 인생에 대한 여러 가지 말 못할 사연들에 대한 추궁을 받을 것이 뻔하다. 어쩌면 나도 모르는 죄를 짓고 철창신세를 면치 못할지도 모르겠다. 그래도 해준 것도 없고 해놓은 것도 없지만 떠나갈 때가 되어 몇 마디 당부해 둔다.

내 어렸을 적을 생각하면 지금 내 나이는 극 노인에 해당하는 나이다. 100여 호나 되는 큰 마을에서 환갑을 넘겨 잔치를 하는 분들의 수효가 얼마 되지 않았다. 지지리도 못 먹고 못 입고 살던 시절이었다. 내가 죽었을 때 너희들이 당황하지 않도록 내가 사전 준비를 해놓는 것이 좋을 것 같구나.

나는 가진 것이 없다. 재산이라고는 지금 살고 있는 집 한 채가 전부다. 송곳 하나 꽂을 땅이 없다. 썩음썩음한 자동차도 재산 목록 속에 들어갈까? 묻힐 땅이 없으니 화장하여 큰 나무 밑에 정성껏 묻어주었으면 좋겠다. 묻힐 땅이 있어도 매장은 국가시책에 어긋나는 일이니 사양하겠다. 화장을 하게 될 것이니 수의는 값싼 삼베(나일론이 섞이면 제대로 타지 않으니 잡것이 섞이지 않은 것이라야 한다.)로 하고, 화장한 뒤 나무 밑에 작은 구멍을 파고 유골을 묻어주면 좋겠다.

너희 엄마는 자신이 죽으면 뜨거운 데 들어가기 싫다고 화장하지 말라 했는데 걱정이다. 여유로운 삶도 아니니 하는 수 있겠냐? 어쩔 수 없이 화장하여 두 유골을 한 곳에 안치하면 좋겠다. 생전 둘이서 크게 싸우면서 산 사이도 아니니 한 장소에 같이 있는 것도 괜찮을 듯싶다.

혹여 내가 몹쓸 병에 걸려 오래도록 간호가 필요할 경우에는 요양 병원에 보내고, 내 스스로 호흡을 못하게 될 경우 산소 호흡기는 절대로 부착하지 말고, 순리대로 세상을 떠나게 해다오. 스스로 호흡할 수 없는 중병이라면 나도 고통을 덜 받고, 너희들도 편안한 마음으로 나를 보내주는 것이 좋을 것이다. 비용은 내가 죽기 전까지는 연금이 나올 터이니 크게 걱정 안 해도 될 듯싶다.

부고는 꼭 알려야 할 사람에게만 하고, 찾아오는 분들께 음식을 잘 대접해주기 바란다. 조문 손님은 내 손님이 아니고 너희들 손님이니 너희들이 잘 알아서 하겠지만 말이다.

그리고 내가 죽기 전에 시집(수필집) 원고를 완성해 놓았으니 출간하여 오시는 분들에게 한 권씩 선물로 드렸으면 좋겠다. 조문객들이 음식만 드시는 게 아니고, 잠시나마 그 책을 읽으며 나에 대한 얘기를 하는 것도 좋을 것 같아서 하는 말이다. 시풍이나 시론 같은 이야기 말고, 잔잔한 인간사 한두 행 읊조리면서 나에 대한 인생관 같은 것을 이야기해 주며, 마지막 가는 나를 위해 기도해주었으면 하는 마음에서다. 이런 저런 일로 경황이 없을 터이나 이색적인 장례식이 될 것 같아 고안해낸 것이니 꼭 그렇게 해주었으면 한다.

영정 사진 옆 흰 국화 장식도 요란하지 않게 하고, 사진도 내가 골라 놓은 것을 써다오. 염습을 하고 나서 저렴한 나무관에 눕히고 3일장을 하는데, 문상소 영정 사진 아래에는 내가 평소 발간한 저서를 진열하고, 향과 국화를 준비해 오신 분들이 하나씩 꽂고 놓을 수 있게 했으면 좋겠다.

내가 평소 지녔던 3가지 병이 있는 걸 너희들도 잘 알 것이다. 하나는 신장·요로 결석이고, 둘은 퇴행성 관절염이고, 그 셋은 거절결핍증이었으니 내 몸 아픈 것보다 누가 무엇을 부탁하면 내 일은 젖혀 두고 부탁받은 일부터 해준 사람이라는 것을 조문객들이 이야기해 준다면 더 없는 영광이겠다.

건강 챙겨라. 장례 치른다고 병을 얻으면 안 된다. 충분한 휴식을 취하면서 현명하게 대처해라. 건강보다 나은 자산은 없다. 손자 손녀를 바르게 키워라. 남겨줄 것이 없어 미안하다.

문희봉

1989년 『월간 에세이』 수필 추천. E-mail : mhb09@hanmail.net

오래된 무덤

박계용

낯익은 장소에서 길을 잃었다. 눈을 감아도 환히 펼쳐지는 익숙한 길을 벗어나 어느 사이 한 번도 가본 적이 없던 내리막길로 들어섰다. 집으로 돌아가려던 내 의지와는 상관없이 구부러진 길을 따라 출구는 점점 멀어져 갔다. 평소에도 자주 찾는 공원묘지에 연휴를 맞아 성묘객이 여기저기 눈에 띈다. 가족묘에 무리를 이루고 있는 이들은 마치 소풍을 나온 정경이다. 친지들은 고인이 생전에 좋아하던 애호품을 마련하여 이승과 저승의 정을 나눈다. 산 자와 죽은 자를 위로하듯 묘지는 싱싱한 꽃들로 꽃동산을 이루고 색색의 바람개비가 돌아간다. 새와 나비 온갖 인형들이 놓여 있는 화사한 묘지가 끝이 나고 갑자기 적막한 장소에 다다랐다. 인적 없는 낯선 주위가 불안한 느낌이 들기 시작했다. 미로를 벗어나기 위해 넓은 공원묘지를 빙빙 헤매다가 놀라움과 반가움에 차를 세운다.

나지막한 언덕과 언덕 사이로 끝없이 펼쳐진 푸른 잔디에 아름다운 예술품들이 조화를 이룬 공원묘지는 집 근처에 있다. 마이클 잭슨과 엘리자베스 테일러 등 유명인사들도 망인이 되어 평등하게 잠들어 있는 곳이기도 하다. 봉분이 없는 평장의 묘비들이 잔디밭에 질서정연하게 누워있던 이곳에 불쑥 나타난 고색창연한 비석이 서 있는 풍경은 경이로웠다. 이십여 년 세월 수시로 오가던 일상의 신작로를 지나 전혀 알지 못하던 비밀스러운 안식처로 숨어드는 망자의 세계였다. 새 식구에게 안부를 나누듯 묘비에 적힌 글을 읽어본다. 묘석에 적힌 이름과 맨 먼저 눈길이 가는 숫자, 저마다 다른 길고 짧은 생애에 사랑하는 가족의 애

듯한 마음이 비석에 새겨져 있다.

이제는 새로운 만남보다 이별을 고하는 일이 많다. 인간은 아니 살아있는 모든 것은 죽어야 하는 생로병사의 숙명, 그 죽음의 끝은 어디일까? 육신은 사라진다 해도 넋의 거처는 어느 곳 일지 사후의 세계는 베일에 가려져 있을 뿐이다. 나이가 들어갈수록 자주 접하는 부음에 문득문득 죽음에 대해 깊은 생각에 잠긴다. "사람아 생각하라, 너는 흙에서 왔으니 흙으로 돌아가리라." 이마에 재를 바르며 죽음을 기억하는 날이 아니어도 먼저 가신 이들의 무덤가에서 나직이 들려오는 소리를 듣는다. '오늘은 나, 내일은 너Hodie Mihi, Cras Tibi.' 신의 영역인 알 수 없는 그 날을 향해 하루하루 걸어가는 것이리라.

가는 비를 맞으며 오래된 무덤 사이를 천천히 걷는다. 대부분 사랑하는 가족의 호칭이 새겨진 비문을 읽으며 과거 속으로 사라져 가는 인생의 덧없음에 숙연해진다. 사별의 아픔에 눈물을 흘렸던 이들도 저승으로 옮겨 갔을 세월이다. 애별이고愛別離苦, 슬픔도 기억도 애통함도 오래된 무덤 사이에 잠이 들었나 보다. 남의 나라 공원묘지에서 다양한 언어로 새겨진 낯선 묘비가 친근하게 느껴지는 것은 무슨 연유일까? 아마도 오래된 무덤이 자연의 일부가 되어 버린 평화로운 풍경 때문이 아닐까 싶다. 오히려 침묵만이 감도는 고요함이 아늑하고 편안하다.

대문을 나서면 손지갑이라도 챙겨야 한다. 예전엔 상관도 없던 휴대전화와 자동차 열쇠까지 잃어버릴까 봐 신경이 쓰인다. 외출하거나 여행 가방을 꾸리게 될 때면 언제쯤이면 빈손으로 훨훨 자유롭게 나들이를 떠날까 나도 모르게 생각이 스친다. 꽃샘바람이 불던 어느 날, 내 여행 가방에는 고운 한복과 검정 원피스 한 벌이 들어있었다. 서울에 도착하여 옷을 꺼내 걸으며 결혼식 날짜가 정해졌으니 한복은 입겠지만, 이 까만 옷은 입을지 모르겠다고 혼잣말을 중얼거렸다. 사람의 일은 정말 모를 일이여 한복 대신 검은 상복을 입는 일이 생겼다. 투병 중이던 큰언니의 장례식과 둘째 언니네 조카의 결혼 날짜가 같은 날이 되다니 사이렌 소리를 울리며 테헤란로를 달리던 어둑한 새벽을 잊을 수가 없다. 임종한 병원에서 성당의 영안실에 도착할 때까지도 앰브런스 안에서 주무르던 언니의 맨발은 너무나 따스하고 부드러웠다. 그때부터 맨발은 각별한 의미로 각인되었다.

희미하게 바랜 옛사람의 묘비 앞을 서성이며 신선한 충격을 주었던 사진 두 장을 떠올린다. 사진 속 그림에는 원삼 족두리 차림의 새색시가 보료에 다소곳이 앉아있는데 보료 앞 방바닥에는 꽃신 한 켤레가 놓여있었다. 혼례를 기다리는 새색시의 모습에서 죽음을 준비하는 예복을 떠올린다. 나란히 벗어놓은 꽃신, 홀연히 신발을 벗어놓고 맨발로 길을 떠나는 날이 올 것이다. 또 다른 사진은 공원묘지다. '여기도 참 좋다!' 묘비에 적힌 글이다. 여기도 참 좋다니, 별똥별이 영혼 깊은 곳에 떨어지는 감동이었다. 누군지 모를 그분의 삶은 참으로 아름다웠겠구나 싶었다. 내 사후에 남겨진 말은 무엇일까, 내가 본향으로 돌아가는 날에는 '여기는 더 좋다!' 그렇게 말하고 싶은 바람이다.

죽음이라는 어둠을 거쳐 새롭게 태어나는 빛의 세계를 두려움 없이 기쁘게 걸어가기를 날마다 맨발로 걷는 연습을 한다. 나를 사랑하는 이들이 기다리는 생명의 나라에 당도하는 그 날은 참으로 좋은 잔칫날이면 좋겠다. "여기는 더 좋다!"라는 사연으로 천상의 편지를 띄우려면, 지상에서의 삶이 좋은 날들로 충만해져야 하는 것이 우선일 것이란 생각에 주신 날수가 더욱 소중하다.

빗방울이 후두두 떨어지고 바람이 세차게 지나간다. 아무도 찾지 않는 고택에 수문장처럼 낡은 묘비들이 묵묵히 비를 맞고 있다. 작은 경당 처마 밑에 비를 피하며 오래된 무덤 곁에서 돌아가신 영혼을 기억한다. 특별히 고향으로 돌아가지 못한 영혼들의 귀향을 기원하며 그들의 영원한 안식을 위해 마음을 모은다. 비 그친 언덕에는 쌍무지개가 아련히 피어오르고 대나무 숲에는 시계꽃이 빗방울을 이고 있다.

박계용

2010년『한국수필』등단. E-mail : lamorada@hanmail.net

능소화 필 때

박금아

성가병원 울타리에 능소화가 붉게 피었습니다. 임을 기다리다 죽은 이의 넋이라 했던가요. 기다린다는 것은 목을 빼는 일. 주렁주렁한 그리움은 담장을 넘어 하늘가 빈자리에 무지개로 걸렸습니다. 이제는 더 이상 떠돌아다닐 필요 없는, 누군가의 가슴에 정착할 그리움입니다.

안토니오 형제*와 함께했던 마지막 시간이 떠오릅니다. 그날은 병실 문을 열 때부터 달랐습니다. 환하게 웃던 모습은 사라지고 손을 내밀어도 표정이 없었습니다. 멀건 미음과 맑은 김칫국물 서너 술이 전부인 식사도 밀쳐 두었었지요. 성가를 부르고 성경을 읽어줄 때도 내내 눈을 감은 채로였습니다. 시간이 되어 자리에서 일어났습니다.

"이만 갈게요. 갔다가 또 올게요."

혼잣말이었는데 듣고 있었나 봅니다. 그가 말을 받았습니다.

"못 와요. 이젠 못 와요. 5분이라도… 바깥에…."

산책을 하고 싶다는 말에 간호사는 난색을 지었습니다. 산소 호흡기를 떼어내기에는 무리라는 판단이었지요. 불현듯 이번이 마지막 부탁일지도 모른다는 생각이 들었습니다. 무의식은 종종 의식의 한계를 비웃듯 뛰어넘곤 하지요. 간청하다시피 하여 10분간의 외출을 허락받았습니다.

장애를 가졌어도 작은 도움을 받는 것조차 싫어했지요. 그랬던 그가 자신의 몸까지 놓아 버렸습니다. 생각을 놓기가 어렵다지만 몸을 놓기는 더 힘들다는 말이 있지요. 육신을 다 내려놓았으니 집착할 무엇이 남았을까요. 그의 말을 들어주기를 잘했다는 생각이 들었습니다.

휠체어로 옮겨 앉힌 다음 승강기를 타고 건물 밖으로 나갔습니다. 이우는 저녁 해 속에서 담장을 따라 능소화가 피어나고 있었습니다. 그 속으로 사람들이 나누는 이야기 소리가 들려왔습니다. 간간이 웃음소리와 함께요.

무대에 오르듯, 마당 한가운데에 휠체어를 세웠습니다. 태어나서 한 번도 스포트라이트를 받아본 적 없던 그에게 망설망설하던 햇살이 달려와 잔광殘光을 쏟아 주었습니다. 능소화도 큰 소리로 팡파르를 불어 주었어요. 그는 부신 듯 눈을 감았습니다. 입가에는 엷은 미소가 번졌어요. 어디선가 박수 소리가 들려오는 것 같았어요.

"형제님, 저 꽃 보이세요?"

그가 간신히 눈을 떴습니다.

"느으응… 능소화네요."

그 순간, 기침이 터져 나왔습니다. 환자복 주머니에서 벨이 요란하게 울리고 간호사의 다급한 호출 소리가 새어 나왔습니다. 황급히 돌아간 병실에서 그는 영영 의식을 놓고 말았습니다. 아무것도 할 수 없었던 나는 손에 달랑 나무 묵주 하나를 쥐어 주었을 뿐입니다.

병원을 나서는데 3년 전의 일이 떠올랐습니다. 건강검진에서 이상을 느낀 그가 재검사에서 말기 암 확진 판정을 받고 오던 날이었지요. 병원을 다녀온 몇 시간 사이에 그는 다른 사람이 되어 있었습니다. 거쿨지던 모습은 사라지고 거룩한 성사를 준비하고 있는 듯한 모습이었어요.

"봉사자 선생님, 살면서 후회할 일을 참 많이 했어요. 제일 큰 후회는 나를 버리고 도망간 여자를 너무 오래 미워한 거예요. 아내와 사별하고는 혼자 살겠다고 마음먹었는데 그 여자를 만났어요. 엄청 착해 보이더라고요. 집 장만 꿈에 떠돌이 장사로 모은 돈을 다 부쳐주었어요. 이만하면 되겠구나 싶어 돌아 와보니 보증금까지 빼서 도망을 가 버렸더라고요."

여자를 찾아 전국을 헤맨 일이며, 그때 생긴 울화증으로 방 안에서는 잠을 잘 수가 없어서 노숙 생활을 시작했다는 말도 했습니다.

"얼마나 무서웠겠어요. 만날 수만 있다면 말해주고 싶어요. 백배로 미안했다고요. 이렇게라도 말하고 나니까 이제야 감옥에서 풀려난 것 같아요. 저… 선생님. 혹시라도 여자를 만나시거든 이걸 좀…."

그가 윗도리 안주머니에서 종이학 한 마리를 건네주었어요. 여자에게 쓴 듯한 편지를 접어서 만든 색종이 학이었어요.

창문 너머에서 굵은 빗소리가 들려왔어요. 장맛비 속에서 능소화 한 그루가 파란 양철 대문 위로 가지를 올리고 있었지요. 한 겹 한 겹 아프게 털어낸 그의 고백들이 꽃줄기 마디마디에서 꽃송이로 피어났어요. 세찬 빗줄기에 상처를 다 씻어낸 처연한 빛으로 말이지요.

능소화가 필 때면 그가 생각납니다. 담장에 기대어 오르다 보면 꽃들은 누군가의 가슴에 다다르겠지요. 때론 주체하지 못할 무게로 떨어져 내릴 때도 있겠지요. 그래도 슬퍼할 필요는 없어요. 어딘가에 닿기만 하면 다시 꽃으로 피어날 테니까요. 땅에 떨어진 능소화를 보면 "능소화가 피었네!" 라고 말을 하게 되었어요. 그가 떠난 뒤로 낙화落花는 개화開花의 다른 방식이란 사실을 알게 되었으니까요. 용서容恕라는 말에 색色이 있다면 장맛비 내리는 날, 능소화 송이에 그렁그렁한 물방울들의 색일 거예요.

---

* 형제 : 가톨릭교회에서 신자들 사이에 남자를 부르는 말

박금아

2015년 『매일신문』 신춘문예 당선 등단. E-mail : ilovelucy@hanmail.net

가자미처럼

박종철

가자미로 태어나 가자미처럼 납작하게 살았다. 숨도 제대로 쉴 수 없는 물밑에서 접시처럼 엎디어 살았다. 넓은 바다가 두려워 선 듯 멀리 헤엄쳐 보지도 못한 채 곁눈질하며 몸을 사렸다. 주위에는 늘 위험이 도사리고 있어 한 시도 마음을 편히 가질 수 없었다. 귀신같은 발로 숨통을 죄는 문어와 잽싸고 날카로운 이빨의 상어와 통째로 먹이를 들이켜는 고래와 같은 무시무시한 사냥꾼들을 피하기 위해 주위를 두리번거리며 조심조심 살았다. 그러다 보니 눈은 사시로 변했고 세상 물정을 제대로 파악하지 못하여 동네 주변만 맴돌며 살았다. 겁쟁이인 나는 다급해지면 모래톱 속으로 숨기도 하고 눈에 띄기 쉬운 하얀 배는 바닥에 깔고 거무스름한 등을 보호색으로 하여 사냥꾼들을 따돌리며 위기를 모면하기도 하였다. 모래톱에 엎드려 플랑크톤이나 갑각류, 작은 조개 등을 잡아먹으며 연명했다. 그물망에 갇힌 것처럼 조심스럽게 살면서도 꿈 하나는 버릴 수가 없었다. 햇빛이 모래 바닥까지 들어와 우리 동네를 수정같이 환하게 밝혀주는 물 밖의 세상을 간절히 보고 싶었던 것이다. 기회가 오면 햇살 쏟아지는 세상으로 나가 오색 무지개가 걸리는 아름다운 세상에서 마음껏 헤엄치며 살고 싶었다. 요즈음은 사람들이 저질러놓은 공해 때문에 먹이들이 줄어들고 숨쉬기조차 힘들어졌다.

해안을 풍요롭게 가꾸어 주었던 미역, 소라, 성게, 전복, 해삼들도 백화현상이 일어나고 사막화되면서 이들 생명체들이 점점 자취를 감추고 있다. 반짝이는 에메랄드빛, 청정 바다에서 듣도 보도 못하던 몹쓸 쓰레기와 폐수가 바다로 숨어들어 살아있는 생명체들을 야금야금 잠식하면서부터 빛을 잃게 되었다.

그뿐이랴 사람들 밥상의 진객이었던 명태, 이면수, 고등어, 꽁치, 대구 등도 얼굴을 마주하기가 힘들어졌고 이젠 낯선 이름이 되어가고 있다.

바다가 죽으면 육진들 무사할 수 있을까.

분이네와 이웃들도 떠나서 마을은 모래 무덤처럼 썰렁해졌다. 하루 종일 모래를 뒤지며 먹이를 찾아보지만 끼니를 거를 때가 점점 늘어나고 있다.

그러던 어느 날, 군침을 삼키게 하는 먹이가 눈앞에서 알찐거리는 것이 아닌가. 이때다 싶었다. 공짜 먹이가 눈앞에서 살랑거리는데 놓칠 수야 없지 않은가. 날쌔게 먹이를 챘다. 순간의 선택이 꿈에도 그리던 밝은 세상으로 뛰어오르게 한 것이다. 환희다! 아름다운 세상을 보게 되는구나. 하지만 꿈은 잠시뿐, 사람들이 유혹한 낚시에 걸려 버둥거리게 되었다. 필사적으로 발버둥 쳐 보았지만 꿈은 유리파편처럼 산산 조각나고 사람들의 웃음소리만 귀를 울렸다.

끝내는 '남항진 어촌식당' 수족관으로 끌려가게 되었다. 좁은 수족관 안에는 같이 잡혀 온 이웃들과 재빠른 오징어 아줌마, 굼뜬 우럭 아저씨도 붙들려 와 죽음을 기다리는 사형수 신세가 된 것이다. 아무런 죄명도 없이.

식당 주인 아주머니는 손발이 잽싸고 부지런하다.

이 집의 인기 종목은 가자미회무침과 회덮밥이다. 날카로운 난도질로 육신은 갈기갈기 찢기고 토막 나서 큰 그릇에 담겨지고 생살에다 시고 매운 붉은 초장을 쏟아 붓고 양파와 양배추를 버무려 회무침으로 둔갑하게 된다. 육질은 단백하고 단백질도 풍부하고 잔뼈가 오독오독 씹히는 맛에 순번 대기표를 받고 기다려야 한다.

문우들과 이따금 남항진을 찾는다. 남항진과 안목을 이어주는 '솔바람다리'가 오작교처럼 아름답게 걸렸고 더부룩한 죽섬이 엎드려서 바다를 응시하고 있다. 파도 소리, 갈매기 소리로 귀를 달래고 그네에 앉아 마음을 흔들어 보기도 하고, 먼 수평선으로 시선을 던지기도 한다.

황금 모래사장에서 개구쟁이 동무들과 뛰놀기도 하고 인어처럼 파도를 타고 멀리 헤엄쳐 나가기도 하면서 수평선 너머 미지의 세계를 동경하던 깜둥이 시절. 쉼 없이 너울거리며 밀려오는 파도의 열정과 해조음의 파장에 가슴 설렜던 젊은 날의 추억을 그리워하기도 한다.

이제는 경포와 안목과 남항진이 이어져 주말이면 자동차와 사람들이 북적이고 음식점, 카페들이 성시를 이룬다. 우리 가족은 입맛이 궁할 때 솔바람다리 입구에 자리하고 있는 남항진 어촌식당을 찾아간다. 상큼하고 부드러운 가자미의 육질과 잔뼈를 자근자근 씹으며 회무침의 진미를 맛보기도 한다.

가자미는 구워서, 끓여서, 쪄서 먹기도 하고 회로, 식혜로 뼈까지 몽땅 사람들의 입으로 들어가게 되는 것이다. 그러나 가자미는 하늘의 무심함과 억울함이 남아 죽어서도 눈을 감지 못한 채 사람들의 입을 흘겨보며 원망의 눈길을 거두지 못하고 있는 것이다.

내 인생도 가자미처럼 살아온 것 같다. 가자미처럼 용기가 없어서 먼바다를 헤엄쳐 나가 보지도 못하고 나라 안에서만 맴돌았다. 문어처럼 은밀하게 다가가 흡혈귀 같은 다리로 목을 죄는 음흉한 술책도 물려받지 못하였고 상어처럼 톱니 이빨로 먹이를 두 동강 내는 민첩함과 잔인함도 배우지 못하였다. 고래처럼 유유히 헤엄치며 먹이를 통째로 삼키는 배포와 능력도 갖추지 못한 죄로 숨죽이며 살았다.

세상살이에 서툴러 가자미처럼 납작 엎드려 살면서 불만이 가득한 사시 눈으로 얼마나 많은 사람들을 흘겨보며 살았을까.

담백하고 부드러운 가자미의 속살을 씹는다. 뼈까지 오독오독 씹으며 입맛을 연신 다신다. 가자미회무침이 참 맛있기도 하다. 감칠맛 나는 진 맛을 언제까지 누릴 수 있을런지, 아무도 그 시한을 장담할 수 없지 않을까.

박종철

1991년 월간 『수필문학』 등단. E-mail : jongchul1862@hanmail.net

더욱 밝게 빛나는 별

박하영

오렌지카운티에 위치한 S 한인 교회에서 주최하는 동요 대회에 우리 교회도 참가를 했었다. 워낙 오랜 경력과 실력을 자랑하는 교회들이 대거 참여한지라 우리 팀은 참가에만 의미를 둘 수밖에 없었다. 한글 학교 선생님들이 그때 너무 고생을 많이 했었나 보다. 올해는 다들 힘들다며 우리끼리 교회에서 학년별로 동요 발표회로 대신하자고 했다. 이 초간단 동요 발표회를 하는데도 우여곡절이 많았다. 미국에서 태어나 자란 아이들이 한국 동요를 부르는 것을 꺼린다는 것이 가장 큰 이유였다. 게다가 한국 학교 선생님들조차 꺼릴 정도이니 무슨 설명이 더 필요할까.

동요 발표회를 아예 폐지하자는 안건도 나왔었지만 한국 학교의 모든 행사를 추진해 오신 M 선생님의 의지를 꺾을 수는 없었다. 이미 한국 정부 교육기관에 보고를 하였기에 취소 불가라는 것이다. 하기 싫다고 해서 안 해도 되는 것이 아닌 점을 깨달은 각 반 선생님들은 서둘러 학생들에게 동요를 가르치기 시작했다. 나는 영어권 학생들의 담임이라 어려운 동요를 택할 수 없기에 안무를 곁들인 「머리 어깨」라는 노래를 선택했다. 다행히 이 노래를 영어로도 배운 적이 있는 아이들이라 별 어려움 없이 연습을 할 수 있었다.

5월 11일 아침. 교회 내 한국 학교에서 동요 발표회가 있는 날이었다. 학부모들도 초대를 했기에 남자 선생님들은 의자 세팅을 하고, 여자 선생님들은 학생들에게 나눠줄 선물을 포장했다. 발표회 시작 30분 전에 교사 회의에 참석하신

교감 선생님이 초췌한 표정으로 깊은 한숨을 내쉬고선 어렵게 비보를 전하셨다. M 선생님이 전날 밤 뇌출혈로 쓰러지셔서 병원 응급실에 계시다는 것이었다. 59세밖에 안 되셨는데 뇌출혈이라니…. 게다가 혼수상태이시라니 다들 너무 놀란 표정으로 입을 다물 수가 없었다. 장로님의 인도로 M 선생님의 빠른 쾌유를 위해 모두가 두 손 모아 기도를 하면서도 믿기지 않는 마음은 나뿐만이 아니었을 게다.

잠시 후 동요 발표회가 시작되었지만 전체적인 분위기는 그다지 밝지 않았다. 이미 교사, 학부모, 학생들 모두가 M 선생님에 대한 소식을 알고 있었던 게다. 마지막 순서로 M 선생님의 반 학생들이 무표정한 얼굴로 무대 위로 올라선 뒤 음악에 맞춰 합창이 시작되었다. 대한민국 애국가를 불렀다. 애국가가 울려 퍼지는 내내 M 선생님의 한국어를 사랑하는 마음이 온몸에 전율로 느껴져서 분위기는 너무나 숙연해지고 많은 사람들의 눈가를 적셨다. 올림픽 금메달 리스트와 함께 울려 퍼지며 감동에 북받쳐 눈물을 흘리게 하던 애국가가 아니었다. '나를 기억해주세요~' 라고 귀에 대고 나지막이 속삭이는 M 선생님의 슬프고 애달픈 노래처럼 들렸다.

당일 저녁에 S 선생님이 카톡으로 연락을 주셨다. 담당 의사는 M 선생님의 회생 가능성이 없으니 가족들에게 산소 호흡기를 떼야 한다고 권유를 했으나 가족들은 일주일만 더 지켜보겠다고 했단다. 그리고 이틀 후 M 선생님은 하늘나라로 가셨다. 평생 결혼도 안 하고 어머니 뒷바라지를 하며 살아온 효녀였다. 돌아가시기 전날 어머니 꿈에 나타났었다고 한다. 어머니 손으로 산소 호흡기를 떼고 평생 죄책감에 살다 가시지 않도록 M 선생님은 마지막 순간까지 효녀로 살다 가신 게다.

M 선생님의 입관 예배에 남편과 함께 다녀왔다. 자그마한 체구의 M 선생님이 관 속에 누워있는 것을 보니 눈물이 계속 흘러내렸다. 지난 2년 동안을 가만히 생각해 보니 M 선생님께 고맙고 죄송한 일들이 속속 떠올랐다. 나와 우리 세 아이들에게 종이접기 대회 참가를 권유하실 때, 해보겠다고 하자 준비물까지 사다

주셨었다. 한글 학교에 대한 소감을 좀 써달라고 부탁을 하셨을 땐 열일 재치고 당일 저녁에 이메일로 보내 드렸었다. 한국어 경시대회를 앞두고 예상 문제를 각 선생님마다 30개씩 만들어 보내달라고 했을 때도 내가 제일 먼저 만들어 보내드렸었다. 체구가 작고, 목소리마저 작으신 분이 애쓰시는 게 안쓰러워서 적극 협조를 했었던 것 같다.

당신이 돌아가실 것을 미리 아셨는지 쓰러지시기 며칠 전에 어머니 이름의 은행 계좌로 모든 돈을 이체해 두셨다고 한다. M 선생님에 대한 조사를 들으면서 그분에 대해 내가 너무 아는 게 없었다는 생각이 들었다. 미술 학원 선생님이셨던 것도, 우리 교회 월간 잡지 기자를 19년 동안이나 하신 것도, 교회 한국어 학교에서 15년이나 봉사를 하셨던 것도…. 게다가, 내가 요즘 다니고 있는 교회 모임 참가자들의 사진을 예쁘게 오려 꾸며주신 분이었다는 사실도 몰랐었다. 이렇듯 M선생님은 교회 일에 있어 평생 말없이 봉사를 하며 살아오셨고, 어머니께는 둘도 없는 효녀로, 주위 사람들에게는 늘 한결같은 마음의 집사님으로 빛과 소금의 역할을 감당하며 살다 가신 분이었다.

수많은 사람들이 M 선생님과의 추억을 회상하며 눈시울을 붉혔을 게다. 내년에는 한국어 교사를 그만둘까를 놓고 고민하던 내게 M 선생님은 그분 특유의 온화한 미소로 "답은 본인이 알죠?"라고 하시는 것처럼 느껴졌다. 대한민국 애국가를 마지막으로 학생들에게 가르치고 떠나신 M 선생님의 한국, 한국어, 그리고 한국인에 대한 사랑. 그분의 뜻을 이어가는 것이 옳다는 생각이 들었다. 그렇게라도 해야 M 선생님께 받은 사랑의 빚을 조금이나마 갚을 수 있을 것 같다. 어둠이 짙어질수록 더욱 밝게 빛나는 별과 같은 그분과의 추억을 이 글에서도 영원히 기억하고 싶다.

박하영

2011년 『한국수필』 등단. E-mail : yielena@yahoo.com

소풍

배영수

가을 볕살이 참으로 정겹다. 햇살 맞으러 가까운 두류공원을 거닌다. 하늘을 올려다보니 갓 씻긴, 잡티 하나 없는 아이의 얼굴이다. 참 좋은 계절이다. 코오롱 야외음악당 잔디밭에는 가을 소풍 나온 유치원 아이들이 노란 은행잎을 줍고 있다. 그들의 노란 제복과 은행잎이 겹쳐져 아예 샛노랗다. 재잘거리는 입들이 뽀얀 은행 열매를 닮았다.

성당 못가에는 붉그락 푸르락 단풍 든 느티나무, 이미 바스러지는 낙엽이 된 중국 단풍잎이 제 어미 발치에 내려앉는다. 나무 그늘에는 장기판을 두고 머리싸움을 하는 무리, 카드로 만든 만화책을 손바닥에 감추고 눈치 싸움이 몸싸움이 되는 판도 있다.

이들의 손등엔 퍼런 줄이 돋을새김하고, 얼굴은 발밑에 깔린 낙엽처럼 물기란 물기는 다 말라버린 것 같다. 무리 중에는 장기짝을 쥔 손이 추위 타는 손인 듯한 이들도 있고, 무언가 부정하듯 고개를 좌우로 흔드는 사람도 있다.

완연한 가을이다. 가을은 마무리하는 계절이다. 초목은 물론 산짐승, 들짐승, 날짐승들은 나름의 준비를 하고 있다. 이른 봄, 가지마다 희망처럼 연록의 운 돋아나, 땡볕 아래 짙푸른 녹음으로 그늘을 지었다. 하지만 이제 눈시울 붉히며 부모의 슬하를 떠나고, 또 떠나려 하고 있다.

들풀들은 저들이 뿌리내렸던 대지로 몸을 뉘일 채비를 한다. 빨갛고 노란 열매들은 어미의 손을 놓지 않으려 용을 써보지만, 부질없는 일임을 안다.

부모의 손을 놓은 낙엽은 부모의 그늘을 벗어나지 못하고, 나무의 발치에 내려앉아 스스로 부모의 밥이 된다. 치어로 고향을 떠난 연어가 마침내 모천 회귀하여 삶을 마치듯….

인간의 삶도 이들 초목과 다를 바 없다. 만나면 헤어지는 것이 진리다. 그런데 이 계절에 우리 곁을 떠나는 이들이 많다. 내 집은 물론 가까운 친인척만 해도 그렇다. 자연의 순리를 따르는 것인지도 모른다. 나고 죽음이 무엇인가. 수백만 개의 정자와 난자가 인연을 맺어 쉰 번의 세포분열을 거쳐 하나의 개체를 형성한다. 이 개체는 어미 뱃속에서 열 달 동안 변형을 거쳐 비로소 한 인간이 탄생한다. 이처럼 인간의 출생은 예사 인연이 아닌, 기적적인 사건이라 할만하다. 생자필멸이라 했다. 어떤 생명체도 무한 생명은 없다. 태어날 땐 부모와 주위 사람들에게 기쁨과 희망을 주었다. 하지만 이승에서 삶을 마치는 순간 남은 사람들에게 그리움과 슬픔을 남긴다. 기적 같은 인연으로 태어난 한 인간은 부모와 자식, 형제자매로 혈연을 맺고 가족의 일원이 된다. 또, 성장하면서 지연, 학연의 인과 관계를 형성하고 사회와 국가라는 조직의 구성원이 된다.

세상 밖으로 나온 인간은 여러 유형으로 한생을 살게 된다. 윤택한 생을 누리는가 하면 곤궁한 삶을 이어가기도 한다. 또 건강한 몸으로 태어나 활기찬 삶을 사는가 하면 평생을 병마와 싸우거나, 불의의 사고로 불행한 처지가 되기도 한다. 최근엔 삶의 질의 향상으로 수명이 늘어나 고령화 사회, 백 세 시대가 왔다고 한다. 길어진 수명이 건강한 삶이었으면 얼마나 다행일까. 예부터 '인간 칠십 고래희'라 하여 장수를 축하했다. 그렇지만 조물주는 마냥 기뻐하게 놔두지 않는 것 같다. 인체가 이 근저에서부터는 고립보가 되기 십상이다.

나고 죽음은 본인의 의사와 상관없이 이루어진다. 필연적인 죽음을 안락하게 맞을 수는 없을까. 죽음의 질이다. 엊그제 신문에서 '세계 죽음의 질 지수'로 발표된 기사를 보았다. OECD 회원국 80개국 중, 우리는 18번째라고 한다.

우리 사회는 유교적 관습과, 인륜의 도리로 억지 생명 연장을 하는 사례가 많다. 자유롭고 안락한 죽음이 될 수 없다. 때문에 편안한 죽음을 위한 호스피스 시설의 확충이 시급하다.

생명은 소중하다. 특히 인명은 수치로 환산할 수 없을 만큼 값지다. 그러기에 본인은 물론 그 누구도 생명을 함부로 다룰 수 없다. 하지만 순간적인 분노를 억누르지 못해, 자신의 처지에 대한 화풀이로 남의 귀중한 생명을 상하게 하거나 빼앗기도 한다. 그런가 하면 자신에게 닥친 불행을 이겨내지 못해 스스로 목숨을 포기한다. 하지만 이는 모두 죄악이다.

인간만큼 삶에 대한 애착이 강한 동물도 없는 것 같다. 임종을 눈앞에 둔 사람의 한결같은 희망은 몇 년, 몇 달, 아니면 단 며칠이라도 연명하고 싶어 한다.

요즘 나의 하루가 담배 한 개비 피우는 순간 같은 느낌이 들 때가 있다. 볼따구니가 파랗던 때는 그렇게 더디 가던 시간이었는데…. 문득 내게 남은 시간을 떠올리고는 움찔하기도 한다.

사후세계의 존재 유무에 대한 논쟁이 끊임없이 이어지고 있다. 어쩌면 이 논쟁은 앞으로 계속될지도 모른다. 종교적 관점에서는 이승과 저승의 경계가 없다고 한다. 삶과 죽음이 별개가 아닌 하나라는 것이다. 불교에서는 내세를 지옥, 아귀, 축생, 아수라, 인간, 천상으로 육도 윤회한다고 한다. 기독교에서는 이승의 삶이 끝나면 천국으로 영원히 이어진다고 한다.

죽음을 연구하는 학자들은 짧은 순간의 죽음에서 깨어난 사람들에게서 육체를 떠난 세계를 경험한 사실을 확인해주고 있다. 인체를 혼魂과 백魄의 합성체로 본다. 백, 육신은 이승에서 잠시 빌려 쓰다 돌려주지만, 혼은 영원히 우주에 존재한다고도 한다.

'자살'을 거꾸로 쓰면 '살자'가 된다. 삼신할미로부터 받은 명줄 온전히 지켜 깨끗한 죽음을 맞는 것은 자신에 달렸다. 죽음이 중요한 만큼 삶도 소중하다. 태곳적 고향, 자궁에서 나와 원초적 고향, 무덤으로 갈 때까지 깨끗한 삶을 누리다 가는 희망은 누구나 갖고 있다. 물 같이, 바람 같이 그렇게 살다가 가라는 잠언이 가슴에 와 닿는다.

고 천상병 시인은 삶을 소풍에 비유했다. '아름다운 세상 소풍 끝내고 하늘로 돌아가리라, 가서 아름다웠다고 말하리라'고 노래했다. 육신을 일탈한 영혼을 생각하면 이승에서 맑은 삶을 이어가는 것도 중요할 것 같다.

따스한 가을 볕살 찾아, 공원으로 소풍 나온 아이들은 곧 따뜻한 가족의 품으로 돌아갈 것이다. 하지만 낙엽처럼 바스러진 황혼들은 머지않아 하늘로 돌아가겠지. 낙엽은 제 어미 그늘로 돌아간다. 영원한 고향, 자연에서 태어나 자연으로 돌아가는 삶이 아름다운 세상의 소풍이었으면….

배영수

2009년 월간 『한국수필』 등단. E-mail : penningys@hanmail.net

노을

백동흠

노란 미루나무 잎들이 가을바람에 춤을 춘다. 햇살 따사로운 오후녘, 택시 운전도 가을을 탄다. 오클랜드 근교를 지나는데 택시 부르는 전화가 온다. '몸이 불편한 할아버지이니 특별히 모시라'는 메시지도 이어진다. 손님이 있는 곳에 도착하자 색 바랜 입간판이 눈에 들어온다. 셀윈 레스트 하우스, 요양원이다. 허름한 건물 모퉁이에서 연로한 할아버지가 보행기를 밀고 나온다. 왼쪽 발을 절며, 주춤주춤한 걸음이다. 앙상한 나무 같은 할아버지 얼굴, 검버섯 위에 늦가을 기운이 그대로 드리워져 있다. 앞좌석 문을 열고 할아버지를 부축하여 태운다. 미루나무 가지처럼 몸이 가볍다. 힘이 없어 보여 안전띠를 잡아당겨 매어 드리는 데 걸리는 몸집은 없고 푸석한 옷섶만 잡힌다. 보행기에서 바구니를 꺼내 트렁크에 싣는다. 작은 손지갑과 열쇠고리 그리고 약봉지와 손바닥만 한 성경책이 담겨 있다.

"가을 햇살이 따사해서 좋네요."

날씨 이야기로 인사를 건네며 차 시동을 켠다.

"응, 편안해."

할아버지 대답이 나뭇잎처럼 가볍게 흔들린다.

"어디로 모실까요?"

"저기로."

새가 날아간 뒤, 흔들리는 나뭇가지를 바라보며 턱을 그쪽으로 움직인다.

"저기는 석양 노을 물드는 서쪽인데요."

할아버지가 왼손을 창밖으로 뻗어 햇살을 한 움큼 움켜쥔다.

"힐스브로우… 레스트 홈."

오클랜드 서쪽 산자락 아래에 있는 국립 요양원이다. 20여 분쯤 걸릴까. 할아버지를 생각하며 가을 풍경을 따라 차분하게 운전한다. 아기 손바닥만 한 미루나무 잎들이 노란 손수건을 흔들듯 팔랑거린다. 석양빛을 받아 더욱 발그레진 감잎 사이로 빨간 감들이 그네를 탄다. 신호 대기 선에 서자 할아버지가 창밖을 지긋하게 바라보며 말을 건넨다.

"감이 곱게 익었구먼."

"할아버지 얼굴도 평화스러운데요."

"기사 양반, 한국 사람 맞지?"

"예, 어떻게 알았어요?"

"한국전쟁. 나, 가평 전투에 참여했었어…."

"아! 그러셨어요? 너무 감사하네요. 그 덕분에 한국은 지금…."

할아버지가 내 어깨에 손을 얹는다. 가평 전투에서 왼쪽 다리를 다쳤다고 한다. 가슴이 먹먹하다. 오늘은 특별한 날이다. 6·25 참전 용사분을 모실 줄이야. 한국전쟁이 터지고 벌써 65년을 맞는 해다. 수천 명의 젊은이가 남태평양 섬나라 뉴질랜드에서도 자원했다. 전쟁에 나설 당시, 할아버지 마음을 생각하니 숙연해진다. 온 국민이 힘을 모아 한국이 눈부신 성장과 발전을 이룩하는 데는, 이런 참전 용사 같은 분들의 도움에 힘입은 바 크다. 최근, 고국에서 다른 어려운 나라를 위해 여러 방면에서 돕는 것을 보면 뿌듯한 마음이 들고 자랑스레 여겨진다. 남이 어려울 때, 자신의 가장 중요한 몫을 내놓는 헌신에 힘입어 어려운 이는 힘을 얻고 일어선다. 도움을 준 연결고리로서, 한세상을 살아온 할아버지 생애에 무한 신뢰와 감사를 느낀다. 할아버지가 싱긋 웃고서 이내 눈을 감는다.

"나, 졸리는데…."

"예, 편히 주무셔요."

편안하게 모시기 위해 조심해서 운전한다. 대자연과 더불어 인간 세상에도 계절이 바뀌고 있다. 단풍이 들듯 사람도 나이 들어가며 감 홍시처럼 익어간다. 평화스럽고 한적한 동네 길로 들어선다. 뾰족한 첨탑이 있는 성당이 유난스레 고풍스럽다. 편히 주무시는 할아버지를 모시고 그 앞을 지난다. 성당 첨탑에서 은은한 종소리가 흩뿌려진다. 할아버지 고개가 점차 창 쪽으로 기울어져 간다. 힐스브로우 레스트 홈, 숲으로 둘러싸인 요양원 건물이 모습을 드러낸다. 서쪽 언덕에 자리한 큰 규모의 요양원이다. 건물 입구에 택시를 조심스레 세운다. 참전용사, 할아버지와 함께한 여행이 이렇게 마무리되어가는가?

"할아버지, 다 왔어요."

할아버지 오른쪽 어깨에 손을 가져다 대고 손으로 가볍게 톡톡 치며 깨워본다. 아직 잠이 깨지 않았는지 그대로다. 택시에서 내려 문을 열고 할아버지를 흔들어본다. 꽉 채워진 안전띠를 풀어내자 차창 쪽으로 기울어진 할아버지가 바깥쪽으로 쏠려 쓰러질 것 같다. 재빨리 부축하려는데 내 몸을 덮치며 그대로 무너져내리고 만다. 순간 머리털이 곤두서며 가슴이 덜컥 내려앉는다. 내게 간신히 기대어 있는 할아버지를 차 안에 바로 눕힌 후, 사무실로 다급하게 달려가 비상 상황을 알린다. 걱정스러워 목소리가 파르르 떨린다. 나이 든 남자 직원이 뛰어나와 할아버지를 깨우려 흔들어댄다. 꿈쩍 않는다. 할아버지 얼굴을 만져보고 코밑에 손을 가져다 댄다. 고개를 좌우로 젓는다. 안타까운 얼굴을 한 채 한마디 나직이 내뱉는다.

"이런, 세상에…. 할아버지 돌아가셨구먼."

다급하게 남자 직원이 서둘러 조처를 한다. 사무실 직원들과 옆 간호 병동 간호사가 뛰어나온다. 곧바로 바퀴 달린 침대에 할아버지를 옮겨 싣고 간호 병동 쪽으로 옮겨간다. 순식간이다. 트렁크를 열고 보행기를 꺼내 직원에게 전해주는

데 발이 후들거린다.

"택시 요금이 얼마나 나왔나요?"

그 직원이 묻는다. 이 마당에 택시 요금은 무슨? 하며 고개를 휘젓는다. 직원이 택시미터를 들여다보더니 한마디 지나가듯 중얼거린다.

"삼십 달러 나왔구먼."

할아버지 소지품 바구니에서 돈 지갑을 찾아 삼십 달러를 꺼내 건네준다. 손사래를 계속하니 직원이 짧게 한마디 한다.

"택시 요금은 받아요. 빚이 없어야 할아버지도 마음 편히 가실 거요."

그때까지 머릿속에선 과실 운전, 사망 원인 제공, 법적 문제, 합의 등등의 생각들로 얽히고설켜 있는데, 어떻게 이런 말을 할 수 있을까. 진정이 덜된 상태라 간신히 말문을 여는데도 떨린다.

"증인이 필요하면 불러요. 명함 여기 있어요."

직원이 머리를 흔들며 내 명함을 받지 않는다. 오히려 나직이 예를 갖춰 위로를 해준다.

"걱정하지 마세요. 구십 연세의 할아버지, 전부터 심장이 좋지 않아 고생해온 거요. 저세상 가는 길까지 잘 모셔다드렸어요. 진정하고 어서 가봐요."

할아버지 보행기를 끌고 사무실로 사라지는 직원 뒷모습을 바라보며, 정신이 나간 채로 우두커니 서 있다. 한참 후, 세상이 가물가물 눈에 들어온다. 십수 년째 택시 운전을 해오던 중, 오늘은 생의 마지막 손님을 태워다 준 날이다. 마지막 손님치고는 너무도 특별한 분이다. 한국전쟁 참전 용사 할아버지…. 보행기 바구니 속의 손지갑과 열쇠고리 그리고 약봉지와 성경책이 눈에 아른거린다. 돌아서는 발길 너머, 저녁노을이 감 홍시 단내를 저어 올리며 붉게 물들어가고 있다.

백동흠

2014년 월간 『한국수필』 등단. E-mail : francisb@hanmail.net

죽음

선채규

삶은 만나고 헤어짐의 연속이다. 좋아하지 않아도 만나고 좋아도 헤어진다. 거미줄에 곤충처럼 그물망에서 벗어날 수 없다.

지난 12월 사랑하는 조카가 세상을 떠났다. 수필가협회에서 등단 축하회를 하던 날이다. 전화와 문자 메시지 수신을 뒤늦게 확인했다. 조카는 내가 근무했던 공기업 현관 앞에서 통근 버스에 교통사고를 당했다. 49세의 젊은 가장이, 그 좋은 화창한 날 병원 중환자실에 누워있다. 여러 개의 고무호스와 수액 병, 붕대로 머리를 감싸 메고 생사를 오르내리고 있었다. 담당 주치의는 중태라고, 자세히 설명해주었다. 기적만을 기대하며 하나님께 간절히 기도했다. 불쌍한 우리 조카를 구원해 달라고…. 암담하기 짝이 없다. 뜻밖의 일이라 어떻게 해야 할지 아무런 생각도 나지 않았다. 일찍 형님이 돌아가시고, 얼마 전 형수님마저 세상을 떠나셨다. 조카의 슬하에는 두 아들과 처가 있다. 형제간으로는 출가한 누나와 여동생 모두 세 명이 있다. 집안에 가까운 남자 어른이라곤, 유일하게도 작은 아버지인 나 한 명뿐이다. 언제나 만날 때나 통화할 때마다 '작은아버지 은혜 꼭 갚을게요.' 하던 그 조카는 힘들게 살아가면서도 한 번도 어려운 내색이나 도움을 청하지 않았다. 자립심이 강한 조카는 아버지 사망으로 충격이 너무나 컸다. 신경이 쇠약해서 요양차 중학교도 부득이 중퇴를 했었다. 공부를 잘했지만 건강이 염려되어서 나는 공부하는 것을 솔직히 반기지 않았다.

조카는 직장에 다니면서 독학으로 검정고시를 거쳐 야간 대학을 졸업했다. 내가 해준 것이라곤 온 가족을 서울로 이주시키고, 전셋집과 대학교 첫 등록금을 해준 것밖에 없다. 그 일을 잊지 않고 고마워서 늘 말하곤 했었다.

얼마 전 형수님이 돌아가신 후의 일이다. 조카는 백만 원이 든 봉투를 갖고 와서 내밀었다. 강력히 거절하자 함께 있던 큰 조카딸이 동생의 성의니 받으라고, 간곡히 하여 부득이 받게 되었다. 먼저 가신 형님을 대신해서 더욱더 많이 돌봐주지 못한 뒤늦은 후회와 죄책감이 내 마음을 더욱 아프게 한다.

기적만을 염원하며 밤낮으로 한 달 가까이 병원 응급실을 드나들었다. 기대와는 아랑곳없이 환자 상태가 점점 악화되어가고 있었다. 12월 24일 간호사가 급히 가족들 모두 응급실로 들어오라 한다. 하나님도 무심하시지! 밤 9시 8분 응급실 심전도 모니터의 맥박이 서서히 떨어지다 멈추었다. 산소호흡기가 제거되고 당직 의사의 사망 진단 결과에 곧바로 하얀 시트가 덮어졌다. 형님께서 생전에 그토록 사랑하고 아끼던 조카, 지금 형님의 심정은 어떠하실까. 나는 떠나가는 불쌍한 우리 조카에게 마지막 작별인사를, 이 세상에서처럼 고생하지 말고 다음 세상은 하늘나라에 가서 행복하게 잘 살으라고, 하나님께 눈물로 호소하며 기도하였다.

한 인생의 귀한 생명이 이렇게도 허무하게 끝날 줄이야. 교통사고 가해자의 고의성 없는 과실에 대한 형사적 처벌을 묻지 않도록 슬픔에 잠겨있는 유가족과 상의하여 조치하고, 조용히 장례를 치렀다.

얼마 전만 해도 열심히 살려고 발버둥 치던 조카는 한 줌의 가루가 되어 화장장 위 산에 뿌려졌다. 이제는 만날 때마다 살아가면서 작은아버지 은혜를 갚겠다던 그 말도 더 이상 들을 수 없다. 며칠 전 응급실에서 아무도 알아보지 못할 때도, "누군지 알아보겠냐?"고 묻자, "작은아버지"라고 답하던 그 말이 마지막 작별 인사가 될 줄이야….

끝으로 남기고 간 유가족 특히나 어린 두 아들을 관심 갖고 잘 보살펴 줘야 한다고, 다짐해본다. 형님은 생전에 이 미천한 동생들에게 깊은 사랑을 해주셨다. 헌생적인 사랑을 주시던 형님을 후일 만나면 어떻게 무어라고 말씀을 드려야 할까.

각박한 세상에서 자신만의 노력으로 진실하고 착하게 열심히 살려고, 많은 고충과 난관에 고인이 된 조카는 남모르는 눈물을 얼마나 많이 흘렸을까.

선채규

2014년 월간 『한국수필』 등단. E-mail : cksun45@hanmail.net

죽음은 삶의 조건

성은숙

수술실 문이 열렸다. 스트레처카에 실려 들어가니 먼저 온 환자들이 마취 순번을 기다리고 있었다. 마취 전 대기 시간은 길게 느껴졌다. 오만 가지 생각이 꼬리를 물고 일어난다. 특수 공간의 조명과 수술실 특유의 무겁고 찬 공기가 온몸을 휘감았다. 여름인데도 한기가 느껴졌다. 입원실을 나오면서부터 간절하게 기도하던 나는 순간 어찔해지며 현기증이 일어났다. 금식으로 빈속인데 멀미가 나면서 공황상태로 빠져드는 느낌이다. 내 생애에 전신마취는 도대체 몇 번째인가. 지난번 척추 골절로 실려 왔을 때 다시는 병원 신세 지는 일 없으리라 다짐했건만 이게 또 뭔가 싶었다.

막상 수술을 결정하고 사인하는 내용을 확인하니 어떤 위로도 귀에 들어오지 않고 머릿속이 복잡해졌다. 귀밑 침샘 혹을 제거하는 수술은 삼차 신경이 지나가는 곳이므로 자칫하면 안면마비가 올 수 있는 위험성을 예고해 주는 설명이다. 혹을 제거한 후 조직 검사에서 만에 하나 악성일 경우 치료 방법은 달라질 수 있다고 한다. 지명도 있는 분이 침샘 암으로 세상을 떠나 인터넷에 뜬 기사가 클로즈업되어 눈앞에 아른거린다. 곳곳에서 죽음과 연관된 것들이 태풍처럼 휘몰아쳐 엄습해온다.

다행히 국내 굴지의 대학 병원 의술에 내 몸을 맡긴 것이 그나마 위안이 되고 의료 사고 염려는 기우려니 하면서도 '만약에'라는 불안감이 스산하게 스치고 지나간다. 시공을 초월하는 전지전능한 하나님이 지켜주실 거란 믿음을 가지면서도 긴장감을 떨쳐버릴 수 없다. 지금까지 크고 작은 수술을 여러 번 하고도 시간이 흐르면 아무렇지 않은 듯 털고 일상으로 돌아오는 내 모습을 보고 주변에서는 강인한 정신력의 오뚝이라고 말한다. 마음이 약해진 탓일까. 이번에는 왠지 두려움이 앞서고 있다.

죽음의 유혹을 강하게 받은 적이 있다. 십오 년 전 대상포진에 걸렸다. 그때만 해도 이 병명이 낯설고 대수롭지 않게 여겨 집 근처 병원만을 전전했다. 왼쪽 눈 위부터 귀, 머리까지 넓게 포진되고 증세가 심하게 진행된 후에야 큰 병원을 찾았다. 두 주 정도 입원 치료했지만 극심한 후유증으로 1년이 넘도록 통증 클리닉에 매달렸다. 상상을 초월할 만큼의 통증은 우울증을 불러왔고 삶의 의욕은 상실되고 무기력해졌다. 죽음이란 극단적인 단어가 자주 떠올랐고 생각은 그쪽으로 기울고 있었다. 이 선택만이 고통을 떨쳐버릴 수 있다고 결론을 내릴 만큼 마음이 요동쳤다. 지속되는 고통은 죽음이 가깝고 익숙하게 여겨졌다. 어둡고 처량한 죽음보다는 밝은 죽음을 떠올려 보기도 하며 복합적인 혼돈에 빠져있을 무렵 첫 외손자가 태어났다. 새 생명은 내게 이 세상 어떤 보석보다 빛나는 선물이었고 놀라운 변화를 가져다주었다. 꼬물꼬물 커가는 아기는 내게서 영영 숨어버린 줄 알았던 웃음과 사랑을 움트게 했다. 나는 음악치료, 웃음 요법도 병행해 가며 죽음의 생각을 떨쳐 버리려고 몸부림치며 살아야 할 명분을 찾았다. 긍정적인 생각과 고갈되지 않은 활력을 가지고 살고 싶어 매 순간 나를 담금질해 나갔다. 손자를 돌보며 봉사에도 의도적으로 골몰했다. 초인적인 힘으로 버티면서 심지어 나를 이 땅에서 일찍 불러 가시면 하나님 손해라고 건방진 소릴 해가며 자긍심을 키워나갔다. 되돌아보니 그 힘들었던 순간마다 보이지 않는 힘에 이끌려 극복할 수 있었고 희망을 포기하지 않은 자신이 고마웠다.

의미 있는 삶을 살고자 한다면 마땅히 죽음을 적극적으로 삶 안으로 끌어들여

사색해야 한다는 철학자도 있다. 나는 철학자가 아니다. 수술을 당장 코앞에 두고 불안과 체념과 소망이 뒤엉켜 서로 삼투하면서 절대자를 의지하며 매달리고 있는 나약한 존재일 뿐이다. 그때 흰 상의를 입은 여자 분이 다가와 원 목실 전도사인데 기도해줘도 되겠냐고 했다. 난 대답 대신 얼른 그분의 손을 덥석 잡아 수술할 귀밑에 갖다 댔다. 나의 간절함이 그분에게 전달되었나 보다. 간결하지만 진지하고 가슴에 울림이 있는 기도이다. 마음이 한결 진정되고 평안해졌다. 역시 인간은 종교성을 지닌 피조물이고 영혼의 안식은 조물주의 범주에 있음이 느껴지는 순간이다.

내 입원실 옆에는 호스피스 병실이다. 암 환자들이 삶의 끝자락을 놓기 전 마지막으로 머무는 방이다. 병실 문이 닫혀있어도 외마디 절규가 두꺼운 벽을 넘어 생생하게 날아와 귀청에 꽂힌다. 그 신음과 섞여 나오는 소음에 대해 항의하거나 불평하는 이는 없다. 죽음을 간접 경험해보는 분위기다. 암 환자와 가족들의 심정을 동병상련으로 받아들이고 감정 이입을 통해 죽음에 대한 감성적, 이성적 수련을 받는 수도자들 같았다. 비명과 통곡의 폭풍이 지나간 후 조용해진 새벽은 고통을 토해내던 환자가 육신의 장막을 벗고 영원한 곳으로 떠난 것을 직감적으로 알 수 있다. 이 현장은 죽음과 삶의 의미를 성찰하고 심오한 철학을 음미해보는 도장 같은 곳이다.

죽음은 누구나 받아들이기 쉽지 않다. 언제 어디서 어떻게 다가올지 모른다. 두려움과 무거움이 깔린 죽음은 순서 없이 혼자 빈손으로 가야 하는 피할 수 없는 엄숙하고 고독한 길이다. 몇 년 전 유언장을 써놓은 게 있다. 당장 죽는 것도 아닌데도 후회스럽고 아쉬운 것이 많아 하염없이 눈물을 쏟았다. 휴지 한 통을 다 없앤 후에야 울음을 멈출 수 있었다. 카타르시스가 느껴졌고 후련했다. 남은 여생을 소중하게 잘 선용하고 인간관계에 판단이 앞서기보다 이해를 우선으로 해야겠다고 다짐했다. 죽음 앞에선 누구나 솔직해지고 양심과 자성의 소리를 진솔하게 듣는다. 품위 있고 담담하게 죽음을 맞을 수 있는 것은 용서와 화해를 풀어낸 사람의 몫이다. 마지막 떠날 때 사랑의 감정과 미소로 작별할 수 있고 행복한 죽음을 맞고 싶은 바람이다.

긴 시간처럼 느껴진 그때 마취과 선생님이 다가와 내 이름과 생년월일을 물었다. 온갖 상상의 늪에서 깨어나 얼떨결에 대답했는데 무슨 말을 했는지 기억이 나질 않는다. 마취 마스크를 쓰는 순간 나는 혼미한 안개 속으로 빨려 들어가고 있었다.

성은숙

2015년 월간 『한국수필』 등단. E-mail : essung48@hanmail.net

연대기

송복련

호르지 않는 것은 쉬 잘려나간다. 솔고개를 지키던 늙은 느티나무 줄기로 시나브로 흐르던 수액은 겨울 강줄기처럼 졸아들어 목발처럼 겅둥겅둥 거리더니, 바람 소리 세차게 몰아치던 밤에 그만 툭 부러졌다. 푸른 꿈을 허공에 띄우며 우리들에게 그늘이 되어주던 초록의 날들이 힘없이 잘려나갔다.

구순이 되신 아버지의 발가락에 괴사가 심했다. 삭정이처럼 마른 다리로 걸으면서 발바닥이 아파 자꾸만 절룩거렸다. 양말을 벗겨보니 새끼발가락이 먹물에 적신 듯 까맣다. 놀란 눈으로 바라보는 우리들에게 치자로 떡을 만들어 붙여 나쁜 피가 몰린 거라고 우기는 아버지를 급히 병원에 모셨다. 위급한 상황이라 먼저 흐르지 않는 혈관을 걷어내고 다른 혈관을 이식하는 수술부터 마쳤다. 괴사가 진행되고 있는 다른 발가락들과 함께 아버지의 발가락들이 삭정이처럼 잘려나갔다. 온 생을 디디고 걸어온 길 하나가 끊어져 기우뚱거린다.

산소 옆을 400년 동안 지키며 쉼터가 되어주던 느티나무, 지나온 발자취를 나이테로 그리며 수많은 봄날을 맞았다. 발치에 있는 연못에서 흰 연꽃들이 수없이 피고 지는 동안 산소에 봉분을 만들던 자손들이 때마다 다녀가는 것도 보았다. 그들을 따라다니던 새끼들이 어느새 어른이 되어 아비를 묻고 눈시울을 적시며 돌아가는 모습에서 가족의 연대기를 읽었을 것이다.

발가락들이 거즈에 싸여 휴지통에 던져진 저물녘, 당신을 받치던 신전의 기둥들도 한참에 무너졌다. 희망이 없는 가지들과 손잡은 성한 발가락도 함께 베어내어 뭉툭하게 봉합되고 남은 반쪽의 생은 자주 묵살되었다. 한없이 느린 걸음과 알아듣지 못하는 귀 때문에 어느 순간부터 말씀도 잘려나갔다. 슬픔도 희석되는지 발가락 세 개만큼 우리도 다가올 이별의 슬픔을 조금씩 덜어내었다. 소통은 남아있는 것들끼리 길을 트는지 바깥출입을 모르는 먼지 낀 문 안에서 토막 난 말들은 갈피마다 불통이다.

이제 반쪽이 부러진 느티나무는 더 이상 풍성한 그늘을 만들지 못하고 옛날을 복원하지 못한다. 살아남은 늙은 나무의 빈자리에 허공이 가득 들어앉았다. 옆에 남은 어린 느티나무 생가지들이 잎을 수다처럼 피우는 걸 묵묵히 바라볼 뿐이다. 오래된 나무에서 흘러나오는 말씀은 잔금이 가고 빛이 바래는 데 새로 쓰는 신화들의 무게는 벅차기만 하다.

삭정이들이 잘려나가면서 그늘과 함께 한 연대기가 저물고 있다.

송복련

2003년『수필과 비평』등단. E-mail : boklyensong@hanmail.net

현실의 벽을 허무는 일

오석영

선택의 여지가 없는 죽기 전 상황에서 생명을 뛰어넘는 결연한 한 여자의 모습을 보았는가? 갑작스럽게 찾아온 죽음의 문턱에서 무거운 현실을 의식하면서도 쉽게 생각하고 아무 일도 없었다는 듯 태연했던 그 모습이 이 순간 눈앞에서 아른거린다. 자신의 존재감을 잃은 채 앞이 보이지 않고 삶의 의미가 한꺼번에 빠져나가는 순간 아픔을 머리에 이고 떠나고 싶다는 처제의 긴박한 목소리가 들리던 때다.

셋째 처제의 이야기다. 만 59세의 여자 나이로 위암 말기에 암 수술을 받은 후 1년 이상은 크게 걱정되지 않았다. 그런데 갑자기 심한 통증이 와서 재수술을 원했을 때에는 몸 전체에 암이 자라서 오직 운명을 받아들일 수밖에 없다는 의사의 진단을 받았다. 그 처제가 고통을 참는 순간 죽음을 느꼈고 가끔 아픔이 느슨할 때는 살아보고 싶다고 무척이나 애원한다. 그러면서 과거의 아픔을 토로한다. 70년경에 해방촌에서 살 때 뇌경색으로 아빠를 잃은 얘기가 나오고 형제들이 고아처럼 어렵게 살던 시절을 떠올린다. 결혼 생활 이후로는 남편을 거론한다. 남편은 자녀들 교육엔 전혀 관심이 없다. 매일 술에 취해 행패나 부리다가 직장에서 돌아오면 기회를 만난 듯 폭력을 일삼는다. 그러던 중에 남편은 말없이 집을 나갔고 이젠 아들 둘을 책임질 사람은 자신뿐이란다.

처제의 직장은 우체국 집배원으로 출발했다. 작은 키에 큼직한 가방을 어깨에 매달면 어울리지도 않는다. 땀을 뻘뻘 흘리며 언덕의 빈촌을 찾아가서 편지 전할 때 주인이 반가운 편지라며 기뻐할 땐 그래도 즐겁고 위로가 된다고 했다. 우체국에서 퇴근하고 나면 야간 식당에 가서 그릇 닦을 일이 바쁘게 기다린다. 그건 오직 미래의 행복을 위해서 견딘 노력의 결과인데 이렇게 빠르게 현실의 벽을 허물라는 이유는 참기 어렵다고 한다.

욕심을 접고 달팽이처럼 느릿느릿 걸어갈 걸 한탄도 한다. 앞이 보이지 않게 쏟아지는 심한 빗줄기를 보며 자신은 방향을 잃은 채 서 있는 기분이라고도 했다.

자신의 심정이 현재의 갈등에서 머릿속을 까맣게 물들이는 순간을 처제는 내게 차근차근 설명한다. 이젠 언 땅을 헤집고 나올 새싹을 볼 수도 없고 모진 북풍에 핀 매화는 죽은 후에나 보겠지만 현실의 입장을 끝내 버리지 못하는 이유를 이렇게 말하고 있다. 바로 둘째 아들 G의 결혼식 날만이라도 아직 3개월이나 돼 걱정은 되지만 그날만은 꼭 기다려야 한다는 거다. 살아서 결혼식을 성사시켜주는 의미도 크지만 만약 초상으로 그 결혼식이 1년 후로 갈 때 또 다른 상황이 올지도 모른다는 의문 때문이라고 한다.

큰아들 D와도 할 말이 무척 많다고 한다. 마음을 말없이 수용한 채 귀 기울여 온기를 지펴 주었고 꺼져 가는 숨소리 보듬던 사실들을 꼭 말해야 한다고 했다. 내 곁에 두 아들이 있어 그 행운 때문에 현재에 머뭇거리는 이유가 된다고도 고백한다. 그들은 숨소리 죽여가며 그림자처럼 내 뒤를 따라주었고 피를 토하는 아픔으로 힘겨루기하며 태연한 채 웃는 모습을 보여주었는데 내가 어찌 그걸 잊을 건가라고 반문한다. 한마디 내색도 없이 겨울 산에서 산딸기라도 따오려는 그 눈물겨운 심정을. 밤에도 뜬 눈으로 끊어져 가는 내 숨소리에 놀라고 지척대는 불편함을 두 눈빛으로 삼키는 너희들을 내가 어떻게 지우겠느냐고!

작은 집이라도 그들에게 남겨주고 싶어 요양원을 접고 오직 살아서 생을 마감하는 순간까지 병마와 싸우다 G의 결혼식만이라도 맞이해야 되겠다는 게 처제의 설명이다.

지금은 척추처럼 함께한 그 강한 의지도 한계를 느낀다고 한다. 전이 된 몸에 복수가 차고 물을 빼면 겨우 견딜 만하다가도 약물 복용과 항암주사 맞으면 몸이 심하게 늘어지고 물만 먹어도 토해내는 아픔은 견디기 어렵다고 했다.

드디어 결혼식 날이 왔다. 신랑 어머니 자리에 홀로 앉아 있는 게 기적처럼 보인다. 병원 측의 배려로 만일의 대비와 휠체어를 준비했지만 태연하게 모든 걸 벗어 던지고 초연하게 앉은 그 모습은 인간의 한계를 뛰어넘는 싸늘함을 느낀다.

그런데 결혼식장에서 둘째 아들은 생과 사의 갈림길에 있는 어머니에게 기쁨을 두 배 주기 위해 씩씩한 기상과 행진곡을 연출했고, 주례사의 답변에도 하늘을 찌를 듯 섬광처럼 빛났다. 평소에 그렇게도 조용하고 상냥했던 그 아들이 오늘따라 강한 몸짓을 마음껏 토해내며, 연세대학교 동문회관 예식장 안을 떠나가도록 떠들썩하게 설친 이유를 왜 내가 모르겠느냐고!

앞으로도 그렇게 살아달라고 음측해주고 싶지만 그저 몹시 기쁘다는 생각 외는 어떤 행동도 말로 할 수가 없구나. 다만 입속으로 되뇌는 의미는 너희들이 앞으로 반추해 살면서 가슴 꽉 메우는 한 장면이 고정돼 있을 때 오늘을 기억하고 더 오달지게 살아가라고.

신랑 어머니 석에 앉은 처제는 심하게 고통스러워하면서도 끊어져가는 생명줄을 더 강하게 잡고 싶다는 의지가 엿보인다. 그러나 어쩔 수 없이 자신의 육체를 버리면서 현실을 잊을 수밖에 없다는 생각을 보이기도 한다. 이젠 뒤돌아볼 여유도 주지 않는 듯 통증이 또 압박하는지 눈빛이 싸늘해 온다. 암흑의 바닷속에서 공포와 싸우는 무서운 순간임이 틀림없다. 처제는 마음속으로 보이지 않던 길이 환히 열리고 믿기지 않던 새 길이 나타나기를 기도하는 모양이다. 그러면서 내게 찾아온 위암이 외모를 짓밟지만 내면의 의지는 꺾을 수 없을 거라고. 나는 하나님이 있어 영원한 마음을 간직할 수 있고 그 행복을 찾아갈 것이다. 오늘의 시련은 순간이지만 마음의 영원은 끝이 없고 영원하지 않느냐고!

이제 숨이 멈추는 순간 현실의 모든 건 사라지고 전혀 다른 새 모습이 돌아올 걸 회상하면.

이젠 아픔이 정지되고, 마른 가지가 타인에 의해 불타듯 해 자연의 섭리로 소멸되거나 분해될 수밖에 없고, 그곳엔 내가 없게 되는데 그동안 욕심에 얽매였고 어떤 사람들을 앵돌아지게 하지는 않았는지 되돌아볼 수밖에 없다고도 했다. 모두를 아울러 사랑하진 못했어도 싫어하진 말았어야 하지 않았는가. 인간이기 때문인가? 아니면 미래를 보는 안목이 부족한 때문일까. 모든 것의 내부를 두루 보살피며 뜻있는 하루하루를 보내지 못한 것 같아 서운하고 아쉽다는 무거운 마음을 보여주며 슬며시 눈을 감는다.

오석영

월간 『한국수필』 등단. E-mail : Ohsy0105@naver.com

목련꽃 지는 법

이방주

내 작은 서재 서쪽 창문을 내다보면 이웃 아파트 정원에 피었다 지는 목련을 볼 수 있다. 일찍 퇴근한 날은 아파트 숲 사이로 빠끔히 보이는 낙조를 볼 수 있다. 해는 거뭇한 참나무 숲으로 떨어질수록 더욱 꺅두서니 빛으로 발갛게 자신을 불태우다가도, 멀리서도 보이는 잎사귀마다 은비늘 같은 반짝임을 남긴 채 꼴깍 실낱같은 꼬리를 감춘다. 해가 그렇게 떨리듯 작은 반짝임을 남기고 꼬리를 내리면 하늘도 점점 회색으로 숨을 거둔다. 그 화려함이 막을 내리는 것이다. 도로의 자동차들은 내리막길을 질주하고, 저녁 운동을 마치고 산에서 내려오는 노인들의 발걸음은 더욱 무거워 보인다.

죽음이란 과연 무엇인가? 죽음의 세계는 어떤 곳인가? 목련이 지듯, 하늘이 숨을 거두듯, 그렇게 또 다른 내일을 기약할 수 있는 것인가? 이 봄에 쏟아 놓았던 달빛 무더기 같던 목련은 오늘의 태양이 어제의 그것이라고 할 수 있을 만큼 작년의 그 목련이라고 확신할 수 있을까? 죽음은 내가 늘 입버릇으로 말해온 것처럼 한솔아파트에 살다가 옆에 있는 백로아파트로 이사하는 것쯤으로 생각해도 될까? 그건 정말 죽음에 대한 나의 확신이라고 할 수 있는가? 죽음이 정해지고 다가오는 그날을 위하여 시루떡을 주문하고 약간은 섭섭하지만 새집에 대한 기대감으로 콧노래를 부르며 짐을 꾸릴 수 있을까?

목련은 며칠 전만 해도 쏟아 놓은 한 가마니의 달빛 무더기였다. 아파트단지

안의 목련은 산목련이나 학교 정원의 그것처럼 자연을 맘껏 누리지는 못하지만 더 소담하다. 아파트 그늘에 가려 따스한 볕을 한껏 누릴 수 없는 목련은 건물 사이사이에서 더욱 맵차게 불어오는 된바람을 견디어야 한다. 가느다란 가지의 휘파람이 지나는 사람의 가슴을 에어 낼 것만 같았다. 그러면서 겨울 동안 모래 먼지 얼어붙은 눈 속을 견디어 냈다. 더러운 먼지가 녹아 땅에 스며들 때쯤, 물오른 암갈색 촉이 사춘기 소년의 불두덩같이 보송보송해지면, 원룸에서 빠져나오는 진노랑으로 머리 염색한 처녀애들의 발걸음도 절로 가벼워 보인다.

거짓말처럼 갑자기 따뜻해진 어느 봄날, 보송보송한 촉은 꿈을 견디지 못하고 여린 속살을 드러낸다. 온갖 더러움이 얼어붙은 눈에서 길어 올린 물로 어떻게 그렇게 순백의 지순을 꽃피울까? 그 순결을 내다보면서 나는 의문에 사로잡힌다. 황사가 지독한 날도 천지가 온통 먼지에 뒤덮일 때도 목련의 지순만은 지워지지 않는다. 어떤 추함도 용납하지 않고 고고하게 순백을 지킨다.

지고지순했던 목련이 진다. 달빛 같던 목련의 무더기가 오늘은 공포에 질린 한두 송이만 남긴 채 비상 섞인 핏빛으로 죽어간다. 화사하기만 한 벚꽃이나 별이 쏟아진 것 같은 비탈밭 배꽃이 바람에 휘날려 마지막 꽃가루의 향연을 베풀 때, 목련은 아무도 보지 않을 때를 가려서 그냥 떨어진다. 슬픈 흔들림으로 제 발밑을 적시는 것이다.

화사하던 속살의 흰빛은 누렇게 퇴색되다가 꽃받침 가까운 곳으로부터 부자탕처럼 죽음의 색깔로 변하면서 최후의 낙하를 준비한다. 목련의 마지막 자존심은 최후의 낙하를 남이 지켜보도록 허용하지 않는다. 벚꽃이나 배꽃처럼 흩날림의 향연으로 사람들의 마음을 흔들어 놓지도 않는다. 한겨울을 견디면서 순백을 준비하듯 초연한 자세로 최후를 맞이한다. 개나리는 아직도 파란 이파리 사이에서 샛노랑색으로 발버둥 치고, 산벚은 화려한 흩날림의 향연을 끝내고도 연보라 새순 사이에 남아 꽃잎의 연분홍이 진한 분홍으로 짙어가면서 하소연하는데, 삶에 미련을 두고 발버둥 치지도 않고 하소연도 없이 죽음을 맞이하는 목련의 체념이 그 속살의 순백만큼 처연하다.

떨어진 꽃잎은 금방 최후의 색으로 변한다. 속살의 순백을 아무 미련도 없이 버린다. 그리고는 최후의 색깔을 하루가 다르게 감추어 사람들의 시선에서 사라진다. 그건 좀 늦게 제 모습을 드러낸 자목련도 마찬가지다. 그 대신 어느새 파릇한 잎이 눈을 틔운다. 그렇게 한여름의 그늘을 준비한다. 사람들은 목련의 아름다운 죽음은 까맣게 잊고 푸르름에 쉽게 젖어 버린다.

목련은 무엇으로 그렇게 아름다운 죽음을 맞이할 수 있는 것인가? 겨우내 불던 모진 바람일까? 뿌리에서 길어 올린 세상의 더러움인가? 달빛 같은 순백의 속살인가? 아파트 틈새로 보이던 처절한 낙조인가?

사람에게 아름다운 죽음은 어떤 것일까? 앉은 채로 기도하다 열반한 어느 스님의 죽음은 참으로 신비로운 죽음으로 생각되었다. 죽기보다 살아 있기를 원하고, 얻어지지도 않는 것을 구하려 하고, 사랑과 이별하기를 거부하고, 미움과 만나기를 꺼려하는 질곡에서 벗어나지 못하는 인간의 근원적인 고통을 용서받기 위해서 자신의 몸을 아무런 두려움 없이 소신공양한 어느 소설의 주인공 같은 죽음도 참으로 아름다운 죽음이었다. 사람들은 그리스도의 죽음도 아름답고 거룩하다고 생각한다.

나의 주변에도 목련의 죽음처럼 부러운 모습으로 돌아가신 분들은 얼마든지 있다. 두 달쯤 누워 계시다가 염불을 외면서 숨을 거두신 나의 할머니, 아흔을 넘기고도 하루도 눕지 않고 생신 이튿날 돌아가신 외할아버지, 머리맡에 성경을 놓으시고 잠결에 소천하신 처조모의 죽음은 목련의 죽음처럼 부러운 죽음이었다. 이분들은 적어도 내게만은 아무런 한도 남기지 않으셨다. 목련 같은 삶으로 목련같이 애처롭게 가신 어머니, 누님의 죽음도 아름다운 죽음이라 생각한다. 그러나 이 두 분은 나의 가슴에 너무나 큰 한을 남기셨다.

나는 아직 죽음을 생각할 나이는 아니다. 그러나 하루도 죽음의 순간을 잊어본 적은 없다. 죽음을 공포의 대상으로 실감하지 못하는 것으로 봐서 아직은 그 시간이 요원한 모양이다. 그러나 혈육의 죽음에 대한 견딜 수 없는 슬픔은 생각할 때마다 가슴을 가르는 듯하다.

목련이 질 때 떨어지는 창밖의 목련을 바라보면서 나의 죽음을 생각해본다. 나는 모든 사람에게 쉽게 잊어지는 죽음이었으면 좋겠다. 아름다움으로 남는 죽음은 별로 바라고 싶지 않다. 가까운 사람들 뇌리에 슬픔으로 남기 때문이다. 한으로 남는 죽음이 되기도 싫다. 산으로 돌아가지 못하고 그들의 가슴에 상처로 남기 때문이다.

쉽게 잊어지는 죽음을 맞이하려면 어떻게 살아야 할까? 나의 삶이 어떤 의미를 지녀야 할까? 목련이 지는 창밖을 내려다보면서 새로운 의문에 사로잡힌다.

이방주

1998년『한국수필』등단, E-mail : nrb2000@hanmail.net

혼자 날아간 두견새

이정기

먼 길 나서기엔 늦은 오후에 급히 차를 달린다. 저만치 산기슭 여기저기 진달래 꽃물이 번진다. 멀리서 들려오는 두견새의 애달픈 울음소리 가슴을 저민다. 질녀의 다급한 목소리가 귓전을 맴돈다.

언니가 요양병원으로 들어간 후 한참 동안 소식을 전하지 못했다. 그쪽에서도 연락이 없었다. 잘 지내고 있겠지 하는 믿음으로 시간이 흘렀다.

몇 해 전 큰 수술을 받았을 때 병원에 갔었다.

"뭐하러 왔니. 죽었나, 죽겠나, 확인하러 왔나."

한동안 소원했던 형제들에게 섭섭해 하던 모습이 뇌리를 스친다.

병실 복도에는 늙은 여인들이 정물처럼 앉아있다. 가슴이 콱 막히는 답답함을 느낀다. 막연하게 요양시설에 대한 생각을 하고 있던 나는 참 묘한 감정에 휩싸인다. 이곳은 마치 저승을 가기 위해 잠시 대기 중인 정거장 같다. 슬프게도 그 광경이 나의 미래일 수도 있다는 것이다. 그 누군가 지시하고 인도하는 대로 이루어질 수 없는 것이 바로 인생이라면 참으로 덧없고 허망한 것이 이 세상에서의 삶인가 보다.

언니는 눈을 감고 있었다. 그의 얼굴에는 신산스러운 삶의 이력이 만들어준 애옥살이의 처연함이 배어있다. 차츰 정신을 차리고 우리를 알아봤다. 보고 싶어도 모두들 바쁘게 사는데 폐 끼친다고 연락을 못 하게 했다고 한다.

"바쁜데 뭣 하러 왔나." 하면서도 반가워하는 마음이 역력해 보였다. 그래도 맑은 정신으로 우리를 맞아 주어서 고마웠다.

언니의 상태는 생각했던 것처럼 오늘 내일 어떻게 될 것 같지는 않았다. 죽음을 준비하고 마음을 다져 먹은 사람 앞에 나는 참 무력하다. 그만의 운명이 다 할 때까지 육체적으로 견디기 힘든 고통이 와도, 또 외롭고 괴로워도 거부할 수 없는 것이 삶과 죽음의 경계가 아닌가. 그렇다면 지금 이 순간 그를 위해 무엇을 해야 하나. 누가 그러더라. 아무 말 하지 않아도 두 손 마주 잡고 가만히 바라보는 것만으로도 큰 위로가 된다고. 정신 차리고 잘 버티라는 말 밖에는 할 수가 없었다. 우리들은 다음에 또 오겠다는 말을 남기고 언니에게서 발길을 돌렸다. 차창 밖은 어둠이 짙다. 유리창으로 그의 일생이 한 편의 영화가 되어 한 장면 한 장면 흘러간다.

언니는 시조부모, 시부모를 모셔야 하는 층층시하의 맏며느리로 그 집에 발을 들였다. 어른들에게 사랑을 받으면서 자기 몫의 삶을 잘 살아가고 있었다. 그러나 육이오 전쟁은 따뜻하고 정겨웠던 삶의 근간을 송두리째 흔들어 놓았다. 떠나버린 남편은 어떤 모습으로 돌아올지 막연하고 답답한 어둠만 가슴속에 들어와 앉았다. 좌절과 무기력 그리고 이 천지 강산에 홀로 서 있다는 적막함과 고독함은 어린 새댁이 감당하기에는 너무도 힘겨운 형벌이었으리라.

외롭고 연약한 며느리의 마음을 달래기 위해 다른 곳으로 이사하자던 시부모님의 제안에 "밤중에라도 숙이 아버지 찾아오면 그 허탈한 발길을 어디로 돌릴까요."라며 그곳에 붙박이가 되어 떠나지 못한 사람. 그 질곡의 세월은 얼마나 길고 모질었을까.

언젠가 언니 집에 들렀을 때다. 사랑방에 걸린 상장들을 볼 수 있었다.

'효부 상'을 비롯하여 각종 표창장들이 걸려 있었다. 그것들이 반갑지도 자랑스럽지도 않았다. 그건 언니를 가둔 삶의 족쇄였으며 그 뒤에 숨어 허덕이는 한 생명이 눈에 아른거렸기 때문이다. 아무 표정 없이 방을 나오는 나를 언니가 물끄러미 바라보고 있다. 무언가 한마디 말이라도 있으리라 기대했던 모양이다. 하지만 끝내 거기에 대해선 아무 말 하지 않고 집으로 돌아왔던 기억이 난다. 그것조차도 지금은 후회로 남는다.

전쟁이 끝나도 돌아오지 않는 남편에 대한 기다림과 원망은 시간이 흐를수록 무게를 더했다. 가슴의 상처가 덧날 때마다 그 화살은 하나뿐인 딸에게 돌아갔다. 언니에게 딸의 존재는 자신이 보살펴야 할 분신이며, 또 그가 이 세상에 버티고 살 수 있는 기둥이었다. 그러면서 세상에 대한 원한을 쏟아내는 분풀이의 대상이기도 했다. 어려서부터 홀어머니의 굴레에서 벗어나지 못한 딸은 그의 뜻에 따라 휘둘리며 아프게 살아야만 했다. 그리하여 전쟁이 남긴 치명적인 상흔은 대를 어어 갔다.

젊은 시절의 언니는 참 아름다웠다. 단아하게 쪽 찐 머리에 세모시 옥색 치마 하얀 모시 적삼을 입고 논둑길 걸어 친정 나들이 올 때면, 그 모습이 하도 고와 내 가슴마저 아렸다. 언니를 생각하면 그 서늘하리만치 청량한 모습이 먼저 떠오른다.

우리 남은 형제들이 하나둘 결혼을 할 때면 어머니는 "집에 다니러 올 때는 혼자 오지 마라. 짝 없이 다니는 건 너 언니 하나면 됐다."고 하셨다. 외기러기 같은 언니의 삶은 온 가족의 아픔이었다. 그렇듯 한 사람이 살아내야 하는 세월은 자신만의 것이 아니었다. 한 인생의 숱한 사연들은 완성된 영화처럼 잘 편집되어 나타날 수는 없는 일이 아니던가.

언니가 떠났다는 전갈이 왔다. 서정주 시인의 '귀촉도'가 내 가슴을 치고 올라온다.

제 피에 취한 새가 귀촉도 운다
그대 하늘 끝 호올로 가신 님아

청상의 독백인양 들리는 두견새의 핏빛 울음은 숱한 고난과 비애로 한을 품고 살아온 여인의 서러운 절규일런가. 삶의 끝자락까지 기다리던 임의 소식 듣지 못하고 덧없는 세월을 살아온 한 여인의 일생이 허망하게 끝났다.

저 세상이 있다면 임의 영혼이라도 만나서 잡지 못한 손 꼭 잡고 오래 말하지 못한 사연 다 쏟아놓으시오. 두견새는 홀로 진달래 붉게 핀 골짜기로 임 찾아갔겠다.

이정기

2006년『한국수필』등단. E-mail : jkhello@dreamwiz.com

수를 놓다

이정자

"예쁜 색실을 좀 사다 주세요. 수를 놓고 싶어요."

옆 병상의 여인이 누군가에게 전화를 하고 있었다. 커튼으로 꽉꽉 가려져 있어 여인의 모습은 보이지 않았다. 나는 그 여인이 갑자기 궁금해졌다. 강원도에 계시던 어머니가 암수술 후 검진을 위해 병원에 입원을 했고 나는 옆에서 어머니 병상을 지키고 있었다. 나는 딱히 할 일도 없어서 무료했다. 어머니는 약 기운에 잠들어 있는 시간이 많았고 나는 옆에서 신문과 책을 읽으며 시간을 보내고 있을 때였다.

그러고 보니 어머니가 입원하던 첫날에 옆 침상의 여인을 잠시 본 기억이 났다. 살그머니 커튼을 걷고 살짝 화장실을 다녀오는 모습을. 여인의 얼굴엔 부기가 있었고 낯빛마저 약간 검어 보였다. 여인은 커튼 안에서만 존재했다. 여인은 커튼 너머에서 연신 누군가와 전화를 하며 슬프게 울었다. 연로한 친정엄마께 어떻게 자신이 아프다는 이런 소식을 전하겠느냐고 비밀로 해달라며 울었고 자신의 어린 딸이 불쌍하다고 울었다. 여인은 분노의 강에서 노를 저었고 후회의 강에서 노를 저었다. 그 노는 거칠기만 해서 앞으로 나아가지 못하고 제자리를 맴돌고 있었다. 그녀의 서러움은 깊었고 그 서러운 물결은 옆 침상으로도 넘실거렸다. 그 밀려온 물결에 어느새 내 마음도 젖어 슬퍼졌다. 그곳이 암 병실이었기 때문에 느낄 수 있는 서글픔이었다.

그런데 오늘, 수를 놓고 싶다는 그녀의 전화 목소리는 가볍고 명랑해서 하늘까지 날아올라 갔다. 그녀는 여러 가지 색실과 바늘, 천과 수틀도 갖다 달라고 했다. 갑자기 그녀가 장미는 싫다고 대답을 했다. 아마도 전화하는 사람이 장미꽃 도안을 할 것이냐고 물었나 보다.

"야생화를 수놓고 싶어요."

그 말에 나는 숨을 멈췄다. 하얀 병실에서 야생화를 수놓는 여인! 그려지는 모습이 애처롭게 아름다워서 아찔한 현기증이 났다. 나의 모든 신경은 옆 침상을 향해 번개처럼 달려갔다. 통화가 끝나고 한참 후에 옆 침상 커튼이 열리는 소리가 났다. 나도 모르게 벌떡 일어나 어느새 그곳으로 몸을 돌렸다. 눈이 마주치자 여인이 환하게 나를 보고 웃었다. 여인의 환한 미소가 고향 고갯마루에 곱게 핀 산목련 같았다. 수를 놓는다고요? 여인이 고개를 끄덕였다. "호호호 그냥 그러고 싶어졌어요 왠지는 모르겠어요. 그런데 장미처럼 정원에 갇혀있는 꽃은 싫어요. 들에 산에 마음대로 피어있는 야생화를 수놓고 싶어요."

그녀는 2년 전에 유방암 수술을 했다고 했다. 극히 초기였기에 수술은 잘 되었고 항암치료를 하지 않아도 될 정도라 안심했다고 한다. 그런데 이번에 다시 간암이 발견되었단다. 너무 교만해서 몸을 제대로 돌보지 않은 자신의 탓이라고 했다. 병원에서 주는 약도 제때 먹지 않았고 그저 바쁘게 다니면서 방심하면서 살았다고 했다. 그래도 한편으로는 세상이 원망스럽고 하늘이 무너지고 땅이 꺼지는 것 같단다. 그런데 오늘, 문득 수술 후에도 병원에서 몇 달을 보내야 하는데 그동안에 수를 놓아야겠다는 생각이 들었다고 했다.

수를 놓는다는 그 생각만으로도 그녀의 마음에 평화가 온 것일까. 그녀가 미소를 지으며 자신의 이야기를 술술 풀고 있었다. 친정엄마께도 이제는 알리기로 했단다. 그러고 자신을 위한 기도를 부탁드릴 거란다. 이야기를 하는 내내 그녀의 감정은 헝클어지지 않았다. 전화기로 울면서 누군가에게 하소연하던 어제의 그녀가 아니었다. 슬픔과 분노의 강에서 하염없이 헤매며 맴돌던 그녀의 노 젓기. 이제는 힘껏 저어 그 강을 다 건너온 듯했다.

그녀의 마음은 이미 수를 놓기 시작했나 보다. 맨 처음에 수를 놓을 때 나는 앞면만 생각하고 수를 놓았었다. 다 완성이 된 후에 뒷면을 보고 깜짝 놀랐다. 세상에! 이런 난장판이 없다. 제때에 끊지 않아 여기저기 늘어져 있는 색실과 서로 흉하게 뒤엉켜있는 색실들…. 수를 몇 번 놓아본 사람들은 안다. 뒷면에서 색실을 맺고 끊는 것도 그때그때 바로 해야 하고 또한 신중을 기해야 한다는 것을. 이쪽저쪽 건너며 수를 놓을 때도 색실이 엉키지 않게 주의해야 한다는 것을.

어떻게 보면 수놓기란 아름다운 앞면을 예쁘게 놓는 것도 중요하지만 남이 보지 않는 뒷면, 나만이 볼 수 있는 그곳을 어떻게 잘 정리해 나가야 하는지를 깨달아가는 하나의 수련 과정이라는 생각이 든다.

"쉬엄쉬엄 그러나 꾸준히 하고 싶어요."

그녀는 수를 놓을 때 욕심을 부리면 안 된다는 것도 알고 있나 보다. 색실을 너무 길게 해서 수를 놓으면 광택을 잃고 보풀이 나면서 색은 희미해진다. 또한 긴 실은 서로 꼬여서 낭패 보기 일쑤다. 두 세 칸 멀리 올라가는 경우에도 실을 끊어주고 다시 시작해야 한다. 귀찮다고 그냥 하면 색실은 엉키고 나중에 색실도 모자라게 된다. 새로 산 색실은 이미 같은 색이 아니다. 염색은 매 순간 다르기 때문이다. 곡선을 수놓을 때는 미리미리 땀 간격을 눈에 띄지 않을 정도로 조금씩 줄여나가야 한다. 성큼성큼 나가면 원은 비뚤어진다. 그것 또한 뒷면에서 천이 심하게 찌그러진 모습으로 더 선명하게 나타난다.

잘 못 놓은 색실을 뜯을 때는 가슴 아프다. 피어보지도 못하고 떨어지는 한 떨기 꽃잎 같다. 요즘에 그렇게 뜯어내고 잘라낸 색실들을 버리지 않고 예쁜 투명 유리병에 넣어 장식으로 두기도 한다. 마치 종이학처럼. 유리병의 색실들은 저마다의 이야기를 들려준다. 그 후회의 순간들을.

다음 날 아침 그녀는 수술실로 옮겨졌다. 그녀는 꿈속에서 아름다운 야생화들을 수놓고 있을지도 모르겠다. 노란 복수초, 하얀 찔레꽃, 제비꽃, 해오라비 난….

수를 놓다가 어쩌면 그녀는 잘 못 놓았던 후회의 색실들을 뜯고 있을지도 모르겠다. 그녀가 끊어내고 뜯어낸 색실들도 예쁜 유리병에 담아지겠지. 그 투명 유리병 속에 모여있는 색실들을 상상해본다. 내가 가만히 들여다보자 그 어여쁜 색실들은 어느새 소원을 이루어준다는 천 마리의 학이 되어 날아오른다.

이정자

2007년 『한국수필』 등단. E-mail : dia9203988@hanmail.net

고목과 나이테

이현원

두어 달 전에 서울 근교에 있는 산을 올랐다. 산자락에 밑동을 자른 어느 고목 옆을 지나게 되었다. 주어진 목숨을 다했는지 넘어진 나무기둥의 절반은 썩어 있었다. 고목이 잘려나간 그루터기엔 나이테가 희미하게 보였다.

자세히 들여다보니, 그 나이테에서는 마치 고장 난 축음기처럼 노랫소리가 들렸다 안 들렸다 한다. 가운데 그려져 있는 동그라미에서는 철부지 아기 옹알거리는 소리가 나고, 가장자리의 노인네 주름살에선 트로트의 구성진 가락이 장단을 맞추고 있다. 나이테에는 갈라진 틈이 몇 개 보인다. 이는 나무의 눈물이 흘러내린 자국이다. 나이테 위의 검은 자국은 마치 치마폭에 속을 토해낸 응어리를 말리고 있는 것 같았다. 한평생을 지내느라 쌓이고 쌓인 회포가 얼마나 많을 것인가.

끊어질 듯 이어지고, 이어졌다 끊어지는 나이테는 나무의 일생을 그린 자서전이고 묘비명이기도 하다. 척박한 산에서 태어나, 돌보아 주는 이 없이 고아처럼 어린 시절을 보냈다. 그 이후로는 젊음을 자랑하고 싶던 청. 장년 시절도 있었다. 때로는 벌, 나비의 프러포즈도 받고 연정을 느끼는 짜릿함도 맛보았다.

그러나, 비 오면 오는 대로 맞고, 병충해에 분신 같은 자식 몇을 잃어버리고, 태풍 불 때는 거꾸러질 듯 흔들거리면서 모질게 한해 한해를 버티어 왔다. 그래도 몸살 나며 꽃피우고 열매를 맺어, 자식들이 둥지를 떠날 때의 보람은 잊지 못

한다.

번갯불 같은 이른 봄 햇볕에 싹 틔우고, 길고 긴 여름날은 뙤약볕을 벗 삼아 멀고 먼 하늘 이야기를 이파리에 새겨 놓았다. 가을날, 나뭇잎이 떨어지는 것은 하늘의 이런 소식을 전해주기 위해서이다. 비 오고 바람 부는 사연은 노란 잎에, 천둥과 벼락 치는 이유는 붉은 잎에 새겨놓았다.

그리고는 인간들이 복닥거리며 살고 있는 세상으로 내려와, 기꺼이 나락을 헤매며 뒹굴고 있다. 매년 가을만 되면 수십 년 동안 같은 일을 되풀이한다. 지나간 이런 추억도 이제는 그를 가두어 두는 수납의 공간 속에서 녹슬어 가고 있다. 싱싱했던 나무가 고목이 되어가니, 이파리도 많이 생기지 않고 꽃도 별로 피지 않는다. 마치 자식들 다 출가시키고, 시골에서 우두커니 빈집 지키고 있는 꼬부랑 노인 신세다.

이제는 모두 지난 일이다. 눈물도 웃음도 지나간 일일 뿐이다. 인간들이 낙엽을 밟고 지나가도 설움보다는 이골이 났지만, 그래도 서운한 것이 있다면 수십 년 고락을 같이한 분신이 덩그러니 가까이서 나뒹굴고 있는 일이다. 어쩌면 출가한 자식 같아 체념하기도 하고, 돌아서버린 연인 같아 가슴이 아리기도 했다. 그러나 가슴을 쥐어뜯는 쓰라림은 무엇보다 수십 년을 해로한 배우자와 헤어졌다는 생각이 들 때다.

이제는 다시 만나 뜨거운 포옹은 없을 것이다. 그쪽은 그쪽대로 이쪽은 이쪽대로 정해진 길을 가면 된다. 그들을 한 몸으로 이어줄 수 있을까 생각을 해보다가 그만두기로 했다. 꿈나라 거니는 그들이 깨어날까 보아서다. 꿈길에서 정답게 손잡고 하얀 머리칼을 휘날리며 낙원을 뛰놀고 있는 줄 모를 일이다.

나는 고목에서 눈길을 거두며 중얼거렸다.

'그래, 나이가 들면 욕심을 버려야 한다. 눈을 감는 것을 운명으로 받아들일 줄 알아야 한다'

누구에게나 밤은 온다. 하늘에서 구름이 일기도 하고 사라지기도 하듯이, 고목은 과거에도 쓰러졌고 앞으로도 쓰러질 것이다. 지금 쓰러진 저 고목도 그중 하나일 뿐이다.

산을 올라가는 발걸음이 가벼웠다.

'나는 저 고목 나이테를 어디쯤 돌고 있을까'

이현원

월간 『한국수필』 등단. E-mail : hwlee@kbs.co.kr

이비耳鼻에 관한 단상

임병식

사람이나 짐승을 막론하고 눈으로 보아 무섭거나 혐오스러운 것은 금방 알아낸다. 바라보는 순간 0.01초도 안 되어 눈에 들어온 영상이 대뇌에 전달되어 인식하기 때문이다. 그 외에 소리나 냄새로 인식하는 것은 눈으로 직접 보는 것이 아니니 순전히 후천적인 학습에 따른다. 만약에 그로 인한 것을 어디서 볼 수 있다면 그것은 철저한 학습 결과라고밖에 볼 수 없다.

그 좋은 예로서는 우선 두 가지가 생각난다. 그것은 각각 냄새로 인식하는 것과 말소리로 전해된 것이다. 먼저 냄새로는 '호분虎糞'의 위력이 아닐까 한다. 그리고 말소리로는 '에비야-'를 둘 수 있다.

먼저 호분 이야기이다. 언젠가 TV에서 본 것인데 어느 산골 마을은 동물원에서 호랑이 똥을 가져와 밭두렁에 뿌려두고 있었다. 어떻게나 멧돼지와 노루가 자주 출몰하여 농작물을 망쳐놓던지 골머리를 앓다가 착안한 것이었다. 밤잠을 자지 않고 저녁이면 소리 나는 기구를 동원하여 두들겨도 보았으나 허사였다.

낙심천만, 퇴치방법을 찾지 못하고 있는데 마을의 한 노인이 제안을 했다. 백수의 왕인 호랑이 똥을 구하여 한번 뿌려보면 어떻겠느냐는 것이었다. 제안이 받아들여져 그렇게 해보았다. 결과는 대만족이었다. 이후로 멧돼지는 물론 고라니도 얼씬하는 법이 없었다.

한반도에서 야생 호랑이가 사라진 지는 이미 50여 년 전이다. 6·25 종전 무렵

전남 영광 불갑사 부근에서 포수에 의해 사살된 것이 마지막으로 알려져 있다. 그렇다면 지금의 들짐승들은 보았을 리가 만무한데 어떻게 그런 일이 일어날 수 있을까. 지금의 짐승들 디엔에이DNA 속에 공포로 각인되어 있지 않고서는 어림도 없는 일이며 이해하기가 어렵다.

또 다른 예로 들고자 하는 말도 마찬가지다. '에비야'라는 말인데, 얼핏 들으면 아무렇지도 않은 말인 것 같다. 아니, 다른 민족이 들으면 그냥 평범한 말로 들을 것이다. 그러나 우리에게는 그렇지 않다. 공포의 말로 인식하고 느끼고 산다. 오죽하면 우는 아이를 달래거나 고집 피우는 걸 못하게 할 때면 '에비야-'라고 할 것인가.

이것은 알고 보면 슬픈 역사가 담겨져 있다. 400여 년 전 정유재란이 일어나면서 우리 백성들은 재침한 왜적으로부터 코와 귀를 도륙당했다. 풍신수길이 전과를 눈으로 확인하고자 지시한 것을 따른 만행이었다. 그는 구체적으로 방법까지 제시하며 소금에 절여 단지에 담아 보내라고 했다.

그래서 아비규환 속에 뱃성들의 코와 귀가 잘려나갔다. 반항하면 살륙하는 것도 서슴지 않았다. '에비야'는 바로 여기서 비롯된 것이다. 이 말은 귀와 코를 지칭하는 것으로 '에' 자는 귀 '이耳' 자가 세월이 지나다 보니 변용된 것이다.

대저 얼마나 치 떨리고 무서웠으면 그런 말이 오늘에 이르도록 퍼진 것일까. 그리고 챙얼대는 아이나 위험한 짓을 못하게 할 때면 무의식 중에 쓰는 것일까. 왜군은 정유재란을 일으키면서 이번에는 호남 곡창지대를 유린했다. 그 바람에 주로 피해는 남녘. 그중에서도 남원고이 많이 입었다.

왜적은 도공 납치도 노리는 한편, 백성들 코와 귀를 베기에 혈안이 되었다. 남녀노소를 가리지 않고 어린아이도 예외를 두지 않았다. 그 바람에 왜군이 들이닥친 고을에는 통곡 소리가 넘쳤다고 충무공 진주일기들은 참상을 상세히 전하고 있다.

이런 짓은 과연 무엇을 뜻하는가. 얼굴 훼손은 단순히 그것으로 그치지 않고 우리 민족의 정체성을 뭉개고 혼과 얼을 난도질을 했음이다. 이목구비가 무엇인가. 한 사람의 인격이면서 식별의 부위가 아니던가. 그렇다면 목숨 부지하며 산다한들 죽은 것이나 무엇이 다를 것인가.

우리의 아픔이 이러한데, 그들은 그것을 모아서 자랑스럽게 전승의 무덤을 조성해 놓고 있다. 교토를 비롯하여 여러 곳에 무덤을 조성해놓고는 이총耳塚라며 구경거리로 삼고 있다. 안내판에는 차마 자기들도 잔인하다 생각했는지 비총鼻塚이라고 써놓지 않고 가로를 하여 병기를 해놓고 있다.

코와 귀를 잃은 백성들은 그 흔적을 감추기 위해 안대처럼 헝겊으로 그 상처 부위를 평생 가리고 살았다고 하니 생각만 해도 피가 거꾸로 치솟아 오른다. 산천을 떠돌며 울며지샌 피울음소리는 얼마나 처연한 것이었으랴.

우리는 그 아픔을 잊지 못하는데 그들은 또다시 수백 년이 지난 뒤에 침략하여 고통을 주었다. 우리나라를 강제로 합방시킨 후 독립군의 목을 베고 그 시체 옆에서 웃으며 담배까지 꺼내 피우기까지 했다. 그리고 독립운동가들을 잡아들여 마루타로 생체실험을 감행했다. 생각하면 할수록 불편하기 짝이 없고 상종하기 어려운 그들이다.

새삼 '에비야'의 슬픈 유래를 떠올려 본다. 뼛속 깊이 새겨진 공포의 DNA를 떠올리지 않을 수 없다. 얼마나 그 말이 치를 떨게 만들었으면 왜란이 일어난 지 수백 년이 되도록 지금도 아이들의 울음을 뚝 그치게 만든 것일까.

생각하면 이 말은 잊어서도 아니 되고, 가슴속에 담아두고 새겨야 할 일이 아닌가 한다. 그나저나 기억의 대물림이 마음을 무겁고 슬프게 만든다.

임병식

1989년 월간『한국수필』등단. E-mail : rbs1144@hanmail.net

달라진 느낌, 진정한 사랑

정찬경

발이 떨어지지 않는다. 나도 모르게 자꾸만 비석을 어루만지고 있다. 거친 돌을 쓰다듬으며 그 위에 새겨진 이름을 조용히 되뇌어 본다. 1946~1981. 짧은 선과 같은 생존의 시간 기록을 계속 바라본다. 다른 무덤 앞의 비석과 달리 돌의 경계가 반듯하지 않고 불규칙한 선을 이룬다. 그 굴곡만큼이나 어머니의 생도, 남은 가족들의 삶도 일그러지고 평탄치 못했다.

늦여름, 비가 추적추적 내리고 있었다. 음습함이 가득했던 그 산의 한 비탈 위에 직사각형으로 깊이 파헤쳐진 흙더미 속으로 어머니를 보내드리던 날이 눈앞에 어른거렸다. 이 땅에서 마지막으로 내가 어머니께 드린 건 한 삽의 황토 흙이었다. 새벽에 내지른 외마디 비명 외에 작별인사 한마디 나누지 못한 채 그렇게 엉겁결에 헤어지고 말았다.

돌아올 수도 없는 엄마를 마음속에 아프게 품고 학창 시절을 보냈다. 못다 나눈 정을 홀로 삭여야 했다. 보고 싶은 모습이 아른거리면 가슴이 아렸다. 우수와 고독의 나날들이었다. 예상했던, 혹은 예상치 못했던 설움도 많았다. 어떤 의미 있는 일들을 겪고, 삶의 중대한 사건과 변화가 스쳐 가도 가슴의 한켠은 늘 비어 있었다. 존재의 쓸쓸함을 지워낼 수 없었다. 절절한 외로움과 그리움이 엄습하면 이곳의 어머니를 찾아오곤 했다. 아무 말이 없건만 마음의 위로를 받고 돌아오곤 했다.

어머니의 얼굴을 그려보았다. 뭔지 모를 그림자가 드리워진 듯했던 얼굴. 피로와 초조함이 느껴지던 모습. 내게 늘 다정하게 대해주던 어머니. 나 때문에 속상해하던 일들. 중요한 약속이 있는 날이면 옷장에서 아껴둔 흰 동그라미 무늬 갈색 원피스를 꺼내 입었다. 거울을 바라보며 화장을 하고 옷매무새를 고치던 모습이 눈에 선하다. 천사같이 착하고 아름다웠던 어머니. 부엌 뒤편의 볕이 드는 곳에 쪼그려 앉아 빨래판에 옷을 비비고 주무르며 우리 삼 남매와 정겨운 대화를 나누던 시간들이 떠올랐다. 찌개를 보글보글 끓이다 옆에 있는 나를 보며 사랑스러운 눈빛을 띠며 웃어주던 모습도 어른거렸다.

유난히 무더워서 길었던 여름밤이었다. 왜 잠을 자지 않고 부엌 뒤의 헛간 같은 곳을 얼쩡거렸던 걸까. 그곳에서 인기척과 물소리가 나서 빼꼼 문을 열어보았다. 엄마가 목욕을 하고 계셨는데 동네 아주머니가 뭔가를 도와주고 있었다. 엄마는 자신의 나신을 보고 있는 내게 무슨 말을 하려 했는데 끝내 아무 말도 하지 않고 살짝 웃어주기만 했다. 그 후 얼마 지나지 않아 의식을 잃은 엄마의 몸을 정신없이 주물러 드리던 기억과 이날의 기억은 묘하게 겹친다.

비석이 어머니의 몸이 아닐까 하는 뜬금없는 생각을 해보았다. 그래서 자꾸 그 돌을 쓰다듬고 안아주고 싶어졌다. 비석에 낀 먼지와 때를 손으로 닦아내며 어머니의 눈물과 설움을 닦아내주는 듯한 착각을 잠시 했다. 비석을 어머니의 분신이라 생각하며 그리움을 거기에 투영해본다. 애틋함과 서글픔이 그 돌에서 배어 나오는 듯하다. 그런데 그 비감함과 함께 묘한 따스함과 사랑의 감정이 가슴 속으로 흘러들었다. 땅속의 어머니가 내게 주시는 선물이었을까.

서른여섯의 분홍 꽃잎 같은 나이에 어머니는 세상과 이별했다. 자식 셋을 키우고 남편을 받들며 온전히 자신을 희생하면서 그렇게 착하게만 살다가 자기 몸에 병을 키우고 있는지도 몰랐다. 자꾸만 어지럽다고, 몸에 기운이 없다고 하는 말을 아무도 귀담아 들어주지 않았다. 머릿속의 혈관이 터져 생명을 잃기까지 미련스러울 정도로 남에게 주는 삶만을 살았던 어머니….

나는 지금 마흔여섯째 해를 살아가고 있다. 어머니보다 10년이나 더 이 세상에 존재하고 있다. 그 나이 또래의 여자를 가까이 대하는 일이 많다. 하루에 두세 번은 꼭 만난다. 진료실에서. 예전엔 원숙한 부인으로 보였다. 그런데 언제부터인지 느낌이 달라졌다. 그 나이는 물론 그보다 서너 살이 많은 여인도 젊고 싱그럽다. 저렇게 젊을 때 가셨구나 생각하면 가슴이 뭔가로 얻어맞은 듯 아프다. 그리고 그 떠나버린 젊은 여인이 한없이 불쌍하다.

어린 시절 어머니에 대한 그리움은 어찌 보면 자기 연민이었는지 모른다. 그런 그리움과 애틋하고도 울적한 감정들의 발산이 어머니에 대한 진정한 사랑의 표현이었을까. 고개를 저어 본다. 나의 고달픔과 설움에 대한 감상적 위안을 얻고 싶어 했던 건 아니었을까. 그러나 지금은 그저 그토록 억울하고 한스럽게 짧은 생을 마감한 어머니만을 오롯이 생각하고 있다. 난 그를 순전히 애통해하며 지순한 슬픔의 비에 촉촉이 젖어 있다. 이제야 난 진정으로 어머니를 사랑하고 있다.

젊고 청순했던 어머니의 모습을 가슴에 되담으며 무거워진 발길을 겨우 돌려세운다. 다른 무덤 사이의 풀섶과 잡목을 헤치며 올라가다 무언가 뒤에서 날 끄는 듯해 돌아본다. 이별을 서러워하는 한 여인의 애달픈 모습이 무덤가에 포개어지는 듯한 착시를 느낀다.

중년의 한 남자가 허리를 비스듬히 돌린 채로 35년 전 그 시간에 멈춰있는 그녀를 안타까이 바라보며 서 있다.

정찬경

월간『한국수필』등단. 부평밝은눈안과 원장. E-mail : oculajck@naver.com

낙엽이 된 오동잎새

채수원

한 달만 기다려달라는 나의 애원을 뒤로하고 민준은 떠났다.

온상에서 자란 나는 가난한 사람들에 대한 편견이 있었다. 어른들이 말하는 '게으른 사람들'이라고 생각했다. 하다못해 지게라도 지면, 또 가족이 함께 뛰면 가난이라는 것은 벗어날 수 있다고 믿었다. 주변에 가난한 사람이란 집 장만도 못 하여 전셋집을 전전하는 친척 정도였다.

70년대 초 교회에서 '소외된 사람들을 위한 봉사' 프로그램에 참가하며 편견은 엷어졌다. 가난이란 게을러서가 아니라 열심히 일해도 뛰어넘을 수 없는 사회 구조의 모순 때문이라는 것을 알았다. 다들 중진국 진입의 환한 미래를 노래했지만, 이를 위해 희생되어야 하는 더 많은 사람들이 존재함을 깨달았다. 내가 알던 사회란 너무 좁았다. 이제까지 내 배만 배부르면 다른 이들은 상관하지 않겠다는 이기적 사고였다. 대학생이라는 것만도 큰 혜택이라고 느껴야 했지만 그렇지 못했다. 나의 배부름은 더 많은 사람의 배고픔 속에서 생겨난다. 그제야 자신만을 위한 것이 아닌 사회에 필요한 일을 조금이라도 해야겠다는 생각이 들었다.

사회문제를 연구하는 동아리에 들어갔다. 전공인 공학과는 거리가 먼 경제나 사회를 공부하는 모임이다. 생소했지만 차츰 내 관심 밖에 있던 소외된 계층에서는 어떤 일이 벌어지는지 알아갔다. 단순한 이론에만 그치지 않고 직접 현장을 찾아다니며 몸으로 느끼는 기회도 가졌다. 판자촌 야학 개설도 도왔고, 농촌의 문제점 파악을 위한 농촌봉사에도 참여했다.

거기서 만난 친구가 바로 민준이다. 그의 전공도 경영이니 사회 쪽과는 좀 거리가 있었다. 하지만 정의감에 불타는 그는 나보다 더 깊이 사회문제에 빠져들었다. 학년이 올라가며 취직이라는 현실을 위해 관심이 적어지는 데 반해 그는 더 깊이 파고들었다. 약한 자를 위한 고귀한 삶은 이해 하지만, 하필이면 왜 내가 그 일을 해야 하는가라는 회의에 빠져 행동에는 소극적이었다. 사회문제란 나에게 한 번쯤 스쳐갈 만한 일이라는 가진 자의 사치한 생각에 지나지 않았기 때문이다.

내 밥줄이 문제이지 사회가 어떻게 돌아가든 무슨 상관이냐던 과거의 나로 돌아가 버렸다. 다른 직업인들처럼 출세에 목 매이는 인간으로 변했다. 회사를 위해서 사생활을 버리라는 상사의 말에 큰 의미가 있다고 생각했다. 오직 앞만 내다보며 일했다.

민준이도 대학을 졸업하고 취직을 했다. 나와는 달랐다. 직장생활을 하면서도 항상 소외된 사람들 편에서 도우려 애썼다. 언제부터인가 우리들 모임에도 나오지 않았다. 그는 퇴근 후 배관이나 보일러공이 되기 위한 훈련을 하고 있었다. 자격증만 따면 회사를 그만두고 위장 취업을 하겠다고도 했다. 민준이는 나도 자기와 같은 길로 가길 바랐을 거다. 하지만 나는 그런 고고한 이상은 가지지 못했다. 그것이 그와 함께할 수 없는 현실이었다.

어느 날 민준이를 만났다. 자기가 생각하는 바른길로 나가야 할 때가 되어, 다음 달부터 공단의 한 공장에서 배관공으로 일을 시작한다는 것이다. 지금부터 가는 길이 고난일지 모르지만 옳다고 믿는 길이니 후회는 않겠다고 했다. 혹시 자기로 인해 피해가 갈 수 있을지 모르니 이제부터 친구들과 연락을 끊는다고 말했다.

몇 년 후 공단의 파업 주도로 구속되었다는 기사를 읽었다. 민준이가 형무소에 들어간 후 그의 가족 생계가 어렵다는 소식을 들었다. 마음이 쓰렸다. 몇 푼 안 되는 돈을 그의 가족에게 전해달라고 했다. 내 이름은 밝히지 말라고 부탁한 것은 티를 내지 않고 싶어서 그런 것은 아니었다. 혹시 알려질 경우 나에게 돌아올 불이익이 두려운 비겁한 마음에서였다. 그 후 민준이는 몇 차례 더 형무소에 갔다.

세월이 흘러 문민정부가 들어섰다. 나는 그가 정치계로 나갈 것이라고 생각했다. 그의 동지들이 다 그 길을 걷기 때문이다. 하지만 민준이는 '자기가 한국에서 할 일은 여기까지'라며 가족을 이끌고 중국으로 가 버렸다. 늦었지만 회사에 들어가 자기 전공인 경영학을 활용해 보겠다면서.

십 년이 지나갔다. 민준이가 중국에서 성공적인 경영인으로 변신했다는 소식을 들었다. 한 회사를 맡아 건실한 기업으로 성장시켰다고 했다. 또 십 년이 지나갔다. 이번에는 암으로 귀국해 요양 중이라는 소식을 들었다. 암 말기라는 것이다. 그때 나는 외국에 있었다. 그에게 전화했다.

"인마, 한 달만 기다려 너 만나서 소주라도 한잔 해야지?"

그게 마지막이었다. 내가 귀국하기 전에 민준이가 세상을 떠났다는 이메일을 받았다. '빌어먹을 자식! 기다리겠다고 하구선.'

그의 무덤 앞에 섰다. 소주를 비석에 뿌리며 그 녀석이 즐겨 부르던 노래를 불러본다.

'오동잎새 떨어징께, 가을이 왔으라우
봄 가고 여름 가고 가을이 와요
한번 떠난 우리 님은 소식 한 장 없으라우.
아! 이 긴긴밤을 나 혼자 지낸당께롱'

채수원

『현대수필』 2015년 여름호 등단. E-mail : schae@dreamwiz.com

어그러진 순서

최계량

여보세요!

“거기 K 씨 댁 아입니꺼?”

“난 아무것도 모리요, 난 아무것도 모리요.” (딸깍)

전화기 내려놓는 소리가 들린다. 이쪽에서 하는 소리를 전혀 듣지 못하는가보다. 내 어머니는 실망한 표정으로 전화기를 내려놓는다.

“할마씨가 귀가 안 들리는지 모른다는 소리만 하고 끊어버린다. 하긴 나도 잘 안 들리는데 93세나 되었으니 안 들릴 때도 됐지.”

얼마 전 아들을 먼저 보낸 그 할머니의 안부가 궁금하다면서 전화를 했다가 서로 인사도 못 한 채 수화기를 내려야 하는 엄마의 얼굴엔 서운함이 가득하다.

전화를 받은 어른의 아들인 K는 60대 중반의 나이인데도 요즘 젊은이들만큼 신장이 훤칠했고, 인상이 서글서글해서 보는 사람들에게는 호남형으로 비쳐졌으며, 고생 별로 하지 않고 자랐을 것 같은 분위기를 느끼게 하는 분이다. 그는 시골에서 그 지역의 특작물인 과수 재배를 주로 하여 연간 수입도 웬만한 월급쟁이 저리 가라 할 정도다.

그렇게 번듯한 양옥집에서 남부러울 것 없이 살고 있던 그 K가 3년 전 위암에 걸려 서울 큰 병원에서 수술을 받고 점차 회복되어가고 있다는 소식을 들었다. 병을 얻은 후 K 씨는 농사를 지을 여력이 없어지게 되었고, 목숨처럼 지키고 일하던 농토를 대충 정리한 뒤, 그의 아내와 병에 좋다는 좋은 음식 찾아다니며 여행을 다닌다고 했다. 그런데 얼마 전 갑자기 K가 세상을 등졌다는 부고를 받았다.

요즘 평균수명이 80세를 넘어섰다는데 그분은 청년의 나이라고도 할 수 있는 60여 세의 나이로 저승의 문을 향해 떠나버린 것이다. 그런데 아직 듣는 힘만 좀 사그라들었을 뿐 건강해 보이는 K의 모친은 아흔하고도 세 살이다. 자식에 대한 어머니의 감정은 나이와 상관없을 것인데, 지난 세월 그 모진 풍파를 함께 하며 살았던, 남편 대신이었고 든든한 가장이었던 아들을 잃은 어머니의 아픈 가슴은 누가 쓸어내려 주라고 이다지도 빨리 땅 밟던 발걸음 총총 거두고 훌훌 날아 가버린 것일까? 자식을 앞세웠다는 상황은 옛 어른들에게 있어서 큰 죄인이 되는 느낌을 떨쳐버릴 수가 없는 일이다. 그 이유에 대해 우연히 어르신들 몇 명이 나누는 이야기를 들은 적이 있다. 자식을 일찍 보내는 노인들은 그 자식의 명까지 더해서 오래 사는 것이니 얼마나 욕된 일이냐는 내용이었다.

지하철을 타고 다니다 보면 역에 걸려있는 액자 속의 글을 자주 보게 된다. 종종 글의 내용이 바뀌다 보니 칠팔 분의 시간을 때우기에 그만한 즐거움도 없다. 그 액자에는 좋은 글들이 많이 있다. 그중에 한참이 지난 지금에도 잊히지 않고 다른 이에게 가끔 전하기도 하는 내용이 하나 있다.

귀한 손자의 돌잔치에 스님을 초청하여 축복의 말씀을 해달라고 하는 주인에게 그 스님은

"할아버지가 죽고, 아버지가 죽고, 손자가 죽는다"라는 말을 해주었다고 하는 것이다. 좋은 날에 죽는 이야기를 한다고 기분이 잠시 상했지만 떠나고 난 뒤 주인은 큰 깨달음이 있었다. 순서대로 왔으면 순서대로 가는 것이 가장 자연스러운 일이 아니겠는가? 그런데 그 아흔이 넘은 어머니는 자식을 먼저 가슴에 묻어야 했으니 안타까운 일이 아닐 수 없다.

내 부모님이 그 동네에 사실 때 인연이 된 분이라 어머니께 그분이 세상 떠났다는 소식을 전했다. 어머니는 혀를 끌끌끌 차시며 눈물을 글썽거리시더니, "아직은 그분의 모친이 살아 있을텐데 어쩔까나?"

그 말씀을 끝내시더니 그분의 모친을 통해 들은 그분의 파란만장한 인생사를 들려주신다.

K는 8살에 부친이 돌아가셨다. 당시는 모든 사람들이 먹고 살기 힘든 그런 시기라 하루 세끼는 고사하고 한끼도 제대로 배불리 먹을 수 없던 시절이었다. 땅을 가진 사람은 그나마 때를 찾아 먹을 수 있었을까, 농사지을 땅조차 없는 사람들은 굶는 일이 먹는 일보다 더 쉬웠다. 게다가 그에게는 동생이 3명이나 있어서 다섯 명의 가족이 살아가기에 세상은 너무나 힘든 일이었다. K의 어머니는 남의 집 품을 팔며 별의별 힘든 일을 다 했지만 먹고 사는 일은 아득하기만 했다. 그때부터 K는 학교에 다닌다는 생각은 꿈도 못 꾸고 세 동생을 돌봐야 하는 가장 역할을 시작했다. 지게를 지고 산에 가서 나무를 해야 했고, 먹고 사는데 보탬이 될만한 일이라면 무엇이든지 가리지 않고 해야만 했다. 그러던 어느 날, 그의 나이 13세가 되었을 때에 마을의 한 친척이 밭을 빌려 줄 터이니 농사를 지어보라는 말을 듣게 되었다. 그 소리에 K는 얼마나 좋았던지 그날 밤 한숨도 자지 못했다. K는 먼동이 트기도 전 캄캄한 어둠을 뚫고 자신의 몸보다 훨씬 더 큰 바지게를 얹은 지게를 세웠다. 헛간에 있던 거름을 밭으로 져 나르며 농사지을 꿈에 콧노래가 절로 나왔다. 그러나 그 달콤하고 행복한 꿈은 얼마 가지 못하고 뙤약볕 속의 얼음처럼 순식간에 녹아 사라져버렸다. 앞뒤 정황은 전혀 배려하지 못하는 이익의 단순한 논리에 K의 희망을 잉태하고 키워주려고 준비하던 그 밭은 다른 새 주인에게 넘어가 버리게 된 것이다. K는 곡기를 끊고 밖으로 나오지 않았다. 그가 마시고 있던 방 안의 공기만이 한 맺힌 괴성이 되어 밖으로 나올 뿐이었다. 이틀이 지나자 굳게 닫혀있던 문이 열리고 푸석푸석 부은 듯한 눈자위와 소금기

로 줄을 그은 듯한 얼굴을 한 K가 나왔다. 아무 말 없이 그는 결연한 얼굴로 결심한 듯 지게를 지고 밭으로 갔다. 잠시 세 동생과 어머니, 다섯 식구가 배부르게는 아니지만 웃으며 밥을 먹는 꿈을 꾸었는데, 허무하게 물거품처럼 사라져 버렸으니, K에게는 딱히 다른 선택의 조건 같은 것은 남아 있지 않았다. 그는 소나기처럼 흘러내리는 눈물을 두 손으로 훔쳐 공중으로 치켜 올렸다 그리고는 힘들여 옮겨 놓은 거름을 다시 쇠스랑으로 바지게에 퍼담았다. 그리고 그 거름을 하나도 남김없이 도랑에 내다 버렸다. 나이로 보면 초등학교 6학년, 아버지가 일찍 떠나버리고 가장이란 이름을 어깨에 짊어졌던 K의 울분이 그 거름과 섞여 도랑에 조금이나마 버려졌을까? 그 속에는 그의 꿈도 함께 버려졌으리라.

이야기를 듣던 나도 가슴 서늘한 슬픔이 온몸을 타고 실핏줄까지 흐른다.

한 번은 이런 일도 있었단다.

K의 어머니가 방바닥을 지고 한 달 이상을 누워 있었다. 한마을에 사는 친척 한 분이 답답하고 안타까워 용하다는 무당한테 물어보았는데, 세상 떠난 그의 아버지가 저승에서 배가 고파서 찾아와 먹을 것을 달라고 그런다고 하니, 음식을 장만해서 그분을 대접해야 한다고 했다. K는 자리를 박차고 일어나 괭이와 성냥을 들고 아버지의 무덤으로 가서, 괭이로 땅을 쾅쾅 두드리며, 다섯 식구 남겨두고 혼자 가버리더니, 도대체 뭘 해주고 남겨준 게 있다고 밥도 못 먹고 사는 우리를 괴롭히느냐고 울부짖으며 성냥불을 그었다.

어머니의 눈자위가 붉어지면서 소리가 끊어졌다.

K는 떠났다.

그가 60년 이상 가슴과 머리에 넣고 살았던 '고통', '슬픔', '분노'는 어디로 보냈을까? 늘 그를 옭죄었던 '가장'이란 단어는 또 어디다 두고 갔을까? 열세 살 나이에 바지게에 퍼담았던 그 수많은 아픔의 단어들, 보이지 않는 아버지를 향해 항의하던 그의 힘은 가족에게 쏠려 있던 소년가장의 책임이었을 것이다.

K가 떠난 그 집에는 고부만 남았다. 가끔은 볼 수 있는 장면이지만 중간에 있는 사람이 없다. 인간에게 내린 최대의 축복이 '망각'이라고 하더니만 그 말은 진실이 된 듯, 고부는 겸상을 하고 식사를 하며 가끔은 웃기도 한다. 고통과 배고픔의 세월은 가고 마음껏 먹으며 누릴 수 있는 시간을 버리고 떠난 K는 순서를 거슬러 모친의 가슴으로 들어갔다.

대부분의 사람들은 순서의 축복을 누린다. 그러나 자연스럽지 못한 불행은 어그러진 차례를 만들어내고 그 가운데서 숨쉬기조차 힘든 가슴의 통증을 느끼는 죄인 아닌 죄인을 만들어낸다.

5년 전 떠나가신 아버지가 오늘 더욱더 보고 싶다. '아버지'란 말만 입에 담아도 눈물이 솟구치는 나는 핸들을 잡고 '아버지 보고 싶어요'를 계속 외치며 간다.

최계량

2012년 월간『한국수필』등단. E-mail : xidada@naver.com

사모곡

한용석

마흔이 넘어서 아이를 낳았다. 아이가 태어나던 그때의 시골 농촌은 우유는 구경조차 못 해본 시절이라 어머니는 젖이 나오지 않아 같은 달에 태어난 이웃 아이 어머니에게 동냥젖을 얻어 먹여가며 근근이 키웠다. 젖마저 변변히 먹지 못한 아이는 또래보다 몸이 작은 약골 소년이 되었다. 그래서 초, 중학생 때는 키가 작아 항상 맨 앞자리가 지정석이었다. 그 약골 아이가 지금 일흔이 넘은 노인이 되어 이제야 꿈에서도 잊지 못하던 어머니에 대한 그리움의 사모곡을 부른다.

어머니가 중풍으로 변을 당하신 그해 겨울은 어느 해보다 추웠다. 이른 아침 뒷간에 갔다 나오시면서 쓰러져서 아버지가 급히 방으로 옮겼다고 한다. 시골 농촌은 변소가 바깥에 있어 문도 없이 사방이 뚫려 있고 변이 훤히 들여다보이는 통 위에 넓적한 큰 돌 두 개를 걸쳐 놓은 게 전부여서 겨울에는 추위 때문에 엉덩이가 시릴 정도였다. 그곳에서 볼일을 보신 어머니가 나오시다가 중풍으로 쓰러지신 것이다.

내가 그 청천벽력 같은 소식을 들은 것은 중학교 3학년 졸업식이 며칠 남지 않은 날 상주읍내 자취방의 주인아주머니로부터였다. 나는 눈앞이 캄캄해 지면서 그저 고향집에 빨리 가야겠다는 생각밖에는 다른 생각을 할 수 없었다. 늦은 오후라 하루에 두세 차례밖에 다니지 않는 버스는 끊긴 지가 오래여서 고향집까지 매서운 추위에 꽁꽁 언 신작로 사 십리 길을 거의 뛰다시피 하여 깜깜한 밤에 집에 도착했다. 안방 문을 여니 어머니가 미동도 않은 채 눈을 뜨고 천장만 응시하고 계셨다. 그때까지만 해도 어머니가 정신이 온전한 거로만 생각하고 마음이 놓여 어머니를 힘차게 불러보았으나 아무런 반응이 없다. 그제야 어머니가 눈을 뜨고 숨만 쉬고 있을 뿐이라는 사실을 알게 되었다. 처음에는 이런 믿을 수 없는 어머니의 모습에 그저 하염없이 눈물만 쏟아냈다.

우리 집은 방천에 서면 낙동강이 보이는 시골 마을로 대대로 농사를 지어온 전형적인 농촌 마을이었다. 그래도 우리는 머슴을 둘 정도여서 아주 가난한 집안은 아니었다. 그러나 어머니는 평생 시어머니인 할머니와 대식구인 가족을 위해 육십이 되도록 정지(부엌)에서 허리를 펼 날이 없이 밥을 해댔고 그 많은 농사일을 아버지와 함께 도맡아 놓고 했다. 또 할머니가 시집살이를 아주 심하게 시키고 구박을 하면서 친정에도 가지 못하게 하여 우린 이종사촌들과는 교류가 거의 없었고 외가에도 간 적이 몇 번 되지 않았다. 어린 나는 그런 할머니가 얼마나 미웠는지 모른다.

나는 이남 삼녀 중 막내로 태어나 바로 위 형 보다 여섯 살이나 적은 쫑말이로 가족들에게 사랑을 독차지하며 자랐다. 특히 어머니께서 당신이 마흔 넘어 낳은 나를 말로 표현할 수 없을 정도로 금지옥엽 예뻐해 주셨다. 어머니는 어딜 가나 내 이름이 용석인데 부르는 것이 편해서 그런지 '우리 용식이, 우리 용식이'하며 조선 천지에 없다면서 먹을 것이라도 있으면 제일 먼저 챙겼으며 겨울밤에 내가 사랑방 호롱 불 밑에서 공부를 하고 있으면 숨겨 놓았던 홍시를 몰래 주면서 젖동냥으로 몸이 약한 자식의 건강을 위해서 일찍 자라는 당부를 잊지 않고 하셨다.

이런 어머니가 지금 내 앞에서 말 한마디도 눈동자도 움직이지 못한 채 누워 계신다.

우연이라고 해야 되나 내가 눈높이를 높게 잡아서인지 서울 소재 고교입시에 낙방을 하여 재수를 할 처지에 놓여 있었다. 지금 생각하면 어쩌면 하느님이 어머니를 마지막까지 보살피라는 소중한 기회를 준 게 아닌가 생각된다.

이렇게 하여 언제 끝날지도 모르는 어머니의 병수발이 시작되었다.

그 시절 면 단위의 농촌에는 병원이 없고 작은 약방만 있었던 시절이라 병원에 갈려면 상주읍내 까지 가야 하기 때문에 병원에 갈 생각은 엄두도 못 내고 민간요법으로 중풍에는 오리 국물이 좋다고 하여 아버지가 구해 오신 오리를 푹 고아서 하얀 국물만 숟가락으로 떠먹이면 어머니는 한두 모금씩 억지로 넘기시는데 반은 입가로 흘렸다. 국물을 먹일 때마다 쌍꺼풀에 선한 큰 눈으로 나에게 무슨 말을 하고 싶어 하시는 어머니의 눈빛을 읽을 수 있었다. 나는 그때까지만 해도 만병통치로만 여겼던 오리 국물이 어머니가 나아질 수 있으리라고 믿었던 그런 철없는 나이였다. 하루에도 몇 번씩 대소변으로 젖은 기저귀를 갈기 위해 원래 깡마른 체구인 어머니의 고목 같은 몸을 이리저리 뒤척이며 원래의 모습으로 돌아오기를 마음속으로 간절히 빌며 얼마나 울었는지 모른다.

그러기를 몇 달째 무덥던 여름이 끝나고 추석을 보름 정도 앞둔 어느 날 오리 국물마저 한 모금도 넘기지 못하시던 어머니는 그렇게 끔찍이 좋아했던 용식이를 남겨 두고 다시는 돌아올 수 없는 하늘나라로 먼 길을 떠나셨다. 어머니가 이 생을 영원히 하직하고 고택으로 떠나시던 날 나는 평생 흘릴 눈물을 그때 다 쏟아 낸 것 같다. 고택에 어머니를 홀로 두고 돌아오는 길이 왜 그리 멀고도 힘이 들었는지….

어머니를 그렇게 허망하게 보내고 소년은 날마다 어머니의 고택을 하루도 빠짐없이 다녀오면서 몇 날을 하얀 밤으로 지새웠는지 지금까지도 그 장면은 영화 필름처럼 생생하게 떠오르곤 한다. 죽음은 곧 영원한 이별을 뜻한다는 것을 확실하게 깨닫지 못한 나이에 어머니가 계시지 않는 세상은 생각조차 할 수 없었기 때문에 그 충격은 이루 다 말로 다 표현할 수 없었다. 더구나 사춘기에 접어들어 어머니의 죽음은 혼자 참고 견디기에는 너무나 가혹한 고통스러운 나날의 연속이었는데 왜 나에게만 이런 감내할 수 없는 아픔과 시련을 주는지 세상을 원망하고 또 원망하였다.

덧없는 세월은 흘러 장성한 자식은 사는 것이 바쁘다는 핑계 삼아 그동안 일 년에 한 번 추석 명절에 어머니 산소에 가서 잠깐 절만 하고 오는 못난 자식, 나이 일흔이 넘어서 지금에야 사무치는 그리움으로 회한을 곱씹는 이 불효 자식을 꾸짖어 주세요. 나중에 저승에서 어머니를 뵈면 살아생전에 저에게 주신 한없는 사랑에 감사하고 고맙다는 말 꼭 드리고 자식 된 도리를 다하지 못한 데 대하여 용서를 구하고 싶습니다.

"어머니 사랑합니다. 사랑합니다. 아주 많이 사랑합니다!"

한용석

2015년 월간 『한국수필』 등단. E-mail : shhys@naver.com

동네아이들이 울리고 웃게하던 날

함정은

신데렐라는 어려서 부모님을 잃고요 샤바샤바아이샤바 아이들이 삼겹살집 홀 앞에서 노래를 한다. 둘 셋 모여들더니 노랫소리는 점점 더 커져간다. 친정어머님의 세 번째 기일을 얼마 앞두고 마음이 울적하던 때이다. 아이들의 노래가 가슴으로 울게 한다. 한순간 사라진 어머니는 영영 볼 수도 목소리도 들을 수가 없다. 한 줌의 재로 남겨져서 고향 선산 납골묘에 모셔졌다.

몇 달 전 고인이 되신 어머니가 꿈속에 어릴 적 고향집 앞 감자밭에서 감자를 캐고 계셨다. 그런데 모습이 어찌나 우스웠던지. 선글라스를 낀 채 웃는 모습으로 동글동글한 감자를 캐며 즐거워하고 계셨다. 꿈이었지만 현실처럼 또렷해서 꿈꾸면서 웃었던 것 같다. 그 후론 어머니 생각 날 때면 슬퍼지다가도 꿈속 모습 덕분에 슬픔이 조금은 가시는 듯하다. 꿈속 모습에선 그만 슬퍼하라고 하시는 것 같았다.

어느 작가의 표현대로 죽은 사람이 뼛속 깊이 사무칠 때 산 사람보다 더 생생하게 살아있다는 말을 실감한다. 옆 테이블에서 아이들의 부모인 듯한 사람들이 그만해 하고 소리를 지른 후에야 노래는 멈추었다.

좋아하던 삼겹살엔 더 이상 젓가락질이 가질 않고 침묵만 흐를 뿐이었다. 개인마다 슬픔과 아픔을 이겨내는 방법은 다를 것이다. 내 경우엔 가슴속의 울림을 글로 마음껏 표현하고, 그리고 민화를 그리기 시작했다. 모란도를 완성하는 과정에서 선이 그려지고 꽃잎 하나하나가 덧칠해지면서 향기가 나는 듯하고, 그림이 완성되었을 때의 성취감은 새로웠다. 잠자던 감성을 깨워 주고 마음의 여유로움과 풍요로움이 생겨났다.

어느 날 고향 선배가 땅을 사서 집을 지을 것이라고 한다. 이유는 늙으신 부모님이 죽을 날만 기다리고 있는 것 같아서라고. 그 후로 집을 짓고 부모님을 모셔 텃밭도 가꾸시게 하니 전보다 더 건강하시고, 생기를 찾으셨다고 한다. 못난 나는 부모님을 모시고 싶어도 안 계신다. 뒤늦은 후회가 밀려온다. 사람은 어디서 와서 화살같이 빠른 세상을 살다가 어디로 가는 것인지? 한순간 사라져 감에 허망함을 느낀다.

'둥근 해가 떴습니다 자리에서 일어나서 제일 먼저 이를 닦자 윗니 아래 이 닦자~.' 집으로 가는 중에 저만치에서 아빠인 듯한 어른의 손을 잡은 어린아이가 노래한다. 슬프던 마음이 스르르 녹아내린다. 귀여운 모습과 노랫말에 웃음이 번져간다.

화살 같이 빠른 세상 웃으면서 열심히 살라고 한다. 아이는 어른의 아버지라고 흔히 말하던 글귀가 떠오른다. 동네 아이들의 노래로 울고 웃었던 하루는 참 많은 걸 느끼게 해주었다. 요즘 들어서 가끔 산길을 걷노라면 여기저기서 톡 톡 톡 도토리나 밤 떨어지는 소리가 들린다. 발치에 도토리가 톡 소리를 내면서 존재를 알린다. 손바닥에 올려놓고 유심히 내려다본다. 동글동글 잘도 영글었다. 지난날을 속삭이며 가을을 알린다.

도토리가 발길에 차일세라 저 멀리 숲 속으로 힘껏 던져 준다.

함정은

2014년 7월 『한국수필』 등단. E-mail : 777duddnjsgl@daum.net

업경業鏡

허 석

상두꾼 선소리가 처연하게 들려온다. 요령을 칠 때마다 장강채 위의 종이꽃들이 몌별을 몸짓하듯 하얗게 나부낀다. 젊은이가 없어 또래 노인들이 대신한 상여꾼들의 만가는 삶과 죽음의 마지막 인사를 대신하듯 더없이 구슬프다. 몇 개의 만장들이 흐느적거리고 식구들의 허물어진 곡소리가 후렴처럼 뒤따른다. 하늘 가는 길에 아버지는 꽃상여를 원했다. 이승에 외로움이 많았던 인연이어서 작고 소박한 상여라도 답청하듯 위로받고 싶다고 했다.

어렸을 때는 상여를 보는 것이 무서운 일이었다. 해가 훤한데도 그곳은 어둡고 시커멓게 보였고 여름 더위에도 춥고 차갑게만 느껴졌다. 끈적대는 습기가 뒷덜미를 당기거나 검은 상복들이 빚어내는 죽음의 그림자들이 발목을 붙잡을 것 같았다. 아마도 죽음이란 상상이 두려웠을 것이다. 가깝거나 정들었던 사람이 떠나고 난 뒤부터 비로소 그런 구애한 기운에서 벗어날 수 있었다.

아버지의 임종 시, 붙잡고 있는 손의 온기가 썰물처럼 빠져나가면서 '이것이 죽음이구나.' 하고 직감할 수 있었다. 추상도, 사변도 아니었다. 죽음이라는 누군가의 존재가 이 공간에 버티고 있어서 대항할 수 없는 무력감과 불가항력의 위압감이 엄습해왔다. 하지만 그것은 살아있는 자의 두려움일 뿐이지 정작 죽음을 맞이하는 망자는 편안히 잠든 모습이었다. 다만 깨어나지 않는 잠이고 되돌아올 수 없는 강이었다.

갑자기 찾아온 죽음의 통고에 아버지의 마지막 눈길은 무척 허망한 표정이었다. 죽음의 순간까지 삶에의 미련을 버릴 수 없는 것이 인간이다. 슬프고 괴롭더라도 살아있다는 사실이 좋고, 돈이며 지위며 명예며 다 버리고도 조금 더 살고 싶은 욕심이 인간의 본능이다. 유현幽顯의 경계선에서 두려워하지 않을 자 없을 것 같다. 어쩌면 삶에 대한 애착보다 죽음 뒤의 허무가 싫었던 것은 아닐까.

네 살배기 손녀는 아픔과 슬픔은 알아도 죽음에 대해서는 아직 모른다. 삶의 무상을 눈치채면 그것도 알게 될까. 존재한다는 것은 한시적인 현상이다. 탄생은 필연이지만 죽음은 선택인 것처럼 흔히들 간과한다. 오늘이 아니라 먼 훗날의 일이라고, 나와는 상관없는 일이라고 태연히 믿는다. 하지만 연기緣起처럼, 삶이 당연한 것이라면 죽음도 자연스러운 일임을 받아들여야 한다.

어느 절이었다. 박물관에 업경대業鏡臺가 전시되어 있었다. 꼬리를 치켜든 사자상 위에 황색의 둥근 거울이 있고 그 가장자리에 붉은 화염이 불타오르는 문양을 투각장식으로 표현한 조각품이었다. 업경대에 따라 새, 개구리, 만명, 연꽃, 소 등을 묘사하기도 하는데 죽은 사람의 업을 보여주는 의미라고 한다. 죽은 후 삼십오 일째 염라대왕의 심판, 명부冥府의 죄업을 비춰본다는 이 거울은 망자의 선악을 심판하는 불교의 법구이다.

신자도 납자도 아니면서 가끔 사찰을 찾는다. 인간의 마음은 자신이 만들어내는 데 따라 괴로움도 되고 슬픔도 된다지만 하심이니 방하니 해도 원망과 집착하는 마음을 내려놓기가 쉽지가 않다. 신처럼 완벽하지도 않지만 자연처럼 무심하지도 못해서 그저 유리처럼 깨지기 쉬운 것이 인간의 나약함이고 약점이다. 시시때때로 출렁이고 쏟아지고, 뜨겁게 끓어올랐다 차갑게 얼어버리기도 하는 마음이 곧잘 육번뇌六煩惱의 구렁텅이에 빠져들게 한다. 법당을 들랑거리는 승려나 불자들은 무엇을 기도하고 간구하는지, 생사의 이치라도 깨달은 듯 눈빛이 순하고 간이簡易하다. 그들을 바라보는 것만으로도 무언가 위로를 받고 있다는 느낌이다.

죽음의 순간이 오면 그때서야 삶이 명징하게 다가온다고 한다. 얼마나 각다분하고 바장이는 날들이었는지, 무엇 때문에 거미치밀어 웅어리진 마음으로 살아왔는지 후회가 앞선다. 왜 지나온 날들에 더 많이 행복하고 기뻐하며 살지 못했든가. 왜 마땅히 해야 할 일은 뒤로 미루면서 하고 싶은 일에만 목매달았던가. 왜 주어진 것에 대한 감사보다는 갖지 못한 것에 대한 결핍감으로 괴로워했던가. 왜 내 곁에 있는 소중한 것을 발견하지 못하고 손에 잡히지도 않는 먼 곳의 무지개에 현혹되어 살았던가.

아버지의 기제사 때였다. 제를 지내고 음복을 하려는데 제상 아래 어머니가 몰래 넣어둔 쟁반 하나가 놓여있었다. 거기에 뜻밖에도 하얀 쌀이 편편하게 깔려있었다. 무속이긴 하지만 아버지의 환생된 형상이 무엇인지 궁금했었나 보았다. 자식 된 도리로서야 부디 선업을 받아 인도 환생하기를 바랄 뿐이지만 주술 같은 어머니의 행동에 실없다는 듯 속으로 웃고 말았다.

업경대가 꼭 저승에 있는 거울을 뜻하는 것만은 아닐 것이다. 회개하고 참회하며 현존의 삶을 바른길로 다듬어가라는 의미일 게다. 겉모습도 어려운데 자기 자신의 속을 정확하게 보기란 쉬운 일이 아니다. 다른 사람은 생긴 그대로, 방향도 정확하게 보는데 정작 '나'라는 존재는 일생동안 제 모습조차 스스로 보지 못하며 살 수도 있다. 죽음이 인생의 끝이 아니라 삶의 완성이 되기 위해서는 부끄러움 없는 양심과 겸손만이 제대로 자신을 볼 수 있는 방법일 것이다.

나는 어떤 모습일까. 전생이 의심나면 현생을 보고 내생이 궁금하면 지금 나의 행적을 돌아보라고 하지 않았던가. 헛된 명성에 눈멀고 내 능력 밖의 일 때문에 부대끼지나 않았는지, 다칠세라 손해 볼세라 전전긍긍은 하지 않았는지, 이웃에게 무심코 갖게 된 오해나 편견들은 없었는지, 나 스스로에게는 관대하였어도 다른 이에게는 냉정하고 단호한 적은 없었는지 한 번쯤 되돌아보아야겠다.

아둔한 중생이야 알게 모르게 많은 악업을 저지르며 사는지도 모르는 일이다.

잘 살아왔을까. 지금 잘 살고 있는 것일까. 앞으로 어떻게 살아야 잘 사는 것일까. 삶 그 후를 지금 삶에 넣어보면 훨씬 삶의 폭이 넓어질 것 같다.

허 석

2000년 『뉴욕문학』 등단. E-mail : sukhur99@naver.com

선택의 기로에 서면

허숙영

중환자실 한 켠, 한 뼘 침대에 아버지가 누워계신다. 평생 남에게 싫은 소리 한마디 하지 않고 이야기에 귀 기울여 주시더니 목숨까지도 자식들에게 맡겨버렸다. 짚불처럼 사위어 가는 아버지를 두고 우리에게 선택을 하라고 한다.

'생명 연장 장치를 할거냐 말거냐'를 한시가 급하니 당장 결정하라고 한다. 그것은 입으로 호스를 넣고 인위적으로 산소를 들이붓는 것이라고 한다. 옆자리를 둘러보니 양손을 침대 가장자리에 묶어놓아 몸부림을 쳐보려고 해도 꼼짝을 못하게 해 죽은 듯이 누워있는 사람이 대부분이다. 행여 무의식중에 손이 그곳으로 가서 호스를 빼버리는 날에는 그대로 숨이 멈추기 때문이라고 한다.

간호사는 그분들의 코에 연결된 호스로 미음 몇 술을 떠 넣는다. 미음이 넘어갈 때마다 고통으로 일그러지는 얼굴은 바라보기만 하여도 진저리가 쳐진다. 소생 가능성이 있다면 그 고통 속에서라도 참아내야 하겠지만 몇 달 더 연장하기 위해서라면 차라리 거두는 것이 나을 듯하다. 대답조차 할 수 없는 상황에서 아픈 이들은 편안하게 가족들과 하직인사를 할 선택권조차 없다. 자식들의 애타는 심정에다 "죽일래 살릴래." 하고 있으니 야박하다 못해 잔인하다. 아버지의 선택은 분명하다. 집에서 최후를 보내고 싶다던 아버지는 누구라도 눈길이 마주치면 집에 가자고 간절한 눈빛으로 애원을 한다. 하지만 산소 호흡기만 제거하면 어떻게 될지 모르는데 누가 감히 나서서 아버지의 죽음을 선택할 것인가. 이러지도 저러지도 못하고 서로 눈길을 피한다. 이럴 때의 선택은 아무도 모르는 누군가가 대신해 주면 좋을 것 같다.

아버지에게는 이미 저 세상에서 마중을 나온 사람이 도착한 듯하다. 저기 앉아 계시는 손님 대접 좀 잘하라고 중얼거린다. 그러다가도 과거의 어느 지점을 헤매는지 달래는 소리도 내보고 빙그레 웃음을 짓기도 한다. 무의식 속에서도 형제끼리 잘 지내라며 알아들을 수도 없는 말로 웅얼거리기도 한다. 이런 모습을 보고 있자니 이제는 특별한 선택이 필요 없다는 것을 알았다.

모두들 잠시 눈을 붙이러 간 새벽녘 나는 아버지의 차가워져 가는 손을 꼭 잡았다. 그리고 아버지의 귀에다 대고 "남은 우리들 서로 위해주며 잘 살 테니 염려 말고 이제 편히 쉬시라."고 했다. 아버지가 나의 말을 그대로 받아들인 걸까. 그때부터 아버지의 살아있음을 보여주던 전광판의 모든 숫자들이 급격히 떨어져갔다. 폐가 줄어 숨을 쉬기조차 고통스러워하는 아버지를 보기가 안타까워서 했던 말인데 순하게 받아들이다니. 내가 간절히 다시 일어나 주기를 소망한다면 벌떡 일어날지도 모르는 데 말이다. 더럭 겁이 났다. 나는 형제들을 급히 불러 모았다. 힘들어하지 말라는 어머니의 간곡한 기원이 이어졌고, 아버지는 힘겨웠던 지난 세월과 헐떡이던 숨소리를 조용히 내려놓으셨다. 더는 자식들에게 부담을 주지 않으려 한 선택이었지 싶다.

과묵하신 아버지는 우리에게 살갑게 대하지는 않았다. 내 기억으로는 한 번도 꾸중을 하거나 회초리도 든 적이 없었다. 하지만 바른 모습만 보이려는 당신 자체가 우리의 규율이었고 법이었고 종교였다. 감히 아버지의 말씀을 거부해 본 적이 없었다. 아버지의 선택은 대부분 옳았다.

사윗감을 고를 때도 망설이는 나를 제쳐두고 그에게 분명히 말했다.

"돈이란 있다가도 없는 것이고 없다가도 있을 수 있네. 하지만 사람의 품성은 다시 만들 수가 없는 것이네. 선택은 자네 몫이지만 현재를 보지 말고 미래를 보고 결정하게."

아버지의 결정적 한 마디는 우리가 스무날 만에 부부가 되게 한 촉매제가 되었다. 살아간다는 것은 선택을 해가는 과정이 아닐까 싶다. 태어남과 죽음은 스스로 선택할 수 없지만 하루를 시작하는 아침에 무엇을 우선으로 할 것인가를 결정하는 사소한 일로부터 생명을 좌우하는 엄청난 일까지 선택을 해야만 한다. 그 선택에 따라 각자 삶의 질이 결정되는 것이다. 어떤 삶을 살다 갈 것인가도 매일 하는 선택에 달렸다.

한 집안의 장손으로 어렵고 힘들게 살다 가셨지만 아버지의 칭송이 끊이지 않는 것은 아버지가 한 선택들이 옳았기 때문이 아닐까.

"너그 아부지 같은 사람 세상에 다시 없을끼다…."

완벽한 사람이고자 했던 아버지로 인해 66년을 함께 살아 힘들었을 어머니는 이 한마디로 아버지를 세상에서 제일 괜찮은 사람으로 만들어 주었다.

중요한 선택의 기로에 서면 아버지의 선택 기준이었던 자신보다 자식이나 집안을 먼저 생각하고 내가 조금 손해 보는 쪽을 택할 수 있을까.

허숙영

2002년『한국수필』등단. E-mail : gjtnrdud@hanmail.net

3

가을 수채화

나그네의 길에서

-브람스의 클라리넷 5중주-

유혜자

독일에서 열흘간의 일정을 마친 우리는 저녁 어스름에 오스트리아 잘츠부르크 교외에서 여장을 풀었다. 물 맑고 너르다는 휴슐Fuschle 호湖의 물결은 어두워서 보지 못했으나 일행 중의 누군가가 그 숙소 근처에 있다는 말을 듣고 가슴이 찰랑거렸었다.

호수의 수면에 떠 있을 가을 별빛을 떠올리고, 베를린 곳곳에서 만난 담쟁이덩굴의 매혹적인 단풍빛깔, 안개 낀 라이프치히 근교 새벽 산책길에서 만났던 사과향기, 그리고 드레스덴 가는 길에 진한 낙조 속에서 울려오던 종소리 등 여행지의 멋진 풍경들이 잠자리까지 따라왔다. 공기가 좋아서였던가. 늦게 잠들었는데도 머리가 개운하여 일찍 일어날 수 있었다.

룸메이트와 호숫가에 가려고 호텔 문을 나섰다. 미명이라 길은 컴컴한데 헤드라이트를 밝힌 버스가 천천히 다가와 우리 옆을 지나칠 때 제법 큰 글씨가 눈에 들어왔다. '바트 이슐Bad Ischl' 아, 바트 이슐 행 첫차였다. 산과 숲이 아름다운 온천 휴양지 이슐은 브람스가 만년에 자주 찾았던 곳이다. 젊은 날엔 친구 요한 슈트라우스의 별장에서 지냈고 만년에는 브람스Brahms, Johannes 1833~1897도 이슐에 집을 장만하여 10년 동안이나 여름을 지내면서 많은 곡을 썼다. 내가 좋아하는 클라리넷 5중주곡도 그곳에서 쓴 작품이다. 환하게 불을 밝혀 따뜻해 보이는 버스를 타면 브람스가 클라리넷 5중주곡을 작곡하다가 산책했던 산과 숲에 다다를 텐데, 순간 버스를 세우고 싶은 충동이 솟구쳤다.

물안개로 둘러싸인 호수는 적요했으나 무언가 아름다움을 잉태한 듯 온몸으로 느껴졌다. 내가 좋아하는 클라리넷 5중주곡 2악장의 부드러운 클라리넷 소리가, 퍼져가는 안개 발과 함께 호숫가로 흐르는 듯한데 나도 그 속에 흡수되는 것 같아 가슴이 두근거렸다. 2악장은 브람스가 지난날의 청춘을 회고하면서 쓴 인상적인 악장으로 그의 고뇌와 동경으로 점철했던 젊은 날이 그려졌다. 브람스에게 '독일 음악의 내일을 이끌 새로운 별'이라고 소개하고 후원해준 슈만과 그의 아내 클라라를 처음엔 스승으로 대했으나 차츰 천재 피아니스트인 그녀를 연모하게 되었다. 그러나 브람스는 슈만이 돌아가자 그의 가족을 돌보고 클라라가 연주할 음악을 작곡해주면서 그녀에게 자신의 진가를 알릴 명곡 쓰기에 전념했다. 조용해 보이는 호수처럼 속내는 내밀하고 분주한 흔들림이 있으면서도 자제하며 지냈다.

경계가 없이 하늘과 산, 호수가 한 덩어리였는데 서서히 어둠이 걷히고 실루엣이 드러난 높고 낮은 산들, 룸메이트와 물안개에 덮인 호수를 배경으로 사진을 찍었다. 안개 때문에 사진이 잘 나오지 않을까 봐 여러 장을 찍는 동안 소리도 없이 다가와 우리 사진의 배경이 되어주던 물오리들.

곧 안개가 걷히고 나면 물새들도 잠 깨어 지저귀고 물안개 사이로 물풀들도 너울거리며 호수의 신비한 풍경이 펼쳐질 텐데 일정 때문에 허겁지겁 숙소로 가던 내 머리 위로 커다란 낙엽이 툭 떨어졌다. 그때 문득, 브람스가 이슐에서 클라라 슈만이 죽었다는 소식에 놀라 허겁지겁 독일의 프랑크푸르트로 달려갔다는 사실이 생각났다.

클라라가 병나기 전, 브람스가 프랑크푸르트에 있는 그녀의 집을 마지막으로 찾았던 것도 낙엽 지는 가을 아침이었다. 클라라는 먼 곳에서 온 브람스에게 그가 작곡해준 '인터메조 e플랫 단조'를 연주해주고 브람스는 조용히 귀를 기울였다고 한다. 그다음 해에 클라라가 위독하다는 전갈을 받고도 브람스는 달려가지 않고 계획했던 이탈리아 여행을 포기하고는 그녀의 회복을 기원하며 빈에 머물렀다가 이슐로 갔던 것이다.

브람스는 클라리넷 5중주곡을 59세에 작곡했다. 그는 58세에 작곡한 현악 5중주곡이 성공적이어서 작곡의 대가로 인정받게 되고 생활도 어느 정도 안정되어서 작곡에서 손을 떼려 했다. 내면적인 영감이 메말라 창작력이 쇠퇴한 데다 가깝게 의지하고 지냈던 친구들의 잇따른 죽음에 삶의 의욕을 잃고 재산도 정리하고 유서까지 쓰려 했다.

그런데 그에게 다시 창작 의욕을 솟게 했던 것도 아름다운 악기의 명연주였다. 59세 봄에 마이닝겐 궁정에서 뛰어난 클라리넷 주자인 뮐헬트Richard Muhlfeld, 1856~1907의 멋진 연주를 들은 브람스는 클라리넷 음색에 푹 빠지게 되었다. 그는 클라리넷이야말로 청춘을 회상하며 만년의 심경을 토로하는데 어울린다고 생각하고 클라리넷의 아름다운 소리를 살린 실내 악곡을 쓰기로 했다. 클라리넷 5중주곡은 7월에 작곡한 클라리넷 3중주곡에 이어 그가 두 번째 쓴 클라리넷 음악이고, 다시 3년 후에 두 곡의 클라리넷 소나타를 작곡했는데 이들이 모두 브람스 만년의 걸작들이다.

클라리넷 5중주곡은 그의 작품 중에서도 가장 독창적인데, 비감스럽고 체념이 담긴 것으로 그의 40년간의 창작 생활 중 다른 작품과는 비교도 되지 않을 만큼 주제가 간결하고 주의 깊게 다뤄져 있다. 그의 피아노 5중주곡이 청년 브람스의 에센스를 나타낸 것이라면, 클라리넷 5중주곡은 노년 브람스의 창작의 정점이며, 가장 본질적인 것을 나타냈다는 평가를 받고 있다.

클라라와 열렬한 편지를 나눴는데 태워버리고, 젊은 여성과 결혼할 기회도 있었지만 음악에 전념하며 가슴 한구석에 클라라를 간직했던 브람스, 2악장은 인생의 황혼기에 접어든 브람스의 차분한 회상이 담겨 있다. 비애와 함께 드보르작이 가진 보헤미아 정서가 녹아 있어 귀로 듣기보다 마음으로 느끼며 듣는다. 브람스와 14세나 연상이었던 클라라 슈만의 관계가 사랑이었을까, 우정이었을까를 따지는 것이 세월이 지난 지금 무슨 의미가 있겠는가. 나는 음악 사상 모차르트의 '클라리넷 5중주곡'과 쌍벽을 이루는 브람스의 '클라리넷 5중주곡'의 멜로디를 떠올리며 클라라가 별세한 다음 해에 브람스도 간암으로 숨진 사실을 떠올리며 모차르트의 고향 잘츠부르크를 향해 떠나오는 버스의 창 너머로 조금 보이던 호수 자락도 자취를 감추었었다.

쓸쓸함 속에서도 내밀한 악상의 풍요로움을 누린 브람스처럼 호수는 맑고 그윽한 물결을 조용히 채우고 있으리라 여기며 떠나왔다. 만년의 브람스의 모든 것, 쓸쓸함 속에서도 내밀한 악상의 풍요로움과 함께 마음의 풍요가 찾아질 듯하여 귀국해서도 한동안 그의 클라리넷 5중주곡에 매달려 보내야 했다.

유혜자

1972년 『수필문학』 등단. E-mail : jotting99@hanmail.net

산은 내려가라 하네

류인혜

일상을 떠나 다른 무엇이 그리워 집을 나선다. 마을버스는 수락산 자락에 난 길을 따라 달려 옛날 내시들이 모여 살았다는 순화궁 고개를 넘고, 골이 깊고 산이 험하여 호랑이가 나타났던 덕능고개를 구불구불 힘차게 올라간다.

청학리로 이사를 온 후에는 집을 나서는 일이 늘 여행을 떠나는 길처럼 여겨졌다. 가까운 수도권이라지만 심정적으로 멀리 있는 서울로 향하는 마음은 설레었고, 수락산을 넘어가는 작은 마을버스는 관광버스보다 더 믿음직스럽게 달렸다. 주변의 경관도 철이 바뀔 때마다 다른 색감으로 함께 흥겨워했다. 특히 가을 단풍의 색깔은 설악산보다 더 아름답다고 여겨질 정도로 고왔다.

우연히 발견한 조선 시대 문장가 홍길주洪吉周, 1786~1841의 글에 형제들과 함께 노새와 나귀를 타고 수락산 일대를 구경하는 내용이 있다. 경세지가의 나들이답게 하인들을 대동한 행렬이었다. 수락산 내원암內院庵에서 자고 이튿날 돌아오는 길에 덕흥德興대원군의 산소를 배알했다. 그들은 산소에서 조금 더 올라가 있는 흥국사에서 점심을 지어 먹었다. 중년의 선비는 이 나들이에 대해 세세히 기록하며 모든 일정이 지극한 문장이 되었다고 했다.

별내면 쪽에서 덕능고개를 오르기 전 덕능마을이 있는 오른편 산자락에 덕흥대원군 묘소와 흥국사가 있다. 그 옆을 수시로 지나다니면서도 아직 흥국사에는 올라가 보지 않았지만 옛사람의 글을 읽고 난 후에는 반갑고 신기해서 나도 그곳에 가서 한나절 머물고 싶어졌다.

순화궁고개와 덕릉고개, 그 두 개의 고개를 넘어가서 또 당고개라는 전철역 이름을 대하면 저절로 숨이 찬다. 더구나 역사가 높이 있어 계단 많은 전철역은 신개념의 고개이다. 그곳에 다다르면 짧은 여행이 끝나는 듯 아쉬웠다.

높은 산을 오를 때마다 그 너머에는 무엇이 있을까, 몹시 궁금했다. 이제는 산 밑으로 터널이 뚫렸지만 고향으로 가기 위해서 이화령을 넘어갔다. 절벽으로 떨어질 듯 아슬아슬 돌아가는 산길은 마을에서 점점 멀어지고 또 다른 마을을 가까이 끌어왔다. 산꼭대기에 올라서면 저 멀리 사람 사는 동네가 보였다.

그렇게 옛사람들이 다니던 산길은 문물과 소식이 오갔지만 무섭고 불편했다. 영남의 선비들이 과거를 보기 위해서 넘던 문경새재의 옛길이나 무등산의 옛길은 좁고 가파르게 보여 들어설 엄두를 못 내었다. 새로 난 넓은 길로 산을 올랐다. 그리고 유명한 구룡령 옛길은 가볼 기회가 있었는데도 경사가 급해서 내려갈 때 어렵다고 안내자가 겁을 주어 포기했다. 오르면 내려가야 하는데 내려가는 길이 어려워 갈 수 없는 것이다.

강원도로 가기 위해서 넘어본 고개는 미시령과 한계령이다. 어느 때부터 마음에 심어진 한계령은 설악산을 오가기 위해서 넘는 고개가 아니라 사람의 흔적을 따라가는 길이다. 한계령 하면 같은 제목의 노래를 잘 부르던 문우 유희남이 떠오르고 또 한계령하면 그 노래를 작곡한 사람이 저절로 떠오른다. 두 사람의 공통점은 외로운 얼굴이다. 하얀 피부를 가진 그들은 웃고 있어도 적막한 가을날처럼 쓸쓸했다.

십여 년 전 희남 선생이 떠나버리자 막막해졌다. 그와 함께했던 많은 여행길이 흐릿한 추억으로 남는게 싫었다. 작별이 싫어 버티고 있었다. 그러나 이제는 혼자 떠나버린 그의 마지막 여행을 인정해 주어야 된다. 그래야 하늘에서 평안할 것이라 여겨 진심으로 이별하기 위해 그가 있는 금산으로 갔다. 커다란 비석이 우뚝 선 산소 앞에서 머리를 숙이니 묻어둔 회한이 쏟아졌다. 어려운 병을 이기고 다시 활발하게 글을 쓸 때, 그래도 조심해야 된다며 한마디 못했던 미련스러움이 고개를 들었다. 그의 아까운 재주가 땅속에 묻혔다.

서울로 돌아오면서 희남 선생이 잘 부르던 한계령 이야기가 나왔다. 부군 박선생은 이야기했다. 떠나기 전, "살아있을 때 한계령을 꼭 보고 싶다." 간절히 원해서 간호사까지 대동하여 그곳에 갔었다고. 그는 한계령의 무엇이 보고 싶었을까, 아니 어떤 말로 작별인사를 했을까. 한계령에 우뚝 서서 거센 바람과 맞서고 있는 여인을 생각하면 올라가서 내려오기가 그토록 어려웠던가, 가슴이 아려온다.

「한계령」은 사람을 떠나 산으로 올라온 사람의 외로움이다. 또 앞으로 성큼성큼 걷지 못하는 쓸쓸함이고 버려야 될 것을 숨기는 가슴 저리는 이별이다. 그렇게 산으로의 여행은 사람의 원천인 외로움과 마주 보고 서야 하는 절실한 여정이 된다.

산은 찾아오는 사람들에게 오래 머물지 말고 사람의 체온이 따뜻한 곳으로 가라고 한다. 산은 사람을 품어주지 않는다. 냉정하게 산에서 내려가라고 한다. 아무리 힘겹게 올라가도 마땅히 내려와야 된다. 삶의 모든 이치는 올라가고 내려가는 순환에 있는 것이다. 내려옴을 두려워하는 사람은 아예 올라가지도 않지만 내려감을 싫어하는 사람은 아예 내려감이 없는 인생을 높이 살고자 한다.

높은 재와 낮은 고개를 넘으며 경험하는 무수한 만남과 이별은 마음속에 새겨지는 사연이다. 외로운 여정으로만이 그릴 수 있는 길고 긴 문장이 되어 남는다.

류인혜

1984년 『한국수필』 봄호 수필 「우물」 추천 완료. E-mail : innhea@hanmail.net

고수동굴

강현순

무더위를 피한답시고 소백산 줄기인 단양의 고수동굴을 다녀왔다. 약 5억 년 전 고생대 전기 해저에서 퇴적된 석회암이 모암으로 발달한 석회암 동굴이다.

동굴 속에 발을 들여놓자마자 잠시 주춤했다. 안팎의 심한 온도 차이에 놀란 탓이다. '한여름 낮'과 '겨울 밤'이라고나 할까. 동굴 속의 온도가 1년 내내 14°C라고 하더니 과연, 겨우 한 발자국 내디뎠을 뿐인데 오소소 한기를 느꼈다.

어둠 속에서 좁게 이어지는 철계단을 따라 조심스럽게 한 발 한 발 내디뎠다. 주위를 둘러보았다. 몇 발자국 앞에 일가족인 듯한 4, 5명의 모습만 보일 뿐 내 뒤론 아무도 없었다. 서둘러 그들의 곁으로 바짝 다가갔다.

천연기념물 제256호인 고수동굴은 1차적으로 지표에서 침투된 지하수가 흘러나가서 생긴 동굴이다. 지표에서 스며든 물이 지하수가 되어 지층 위를 흘러 지하수류에 의한 동굴로 된 것이 제1차 생성과정이라고 한다. 지하수는 석회암을 용해시켜 여러 형태의 종유석을 만든 것이다. 동굴의 천장과 벽면의 갖가지 생성물인 종유석과 석순 등은 다양하고 독특한 모양을 하고 있었다.

독수리가 하늘에서 내려오고 있는 모습 같다고 하여 '독수리 바위', 바위 모양이 꼬불꼬불한 돼지 곱창과 비슷하다고 '곱창 바위', 님이 없는 사람은 한 번씩 안고 지나가면 님이 생긴다는 바위 '님의 기둥'도 그럴듯했다. 또 관광객들의 상상에 맡길 뿐 설명할 수가 없는 형상이라며 이름 붙인 '말 못할 바위'는 이름도 모양도 웃음을 자아내게 하였다. 마음을 씻고 가는 곳이라는 '세심지' 연못에 던져져 있는 동전이 거의 백 원짜리였으나 나는 마음을 더욱더 깨끗하게 씻고자 오백 원짜리 동전을 던졌다.

어둡고 음습한 그곳에 박쥐, 알락곱등이, 딱정벌레, 노래기 등의 생물이 살고 있다고 한다. 물에도 장님굴새우, 염주다슬기, 물고기 등 약 28종이 서식하고 있다고 하는데 그러나 어두워서 제대로 볼 수가 없었다.

동굴 속에는 통로인 철계단은 물론 비상시 대비를 위해 공중전화까지 설치해 놓았다. 관광상품이란 반드시 아름답고 예쁜 것만은 아니고 보면 고수동굴은 자연을 그대로 보존하면서 관광상품으로 만든 단양의 자랑거리요 보물인 셈이다.

98년도쯤에 일본의 명소 몇 군데를 둘러볼 기회가 있었다.

아소산을 관광하면서 참으로 많은 것을 느꼈다. 아소산은 '불의 땅'인 쿠마모토의 상징으로 광활한 녹원, 호수, 산림, 온천으로 구성된 국립공원이며 세계 최대의 칼데라를 가진 활화산이다. 해발 1,000m가 넘는 5개의 화산봉우리를 일컬어 '아소오악'이라 하며 그 중 나카다케는 화산 활동 중이라 한다.

우리 일행이 찾았을 때에도 진동소리와 함께 검은 연기를 끊임없이 내뿜고 있었다. 고수동굴의 철계단 못지않게, 아소산의 로프웨이架空索道로 정상의 분화구에 이르니 지하에서 무럭무럭 피어오르는 분연과 화산의 냄새를 맡을 수 있었다. 지진이나 화산이라면 그들로선 지긋지긋할 텐데도 그들은 오히려 관광상품으로 만든 것이다. 위험한 상품인 줄 알지만 그것은 일본이 아닌 다른 곳에서는 볼 수 없는 그들만의 것이라는 것을 알기 때문이다.

골똘히 생각에 잠기다가 겨우 몇 안 되는 일행과 어느새 거리가 멀어져 버렸다. 순간 혼자다 싶어지니 겁이 더럭 났다. 그믐달만 바라보아도 무서운 영화장면이 떠올라 가슴이 철렁해지고 혼자 있을 때 사위가 너무 고요해도 숨을 제대로 못 쉬는 나는 유달리 무섬증이 많은 편이다. 그런 내가 혼자 동굴 속으로 들어간 것만 해도 실로 대단한 일이 아닐 수 없다.

유일한 통로인 철계단은 곧게만 나 있는 게 아니었다. 구불구불하다가 빙글빙글 돌게도 하고 사다리처럼 높게 이어지기도 하였다. 발걸음에 신경 쓰다 보니 어느새 이마에 땀이 송글송글 맺혔다. 나로선 정말이지 힘든 시간의 연속이었다. 금방이라도 어둠 속에서 무언가가 불쑥 나타나서 나를 낚아챌 것 같았다. 커다랗고 뾰족한 석순이 머리 위로 떨어질 것도 같았다. 천장에서 뚝뚝 떨어지는 물처럼 나도 혹여 발을 헛디뎌서 저 늪 속에 떨어지는 건 아닐까 싶었다.

서로 손을 잡고 앞서가는 일행처럼 나도 누군가의 손을 잡고 싶었다. 겁에 질려 식은땀으로 싸늘해진 나의 손을 누군가의 따뜻하고 든든한 손이 잡아주었으면 싶었다. 그러나 내 앞에는 단지 위험으로부터 보호해 주는 철계단의 난간만 있을 뿐이었다.

문득, 동굴 속에서처럼 암울하고 불투명한 세상에서 내가 쓰러졌을 때 나의 손을 잡아주는 이가 없다면, 아무도 나를 일으켜주지 않는다면… 싶자 갑자기 눈물이 핑 돌았다. 마음을 굳게 먹고 난간을 잡은 팔에, 철계단을 내딛는 다리에 더욱 힘을 주었다.

출구가 가까워졌을 때에야 이십여 명이나 되는 단체관광객을 만날 수 있었다. 안도의 한숨이 절로 나왔다. 나는 그들 앞에서 아무 일도 없었다는 듯이 애써 무덤덤한 표정으로 걸어 나왔다. 심신이 재무장된 느낌이었다. 피서 한번 제대로 한 셈이었다.

강현순

1993년 월간『한국수필』 등단. E-mail : hyunsoon52@hanmail.net

마음 다스리기

김영월

한국문인협회에서 주최하는 한국문학 심포지엄이 경상남도 산청군에서 1박 2일로 열렸다. 산청山淸이라는 지명이 호감 가고 지리산 자락의 산골 오지일 것이라는 예측대로 서울에서 떠나는 길이 과연 먼 여정이었지만 짙은 녹음의 산야는 싱그러웠다. '산청, 수청, 인청'이라는 자랑대로 산과 물, 사람이 맑고 예사롭지 않은 이미지를 풍긴다. 한국 최고의 명산답게 지리산은 천왕봉을 정점으로 뻗어 나온 산맥들이 넉넉한 기세로 파도를 치고 있다. 깊은 계곡에서 콸콸콸 쏟아지는 물줄기가 한여름의 무더위를 잊게 해 주고 마음의 찌꺼기를 씻어내려 주는 것 같다. 이 고장이 배출한 조선 중기의 대유학자인 남명 조식南冥 曺植 1501년~1572년의 커다란 바위에 새긴 시비가 천변에 우뚝 세워져 있다.

온몸에 사십 년 동안 쌓인 티끌
천 섬 맑은 물에 다 씻어버렸네
티끌이 오장육부 속에 다시 생기면
곧바로 배를 갈라 저 물에 씻어내리.

–조식「浴川」

그의 '티끌이 다시 생기면 곧바로 배를 가르겠다'는 표현이 섬뜩하게 느껴진다. 얼마나 엄격한 자기 관리를 실천하는 선비이기에 그처럼 강한 결심을 드러내는 것일까. 일행이 남명 기념관에 들렀을 때 여러 유품 중에 소리 나는 방울과 단검 한 자루가 눈에 띄었다. 물건에 부착된 설명서에 따르면 남명은 평소 옷에 방울을 달고 다니며, 마음이 외출하면 초인종처럼 달랑달랑 소리 나게 하였고 그릇된 마음이 생길 때는 바로 칼로 찌르고자 품에 지니고 다니며 스스로를 경계했다고 한다. 바로 이것이 선생의 철저한 자기관리를 엿볼 수 있는 물증이 아니랴.

남명은 산천재라는 곳에 61세 때부터 자릴 잡고 돌아가실 때까지 후학 양성을 하며 인격 완성을 위해 노력했고 마침내 높은 정신적 봉우리를 세워나갔다. 동시대 인물인 퇴계 이황1501년~1570년이나 송강 정철은 여러 차례 조정을 들락거리며 벼슬도 누리고 정계에서 활동했지만 그는 아예 정치를 멀리하고 재야학자로서 순수하게 학문에만 전념한 분이었다. 선생이 산청에 자리하게 된 사연을 들어 보면 이곳의 지리산을 10차례나 등정하며 우뚝 솟은 천왕봉1915미터을 닮고자 했다. 민족의 영산인 백두산이 흘러내려 두류산頭流山이라고 이름한 지리산을 그만큼 사랑했다. 산천재에서 실제로 주변 경관을 둘러보면 바로 앞에는 계곡물이 흐르고 옆으로 지리산 천왕봉이 눈에 들어온다. 배산임수背山臨水의 명당이 아닐 수 없다. 이곳에서 제자들과 더불어 마음껏 학문을 익히고 토론하고 사색에 잠겨 지냈던 남명의 삶이 그려진다. 그러나 이황은 조식의 학문에 대해 '우리 학문에 힘쓰지만 이런 사람들은 으레 학문이 깊지 못하다'고 혹평했다는 견해가 있다. 전통 성리학에서 이기이원론理氣二元論에 빠져들기보다 도학자로서 실천 유학을 강조한 그의 견해는 독특한 경지가 아닐 수 없다. 자기 수행과정을 도표로 그려놓을 만큼 완벽한 연구 이론을 정립하였다. 내명자 경內明者 敬과 외단자 의外斷者 義로 대표되는 그의 사상은 학행일치라든가 언행일치와 근접된 이론으로 이해된다. 우선 자신의 마음을 바르게 세운 뒤에敬 생활을 통하여 그대로 실천하는 모습義에 주안점을 두었다. 이러한 가르침을 본받은 그의 제자들이 후일 임진왜란 때 전국에서 가장 많은 의병들로 나섰다고 한다.

성경의 가르침에도 마음 관리의 중요성을 드러내는 구절이 발견된다.

> *모든 지킬만한 것 중에 더욱 네 마음을 지키라. 생명의 근원이 이에서 남이니라.* _잠언 4장 23절
>
> *노하기를 더디하는 자는 용사보다 낫고 자기의 마음을 다스리는 자는 성을 빼앗는 자보다 나으니라.* _잠언 16장 32절

남명은 흔들리기 쉬운 자신의 마음을 붙잡아 두는 데 엄격한 수양법을 개발했다. 그러나 하루에도 만 번 이상 오락가락하는 마음을 경계하기란 그리 만만찮은 일이 아니리라. 성경은 남명의 자기 수양에 의한 인격완성과는 정반대의 가르침을 준다. 자신의 의지나 고행, 노력으로 믿음을 지키는 것은 불가능하다. 나를 완전히 비우고 '나는 아무것도 내 힘으로 할 수 없습니다'라고 어린애처럼 약해질 때 비로소 주님의 도움으로 내가 강해질 수 있다고 역설적인 관점에 선다. 남명처럼 은방울과 단검으로 무장하고 마음을 다스리는 수고보다 모든 걸 전능하신 분께 맡겨 버리고 평안함을 누리는 삶이 얼마나 행복하랴. 이것이 남명 선생님께 대한 나의 나약한 변명이라도 어쩔 수 없는 고백이다.

김영월

1996년 『한국수필』로 수필 등단, 1997년 『시와산문』 시 등단
E-mail : weol2004@naver.com

엄마 고마워요

강미희

67번째 생일을 맞아 가족이 모여 조촐한 저녁 식사를 했다. 며느리가 케이크에 초를 꽂았다. 옆에 있던 남편이 다섯 개에만 불을 붙이고 나머지를 뽑는다. 며느리가 놀란 듯 "아버님, 왜요?" 한다. "엄마는 오십 대로 착각하며 사는데 이렇게 많이 꽂으면 서운하지, 내년에도 다섯 개만 준비해라."며 눈을 끔벅한다. 영문을 몰라 멍 해있던 가족들이 한바탕 웃었다.

이때 핸드폰이 울렸다. 태평양을 넘어 전파를 타고 온 미국에 사는 딸의 전화다. "엄마, 생일 선물로 비행기 티켓을 보냈어요. '한 가족 서비스' 신청도 했으니 편히 오세요"라고 한다. 그리움과 사랑이 담긴 목소리다. 한 번 다녀가기를 원했지만 이것저것 걸리는 일이 많아 대답을 못 했다. 가족 모임이 있을 때마다 참석 못 하는 딸을 생각하며 가슴 한편에서 허전한 바람이 인다.

출국일이 며칠 남지 않아 서둘렀다. 옷가지며 김, 멸치 이것저것을 챙기다 보니 여행 가방 두 개가 가득 찼다. 남편은 무겁다며 덜어내라고 하지만, 나는 욕심껏 짐을 꾸렸다. 인천 공항으로 가는 길에 아침 안개가 살포시 시야를 가린다. 남편과 함께 갔으면 좋겠지만, 사업상 한 달씩이나 자리를 비울 수 없어 공항까지만 바래다주고 돌아가는 뒷모습이 왠지 쓸쓸해 보인다.

워싱턴행 비행기에 올랐다. 예전과 달리 의자 하나에 컴퓨터 한 대씩이 설치되어, 음악이나 영화 등을 자유롭게 선택할 수 있어 좋았다. 우선 코믹한 영화 한

편을 보았다. 음악을 들으며 책을 읽기도 하고 창 아래로 펼쳐진 뭉게구름을 보며 사색의 잠기는 동안 지루하지 않게 시간이 흘렀다.

기체가 흔들리며 워싱턴 댈러스 공항에 착륙했다. 스튜어디스가 다가와 한 가족 서비스를 해드리겠다며 기다리라고 한다. 조금 후에 흑인이 휠체어를 밀고와 "싯따운, 싯따운" 앉으란다. 나는 깜짝 놀랐다. 아직 휠체어를 탈 만큼 쇠약하지 않은 초로라 당황스러워 "노, 노"를 연발하며 손사래를 쳤다. 그래도 서비스를 해드려야 된다며 한사코 휠체어를 타라고 한다. 어미를 편히 오게 하려는 딸의 성의를 저버릴 수 없어 마지못해 휠체어에 앉았다.

기내에서 셔틀버스로 유모차 같은 휠체어를 타고 이동을 하면서 생각에 잠겼다. 정말 이렇게 휠체어를 탈 수밖에 없는 상황이라면 너무 슬플 것 같다. 건강한 육체에 다시 한 번 감사함을 느꼈다. 이제 딸이 든든한 보호자가 되어 등 뒤에서 유모차를 밀어주고 있다는 환상으로 창피한 마음은 잊고 행복한 미소를 지었다.

컨베이어 벨트에 짐들이 빙빙 돌아가고 있다. 휠체어에서 얼른 일어나 여행가방을 찾으려고 하자, 그대로 앉아 있으라는 손짓을 하고 그는 카터를 밀고 가 짐을 찾아온다. 아니면 내가 무거운 짐을 끌어내리느라 허리가 휘청거렸을 텐데 말이다. 딸 덕분에 마님처럼 호강을 하며 무사히 검색을 마치고 자동문을 통과했다. 맞은편에서 기다리고 있던 사위와 딸이 손을 흔들며 다가온다.

어려서도 말썽 한 번 부리지 않고 항상 기쁨을 주던 딸이다. 유치원 때부터 피아노를 배우기 시작해서 음대를 졸업하고 사위와 함께 미국으로 유학을 떠난 지 십여 년이 되었다. 손자가 의젓한 중학생이 되어있어 흐뭇하다. 이제는 미국문화에 익숙하여 불편 없이 살아가는 단란한 가정이다.

효를 받을 만큼 딸에게 해준 것이 없건만, 그저 말끝마다 "엄마 고마워요."라고 한다. 부족한 어미를 지극정성으로 보살펴주는 배려에 가슴이 뭉클해 자식 자랑을 하는 팔불출이가 되고 만다.

딸을 보며 나의 젊은 날을 회고한다. 친정어머니에게 나는 자상한 딸이 아니었다. 모처럼 우리 집에 오셔도 마주앉아 살갑게 따뜻한 정을 나눠드리지 못했다. 특별히 하는 일도 없으면서 모임이 많아 외출을 자주 했다. 저녁 찬거리를 사들고 오면, 벌써 어머니가 저녁밥을 해 놓으셨다. 고맙다는 표현은커녕 왜 이렇게 일찍 밥을 했느냐며 퉁퉁거렸다.

빈집에 혼자 있기 무료해서 적적함을 달래느라 밥도 하고 빨래도 하셨던 것을 이제야 알 것 같다. 한 생전 내 곁에 계실 줄만 알고 감사하다는 말 한 마디 제대로 하지 못했다. 나이 들어 돌아보니 어머니는 세상 그 어디에도 없었다. 좀 더 따뜻하게 어루만져 드리지 못한 죄책감에 때 늦게 후회를 하며 가슴을 두드린다.

"엄마! 고마웠어요, 진정으로 엄마를 사랑했어요."라고 허공을 향해 때 늦게 고백을 하지만 답 없는 사죄의 아픔만 메아리 되어 돌아온다.

송강 정철의 시조가 떠오른다. '어버이 살아 신제 섬기는 일 다 하여라. 지나간 후면 애달프다 엇지 하리. 평생의 고쳐 못 할 일은 이 뿐인가 하노라.'

딸아, 내가 세상을 떠난 후에 너는 이 어미처럼 가슴 아파하며 회한의 눈물을 흘리지 않아도 된다. "엄마 고마워요."라는 말로 늘 엄마의 마음을 따뜻하게 해주었으니까.

강미희

2001년 월간『한국수필』등단. E-mail : kangmh100@hanmail.net

나의 첫 번째 크루즈

강민숙

훨훨 날아보고 싶었다.

어디론가 가보고 싶었다.

무작정 집을 떠나고 싶었다.

그러면 속이 시원하고 만사가 자유로울 것 같았다.

옆에서 말리는 사람도 없었다.

오히려 "잘 생각했다. 여행 다녀와라." 하고 친구들이 부추겼다.

2주간의 밥 걱정도 없고 값도 저렴하다고 여섯 명의 40년 지기들이 앞장서고 나도 따라나섰다. 2월 2일 L.A.에서 배를 타고 하와이로 가서 4개의 섬을 구경하고 L.A.로 돌아오는 크루즈를 예약했다. 시카고의 추운 겨울을 피해 떠난다는 것도 좋았다. 시원하게 푸른 태평양을 가로지를 생각을 하니 몸과 마음이 가벼워지는 것 같았다.

지난해 남편이 지병으로 세상을 떠났다. 집 안팎으로 정리할 일도 많고 미뤄두었던 하고 싶은 일들도 많았지만 일이 손에 잡히지 않았다. 애들은 동서로 멀리 떨어져 살고 바쁘니 내가 도와주러 가야지 쉬러 갈 형편이 아니다. 나이 들어 여행하기도 힘들어지면 크루즈가 적격이라는 말이 맞는 것 같았다. 친구들과 편히 쉬고 먹고 자고 호화스럽다고 할 여행까지도 겸하는 크루즈를 택하기 잘했다고 생각했다. 한 친구와 나는 배 타기 전날 시카고를 떠나는 비행기 표를 샀고 다른 친구들은 각자 스케줄대로 L.A.로 먼저 가기도 했고 모두 배에서 만나기로 했다.

며칠 전부터 눈이 올 거라는 일기예보대로 2월 1일 내가 비행기를 타려는 날 하루 종일 시카고에 20인치 정도의 폭설이 내렸다. 아침에 비행기 몇 대가 뜬 후 거의 모든 스케줄이 취소되었다. 공항에서 12시간을 보내다가 내일을 기약하고 친구 집에서 잤다. 밤늦도록 인터넷을 보며 다시 스케줄을 잡으려고 애쓰다가 아침 일찍 택시 운행도 힘든 눈길을 헤치고 시카고 공항으로 갔다. 다행히 눈은 그치고 공항에서 눈을 깨끗이 잘 치운 것 같은데 항공 스케줄이 안 나왔다. 비행기에 얼어붙은 눈까지 잘 치우고 다시 정비하느라 오늘 스케줄도 제대로 실행하기 힘들다는 상황이었다. 겨우 얻은 비행기 표가 늦지 않고 L.A.에 도착해서 배 타는 곳까지 날아간다고 해도 배가 떠날 시간이었다. 공항처럼 여권을 필요로 하는 승선 절차도 있다고 했다. 같이 가려던 친구는 무리한 계획을 포기하자고 했다. 우리는 크루즈의 스케줄을 변경할 수 있는 보험을 들지 않았다. 어찌 되었든 나는 비행기를 타고 싶었다. 확신이 없어도 정처 없이라도 이 자리를 떠나고 싶었다.

친구와 나는 L.A.까지 와서 우리가 탈 배를 놓쳤다. 배에 탔을 사람들과는 연락이 안 되었다. 배의 상황을 알아보려고 해도 내륙 본사를 통해야 하는데 답신을 받을지는 모른다고 했다. 2월에 사람 많고, 날씨 좋고, 경치 좋은 L.A.가 지금은 절해고도絶海孤島와 같았다. 시카고로 돌아갈 수는 없고 가까이 친구와 친척들이 있었지만 계획된 일이 아니라 짐을 끌고 들어갈 수가 없었다. 만약에 돈도 떨어졌다면 어쩔 수 없이 나를 데려가 달라고 했을지도 모르지만 주머니에 크레딧카드를 움켜쥐고 아직은 체면을 유지하고 싶었다. 여행 가방 속에는 선상 디너파티에 입어야 한다는 정장도 있지 않은가.

궁여지책으로 친구와 한국 여행사를 수소문해서 우선 관광을 하기로 했다. 그리고 하와이행 비행기 표를 사서 우리가 타야 할 배가 처음 들리는 하와이 섬으로 배를 쫓아가기로 했다. 월요일 L.A.를 떠난 배는 5일간 태평양을 항해해서 토요일 아침에 첫 기항지인 하와이 남쪽 큰 섬에 있는 힐로에 도착할 계획이었다.

갑자기 주말에 하와이를 가게 되니 맨 끝 좌석에 비싼 비행기 표가 예약이 되었다. 주말까지 기다리는 동안 2박 3일 라스베이거스, 그랜드캐니언 관광을 여행사 문 닫는 시간에 등록하고 호텔에 들어 짐도 못 풀고 누었다. 피곤했다. 나는 그냥 집에 있을 걸 하고 후회하기 시작했다.

다음날 L.A에서 한국 사람들 40여 명과 관광버스를 타고 2박 3일 여행을 떠났다. 같은 코스의 한국 관광버스 4대가 앞서거니 뒤서가니 함께 다녔다. 관광 가이드의 말에 의하면 예전에는 버스를 빌리려면 미국 회사에서 새 버스보다 낙후된 버스를 내주어서 힘들었는데 이제는 한국 관광회사의 번영으로 자체 내 버스도 있고 빌려도 가장 좋은 버스를 대여받을 만큼 한국의 위상이 높아졌다고 했다. 3월 신학기 이전이라 그랬는지 8할이 한국에서 관광 온 젊은이들이었고 나머지가 미중부에서 온 사람들이었다. 내가 타야할 배는 태평양을 가르며 떠가는데 나는 땡볕의 모하비 사막 '죽음의 계곡'을 달리니 이게 아이러니라는 것인가? 이번 여행코스는 세 번째이니 그냥 시간 보내기 여행이라 생각하고 친구와 나는 젊은이들이 셀카로 자신의 사진을 찍을 때 쓰는 셀카봉이라는 지팡이 같은 막대기를 처음 보면서 세상구경을 하였다. 라스베가스의 상점들을 둘러보았는데 구정을 앞두고 많은 인테리어가 중국의 신년맞이 장식으로 붉은빛과 금빛으로 가득하였다. 높은 천정에는 두 마리의 용이 나는 듯이 걸려있었고 양의 해라서 양의 모형과 복을 비는 장식품들이 거대한 로비를 채웠다. 중국의 저력이 용트림하며 올라가려는 듯한 느낌을 받았다. 그랜드캐니언도 잠깐 들렸다. 여행이란 같은 곳을 다시 가도 전에 못 보았던 것을 보기도 하고 보았던 것은 다시 만나는 반가움과 전과 달리 새로운 관점으로 볼 수도 있어서 좋았다.

강행군 관광으로 이틀 밤을 보내고 와서 다음날 비행기를 타고 하와이 호노룰루로 가서 다시 비행기를 갈아타고 큰 섬 힐로에 저녁 늦게 도착했다. 피곤하고 마음이 편치 않은 날들이 일주일째 되니 몸살이 날 것 같았다. 나보다도 혼자 가려는 나를 위해 따라온 친구가 생고생을 하는 것이 미안했다.

잠을 설치고 피곤도 풀리지 않은 아침에 전봇대 같은 야자수에 서양란이 자라서 꽃피는 가로수를 보고 여기가 하와이임을 실감하며 일찍 항구로 나갔다. 대기실도 없는 시골 해변에서 지루해 몸이 비틀릴 때 드디어 조그맣게 보이던 배가 점점 커지며 눈앞으로 다가왔다. 내 가슴이 쿵광쿵광 소리가 나게 뛰었다. 나는 반가워서였는지 원망스러워서였는지 목이 메고 눈물이 핑 돌았다. 떠다니는 궁전 같다는 하얀 배가 무정해 보였고 아무 죄 없는 배에 먼저 탄 친구들이 야속했다. 수속을 마치고 배에 오르면서 나 자신에게 다짐을 했다. 다시는 배를 타지 말아야지. 그때의 내 심정은 그랬다. 엎친 데 덮친다고 하와이 섬들 중 경치가 가장 좋다는 두 번째 기항지인 카와이 섬은 큰 배에서 작은 배로 갈아타고 해안으로 가야 하는데 풍랑이 심해서 작은 배를 못 띄운다고 했다. 이러구러 하와이 여행은 반실이었지만 친구들의 각별한 관심과 사랑은 곱절 이상이었다.

8월 시카고 더위를 피해 갈 수 있는 알라스카 크루즈 설명서를 찬찬히 드려다보면서 지난 눈 오는 겨울 산전수전 공중전을 거쳤다는 친구들의 촌평을 듣는 나의 첫 번째 크루즈를 생각하며 혼자 미소 짓는다.

강민숙

2013년 『한국수필』 등단. E-mail : minsjang@hotmail.com

아굴라스 해변 이야기

김상분

바다를 닮고 싶었다. 하늘색 청바지에 흰 블라우스 그리고 하얀 모자와 물빛 스카프는 그 신비로운 곳에 대한 작은 예의였다. 대서양과 인도양 두 바다가 만나는 아프리카의 최남단 '아굴라스 곶'이다. 어쩌면 푸른 바닷물에 하얀 블라우스를 물들이고 싶은 감상도 한몫했을 것이다. 몽돌해변을 맨발로 한 발 또 한 발 내디뎠다. 몸도 마음도 다 적시어 씻겨지고 바다 빛깔로 물들여질 것 같았다.

아틀란틱과 인디언의 물빛이 다르듯이 그 온도도 다르다고 했다. 북해에서 내려온 검푸른 물살은 차갑지만, 인도양에서 부드럽게 밀려오는 물은 따뜻한 에메랄드빛이라 했다. 그런데 내 이 작은 두 발로는 거대한 대양의 물살을 헤아릴 길이 없다. 바다는 너무도 넓고 깊고 푸르러서 나는 저 모래 언덕에 휘날리는 한 줌의 모래알도 되지 못한다. 세상 사람들은 몰려와서 이곳의 특별한 지리학적인 위치와 생태계의 변화 그리고 해양생물 분포에 관한 이야기를 듣는다. 사람들은 금쪽같은 남국의 따뜻한 햇살도 푸른 파도도 검은 선글라스로 가리며 바다를 등지고 인증 샷에 여념이 없다. 그리고는 먼지 바람을 일으키며 또 다른 뷰포인트를 향해 달려간다. 아주 오래된 작은 등대 앞 허름한 레스토랑에서 시장기를 해결한 다음엔 난쟁이 아프리카 펭귄을 찾아 달려갈 것이다. 잠시라도 멍하니 수평선을 바라다볼 여유도 없는 여정은 숨이 차다.

갈매기에게 물어본다. 먼 옛날의 이야기들을. 포르투갈에서 인도로 가던 중 폭풍을 만나 꿈을 이루지 못한 바르톨로메우 디아스의 희생, 그가 사투를 벌인 폭풍의 언덕을 희망봉으로 명명하게 된 바스쿠 다가마의 탐험 이야기를 들려주는 듯하다. 수억만 년 전부터 있었을 바다와 돌과 바위들. 수없이 이어진 지층의 변화와 지축의 흔들림으로 이루어진 오늘의 모습 뒤로 보이는 것은 무엇일까? 낙원이 허물어지던 혼돈의 날들에 대하여 파도는 이야기한다. 그들은 어디로 갔을까? 하늘과 땅, 태양과 달 그리고 수많은 별들을 따르고 믿으며 살던 그들은 어디로 사라졌을까? 바다. 그들을 모두 껴안았던 어머니의 바다는 알리라. 그 갈라지고 찢어진 검은 대륙의 역사를.

저기 일렁이는 물 위에 기우뚱하게 서 있는 녹슨 난파선 한 척. 굳이 말하지 않아도 그 소용돌이치던 순간이 보인다. 대서양의 한류와 인도양의 난류가 부딪치는 지점에서 휘말렸으리라. 동강 나 잘려있는 녹슨 배 한 척을 푸른 바다가 달래며 잠재우고 있다. 아니, 오랜 세월 잊힌 이야기들을 파도 소리에 가락을 담아서 바다는 울다가 노래하다 다시 또 우는 듯하다. 그들은 왜 저리도 애를 썼을까? 그 거센 물살을 건너가면 꿈에 그리던 금은보화와 눈부신 상아가 무더기로 쌓여있을 것이라고 침을 삼켰으리라. 향기로운 차와 달콤한 열대 과일들이 목마른 그들을 저리도 서두르게 했을까? 천천히 돌아가도 되었을 것을 급하게 지름길로 접어들다 성난 물살에 동강 났을 것이다.

북해에서 길든 네덜란드인들의 억척스러움과 대서양으로는 모자라 인도차이나까지 가려던 영국인의 욕심이 두물머리 거센 물살에 휩쓸려 혼절을 했을 것이다. 모래톱에 눕혀진 채로 얼마가 지났을까? 눈을 떠보니 뜨거운 태양에 달궈진 아굴라스 해변엔 순후한 눈매의 아프리카인들이 가득히 모여 웅성거렸을 것이다. 금발에 푸른 눈동자를 가진 희멀건 피부의 사람들을 보는 순간 활과 창을 내려놓고, 정성을 다해 생명을 구해 주었을 때는 진정 고마움을 느꼈으리라. 그러나 눈 앞에 펼쳐진 신천지에 눈이 휘둥그레진 그들은 목숨을 구해준 은인恩人들을 어떻게 대접해 갔던가. 총포를 겨누며 밀림을 헤치고 맹수를 잡듯이 그 거대한 검은 대륙 아프리카를 통째로 차지했을 것이다. 점령군의 야만은 문명국의 후예가 어떠했는지 겨냥할 수조차 없었다.

착한 종들에게는 그들의 말과 글을 가르쳤으나 그들의 문명과 문화는 과연 올바른 일들에만 쓰였던가. 하늘의 은총으로 부족함 없는 낙원에서 춤과 노래로 북을 두드리며 신을 찬미하던 맑은 영혼들은 마구 짓밟히고 오직 하나의 신을 따를 것을 당근으로 주면서 채찍을 휘두르며 인간의 몸을 사고팔지 않았던가. 빼앗긴 들에서 가축처럼 일하고 동물처럼 팔려간 영혼, 영혼들이 바다에서 울고 있다. 지는 노을에 나의 블라우스가 녹슨 난파선처럼 물들고 있다. 나의 물빛 스카프도 하얀 챙의 모자도 온통 붉게 물들어 있다.

섭씨 십사 도의 대서양과 십칠 도의 인도양이 섞인다는 여기 아굴라스 곶, 수온의 차이를 재는 과학의 잣대를 헤아려서 무엇 하나? 물리적인 수치의 느낌이 아닌 오직 물의 따뜻함과 부드러움이 감촉될 뿐이다. 대서양과 인도양, 두 거대한 존재의 만남으로 빚어진 바다의 하모니, 지구라는 별이 부르는 아름다운 노래 "라 메르La Mer"가 들려온다. 멀리 그리고 가까이 융합과 소통이라는 새로운 노랫말이 그 멜로디에 섞여서 실려 오는 듯하다. 진정한 아프리카인이여! 고통과 시대의 아픔들을 딛고 일어나 잃어버렸던 낙원을 찾으리라. 밀물져오는 파도와 한없이 넓고 깊은 바다의 품에 얼룩졌던 나의 블라우스는 다시 순백으로 빛나는 듯하다. 나의 물빛 스카프도 하얀 모자도 푸른 바닷물에 씻기듯 내 마음도 그렇게 닦여지리라. 아굴라스 해변에 넘치는 파도처럼….

김상분

월간『수필문학』등단. E-mail : kimryusi@daum.net

여행의 조건

김영덕

여행은 혼자 해도 좋지만 친구들과 함께 할 때가 재미도 있고 경비도 덜 든다. 그런데 친구들과 단체로 원거리 여행을 갔다 오면 우정에 금이 간다는 통설도 있으니 조심할 일이다. 전혀 새로운 환경에 처하게 되면 그동안 숨겨져 있던 일그러진 모습들이 나타나서 일행을 실망시킬 수 있다는 경고이리라. 언제든 어디서든 사랑으로 감싸며 허물없이 살아온 평생의 친구와 단둘이 하는 여행보다 더 좋은 여행은 없을 것 같다.

이제까지 나는 친구들과 부부동반 여행을 두 번 했다. 팔십 년대 말에 제주도를 여행했고, 또 한 번은 재작년 초봄에 캄보디아와 베트남을 다녀왔다. 우리는 일찍이 고향 친구들 열네 명이 뭉쳐 친목회를 하나 만들었다. 매월 한차례 정례적으로 모여 밥도 먹고 술도 마시면서 큰 탈 없이 환갑과 진갑을 지나 이제는 고희도 무사히 넘겼다.

제주도를 여행할 때 나는 친구들 모임의 총무였다. 개성이 뚜렷한 친구들과 그 부인들까지 서른 명에 가까운 여행 뒷바라지는 결코 쉬운 일이 아니었다. 웬만하면 협조하고 따라와 주는가 하면, 까탈스럽게 따지고 시비를 걸며 투정을 부리는 친구도 있었다. 총무 일이 버겁긴 했어도 모든 것이 새롭고 신기했으며 즐거웠다. 허름한 여관방에서 여러 명이 뒤엉켜 새우잠을 자면서도 조금도 불편한 게 없었다. 여행하는 동안 의견충돌은 수없이 일어났고, 아주 사소한 일로 얼굴을 붉히며 고성을 질러댔다. 일행에서 갑자기 일탈하는 친구가 있는가 하면, 심지어는 다른 여행객들과 싸움이 붙어 인근 파출소에 가서 시비를 가린 적도 있다. 그러나 즐겁고 보람 있는 여행이었다며 이구동성으로 총무의 노고를 고마워했다. 결론은 훗날 해외여행을 하기로 의견이 모아졌고, 그 길로 기금을 모아 나갔다.

이십오 년이 흐른 재작년 이른 봄, 우리는 그동안 근근덕신 모아놓은 돈으로 캄보디아와 베트남을 여행했다. 세월이 흐르는 동안 세상을 떠난 친구가 셋이고, 모임이 재미없다는 이유로 둘이 탈퇴하여 아홉 명의 칠십 대 늙은이들이 거동도 민첩하지 못한 처자들을 데리고 단체로 해외여행 길에 나선 것이다. 고향 동네를 출발하여 인천공항에서 국적기를 타고 씨엠립에 내려 캄보디아 관광을 하고, 씨엠립공항에서 다시 베트남 여객기로 하노이까지 가서 베트남 북부지방을 관광한 후, 우리 국적기로 귀국하였다. 그렇게 육박칠일의 여행은 별 탈 없이 끝났으나, 지금까지도 그 해외여행은 얻은 것도 없고 재미도 별로 없었다는 생각이 짙다.

전대미문의 불가사의한 힘으로 건설되었다는, 그래서 타의 추종을 불허한다는 앙코르와트 사원, 동양 최대라는 토렌삽 호수의 수상가옥에 펼쳐지는 처참한 인생의 모습들, 생각할 것도 배울 것도 많았던 그것들이, 아직까지 가슴속에 남아있는 것은 별로 없다. 크메루르즈의 동족학살을 실증하는 와트마이 사원의 원혼 가득한 해골 더미 앞에서도 강 건너 불 보듯 시시덕거렸다. 인간에게 있어서 과거라는 것은 현실에 따라 광채의 정도가 달라지게 마련인데, 캄보디아의 그런 것들은 비참하게 살다가 덧없이 스러진 사람들의 빛바랜 흔적일 뿐이었다. 아마도 나이 탓이었겠지….

하노이의 호치민 생가에서도 적개심을 느끼는 친구는 없었다. 월남전 때 파병되어 직접 베트콩의 기습공격을 받고 죽을 고비를 여러 번 넘겼던 친구도 과거의 적장에 대하여 그저 무덤덤해 보였다. 하롱베이는 상상을 초월하는 대자연의 위대함을 느낄 수 있음 직했으나, 누구 하나 탄성을 자아내는 이 없이 그저 다금바리회를 안주로 소주 마시기에 바빴다. 제주도 만장굴보다 수십 배 더 신비한 석회동굴에서도 그랬고, 백 미터 높이도 채 안 되는 유서 깊은 티톱섬 전망대에 오르는 것마저 포기하는 친구가 많았다. 나이 탓으로 돌리기에는 너무도 허망한 처신이었다. 비행기 좌석은 숨 막힐 듯 불편했고, 공중에 떠 있던 네댓 시간은 참아내기 어려울 정도로 힘들고 지루했다.

과거 제주도 여행 때와는 달리 의견 충돌은 많지 않았고, 얼굴 붉히며 고성을 지르는 친구도 없었다. 일행에서 남몰래 일탈하여 웃음거리가 된 친구도 없었다. 종심의 늙은이들답게 정숙하고 침착했으나 왜 그렇게 한없이 측은해 보였던지? 어쩌다 나타나는 돌출행동은 역동적인 심신에서 분출되는 것이 아니라 말귀를 못 알아듣거나 행동이 굼떠서였다. 기념사진도 찍기 싫어했고, 나체쇼도 심드렁했다. 내가 아는 어떤 친구들 모임에서는 평소 잦은 해외여행으로 마일리지를 많이 갖고 있던 자가 일행보다 한 등급 높은 좌석표로 바꾸어 자기 혼자만 안락하게 앉아서 거들먹거리다가 끝내는 왕따를 당하고 말았다는데, 이번 우리들의 여행에서는 그런 싸가지 없는 짓거리를 하는 자도 없었다. 그래서 그런지는 몰라도 두 번씩이나 단체여행을 했음에도 시중의 통설처럼 우리들의 모임은 파탄 나지 않았다. 우정이 더 돈독해지기는커녕 그토록 믿고 의지하던 친구들의 허물이 더 많이 드러난 여행이 되고 말았고, 사반세기나 벼르고 벼른 해외여행은 본전이 아까운 나들이로 싱겁게 끝나버렸다. 모든 게 다 때가 있듯이 여행도 다 때가 있다는 말을 절감했다.

이제는 떼 지어 문화유적이나 절경을 찾아다니며 이것저것을 구경하는 것보다는 햇볕 쏟아지는 해변에서 이 세상에 내 하나뿐인 친구와 단둘이서 청아한 해풍에 몸을 맡기고 지나온 세월을 되돌아보면서 마음을 씻어내는 여행이 더없이 좋으리라! 신혼여행도 변변치 못했으니 더 나이 들기 전에 마무리 여행을 멋있게 하고 싶다. 그녀가 항상 동경하는 파도 잔잔한 해변이 좋을 것 같다. 계절을 잘 골라서 남해안 고즈넉한 마을이나 수평선이 아름다운 사이판으로 가련다. 바닷가 흰 모래밭에 그녀와 나란히 누워 정처 없이 흘러가는 새털구름을 바라보며 가슴 뭉클한 이야기로 살아온 날들에 감사하리라. 멀리 수평선에 노을이 깔리고 어둠이 밀려와 별빛이 찬란한 하늘에 은하수가 물결치면 우리는 그냥 그렇게 해풍의 향기에 취하여 깊이 잠들 것이다.

김영덕

2014년 격월간 『한국문인』, 계간 『아시아문예』 수필 등단
E-mail : kyd07120@hanmail.net

여행은 삶의 활력소인데

김영숙

내 고향 진주는 이름부터 보석같이 예쁜 곳이다. 시가지 한복판으로 강낭콩꽃보다 더 푸르다는 강물이 흐르고 바위벼랑 위로는 장엄하게 높이 솟은 촉석루가 자리하여 아름다운 절경을 이루고 있는, 한반도 남쪽 끄트머리의 작은 도시이다.

나는 내가 살고 있는 이곳이 우리나라에서 제일 아름다운 도시라는 은근한 자부심을 지니고 있었지만, 또 다른 당찬 꿈을 품고 살았다. 지금 들으면 조금은 우습게 들릴지 모르나 그때만 해도 이루어질 수 있을지 막연함 속에서도 품어본 야무진 내 꿈은 나중에 아담하고 예쁜 이 층 양옥집에 사는 것과 세계 일주 여행을 하고 싶다는 것이었다. 내가 자랄 무렵의 지방 소도시엔 서양 동화 속에 나오는 멋진 양옥집들이 별로 없을 때였으니 자연히 그런 꿈을 키웠을 사춘기 소녀들이 어디 나뿐이었으랴만….

나는 서울에서 결혼을 하고 산 지 20년이 채 못 되어 비록 변두리이긴 하지만 중랑교 밖 봉화산 밑에 있는 아담한 이층 양옥집으로 이사를 하게 되었다. 마당도 제법 넓은 편이었고 주변의 경치도 빼어나서 마음에 쏙 드는 집이었다. 대문 앞이 바로 산이고 산의 풍경들은 우리 집 정원같이 안방에 누워서도 훤히 보이는 덤으로 얻은 보물인데 산새들이 왼 종일 노래해 귀를 즐겁게 해주었다. 집 앞 가로수로 늘어선 벚나무들은 봄이면 화사한 꽃잎을 바람에 흩날려 마음을 살랑이게도 했다. 파아란 잔디가 깔린 뜰 안 꽃밭에는 개나리, 백목련, 철쭉, 장미 같은 예쁜 꽃들이 철 따라 아롱다롱 다투어 피어나 화사한 꽃 잔치를 벌였다. 그러고 보니 맹랑한 꿈으로 끝날 것일 줄 알았던 한 가지 소망은 이룬 셈이었다.

그 후 세월이 흘러서 아파트에 사는 것이 도시 생활의 대세가 되었을 때 우리 가족도 시류를 쫓아 아파트로 이사를 하게 되었다. 그러나 나는 공기 좋고 경치 좋은 그 집을 떠나 아파트로 이사한 것을 한참 동안 후회하면서 아쉬움에 젖어 지냈다.

나라의 경제적 성장 덕택에 여행이 자유로워지면서 나의 어린 시절에 아득한 꿈이기만 할 것 같았던 세계 일주 여행도 이제는 예삿일처럼 흔히 하는 세상이 되었다. 그 바람에 나도 몇 차례 해외 관광 여행을 다녀왔다. 외국에 사는 아이들 일로 비행기에 오르는 일도 더러 있다. 세계를 제집 다니듯 손쉽게 나들이할 수 있는 세상이 올 줄 누가 알았을까. 그런데도 나는 더 자주 바깥 세계를 찾아 나서지 못하는 안타까움이 가슴에 돌덩이 되어 웅크리고 있다. 이제는 아이들도 장성하여 뿔뿔이 둥지를 떠나버려서 마음 내키면 홀가분하게 해외여행에 나설 수 있는데도 그렇게 할 수 없어서 안달이 나 있는 것이다. 동행자가 되어줄, 같이 밥 먹는 사람이 도시 움직이는 걸 좋아하지 않는 성미라서 나만 혼자 속을 앓고 있는 것이다.

아직 세계 일주 여행은 못 해 보아도 내가 소속한 여러 모임을 따라 더러 해외 나들이를 하지만, 여행이 취미이고 내 꿈 중 한 축을 이루고 있는 크나큰 소망인데 그걸 마음대로 못하니 언제나 여행에 목말라 있는 것이다. 역마살이라도 낀 사람처럼 길 떠나는 것을 좋아하니 여행 자주 다니는 사람들이 마냥 부럽다. 이처럼 여행을 좋아하는 내게 주위 여건이 조금만 따라준다면 반분이라도 풀 수 있을 텐데 나에겐 제일 쉽게 동행에 호응해 줄 딸 하나도 없다.

비록 여행 마니아까지는 못 되더라도 삶의 활력소가 되어줄 여행을 좀 더 자주 하면 내 삶이 훨씬 윤택해지리라고 믿고 있지만, 아마 나는 그런 복은 타고나지 못했나 보다고 자조하곤 한다. 미지의 세계에 대한 호기심이 가슴 속에 끓고 있다. 집을 나서면 발걸음도 가벼워진다. 새로운 문물, 역사적 유물들, 모두가 신비롭고 경이로운데, 나는 가방 싸들고 훌쩍 대문 밖 나서기가 왜 이렇게 어려울까. 길을 떠나기만 하면 눈에 다 담고 싶어 이동하는 차량 속에서 시차 때문에 졸음이 마구 쏟아져도 되도록이면 잠들지 않으려 안간힘을 쓴다. 가이드의 설명을 하나도 놓치지 않으려고 바짝 붙어서 걸음도 재빠르게 걷는다. 어쩌다 짝과 같이 갈 적이면 그런 나를 보고 혼자 달아난다고 항상 투덜댄다. 여행을 하면 달아오르는 엔돌핀을 억누르고 싶지 않은데, 행동이 느리고 여행에 별 흥미를 못 느끼는 내 짝은 찬물을 끼얹기 일쑤이다.

여행을 할 적마다 느끼는 것은 같이 여행을 하는 일행들이 귀국 날짜가 다가오면 피곤하다며 빨리 집에 가고 싶다고 하는데, 나는 아니다. 나는 왜 아닐까. 아무리 강행군을 해도 별로 피곤함을 모르고 일정이 끝나 가면 아쉽기만 하니 아마 나는 천생 여행 체질인 것 같다. 그런데도 나이는 자꾸 들어만 가고, 가고 싶은 곳은 많고, 삼시 세끼를 책임지고 있는 내 처지에 짝은 꿈쩍도 않으니 이를 어쩌면 좋을꼬. 그렇게 가고 싶은 크루즈 여행도 아직 못 가고 있는데…. 이제 여든에 가까운 나이가 되었으니 애달프게도 두 번째 꿈은 접어야 할 것이 아닌지 모르겠다. 오호 통재라!

김영숙

『수필춘추』 등단. E-mail : bibongsa@hanmail.net

추자도 楸子島

김영호

여명이 밝아오는 항구는 사방이 고요의 적막 속에 빠져 있다. 이따금 들려오는 파도 소리만이 나의 마음을 한없는 사색의 나래 속으로 빠져들게 한다. 지금 나는 세파에 시달려온 몸과 마음을 바람에 흘려보내고 푸른 바다 물결과 대화를 하고 있다. 여기저기 솟아난 갯바위 밑으로 이름 모를 고기들이 이른 새벽부터 깨어서 조잘대며 놀자고 속삭인다. 이따금 들려오는 새들의 속삭임이 나를 자연의 나락 속으로 한없이 끌려가게 하는데 흙 갈매기 한 쌍이 갯바위에서 사랑을 나누다 나를 보고 수줍은 듯 쳐다본다.

섬 주위를 거닐고 있는데 갯바위에서 낚시하는 강태공들의 모습이 눈에 뜨인다. 방어 삼치가 주로 잡혔고 어떤 분은 농어도 잡으셨다. 갯바위를 지나 무인도인 섬에 오르니 여러 사람이 모여 삼치회를 들고 계셨다. 회 한 점을 초고추장의 찍어 소주 한잔을 곁들여 먹으니 입에 살살 녹는다. 또 한 점을 먹으니 그야말로 꿀맛이다. 이 맛 때문에 강태공들이 끊임없이 추자도를 찾고 낚시하는 모양 같다.

낚시를 하는 재미가 무엇이에요? 하고 여쭈어 보니 고기를 낚는 재미도 있고 나를 잊고 푸른 물결소리와 바람에 동화되어 "세상을 낚는 재미로 낚시를 한다."는 나이 지긋하신 어른의 말씀이 나의 귓전을 스친다. 얼마나 촉박하고 말 많은 이 세상을 빗대여 하는 말인가. 낚시하는 동안은 모든 잡념과 한을 자연과 대화하며 시간을 보내는 강태공들이 철학자처럼 너무 부러워 보였다.

추자도의 올레길을 걷다 보니 최영 장군을 모신 사당이 보였다. 고려 공민왕

때 "목호"의 반란을 진압하러 제주도를 가는 도중 풍랑을 만나 이곳에 머물면서 이곳 사람들에게 어선과 그물을 만드는 법을 가르쳐 주어 어민들의 생활이 풍부하게 해 주셨다는 최영 장군. 온화하고 인자하신 모습을 보며 백성을 아끼고 사랑하시며 "황금을 보기를 돌같이 하라"는 장군의 말이 조용히 머리를 스치고 지나갔다. 역사 속에 살아 숨 쉬는 위인의 사당치고는 장소가 너무 협소하여 보였다. 인근에 추자 초등학교도 있고 이곳을 즐겨 찾는 관광객이나 자라나는 아이들에게 홍보하고 본보기를 보이려면 최영 장군의 사당을 크게 늘리고 유품도 더 모아서 거국적인 사당으로 만들었으면 하는 바램이다.

올레길을 걷는 동안에 새파란 바다와 어우러져 보이는 크고 작은 섬들의 모습이 나의 마음을 포근하고 정겹게 해주고 있다. 눈앞에 작은 돌섬이 보였다. 철 계단과 난간을 이용하여 섬 정상으로 올라 갔다. 많은 추자나무로 둘러싸인 섬에는 산새들의 둥지도 보였다. 시퍼런 바닷물결 위에 갈매기들이 여기저기 떼를 지어 날아다니고 흰 민들레 꽃과 무궁화가 곱게 피어있다.

푸른 바다의 환호성과 산새들의 정겨운 속삭임을 뒤로하고 봉골래 산 정상에 오르니 추자군도의 수많은 섬이 대자연의 화선지의 그림처럼 어우러져 장관이다. 제주도의 다도해이며 섬들의 천국인 추자도. 새파란 하늘 아래 출렁이는 물결 위로 보이는 건 바다와 산이 빚어낸 형형색색의 섬들의 빼어난 자태와 비경뿐이었다.

선상 낚시와 "나바론의 절벽"을 보기 위해 배를 타고 인근 바다로 나갔다. 선상에서 바라본 나바론의 절벽은 그야말로 장관 이였다. 굽이굽이 소용돌이치는 절벽 아래로 파도에 휘말리는 푸른 물결들이 시새움하며 절벽에 부딪히고 하얀 거품을 뱉어내며 장난을 치고 있다. 깎아지른 듯한 절벽 사이에는 만고풍상을 견디며 살아온 소나무들이 위용을 부리고 있다.

문득 60년대 제2차 세계대전을 배경으로 한 명화 "나바론의 요새" 가 머리에 떠오른다. 당대를 풍미했던 명배우 "그레고리 펙"과, "데이비드 니븐", "안쏘니 퀸"

의 특공대가 독일군이 점령한 나바론 요새의 대포를 폭파하기 위해 가파른 절벽을 기어오르며 벌리는 스릴과 애정 넘치는 장면이 머리를 스치며 지나간다. 수십 년의 세월이 흘러갔지만 망망대해 떠 있는 추자도의 나바론의 절벽이 흘러간 명화의 명장면을 연상케 하며 나를 감회에 젖게 하고 있다.

염섬 인근에 이르니 물속으로 방어와 삼치가 떼를 지어 지나간다. 선상에서 손을 넣어 잡으려고 하지만 어림도 없다. 여기저기서 선상 낚시를 즐기는 동호인들이 보였다. 선장님과 가이드의 도움을 받아 낚싯밥을 던지고 조금 있으니 경철이의 낚싯대가 흔들린다. 낚싯대를 조심스럽게 잡아당기니 방어 한 마리가 바둥거리며 딸려 나온다. 여기저기서 방어와 삼치 농어가 잡히면서 횟감은 순식간에 십여 마리로 늘어났다. 소식이 없던 나의 낚싯대에도 찌릿찌릿한 감이 오고 있다. 천천히 낚싯대를 당기는 데 너무 힘이 들었다. 선장님이 잠시 놓아주라고 해서 놓아주기를 여러 번 가이드의 도움을 받아 낚싯대를 잡아당기니 팔뚝만 한 방어 한 마리가 퍼드덕거리며 달려 나온다. 나는 너무 기뻐 "야! 나도 큰 것 한 건 했다."고 소리쳤다. 광천이는 눈먼 고기가 잡힌 것 같다고 했다. 그래! 광천아 눈먼 고기가 이렇게 크냐! 임마! 너는 왜 못 잡아. 너! 약 오르지. 그래! 영호야! 잘했다. 하! 하! 하! 하고 웃었다.

잡은 고기를 선상에서 회를 쳐서 쌀 막걸리 한잔을 마시니 회가 입에서 살살 녹으며 너무 맛이 있다. 그래! 이 맛이야 얼씨구 좋다! 우리 선상 건배 한번 하자. 하고 대성이가 말한다. 낚시꾼이 추자도를 찾는 이유를 이제 진정으로 알 것 같았다. 배를 타고 조금 더 가니 프랭이 섬이 보였다. 프랭이 섬은 추자군도에서 감 섬 돔과 돌돔을 잡기 위해 낚시꾼이면 누구나 한 번쯤 가보고 싶어 하는 선망의 섬이며 약속의 땅이다. 닭발 고랑의 낚시터와 동굴이 눈앞에 보인다. 동쪽의 닭발고랑 동굴 앞에서 감섬돔이 낚싯대에 끌어 올려지고 함성을 올리는 강태공들의 모습이 보였다.

신대산 전망대에 오르니 다무래이섬, 직구도 ,염섬, 수령섬, 추포도, 횡간도, 흑

검도,우두도, 수덕도사자섬, 청도프랭이섬 등이 파노라마를 이루고 있다. 섬 주위로 기러기들이 새파란 바다 위로 먹이를 찾아 쏜살같이 날아가고 있는데 두둥실 흘러가는 흰 구름과 어우러져 한 폭의 수채화처럼 아름답다.

어제 비가 내려 보지 못한 "직구도의 낙조"를 보기 위해 다시 상 추자도의 다무래미섬이 있는 올레길로 향했다. 쟁반같이 둥근 해는 이제 점점 바다 쪽을 향해 기울어 가고 있다. 시퍼런 바다 위에 내려앉은 붉은 쟁반이 바닷속으로 서서히 자취를 감추며 직구도 주위에 하늘은 온통 붉은 강을 이루고 있다.

어머니의 품속에 살포시 안겨서 젖을 먹는 어린아이처럼 직구도를 감싸고 있는 저녁노을 무리들이 연출하는 대자연의 조화를 보며 나는 넋을 잃고 말았다. 새파란 창공 위로 흰 구름이 하나둘 흘러가고 이들을 시새움 하듯 따라가는 저녁노을 떼들이 한 폭의 동양화처럼 너무 아름답다. 제부도의 저녁노을이 작은 동산과 어우러져 어린아이처럼 아기자기하다면 추자도의 저녁노을은 만고풍상 다 겪은 어머니의 품속같이 아늑하고 우아하며 포근해 보였다.

추자도를 다녀온 사람은 새파란 바다 위에 여기저기 두둥실 떠 있는 여러 가지 모양의 섬들과 파도에 씻겨서 출렁이는 절벽들의 웅장함, 여기저기 피어있는 들꽃과 흙 갈매기와 산새들의 매력에 푹 빠지게 된다.

구름도 쉬어가는 푸른 바다 위에서 선상 낚시로 잡아온 횟감을 소주와 곁들여 먹노라면 누구나 풍류객이 되어 시 한 수가 흥얼흥얼 읊어지며 여흥에 빠지게 되는 것 같다. 등대 산의 음이온 때문에 생선 비린내가 나지 않고 바다와 사람이 동화되어 살아가는 인정이 깃든 섬. 풍류와 사랑이 샘솟고 자연과 대화하며 세파의 찌든 마음을 잠시 접어놓고 인생을 쉬어 가는 추자군도. 그래서 사람들은 섬을 그리워하고 추자섬을 또 찾는 것 같다.

김영호

2012년『한국수필』등단. E-mail : youngho7010@hanmail.net

그리운 향리의 죽서루竹西樓

김옥남

싸늘함이 사라지지 않은 안방 테라스에서 그 야무진 작은 흰 꽃송이들이 제철 찾아 눈을 비비더니 온 집안에 '천리향'이 잔잔히 흐르고 있다. 입춘날 아침 해가 눈부시다. 안방 테라스에 가득 놓인 40여 분의 화분들이 철 따라 기지개를 켜니 나는 고향 하늘로 또 날아간다. 아버지가 가꾸시곤 하던 어릴 적 고향집 정원이 뇌리에 펼쳐진다. 고향을 떠나온 지 반세기도 더 지났건만 한가로운 요사이 내 생활 속에선 고향이 더욱 그 자리를 넓혀가고 있는 듯하다. 노년의 절실한 망향望鄕이리라.

고향을 떠나오기 전 어머니는 어린 나를 고향산천 곳곳엘 데리고 다니셨다. 형제도 없고(오빠는 공부하러 이웃 나라로 갔다) 친구를 찾아다니기엔 어렸던 나는 어머니를 따라 소풍을 즐겼다. 고향에서의 긴 겨울밤만은 어머니의 아라사나 유럽의 이야기 나라 속에서 곧잘 잠들곤 했었다.

지금도 잊히지 않는 그 첫 나들이는 어머니 손잡고, 복예 언니도 함께 갔던 '죽서루'였다. 우리 집 남양리에서 약 1km쯤 걸었고 싸간 도시락을 눈부신 햇살 속 높은 누각에 앉아 즐겁게 먹은 게 아마도 5월이었나 보다. 어머니는 누각 주변이며, 누각의 구석구석을 데리고 다녔고 "잘 보아 두거라."라고만 말씀하셨다. 집으로 돌아오기 전 다만 현판 앞에서 '죽서루'를 10번이나 외우게 하시고 그 이름은 잊어선 안 된다고 하셨다.

어린 내게도 죽서루 주변의 경관은 너무도 놀랍고 아름다웠다. 무서워서 어머니의 손을 꼭 잡고 내려다본 절벽의 바위 아래엔 푸른 강물이 흐르고 있었다. '오십천'이라고 했다. 그때 누각에 오를 때도 우리는 층계가 아닌 바위들을 밟고 오른 게 신기하게 생각난다. 어린 내게도 죽서루의 주변은 너무도 기이하고 아름다웠다. 그날은 그렇게 '죽서루'로의 첫 나들이의 경이로움 속에 나는 돌아오자 쓰러져 잠들었고, 다음날 복예 언니는 꽤 나를 놀렸다. 그렇게 시작된 죽서루로의 나들이는 매해 이어졌다. 두 번째 다녀온 죽서루 소풍 후 나는 초등학생이 되었다. 학교에 다니면서부터는 나는 겨우 한 번씩 갈 수 있었다.

입학 후 첫 죽서루 소풍에서 어머니는 비로소 내게 죽서루를 가르쳐 주셨다.

동해안의 '관동팔경', 여덟 곳의 뛰어난 풍광들 중의 한 곳인 죽서루, 그리고 죽서루만이 유일하게 해변과 멀리 있는 명승지, 상세한 설명 속에서 관동팔경을 알았고 죽서루의 뛰어남은 고향의 명승지일 뿐 아니라 관동팔경 속의 제일루임을 알았다. 그렇게 죽서루는 내 가슴에 각인되기 시작했다.

그러나 그런, 그 이듬해 우리 집은 서울로 옮겼다. 나는 10살이 되었다. 서울로 옮겨온 나는 몹시 바빠졌다. 학교에도 익숙해지기 쉽진 않았다. 두메에서 서울로 올라온 것이다. 죽서루는 내 가슴 깊숙이 묻혀버렸고, 세상은 세계 2차대전으로 분주하게 싸늘히 사납게 돌아가고 있었다. 우리나라에 대한 일본의 압박은 본격화되고 있었다. 그러나 일본의 패전은 세상을 바꿨고 우리나라엔 해방을 가져다주었다.

그렇게 세상에 떠밀려 부유하던 나는 대학교에 입학하고서야 겨우 고향엘 정말 오랜만에 내려갔다. 큰댁에 짐을 풀자 죽서루로 달려갔다. 누각에 올랐다. 유유히 흐르는 오십천을 절벽 아래로 내려다보며 주변의 변함없는 기암절벽을 둘러보았다. 비록 그 색들이 퇴색되었으나 누각도 건재했다.

그간의 거친 풍상 속에 많이 퇴락은 되었으나 건재한 누각에 올라 얼마 전 가신 어머니의 그때 그 따뜻했던 가슴을 되새기며 눈물지었다. 자상했던 이곳에 대한 그분의 설명, 그래서 나는 그 후 문헌들을 들춰 이곳의 역사를 보다 확실히 상세히 다 알았다. 그리고서 많은 시간이 흘렀다. 모두는 그 값어치를 알게 되고 보수하며 간직하고 있어 이제 죽서루는 당당한 모습을 되찾았다.

지난해 가을2014. 10 제34차 한국문협 대표자 회의를 삼척 맹방三陟, 孟芳에서 개최했을 때 모두는 죽서루를 감탄 속에 관광했다. 시간이 갈수록 죽서루는 내게 다가선다. 그 깊은 속내까지도 내겐 보인다.

세계를 꽤 많이 둘러보았고, 가장 우리 내 산천과 흡사한 중국 오지에도 상당히 깊숙이 가 보았고 오르고 내렸다. 하지만 기나긴 세월 거기 올려진 정을 무엇과 바꾸며, 오랜 세월 지켜온 그 절벽과 기암괴석을, 그 아래 끊임없이 들렀다 간 흘러가는 오십천 물줄기를 누군들 따라갈 수 있단 말인가.

시간도 가 버리고 인걸도 가버리는데 죽서루는 오늘도 묵묵히 그 자리를 지키고 서 있다. 그 자리에서 저 아래 푸른 소를 내려다보며 절벽의 당당함을 기억할 아들 훈기를 이 여름에는 꼭 데려가 내 어머니마냥 나도 그에게 죽서루의 역사를 이야기해 줘야 하겠다. 죽서루는 아름다운 자신의 전설을 현명한 이들에게 영원히 이어가야 한다.

입춘날 해도 이제 다 지고 있다. 배달부가 우리 집 입구에 붙은 '입춘송立春大吉.建陽多慶'을 오랜만에 본다며 칭송하고 갔다. 오늘 죽서루에도 해가 지고 있겠지.

김옥남

1998년 『책과 인생』 등단. E-mail : kon7060@naver.com

내 마음 불꽃놀이

김하영

"불곰을 보았다."

"산딸기를 따 먹었다."

"고사리를 뜯어 육개장을 끓였더니 아주 맛있다. 놀러 와라." 시애틀로 이사 간 친구가 철 따라 내게 전화를 걸어 나의 귀에 속삭인다. 나는 그럴 때마다 "그래, 놀러 갈게."라고 말해 온 지 7년이 되었다. 두 딸이 대학을 가고 나니 이제서 내게 오붓한 시간이 주어졌다. 독립기념일 연휴를 맞아 우리 부부는 시애틀로 향했다.

공항으로 친구 부부는 마중을 나왔다. 오후 4시가 되어서 친구 집에 도착했다. 간식을 먹으러 가자고 했다. 친구 부부는 집을 나서더니 앞장서서 워낙 잰걸음으로 달아난다. 어디를 가는지 궁금하지만 따라가느라 숨이 차서 묻지도 못하고, 죽어 너부러져 있는 나무도 넘으면서 우린 부지런히 걷지만 취미가 등산인 친구 부부를 따르기에는 역부족이다.

'아마 산장 커피숍이 있나 보다.' 생각되었다. 그들은 저 멀리 멈칫 서더니 무엇인가를 따고 있었다. 산딸기다. 친구는 헐떡이는 우리에게 바위를 가리키며 이쪽으로 앉으라며 배꼽을 잡는다. "시험을 해보니 두 분은 운동도 전혀 하지 않는 모양이네." 우리를 두고 장난기가 발동했던 모양이다. 우리에게 산딸기를 내민다. 비가 자주 오는 곳이라 딸기가 단맛은 덜하나 무공해이니 안심하고 먹어

보란다. 딸기를 입에 넣으니 향과 과즙이 입안 가득하다. 본인들은 요즘 간식이 먹고 싶으면 이곳에 들른다면서 시애틀 자랑을 한다. 산 좋고 물 많고 특히 산행 코스가 아름다워서 자연을 즐기기에 최고란다.

친구는 시애틀로 이사를 준비하며 말했었다. '남편은 알레르기도 심하고 천식이 있어 건조한 엘에이를 한동안 떠나 있기로 했다'고 하더니만, 피부는 촉촉하고 탄력 있고 혈색 또한 좋아 엘에이에 살 때보다 훨씬 젊어 보였다. 남편도 건강이 좋아졌단다. 세 딸은 얼굴이 하얗고 볼이 발그레한 것이 마치 활짝 핀 산딸기꽃 세 송이가 우릴 보고 인사하는 듯했다. 친구 가족은 그곳을 만끽하며 행복을 금수레에 차곡차곡 싣고 있었다. 저녁엔 우리가 가져간 윷으로 윷놀이를 했다. 딸들의 떠들썩한 응원으로 밤이 어떻게 깊어가는 줄 몰랐다. 다음 날 아침은 밤샘을 한 모두의 껄껄한 입맛을 배려해 야채죽이 준비되어 있었다. 친구의 음식 솜씨를 칭찬하며 두 그릇을 비우고 Rainier National Park을 향했다.

한 시간가량 달려 차를 세우고 산을 오르기 시작했다. 7월인데도 곳곳에 눈이 있어 뭉쳐서 던지기도 하고 눈썰매를 탔다. 얼음장을 뚫고 내려오는 물을 두 손으로 떠서 먹었다. 금방이라도 심장을 멈추게 할 것 같이 차가운 물은, 고산지대라 가슴이 답답하고, 피곤과 과식이 겹치니 체기가 있었는데 모두 줄행랑치게 했다. 눈 녹은 양지쪽으로는 기동하는 새싹들이 즐비하고 두 시간가량 더 올라가니 꽃 무더기가 여기저기 보인다. 안내문이 있다. 백 살을 넘긴 보호하는 꽃이라며 가까이 가지 말라는 당부다. 꽃이며 줄기며 가련하다. 흙은 거의 없고 돌뿐인 황량한 산비탈에 짧은 해를 벗 삼아 끊어질 듯 이어진 줄기, 야리야리한 다섯 잎의 꽃송이. 거센 비바람과 눈 속을 견디며 숫한 날을 이어오고 때가 되면 빨간 미소로 우릴 반긴다. 시련의 아픔과 고독을 가슴으로 삭여 해맑은 웃음으로 표출할 줄 아는 이름 없는 꽃에게 난 경의를 표한다. 어찌 온실 속 탐스러운 꽃과 비교가 될까.

뒤를 돌아보니 백인 남성이 아기를 등에 지고 올라오고 있다. 혼자 오르기도 벅찬 이 산을, 정말 대단하다. 백인들은 체험을 중시한다더니 그 말이 맞다. 그 한 살도 안 된 아이가 무엇을 얼마만큼 체험을 하며 기억할지 나는 잘 모르겠다. 하지만 훗날 아빠의 등에 업혀 Rainier National Park을 올랐었다는 사실을 알려주면 얼마나 행복해할까. 아이가 성장해서 다시 이 산을 찾는다면 걸음마다 아빠를 기억할 것이고, 그도 아이를 데리고 같은 체험을 하지 않을까.

산행을 마치고 돌아와 친구가 심은 들깻잎 상추 케일 쌈으로 양질의 저녁을 먹고 어제와 반대편으로 산책을 나섰다. 조금 걸어 거대한 나무숲으로 들어가니 고사리는 넓은 날개를 활짝 펴고 너울너울 멋진 정원을 만들고 있다. 맑고 시원한 물이 흐르는 도랑이 있고 요정들이 하나씩 등장하기 시작한다. 나무를 재빠르게 오르내리는 요정, 나무를 딱딱 쪼는 요정, 색색의 깃털을 하고 유유히 나르는 요정, 은쟁반에 옥구슬 구르는 소리를 하는 요정, 땅굴 속을 들락날락하는 요정, 이름 모를 덩지가 큰 버섯은 고목나무에 기생하여 싱긋한 향기를 날리고 있다. 나는 동화에 나오는 엘리스처럼 이상한 나라로 빨려 들어간 듯하다. 사방의 모든 것이 신기하고 황홀하다. '나도 이곳에 오래 있게 되면 요정이 될 수 있지 않을까?' 망상증 발병이 우려된다. 축축한 숲 속 냄새는 어릴 때 가끔씩 찾아가던 고향 산골짜기 향취와 많이 닮았다. 눈을 살며시 감고 산 내음을 길게 들여 마셔 본다. 만취한다. 우린 마냥 별천지에 계속 있을 수 없다. 내 좋아하는 모습을 본 친구는 뒤따라오며 더 좋은 곳도 많은데 2박 3일 일정이 너무 짧다고 여러 번 되뇐다.

친구 집은 주위에서 하는 독립기념일 불꽃놀이를 한눈에 볼 수 있는 좋은 위치였다. 우리는 베란다에서 담요를 뒤집어쓰고 불꽃놀이를 감상하려 기다려도 어둠이 쉽게 찾아들지 않는다. 영문도 모르는 우린 조금 있으면 어두워지겠지. 시계를 잘못 본 것인가. 9시를 훌쩍 넘겨도 밝다. 친구에게 물었더니 백야란다.

11시쯤 되어 어둠이 내리니 곳곳에서 번쩍대기는 했지만 기대했던 화려한 불꽃놀이는 끝내 없었다.

하지만 내 마음 속의 불꽃놀이는 지금도 한창이다. 친구 집 베란다에서 시내를 내려다보며 마셨던 커피, 와인 잔을 부딪치며 서로의 건강을 위해 건배를 했다. 간간이 불어오는 쾌적한 바람. 밤하늘의 수많은 별들은 노년기로 접어들 쓸쓸한 우리들의 앞날을 격려라도 하는 듯 유난히 반짝였다. 진실한 벗과 지나간 일들도 추억하고, 어떤 미래의 바람과 진솔한 이야기를 나눌 수 있어 행복했다.

오늘도 그 시간이 마음 깊은 곳에서부터 불꽃처럼 튀어 오른다.

김하영

2012년 『순수문학』 등단. E-mail : hyk200977@yahoo.com

시골 장터 기웃거리기

명향기

도시가 아닌 시골은 기존 마트는 있지만 아직도 오일장에 의존하는 곳이 많다. 양평만 해도 양평장(3, 8일), 용문장(5, 10일), 지평장(1, 6일)이 열리고 있다. 용문에 가면 시골 장터인 장이 서는데 예전에는 역에서 한 10분쯤 떨어진 곳에서 열렸지만 용문에 지하철이 들어오면서부터 장터를 역 주변으로 옮겨 역에서 내리면 바로 오일장터를 만날 수 있다. 용문에는 신라 마지막 왕인 경순왕의 세자 마의태자가 나라 잃은 슬픔을 안고 금강산을 오르던 중 심었다는 천 년이 넘은 은행나무와 용문사가 있어 많은 관광객이 찾는 곳이다. 시골 장터가 열리는 날을 때맞추어간다면 용문사도 돌아보고 장터도 둘러보는 일석이조의 즐거움을 얻을 수 있을 게다.

나는 몇 년 전 용문 가까이에 둥지를 튼 관계로 장이 열리는 날은 괜스레 마음이 들떠 사정이 허락하기만 하면 한 번씩 둘러보곤 한다. 처음 장을 찾았을 땐 내가 상상하던 시골티 물씬 나는, 소설에서나 있음직한 어눌한 장이 아니어서 살짝 실망도 했지만 서울에서의 마트나 재래시장과는 또 다른 매력이 넘실대고 있다. 역에서 본다면 왼쪽으로는 이 지역의 특산물인 더덕, 도라지, 버섯 등이 오른쪽으로는 빈대떡, 국수, 팥죽, 국밥 등의 먹거리가, 역 앞쪽으로는 옷, 신발 등 공산품이 자리를 하고 있다. 전보다는 더욱 세분화되고 정돈되어 시골 장터 본래의 멋은 좀 줄어들었지만 그래도 이곳에 오면 옛날 나의 어린 시절을 만나곤 하는 쏠쏠한 재미가 있다. 내가 이 장터를 즐겨 찾는 이유 중 하나는 수수부꾸미와 가마솥볶음땅콩을 사기 위함이다.

어렸을 때의 일이다. 추운 겨울날 꽁꽁 언 손을 호호 불며 학교에서 돌아오면 어머니는 다다미방 한가운데에 있는 난로 위에 팬을 올려 기름을 살짝 두른 후 그 위에 수수경단을 올려놓고 지지다가, 뒤집개로 꾹 눌러 호떡만큼 얇게 펴 놓고는 거기에 팥 알갱이를 듬뿍 넣고 반으로 접어, 반달 모양의 수수부꾸미를 만들어 주시곤 했다. 그때의 그 부꾸미 맛이란 얼마나 기가 막혔는지 지금도 수수만 보면 그때가 생각난다. 그 수수부꾸미가 이 장터에 있는 것이 아닌가! 게다가 순수 강원도산 수수로 팥알이 굴러다니는 팥 앙금을 듬뿍 넣고 부부가 정성 들여 만든 이 수수부꾸미는 완전 어머니의 맛 그대로였다. 그걸 한 입 베어 문 순간 혀끝에서 나의 어린 시절이 튀어나오고, 젊은 시절의 어머님이 앉아 계시고 난로 옆에선 소란 대는 식구들의 웃음소리가 퍼져 나왔다. 그곳엔 난로 위에 수직으로 세워졌던 연통과 직각으로 연결된 연통의 연결부위에 이슬 맺힌 물방울을 받아내느라 조그만 깡통도 어김없이 달려있다.

유난히도 팥을 좋아하는 나를 위해 어머님은 자주 수수부꾸미와 시루떡을 만들어 주시곤 하셨다. 그런데 날이 갈수록 이 부꾸미가 인기가 높아가더니 요사이는 정오가 지나서 가면 10~20분 줄을 서서 기다리는 것은 기본이고 조금 늦게 가면 아예 다 팔려서 파장이 되곤 한다. 이걸 파는 곳이 몇 군데 더 있지만 유독 이 집만 그렇다. 거의가 등산복을 입은 사람이 고객인데 이 집이 맛있는 걸 어이 알고 줄을 서는 것인지 알다가도 모를 일이다.

먹거리가 넘쳐나고 맛도 좋은 요즘의 아이들이야 이런 맛을 알랴마는 우리 시대의 사람들은 아마도 맛을 찾는다기보다는 추억을 먹기 위해 이런 곳을 찾는 것이 아닌가 싶다. 게다가 웰빙을 부르짖는 요즘, 수수가 뇌에 좋은 히스티딘이 많고 비장 위장을 보호하고 만성장염 소화불량에 좋을 뿐 아니라 탄닌과 페놀성

분이 많아 항암에 좋고 마그네슘이 백미의 다섯 배나 많다고 하니 더욱 사람들의 관심이 높아지나 보다.

또 다른 한 가지는 유난히 견과류를 좋아하는 남편이 그곳에서 만난, 땅콩을 볶아 파는 곳이다. 앙증맞은 가마솥에 국산 콩을 넣고 주걱으로 천천히 저어가며 거뭇거뭇 볶아서 파는 곳인데 여느 시장에서 파는 땅콩보다 값은 두 배나 비싸지만 맛은 확실히 차이가 있어 그곳에 갈 때는 어김없이 한 손엔 수수부꾸미를, 한 손엔 땅콩을 들고 어슬렁거린다. 또한 비교적 잘 정돈된 시장을 누비다 보면 슬쩍슬쩍 빈 공간에서 난전을 펼치고 있는 할머니들을 만나곤 한다. 당신 집에서 방금 따온 싱싱한 호박이며 직접 만든 메주 등 잘생기지도 못하고 실하지도 않은 땀방울들을 펼쳐놓고 계신 할머니들 말이다. 지폐 몇 장을 건네다 보면 달라지도 않은 덤을 듬뿍 얹어 주시곤 한다. 이분들 대부분은 종종 내려오는 손주들에게 당신이 밭에서 거둔 결실을 가지고 쌈짓돈을 만들어 두었다가 손주들에게 건네줄 기쁨을 상상하며 미리 즐거워하시는 분들이다. 또한 시골 장터에선 어린 강아지들도 만나고 운이 좋은 날에는 요즘 보기 드문 골동품들도 만나곤 한다. 기대하지 않던 곳에서 기대 이상의 기쁨을 만나보는 것도 경험해 본 자만이 알 수 있는 묘한 즐거움이다.

시골 장터에 가면 그리움을 만날 수 있다. 그곳에선 우리의 추억이 걸어 나오고 삶이 묻어나오고 고단함도 숨 쉬고 있다. 우리가 잊고 살았던 어머님들의 주름살이 눈에 밟히고 오지 않는 손주를 기다리는 기다림이 젖어 나온다. 어제가 있음에 오늘이 있고 시간은 계속 지금도 이어져감을 느끼는 공간이기도 하다. 다 못한 孝(효)가 가슴에서 저려오고 우리 또한 예전과 다를 바 없는 같은 모습으로 살아가고 있음을 실감하기도 한다.

풍성한 물건과 화려함은 없지만 우리네 삶이 묻어나는 오일장이 그래서 나는 참 좋다. 어제도 만나고 오늘의 고단함도 만나며 역사의 흐름 속에 한 점으로 살아가는 나도 만난다. 배낭을 짊어지고 국밥을 먹는 사람들에게서 소설 속 어느 장소로 들어가 보기도 한다. 오일장에 가면 훈훈함과 사랑이 있다. 그래서 나는 오늘도 또 달력을 보며 오일장 열리는 날에 동그라미를 크게 그려 놓는다.

명향기

2015년 월간『한국수필』등단. E-mail : fragnance@hanmail.net

구채구와 황룡

–중국 여행을 다녀와서–

문상칠

여행은 사람마다 목적이 다르다. 어떤 이는 떠남이라고 했다. 또 다른 나를 찾아 떠난다고 한다. 아름다운 산천을 보고 마음의 여유를 찾는 사람도 있고, 명승지나 유적지를 찾아 학문적 지식을 탐방하러 가는 자도 있다. 동호인이나 친구끼리 유대 관계를 더욱 공고히 하기 위해 떠나는 경우도 있다.

목적은 달라도 여행은 세월의 연륜이 쌓인 사람에게도 설렘을 안고 떠나는 마음은 한결같다. 떠나기 전 준비에 바쁘기도 하고 기대와 희망이 있는가 하면 건강에 대한 걱정과 함께 희비가 엇갈린 생각을 갖기도 한다. 인간의 삶이 더욱 팍팍하게 느껴질수록 여행은 마음의 편안함과 휴식의 공간을 안겨준다. 일정이 비록 고될지라도 우리 부부는 마냥 즐거운 마음으로 중국 여행길을 떠난다.

중국은 국교 재개 이후 꾸준히 가까워져 2010년 이후에는 일본과 1, 2위를 다툴 정도로 한국인이 많이 방문하는 국가가 되었다.

첫째 날 부산 국제공항을 출발로, 야간 비행기에 몸을 실었다. 3시간여 소요되어 사천성의 성도成都에 도착했다. 이곳은 서남지방을 대표하는 풍요로운 도시라 한다. 사천성은 면적이 우리나라의 약 4배가 된다니 감히 크기를 짐작할 수 있다. 특히 유네스코 지정의 세계 문화유산인 구채구, 황룡, 낙산, 아미산, 티베트자치구 관광지 등과 인접한 도시가 성도다. 중국 삼국시대 촉한을 통일한 유비가 수도로 삼았던 도시다.

다음 날 절벽을 깎아 만든, 세계에서 제일 큰 불상 낙산 대불을 유람선을 타고 관광하였다. 웅장함이 견줄 데가 없는 듯하다.

이어 주 목적지인 황룡 풍경구로 가는 도중 해발 5,200m에서 버스에서 잠시 내려 사진을 찍었다. 귀가 이명耳鳴을 울리며 호흡이 가파름을 느낄 정도다. 카르스트 지형으로 경관이 기이하고 특이하여 '현생의 신선경'이라 불린다. 황룡 케이블카로 3,200m 지점에 내려, 4시간여 하산하는 동안 고산증高山症은 우리를 몹시도 괴롭혔다. 미리 약물을 먹고 산소통을 준비했지만 어지럼증과 매스꺼움이 더해 관광객의 발걸음은 고통스럽기만 했다. 백두산 천지만 해도 하루의 기상 변화가 변화무쌍하다 했거늘 이곳도 내려오는 내내 비가 오다 그치다, 햇볕이 났다 변덕스럽기 그지없다. 도중 군데군데 아름다운 에메랄드빛의 환상적인 석회암 연못은 수천 개의 오채지五彩池를 이루고 있어 보는 이의 마음을 황홀하게 만들었다. 대부분 푸른색에 가까운 색이지만 원인은 알 수가 없다. 생각으로는 철분과 구리 성분이 착물을 형성하여 생긴 것이라 여겨지지만 학술적 근거를 찾을 수 없다. 자연이 준 최고의 선물이다.

마지막 날 구채구九寨溝 풍경구를 관광했다. 구채구는 사천성 강족 자치구, 구채구 현 경내에 있으며 9개의 장족 촌락이 있어 얻은 이름이다. 신선이 노는 아름다운 '물의 나라'라고 불릴 만큼 빼어난 연못, 호수, 폭포 등은 관광객의 전 혼을 앗아가는 듯했다. '구채구의 물을 보고나면 다른 물을 보지 않는다.'라는 말이 있을 정도로 에메랄드빛 영롱한 물은 구채구를 대표하는 미경으로 회자膾炙되고 있다고 한다.

여행은 아름다운 추억을 만들어 뇌리 속의 영원한 나이테로 남는다. 당시는 후회가 될 정도로 고되고 괴로운 여행일지라도 지난 후에는 잊지 못할 즐거움으로 기억된다. 여행의 즐거움을 아는 자만이 심신이 고통스럽고 지칠지라도 행복함을 느낀다. 어려움이 고조된 여행일수록 잊지 못할 경험으로 축적되고 삶의 난간을 헤쳐나가는 정신적 통로가 될 수도 있다. 여행의 목적을 비록 다 이루지 못했을지라도 내 마음의 부족한 부분은 이미 다른 것으로 풍부해지고, 더 좋은 것으로 채워져 돌아온 것이다.

빼어난 절경은 인간이 아무리 애를 쓴들 이렇게 빚어낼 수 있을까? 아름다운 자연은 자연 스스로가 만들어 가는 것인가 보다. 떠나면서 황룡과 구채구의 웅장함과 아름다운 비경은 뇌리에서 영원히 지워지지 않는다.

문상칠

2013년 월간 『한국수필』 등단. E-mail : msc2706@hanmail.net

앙코르의 새 빛

문장옥

앙코르 유적지를 보기 위해 아침 일찍 서둘러 호텔 문을 나섰다. 많은 미니 버스, 뚝뚝이가 관광객들을 싣고 씨엠립 시를 벗어나 앙코르와트 사원 유적지로 가득 몰려들었다. 캄보디아인들의 자긍심이 서려 있는 이곳 유적지 관광은 절차가 결코 쉽지가 않았다. 안내인은 유적지 입구에서 즉석 사진을 찍고, 그것을 출입 입장권에 바로 입력시켜 모든 관람객들에게 각각 소지시켰다. 앙코르와트 유적지 출입구에서 캄보디아 관광공무원들이 방문객의 얼굴을 반드시 대조 확인한 다음에라야 유적지 사원을 들어갈 수가 있었다. 세계 각국에서 몰려드는 관광객에 의해 행여 자기네 유적이 훼손될까 우려되어서 그런다고들 하는데 유적지에 대한 남다른 사랑과 긍지를 가진 이들의 애착은 관광객들의 심기가 불편함은 고려 대상이 못 되는 듯싶었다. 안내인은 사진이 박힌 입장권을 잃어버리면 돈을 아무리 많이 준다고 해도 유적관람을 할 수 없다고 한다.

앙코르와트 유적지에 발을 들여놓았을 무렵, 아침 해가 제법 높이 떠올라 이마와 등골에서 땀이 주르르 흘러내린다. 손수건으로 땀을 닦으면서 거무죽죽하게 하늘을 향해 솟구치고 있는 앙코르와트 사원을 바라보며 감격했다. 사진으로만 보았던 앙코르와트를 찾아왔다는 사실이 실감 나지 않았다.

처음엔 회색빛 돌로 지어진 아름답고도 웅장한 사원이었다는데 오랜 세월 동안 열대우림기후와 맞서다 보니 그런지 지금은 빛바랜 모습으로 말없이 서 있다. 그래도 이 건축물의 규모나 형태는 이곳을 찾는 이들의 시선을 끊임없이 한 곳으로 집중하게 만들고 가슴 속 깊이 놀라움을 자아내게 한다.

신왕 사상을 펼치고자 세웠다는 이 사원 벽면에 새겨진 신화 그림을 보고 있으려니, 안내인이 힌두신들에 대해서 설명을 한다. 내가 믿는 종교가 있어도 이곳에 모신 힌두신들에 대한 특별한 경외심이 생긴다. 관광객 중 벽면에 새긴 힌두신을 향해 두 손을 모아 고개 숙이는 이들이 더러 보인다. 과거에 크메르 지도층이 왕권을 확립하여 백성들을 강력히 통치하고자 신왕 정책으로 세운 신전인 이 건축물은 그 시대 건축술로는 칠백 년쯤 걸려야 축성될 수 있다는 말을 들은 기억이 있다. 수리아 바르만 2세 통치시대에 이 사원을 근 37년 동안 만에 완공했다는 것이 참으로 기적 같은 일이라고 강조한다.

십오 년 전, 나는 중국 자금성 성 밖에 출렁이는 해자가 있는 것을 본 적이 있었다. 그런데 이 앙코르와트 사원 밖에도 해자가 인공적으로 만들어져 있었다. 앙코르의 해자는 바다를 상징하며, 앙코르와트의 중앙탑은 신들이 사는 메루 산을 형상화한 건축물이다. 앙코르 사원에서 모시는 힌두 신 이야기는 인도와 인도차이나 등, 인도 문화권에서는 그들의 삶의 모든 부분에 녹아있는 사상이며, 삶의 철학적 배경이었고 가장 중요한 전승문학이었다.

앙코르 유적은 힌두 신화에 나오는 신의 세계를 건축물로 재현하려 지어졌고, 힌두신화에 나오는 신성과 상징들을 보여주는 수많은 부조와 벽화들이 힌두 신화의 중심 신인 브라흐마, 비슈누, 시바 이야기로 꾸며져 있었다. 특히 앙코르와트 사원은 비슈누에게 바쳐진 사원이다.

인도의 신화로 알려진 대서사시 '라마야나'는 '주인공 '라마' 왕자가 인도 북쪽 코살라 왕국의 첫째 왕자인데 스리랑카의 악마왕 '라바나'와 적대관계였다. 그 둘은 비데하 왕국의 공주 '시타'를 차지하려고 서로 다툰다. 그러나 비슈누의 일곱 번째 화신으로 태어난 '라마' 왕자가 '라바나' 악마를 물리치고 시타 공주를 구하며 코살라 왕국의 왕이 된다는 이야기다. 이는 신神과 선善이 악惡으로부터 승리를 이룬다는 것이 중심이 된 이야기다. 이것은 앙코르 와트 사원 1층 회랑의 벽화 부조로서 자세하고도 생생하게 새겨져 있다. 오랜 시간 사원 꼭대기까지 이어지는 회랑을 천천히 돌면서도 '라마 왕자 신화'에 몰두해 지루한 줄 몰랐다.

앙코르와트 사원에서 나와서 앙코르 톰을 상징한다는 '바이욘' 사원을 찾았다. 이 사원은 규모는 앙코르 와트 사원보다 작았으나 사원 꼭대기를 오르니 미소 짓고 있는 부처의 얼굴을 엄청난 크기로 사면 부처상을 깎아 안치했다. 커다란 사면 부처상의 위압감을 누르며 기념사진을 찍었다. 동행자 중 불교 신자는 힌두 신자들과 마찬가지로 두 손을 모아 절을 하는 이들이 있다. 순박하게 보이는 이들의 소망이 이루어지길 바라며 사원 계단을 내려왔다. 이 바이욘 사원은 이곳 캄보디아인들의 자랑스러운 문화재일 뿐만 아니라 신앙의 근원지로 보인다. 이곳 부처상을 축소 프린트한 문양의 티셔츠가 시장에서 많이 판매되고 있었다. 나도 지인을 위해 몇 장 사 왔다. 이곳은 불교 사원인데도 불구하고 힌두교의 부조가 군데군데 발견되었다. 이곳 힌두교 신, 비슈누 환생 중 하나가 부처라고 하는 말이 맞는 것 같다.

다음엔 정글 속 사원인 '타프롬'을 찾았다. 이곳엔 다른 사원보다도 방문객이 많았다. '툼 레이더' 영화 촬영지로 알려지고, 자연과 유적이 어우러져 있는 유일한 이곳 광경이 보는 이들에게 새로움과 신비감을 자아내서 그런 것 같았다. 이 사원은 엄청나게 큰 스펑나무와 보리수나무 뿌리가 반쯤 허물어진 유적을 칭칭 휘감고 있다. 우리나라에서 볼 수 없는 기이한 그 모습에 감탄사가 절로 흘러나온다. 거대한 나무가 바위로 세운 유적 곳곳을 뚫고 우뚝우뚝 자라고 있는 모습을 보며 자연의 위대함과 인간사의 무상함이 가슴에 와 닿는다. 호화로웠던 과거, 사원의 모습은 온데간데없고 유적들 사이에 나무뿌리와 비집고 자라온 풀 포기들이 세월에 덧입혀온 화려함으로 앙코르에서 가장 아름다운 사원으로 자리 잡고 있었다. 허물어진 이 타프롬의 복구는 현재 중국 기술자들에게 맡겨졌다고 한다.

앙코르 유적지는 하루 이틀에 답사하거나 관광을 마칠 수 있는 곳이 아니었다. 이곳을 찾아오기 전 TV 테마여행 프로에서 간접경험을 했고, 앙코르를 소개하는 책들을 서너 권이나 읽고서 이 유적지를 찾았건만 상상하던 바보다도 더 신비롭고 놀라운 세계적인 문화유산이란 생각이 든다.

앙코르 유적지를 보기 이틀 전, 나는 캄보디아 씨엡립 공항에 들어서면서 이 나라가 우리나라보다 모든 것이 뒤떨어진 문화후진국으로 알았었다. 그런데 앙코르 유적지를 여행하고 보니 이 나라의 문화 수준에 대한 인식이 확 달라진다. 인도, 태국, 중국 문화의 영향은 받았지만 이들은 그 누구도 흉내를 낼 수 없는 독자적인 문화를 이룩한 민족이었다.

만족한 관광을 끝내게 되니, 입국 시 공항에서 즉석 비자를 만들어준다고 수고비 일 달러를 무조건 공항직원들에게 강제로 상납하게 했던 나쁜 관습으로 상했던 감정까지도 어느 정도 삭혀진다. 캄보디아인들의 대다수는 남녀체구가 모두 왜소하다. 하지만 이들의 내면은 강건하고, 심미적. 철학적이며, 상상력과 창의력이 뛰어난 크메르의 후예인 듯싶다. 이들의 역사를 관심 있게 살펴보니 외세와 잘못된 위정자들에 의해 고난받았던 우리나라와 처지가 같다는 생각으로 동질감마저 들었다.

앙코르 유적지에 스며있는 캄보디아의 훌륭한 조상, 크메르인의 예술성은 그곳을 찾는 관광객에게나 이곳 캄보디아인들에게 캄보디아문화를 재인식시키는 새 빛을 던지고 있었다.

앙코르가 존속하는 한 신神은 악惡을 징벌하고 선善의 편이라는 것도….

문장옥

2008년 월간 『한국수필』 등단. E-mail : moon-5218@hanmail.net

벵갈 소년의 푸른 꿈

박계화

방글라데시에서 날아온 아들 메라즈의 편지를 읽는데 가슴이 툭 내려앉는다.

'사랑하는 엄마에게 보내는 마지막 글입니다. 꿈을 이루기 위한 내 노력은 엄마의 관심과 후원 없이는 불가능했어요. 엄마의 따스한 사랑을 결코 잊지 않을게요.'

내 사인이 든 축구공을 옆에 끼고 수줍게 미소 짓는 사진 속의 소년, 메라즈가 나를 울린다. 어려운 환경 속에서도 자기의 말에 귀 기울여주는 이 있어 희망의 빛을 꿈꾸던 아이. 엄마가 되어 기도와 사랑으로 그의 꿈을 키워주겠다던 내 약속은 어디다 내버렸는가. '이제 바쁜 일만 끝나면' 하는 동안 그는 기다리다 지친 마음으로 마지막 편지를 썼을 테지. 나는 진정으로 그 아이의 엄마였는가.

2010년 어느 봄날, 사회복지법인 월드비전의 교육홍보대사로 위촉장을 받았다.

'평소 나눔과 섬김으로 이웃사랑의 본을 보이시는 박계화 교장님을 교육홍보대사로 모십니다.' 스스로 돌아본 지난 삶이 많이 부끄러웠지만, 교육현장에서 얻은 지혜를 실천하라는 사명으로 받아들였다. '모든 어린이가 풍성한 삶을 누리는 꿈' 프로젝트의 실행을 위해 5년 동안 방글라데시, 베트남, 인도, 라오스의 교육 오지로 찾아가 진정으로 아이들을 만나고 손을 잡으며 희망의 씨앗을 뿌렸다.

현지에서 두 아들과 딸 하나를 가슴으로 안으며 후원 엄마가 되었다. 첫 후원 아이가 방글라데시의 아들 셰이크 메라즈이다. 탁자 위에 놓인 수많은 아동의 카드 중에서 한 아이를 선택하는 시간. 약간 검은 피부에 커다란 눈망울의 시선이 나를 사로잡는 아이가 있었다. 그 아이가 나를 부르는 것만 같았다. 사진을 집어 드는 순간 우리는 무언의 모자가 되었다. 이름을 잊어버릴까 봐 만나러 가는 날까지 사진을 가슴에 품고 다니며 아이의 이름을 가만히 불러보았다.

"메라즈, 나의 아들 셰이크 메라즈."

'벵갈의 나라' 방글라데시. 세계 최고의 인구 밀도 속에 행복지수는 1위인 나라. 교육개발사업장이 있는 오지의 선더번으로 가는 동안 우리 승합차는 비포장 도로를 달리며 먼지를 온통 뒤집어썼다. 차도와 인도의 구별 없는 좁은 도로는 수많은 사람과 교통수단인 인력거 릭샤로 뒤엉켜 있었다. 그 사이를 비집고 가며 운전기사는 끊임없이 경적을 울려댔다. 이런 상황에서도 사람들은 느긋하고 환한 웃음 속이다.

'길거리 아동사업장'에서 아이들의 밝은 미소와 마주했다. 거리에 천막을 쳐 놓고 거적때기 위에서 생활하는 아이들이 땟국 가득한 손을 내밀었다. 아이들의 손을 일일이 잡아주었다. 참으로 따스했다. 이토록 열악한 삶 속에서도 어떻게 이런 환한 웃음꽃이 피어나는 것일까. 이들의 행복지수가 높은 것은 웃음꽃 때문이리라. 내 후원 아들 메라즈의 웃음꽃도 이렇게 밝고 환할까.

드디어 메라즈를 만나는 시간. 사람이 살기에는 너무도 열악한 헛간 같은 집에서 사진 속 눈망울의 아이가 나를 응시하고 있었다. 눈이 마주치자 그가 먼저 환한 미소를 지었다. 세상에 이처럼 아름다운 미소가 또 있을까. 내 얼굴에도 미소가 피어났다. 모두들 친 모자처럼 우리 둘의 미소가 닮았다고 했다. 인사를 하고 준비해간 선물로 축구공을 내미니 덥석 받아들던 메라즈가 갑자기 내 품 안으로 뛰어들었다. 축구를 좋아한다고 해서 2002 한일월드컵 기념 축구공을 어렵사리 구해간 것인데 이토록 기뻐할 줄이야. 사랑으로 기도하고 정성껏 후원하리라 다짐하며 그를 꼭 끌어안았다. 내 심장에서 뛰던 그의 맥박은 지금도 나를 고동치게 한다.

9살 메라즈가 이제 14살 소년이 되었다. 그동안 우리는 월드비전을 통해 서로 편지와 사진을 주고받았다. 또박또박 정성껏 쓴 그의 벵갈어 친필 글씨와 영어로 번역한 편지를 받는 것은 얼마나 큰 기쁨이었던가. 의사가 되어 아픈 사람들을 돌보고 싶다는 그의 꿈은 어느새 내 꿈으로 푸르게 성장해갔다. 한국 엄마가 생기고 큰 꿈이 생겼다며 아이들에게 자랑하던 아이, 18등에서 4등으로 성적이 올랐다며 자랑을 보내온 아이. 생일 선물로 보내 준 자전거를 타고 희망의 휘파람을 보내온 아이, 내 사진을 집의 중앙에 게시해놓고 매일 기도한다는 아이와의 행복한 시간은 아직 많이 남아 있을 것이라 생각했다.

언제부턴가 크리켓을 좋아한다며 보내온 사진에도, 성적이 떨어져서 걱정이라며 조언을 구함에도 불구하고 답장을 미루기 시작했다. '시간 나면 답장해주리라.' 바쁜 일상에 얽매어 그와 가족을 위한 기도도 소홀해졌다. 월 3만 원 씩의 자동이체로 후원금만 간 지도 꽤 되었다. 그런 와중에 받은 마지막 편지라니. 월드비전 후원 사업은 15년을 전후로 그 지역이 외부의 도움 없이도 자립할 수 있다는 평가가 나오면 종료된다. 선더번은 18년간의 사업으로 종료된단다. 후원에 대한 감사편지와 사업 종료로 메라즈와의 모자 관계도 끊어진다는 안내장도 동봉되었다. 이젠 편지를 써도 보내줄 수 없다는 안타까운 사실을 접하니 가슴이 메어온다.

"엄마, 저와 저희 가족을 위해 기도해주세요. 엄마의 축복된 삶을 위해 저도 매일 기도할게요. 그동안 정말 감사합니다. 셰이크 메라즈로부터."

사진 속 애틋한 그의 시선이 내 기도를 간절히 붙들고 있다. 어떻게든 내 마음을 전해야 했다. 월드비전에 몇 차례 간청을 하여 마지막 편지를 전할 수 있게 되었다. 그의 푸른 꿈을 가슴에 저장해 놓고 그를 위한 엄마의 사랑과 기도를 약속했다.

"메라즈야, 푸른 하늘을 바라보렴. 우린 떨어져 있어도 같은 하늘 아래 있는 거야. 밝은 웃음을 잃지 말고 씩씩하게 자라렴. 네 푸른 꿈을 위해 매일 기도할게."

4년 후, 18세 성인이 되어 자유롭게 서신을 주고받을 수 있는 날을 기다리리라. 그때 메라즈의 푸른 꿈은 어떻게 성장해 있을까. 가슴 속에 그의 맥박이 다시 뛴다.

박계화

2015년 월간 『한국수필』 등단. E-mail : park-keiwha@hanmail.net

고추잠자리 무주구천동에 날다

박성숙

무주구천동 골짜기에 들어섰다. 공중에 반짝이며 날아다니는 것이 눈에 뜨인다. 차창을 열고 그 물체를 살펴본다. 고추잠자리가 무리를 이루어 떠다니고 있는 것이다. 벼 이삭이 누렇게 익어가는 가을 들녘에서나 볼 수 있던 고추잠자리가 이 여름에? 고개를 갸웃거리는 동안 목적지에 닿는다. 차에서 내리는데도 우리를 따라온 듯 고추잠자리는 여전히 떠 있다.

늘 피서를 왔던 곳인데 고추잠자리의 모습은 처음이다. 나는 너무 신기해 호들갑을 떨며 짐도 옮길 생각을 못하고 고추잠자리에만 눈길이 가 있다. 남편은 우리 짐 빨리 나르고 형님 짐도 날라드려야 한다며 독촉이다. 하지만 나는 남편의 말을 듣는 둥 마는 둥 꼼짝도 않으니 그예 한마디 한다. 그까짓 잠자리가 이상할 것도 신기할 것도 없단다. 기온이 23~24도가 되면 산에서 살다가 지상으로 내려오는 곤충인데 별것 아닌 것에 호들갑이니 남세스럽다는 말이다.

잠자리의 생태를 듣고 보니 무주구천동이 그만큼 서늘하다는 말이 아닌가. 순간 시원함이 온몸으로 느껴졌다. 전국이 30도를 넘는다 했고 열기를 뿜어대는 오후다. 휴게소에 들를 때마다 숨이 막혀오던 더위는 물론, 지열도 올라오지 않는다. 역시 피서는 무주구천동이란 생각에 고추잠자리가 더욱 반갑다.

시댁 식구들과의 여름 피서지는 해마다 정선이나 무주구천동 계곡으로 정한 지 오래다. 낮의 온도는 다른 곳과 비슷해도 밤에는 솜이불을 덮어야 할 만큼 서

늘해 늘 두 곳 중 한쪽을 택한다. 하지만 고추잠자리가 내려올 정도로 시원하기는 이번이 처음이 아닌가. 구색을 맞추듯 모감주나무 노란 꽃이 원추형으로 피어 골짜기를 밝히고 있다. 무주구천동 골짜기에 가로수로 심은 이 나무는 다른 곳보다 훨씬 밝은 노란색 꽃을 피웠다. 고추잠자리까지 모감주나무 주변에서 날고 있으니 그 환상적인 어울림에 눈을 뗄 수가 없다.

이번 여름에는 무주구천동의 자연휴양림을 찾아보기로 다짐했다. 지난해도 똑같은 마음으로 왔지만 들르지 못했다. 아름다운 숲 전국 대회에서 "어울림 상"을 수상할 정도로 숲이 아름다운 곳이라 소문이 나 있지만 들르지 못해 늘 아쉬운 마음이었다.

무주구천동에는 유난히 가볼 곳이 많다. 덕유산의 정상, 안국사 아래 양수발전을 위해 만든 깊고 맑은 호수, 조선왕조신록 보관지인 안국사, 적상산 정상, 시원하기 그지없는 머루와인동굴, 칠연폭포, 별자리를 관찰할 수 있는 반디랜드, 또 백련사를 다녀오다 보면 늘 휴가 일정이 모자란다.

이번 여름여행은 열 일 제치고 일찍 자연 휴양림으로 향했다. 입구를 들어서니 매표소 안내원이 오르는 길을 친절히 일러준다. 호기심이 가득한 마음으로 휴양림 가는 길로 들어섰다. 입구에 키가 큰 자작나무가 우리를 안내하듯 줄을 서 있어 발걸음이 한결 가벼워진다. 경사도 심하지 않고 나무가 우거진 산 사이로 오솔길이 원만하게 이어져 있다. 산을 오르는데도 고추잠자리는 여기저기 떼를 지어 나는 것을 보니 그들을 닮는가? 발걸음이 더욱 가벼워진다. 조금 더 오르니 전나무 과의 가문비나무숲이라는 푯말이 서 있다. 그곳부터는 나무계단으로 되어있어 오르기가 더 쉽고 편했다.

계단은 가문비나무를 관찰하도록 빙그르 돌아가며 놓여 있다. 한 그루 두 그루 살피며 천천히 걷는다. 나무가 하늘이 잘 보이지 않을 만큼 무성하게 자라있었다. 내 기분도 가문비나무 키만큼 날아오른다. 처음에는 전나무와 별 차이 없다 생각했으나 자세히 살펴보니 표피의 색이 더 선명하고 곧게 뻗었다. 또 초록 바늘잎의 뒷면이 구상나무와 흡사하고 바늘잎도 짧았다.

가문비나무숲은 1931년 일본 북해도 제국대학에서 이곳을 외래 수정조림지로 조성해 심었다고 했다. 기후와 토질이 적합하다 여겨 212그루를 심은 지 84년이 되었단다. 가문비나무의 원산지가 유럽이란 글을 보는 순간 어쩐지 어디서 봤다는 생각이 들었다.

딸이 교환 교수로 가 있던 오리건 주변 산의 나무들도 이 나무와 흡사했다. 어찌나 튼실하게 재목감으로 잘 컸던지 딸이 출근을 하고 나면 우리 내외는 그 나무들을 보기 위해 날마다 산에 올랐다. 그 탐스러운 나무들은 남편과 내가 두 팔을 벌려 안아도 남을 만큼 굵게 자라 그 넓은 산에 꽉 들어차 있었다. 하지만 이 숲의 가문비나무는 아직 내 두 팔을 겨우 채울 만큼이다. 세월이 흐르면 재목감으로 훌륭한 나무가 될 터인데 많이 심지를 못했으니 아쉽다는 마음과 허전한 마음이 오갈 뿐이다.

올여름 휴가도 일주일이 어느새 후딱 지나가 버렸다. 캄캄한 밤 골짜기에서 반딧불을 쫓으며 어린 시절을 회상했고, 하늘별 숙소에서 하늘 길을 열어 쏟아져 내리는 별을 보며 고향의 하늘도 그려보았다.

더구나 무더위로 실종되었던 내 감성도 되찾고, 떼를 지어 날아다니는 고추잠자리를 보며 처져있던 마음도 추스르게 되었으니 다시 내 생활에 생기를 불어넣어 줄 것이다.

박성숙

『수필과 비평』 등단. E-mail : sspark38@hanmail.net

아침 동해바다에서

박종국

바다, 여름이 끝나고 가을로 접어들 때 동해바다 H에 왔다. 불과 한 달 전만 해도 발 디딜 틈 없이 북적거렸는데 아주 한산했다. 바다는 이렇다저렇다 내색하지 않았다. 수많은 인파가 빠져나갔지만 바다는 결코 외로움을 타지 않았다. 애당초 그런 일에는 관심조차 없었지 싶다. 바다는 잠시도 멈춤이 없이 뒤척거렸다. 연신 물결은 서로 밀치고 밀쳐내기에 한눈팔 여유가 없었다. 기다림은 쓸쓸하다는 마음이 들면서도 결코 바다는 그렇지 않았다.

세차게 출렁이는 바다도 좋지만 잔잔하니 조용한 바다도 좋다. 바다는 시퍼렇지만 누구 하나 시기하지 않고 하늘은 푸르러도 바다와는 달랐다. 모래밭은 생각처럼 삭막하지 않았다. 때로는 반짝반짝 빛이 났다. 크고 작은 파도의 물결이 소리를 내질러가며 몰려왔다가 하얗게 부서지면 뒷자락을 잡고 연이어 달려오면서 생동감이 넘쳤다. 바다는 우물쭈물 복잡하던 머릿속을 확 씻어 내려 홀가분하니 속이 후련하게 했다.

환절기라 옷깃을 여밀 만큼 하루가 달라졌다. 하늘이 높아진 만큼 마음도 높아지고 깊어진 바다만큼 마음도 깊어졌다. 바다와 하늘과 모래밭이 하나가 되어 그림을 그렸다. 가을 바다는 바라보는 것만으로도 뭉클뭉클 가슴을 일렁이게 했다. 한 폭의 빼어난 풍경화로 설레게 했다. 나는 그 속에 모래알보다 더 작게 서서 하늘을 올려다보고 바다를 바라보면서 행복이 묻어나는 삽상한 아침으로 그냥 좋기만 했다.

모래밭에는 지난밤에 다녀간 물결의 흔적으로 미역 줄기나 밀려온 쓰레기 같은 것들로 눈물 자국처럼 금을 그어두었다. 자그마한 조개껍데기도 흘려놓았다. 다음번에는 어디까지 닿을 수 있을까 표시해놓았지 싶었다. 지난여름에 수많은 발자국을 만들고 이야기가 오갔을 것이다. 하지만 모두 담아갈 수 없어 더러는 그냥 남겨놓기도 하였을 것이다.

어린이는 두꺼비집을 만들고 어른들은 모래찜질도 하였을 것이다. 대중에는 사랑한다는 말도 있고 너무 보고 싶었다는 즐거운 이야기에 누가 밉다거나 억울하다는 고단한 삶의 이야기도 있을 것이다. 다정한 연인이면서도 아직은 너무 쑥스러워 입가에 맴돌다 미처 나누지 못하고 떨리는 마음으로 삐뚤빼뚤 모래 위에 적어놓은 애틋한 사연도 있을 것이다.

그러나 바다는 그런 흔적들을 남겨놓지 않았다. 매정하리만큼 모조리 삼켜버리거나 어디로 싣고 가서 묻어버렸는지 아무도 아는 사람이 없다. 아니 증언하는 사람이 없었다. 그만큼 무관심이기도 하다. 언제 되돌려줄지도 모른다. 하지만 그것은 한낱 바람일 뿐이다. 다만 이런저런 사연을 남겨두고 떠나간 사람들은 나름대로 마음속에 혹은 가슴속에 추억이란 이름으로 담아두고 있을 것이다.

진통의 핏빛 붉게 물든 하늘에 산봉우리 위로 삐쭉 내미는 일출도 좋지만 바다의 수평선에서 불쑥 솟아오르는 일출도 환상적이다. 그 어디서 떠오르든 하루를 여는 것은 다름없을지라도 느낌은 아무래도 다르다. 아무 일도 없었든 듯 싶은 모래밭에 작은 발자국을 찍어나갔다. 갈매기가 날개를 펄떡거렸다. 수없이 발자국을 남겼지만 끝내는 부질없는 짓이라고 하나 보다. 그래도 누군가는 자꾸 발자국을 찍어갈 것이다.

아침에 맑게 쏟아지는 햇살이 바다를 더 시퍼렇게 하고 하늘을 더 푸르게 했다. 저 눈부신 햇살이 들녘에 가면 황금벌판을 만들고 밭에 가면 고추가 빨갛게 익으며 수수 모가지가 고개를 숙일 것이다. 사과는 빨갛게 익고 온통 가시뿐이던 밤송이에서 알밤을 톡톡 쏟아내게 할 것이다. 울안의 석류가 쩍쩍 갈라지면서 영롱한 보석을 들어낼 것이다. 담장 너머로 은은한 모과 향기를 풍기면서 금덩어리 같은 묵직한 열매를 매달 것이다. 이처럼 발길 닿는 곳마다 풍성해지면서 가을임을 증명할 것이다.

살랑살랑 불어오는 바람이 짓궂게 간지럼을 피우며 옷깃을 파고들었다.

박종국

1997년『문예사조』등단. E-mail : pjc1947@hanmail.net

여행, 그 의미

서원순

남아프리카로 신혼여행을 떠나는 아들 내외에게 일로평안一路平安을 기원하며 손을 흔들었다. 워낙 비행기 타는 시간이 길다지만 예식이 끝나자마자 배낭을 메고 청바지 차림으로 나서는 아이들을 보며 신혼여행의 혁신적 변화를 느꼈다.

지금은 여행의 종류도 많아져 관광뿐 아니라 전문적 상품이 다양하다. 문화예술기행, 오지탐험 및 지역연구, 기업교류 및 등등 많은 상품이 개발된 시대다. 어떤 여행이든 여행은 신선함과 설렘, 견문적 탐구, 역사와 문화 포럼, 처음 만나는 도시와 환경에서 오는 창조의 신비감, 낯선 민족과 세계 사람들을 만나는 호기심, 인간과 문화와 자연에서 고급한 정신세계에 도달하는 만족한 성취감과 지적 충족을 얻을 수 있다.

내가 결혼할 무렵에도 형편이 웬만하면 신혼여행은 꼭 가야 하는 것으로 알았다. 그러나 해외는 생각도 못 했고 멀어야 제주도이며 온양 온천 정도로 가는 것이 고작이었다. 예식이 끝난 후 옷을 갈아입는 것도 모르고 양장에 신사복 차림으로 가다 보니 신혼여행자임이 금방 드러나 사람들의 시선을 받기가 일쑤였다. 한마디로 촌티가 팍팍 났다.

영국 속담에는 '여행을 할 때 아내를 동반하는 것은 연회장에 도시락을 지참하는 것 같다.'라는 말이 있는데 분명 아내 아닌 애인과 가고 싶은 남정네들이 지어낸 것이며 그들의 속내가 엿보인다면 내 해석이 너무 심한가? 사실 신혼여행이란 우리 문화가 아니라 예식과 더불어 서구에서 받아들인 문화이니 결혼의 전통 혼례가 서구식으로 바뀐 것과 같은 때일 것이다.

아들이 초등학교 일 학년 때 일이다. 옆집에 사는 아들 친구 재균이가 놀러 와 아들 방에서 숙제도 하고 게임도 하고 있었다. 방안에서 두런두런 소리가 들렸다 "야~ 너 신혼여행 어디로 갈 거야? 신혼여행 갈 거지?" 재균이가 아들에게 물었다. 무슨 이야기 끝에 그런 말이 나왔는지 전후좌우를 알 수 없기에 내 귀가 쫑긋 애들 방으로 각을 세웠다.

"그럼 가야지, 근데 나는 우리 엄마를 모시고 가야 돼." 아들의 말에 나는 몹시 당황스러웠다. 미래의 제 색시가 알면 여행도 가기 전에 파경에 이를 소리를 하고 있으니 말이다. 재균이가 황급하게 말을 잇는다. "야하~ 말도 안 돼, 어떻게 엄마랑 함께 가냐?" 재균이는 철이 났는지 신혼여행의 본질을 아는 것 같았다. "응, 그건 우리 엄마가 내가 병원에 입원했을 때 밤을 새워 고생했거든, 은혜를 갚아야지." 이게 무슨 날벼락 같은 마마보이의 대답인가 싶으면서도 내 기분이 천하를 얻은 것 같았다. "아~ 이래서 자식을 키우는구나." 하고.

미련한 나는 아들을 장가보내면 사돈이 된다는 현세 말을 뒤로 한 채 아들의 방에 귀를 붙이고 그들의 대화를 계속 훔쳤다. 재균이는 훨씬 어른스럽게 "캭!" 하면서 "으아~ 말도 안 돼, 말도 안 돼." 를 외쳤다. 나는 초긴장으로 침을 꿀꺽 삼키며 아들의 대답을 기다렸다. "네가 몰라서 그래, 내가 어릴 때 많이 아파서 세브란스 병원에 입원했거든, 급성 폐렴이라나? 그때 죽으려는 나를 엄마가 밤새워 간호했거든, 그래서 여행을 가려면 엄마를 꼭 데려가야 돼." 타당치는 않지만 어미의 속 타던 마음을 잊지 않은 어린 아들의 효성이 엿보여 마음이 울컥했었다. 만약 내 남편이 신혼여행 갈 때 그런 말을 했다면 "이런 또라이" 했을 터인데 나는 아들의 말을 지금껏 상기하고 있다. 지나간 것은 잊고 새 일을 보라는 말씀을 저 멀리 두고 비상식적이고 말도 안 되는 아들의 철없는 말을 흐뭇해했으니…. 역시 아들에게서 여행을 같이 가자는 말은 없었다.

오늘 밤, TV의 연속극 엄마 주인공이 아침에 가족 여행을 떠나기로 약속하고 밤에 세상을 떠났다. 자식들이 잠든 방마다 마지막 돌아보고 마음을 새까맣게 태우며 우여곡절 좌충우돌 마음을 상해 울었던 옛일이 행복이었다고 정의하면서 눈을 감았다. 자신의 죽음을 딸에게 고백하는 장면이다. "엄마가 멀리 아주 멀리 갈 거야."라고.

이래저래 까닭 없이 허한 마음을 추스르며 여행의 정의를 재정립해본다. 그렇다. 인생이 여행이니 나는 지금 이곳에서 매일 여행 중이다. 늘 다른 곳으로 갈 준비를 하면서 다시 오지 않을 이곳에 마음을 두지 말자고 다짐하며 많은 것을 남기기 위해 여러 종류의 욕심을 부린다는 것 또한 얼마나 부질없는지도 깨닫는다. 새 생명을 찾아가는 순례자이자 이 세상을 여행자로 사는 삶에 가치를 두고 방랑의 자유와 다양한 호기심과 인연에서 행복을 찾는다면 후회가 없을 것 같다.

여행이란 '한가로이 사랑하고 사랑하다 죽는 삶'이라고 보들레르가 말했다. 실상의 여행은 현실도피를 상징하고 이 세상을 초월한 공간으로의 떠남을 의미한다는 그의 말처럼 의미 있는 떠남을 준비할 때이다. 의무와 제약된 세월과 정해진 시간 없이 관습에 매이지 않는 자유로운 여행은 빨리 시작할수록 득이다.

나에게 여행, 그 의미는 일상을 떠남이고 생의 비상이기에 내가 가야 할 마지막 목적지를 향한 아름다운 비전을 향해 미션의 첫발을 내디딘다.

서원순

『수필과비평』 등단. E-mail : suna811@naver.com

찰나

신경옥

햇살이 부드러워지는 오후, 타이페이 공항에 도착했다. 입국장에 들어서는 순간 공항 내부가 좀 특이하다는 느낌이 들었다. 어! 공항 입구 통로가 반짝반짝 빛이 나네. 바닥을 자세히 보니 청회색 대리석이 빛나고 있었다. 이 넓은 바닥을 대리석으로 깔다니 궁금하고 놀라웠다. 대리석이 거울처럼 설레던 나의 마음을 비춰주고 있었다.

대리석에 관한 궁금증은 다음날 태로각 협곡에 가서 풀리게 되었다. 아침 6시쯤 저절로 잠이 깨었다. 호텔 식당으로 내려가니 빵과 고기, 신선한 채소와 과일, 따뜻한 우롱차까지 먹음직한 뷔페 음식이 기다리고 있었다. 아이들은 즐거운 아침 식사에 후식으로 열대과일을 먹으며 신이 났다. 화련花蓮에 있는 태로각 협곡으로 찾아가는 길은 경비행기를 이용하고, 호텔로 돌아올 때는 기차를 타기로 했다. 소형 경비행기에는 백여 명이 꽉 차게 앉아 이륙을 재촉하는 듯했다. 비행기가 뒤뚱거리며 솟아오를 때, 잘 날아갈지 조금은 걱정이 되었다. 하지만 잠시 후 바람처럼 날아올라 삼십 여분 만에 우리를 목적지에 데려다주었다.

깎아지른 절벽을 품은 산맥, 바위들이 거의 대리석이었다. 협곡 입구에 다다랐을 때 수직 암벽이 나의 온몸을 압도하여 두려움마저 일었다. 태로각 협곡은 바위를 뚫어 좁고 굽은 길을 만들고, 사람들이 그 길을 따라가면서 대리석산을 바라볼 수 있게 하였다. 협곡 사이로 물이 흘러내렸다. 거센 물살이 협곡 내벽에 부닻치면서 쐐아 하는 소리가, 산 능선을 타고 올라 좁은 하늘 길에 울려 퍼졌다. 대리석 덩어리와 잔재들, 19km에 이르는 협곡을 건설했던 사람들의 땀과 혼이 모여 부옇게 흘렀다. 이 대리석 협곡의 눈물을 만져보고 싶어 중년의 한 남자가 위험을 무릅쓰고 가파른 계곡 아래로 내려갔다. 그는 돌을 밟아 미끄러지기도 하고 몸을 기우뚱하면서 보는 이의 마음을 졸이게 했다.

협곡의 푸른 나무숲들은 강렬한 햇빛에 이파리들을 내걸며 바람에 일렁였다. 작은 폭포수들이 시원하게 흐르는 대리석 산을 배경으로 사진 포즈를 취했다. 습하고 무더운 날씨였다. 햇살이 따가워 걸을 때 땀도 많이 흘렀다. 휴게소에서 잠시 숨을 돌리고, 망고 아이스크림의 달큼한 맛이 느껴지기 시작할 때였다.

하늘 아래, 숲 사이사이로 뽀얀 물안개가 피어오르고 있었다. 서서히 잿빛 구름이 퍼지면서 환하던 주변이 차분히 가라앉았다. 후두두두~ 비의 연주가 시작되었다. 나무들이 이파리마다 물을 머금어 더욱 짙은 녹색으로 흔들렸다. 명암의 차이에 의한 변화인가, 계곡 물이 점차 옥빛을 띄는 것 같았다. 이곳에서는 대리석도 많이 나지만 옥 또한 많이 난다는 얘기를 들었다. 바람이 불고 비가 뿌려지면서 협곡은 하나의 거대한 울림통이 되었다. 더욱 세차게 흐르는 계곡 물소리, 바람에 슷 스스스 흔들리며 내는 나뭇잎들의 노래, 수많은 잎새에 떨어지는 빗방울들의 변주가 협곡 사이로 울리면서 퍼져나갔다.

이 협곡에 지금 내리는 비와 이전에, 그 이전에 내리던 비의 감촉을 떠올려보았다. 아득히 먼 곳을 돌아 이곳까지 불어오는 바람의 연원淵源을 그려보았다. 저 대리석 사이에 박혀있던 옥 한 줌에도 햇살이 비추고, 빗물이 맺히고 수많은 시간이 흘렀으리라. 바람의 세기와 방향에 따라 빗줄기가 내려오는 모습도 달라 직선을 그리다가, 때로는 사선을 긋다가, 국숫발처럼 흐르다가, 춤추면서 흩어지다가, 자진모리장단으로 미치다가, 다시 휘돌아나가고, 바람의 박자에 맞춰 깊어지다가, 차차 숨 고르며 잠잠해지고 맑아졌으리라.

태로각 협곡을 내려와, 이곳에서 나오는 대리석 공예품과 옥 공예품들이 다양하게 전시되어 있는 대리석 작업장을 만나게 되었다. 나는 왠지 옥구슬을 꿰어 만든 공예품들에 눈길이 갔다. 옥구슬은 방금 태로각협 곡에 내리던 빗물에 얼굴을 씻은 듯 푸르고 맑았다. 아담한 옥 팔찌 하나, 댕그랑 뎅그렁 소리를 내며 울렸다. 비와 바람과, 깎이고 둥글어지면서 눈물처럼 맺혔을 기억들이 속에 흐르고 있었다. 옥 팔찌를 하나 골라 남편에게 보이니 선뜻 사주었다. 이국에서 받은 선물이 혹여 상할까, 포장한 채로 가방 안 깊숙이 넣었다. 태로각 협곡의 무한한 시간에 비하면 찰나인 이 순간, 나뭇잎을 스치며 반짝이던 물방울과 빛의 시간도 선물처럼 함께 넣었다.

기차를 타고 두 시간 넘게 타이페이로 돌아오는 길은, 아이들과 이야기도 나누고 차창 밖으로 스치는 풍경을 바라보며 여유로웠다. 이제 막 그린 흐르는 산맥과 나무들의 수채화, 멀리 물결이 넘실대는 바닷가. 오랜 해풍에 색이 바래고 거뭇거뭇해진 건물들이, 순간 지나쳐가는 우리를 바라보고 있었다.

신경옥

2007년『한국수필』등단. E-mail : kyoasin@hanmail.net

그 여행의 에필로그

신수옥

동생의 환갑 기념으로 우리 세 자매는 터키 여행을 다녀오기로 했다. 7박 9일간의 여행을 함께하며 모처럼 집안 살림이나 자녀들 걱정도 벗어버리고 특히 어수선한 국내 정세도 머리에서 말끔히 지워버리고 우리만의 시간을 즐기자고 약속했다. 자식으로서, 아내로서, 엄마로서 그리고 할머니로서 열심히 살아온 우리들, 떠나자! 4월에 들어섰는데도 서울 날씨는 아직 겨울이 심술을 부리며 봄기운을 막고 있어 예년보다 늦추위가 이어지고 있었다. 화창한 베란다 창밖이 포근해 보여 가벼운 옷차림으로 나갔다가 추위에 덜덜 떨며 돌아오던 날들이 많았다. 터키의 날씨는 한국과 비슷하다고 했다.

출발 며칠 전부터 가방을 꺼내놓고 고민하며 두꺼운 옷을 넣었다가 얇은 옷으로 바꿨다가 변덕을 부리던 끝에 드디어 결론을 내렸다. 더우면 안 입으면 되지만 추우면 어찌할 것인가 유난히 추위에 약한 자신을 알아야지. 결국 어떤 추위에도 얼어 죽지 않게 옷을 챙겼다. 여러 나라 여행을 하다 알게 된 나만의 노하우를 이럴 때 십분 발휘하지 않으면 언제 하겠는가.

첫날은 입고 간 옷이 그런대로 무난했다. 밤늦게 호텔에 들어가 다음 날 입을 옷을 챙기려는데 가방을 이리저리 뒤적거려도 적당한 옷이 없었다. 그곳은 예상보다 따뜻했다. 하는 수 없이 입고 간 옷을 그대로 입을 생각으로 침대에 올라앉아 두 사람이 가방 가득히 가져온 옷을 펼쳐놓고 이것저것 맞춰 입어보는 모습을 조용히 지켜보았다. "왜 너는 옷을 안 챙겨?" 언니의 물음에 동생도 잠시 멈추고 나를 보았다. "옷이 없네." "그럼 그 가방에는 다 뭐가 들어있는데?" 두 사람이 다가와 내 가방을 열어보았다. 아무리 추위를 많이 탄다 해도 그렇지 어떻게 겨울옷만 잔뜩 넣어왔느냐며 자신들의 가방을 열어놓고 맘에 드는 것으로 골라 입으라고 했다. 자매들의 사랑을 담뿍 느끼며 여행 내내 두 사람의 옷을 빌려 입고 다녔다. 여행이 끝나갈 무렵 동생이 한마디 했다. "언니, 옷에 신경 좀 써라. 검소한 것도 좋지만 나이 들수록 외모에 신경을 써야 하는 법이잖아." 듣고 보니 내가 너무 무신경했나 싶었다. 돌아가서는 봄철 여행에 적합한 옷들을 좀 사야겠구나.

나이 들어 오랜만에 하는 긴 여행이라 도중에 배탈이나 몸살이 나면 어쩌나 걱정한 것과는 달리 언니와 동생의 보살핌을 받으며 9일간의 여행을 무사히 마치고 돌아왔다. 시차 적응하느라 며칠 쉬고 난 후 나는 결심을 하고 지갑을 챙겼다. 어디로 갈 것인가 잠깐 생각하다 여행 전부터 눈여겨 두었던 옷집이 생각나 그곳으로 곧장 갔다. 아파트 건너편 주상복합 건물에 있는 옷집이 아직도 세일을 하고 있었다. 가게를 정리하느라 모든 옷을 반값에 판다고 했다. 그곳에서 언니나 동생이 입었던 것과 비슷한 옷들을 골라 한 보따리를 사 들고 왔다. 한 보따리라고 해봐야 동생이 백화점에 가서 사는 옷 한 개 값도 되지 않는 액수였지만 그래도 마음은 뿌듯했다. 집에 돌아와 이 방 저 방 옷장 문을 있는 대로 다 열어놓고 새로 사 온 옷과 장롱 속에 있는 옷들을 번갈아 이리저리 입어보았다. 재미있었다. 이제는 어디를 여행해도 두 사람 못지않게 멋지게 입고 다닐 수 있을 것 같았다. 물론 동생이 보면 타박하겠지. 하나를 사도 제대로 된 좋은 것을 사야지 쯧쯧. 하지만 상관없다. 내 맘에 들고 내 분수에 맞으면 되는 것이지 뭐.

그런데 모처럼 장롱과 서랍 속을 뒤지다 보니 수년간 한 번도 입지 않은 옷들과 다른 자매들이 버리겠다면 아깝다고 가져다 놓은 옷들이 차고 넘쳤다. 하나 둘 버리려고 꺼내놓다 보니 모처럼 옷장 정리를 하게 되었다. 언니나 동생에게서 가져온 옷들은 들고 오느라 애만 썼지 대부분 나도 입지 않고 옷장 속 자리만

차지하고 있어서 그것들도 과감하게 꺼냈다.

이왕 하는 김에 남편의 옷장도 정리했다. 깃이 낡은 셔츠도 꺼내고 단이 낡은 바지, 늘어난 티셔츠도 몇 개 꺼내어 버리려고 내놓은 옷 봉지에 넣었다. 옷을 한 가마니쯤 버리고 나니 속이 다 후련하고 장롱들도 숨 쉴 여유를 준 것 같아 기분이 좋아졌다. 웬만큼 일을 끝내고 유자차를 한 잔 따끈하게 만들어 잠시 식탁에 앉아 홀로 생각에 잠겼다. 세계 어느 곳에서도 볼 수 없었던 특이한 바위로 이루어진 카파도키아와 뜨거운 물이 콸콸 흐르는 개울물과 석회질로 이루어진 벌판 파무칼레, 그리고 에베소 유적지의 숱한 건축물들의 아름다움, 무엇보다도 우리 셋이 처음으로 함께 한 즐거웠던 시간들. 이런 소중한 경험 뒤에는 언니와 동생의 소리 없이 보듬는 사랑이 있었기에 두 사람에게 고마울 뿐이다.

가방 싸기의 실수는 세 사람이 한바탕 웃을 수 있는 기회도 주었지만 모든 일에서 좀 더 겸손하고 신중해야함을 알려준 나름대로의 교훈이 되었다. 옷으로 가득 찼으나 입는 것보다 안 입는 것들이 더 많은 옷장을 정리해 개운한 마음은 혹시 지금의 내 모습도 불필요한 것들로 가득 차있는 것은 아닐까 하는 생각으로 이어졌다. 행여 아직도 버리지 못하고 끌어안고 있는 아집이나 편견, 편협함이 있다면 옷을 꺼내 버리듯이 그렇게 과감하게 내버리자. 그리고 좀 더 알차고, 알차되 여유를 아는 노년을 만들어 가자.

자매 여행, 일주일 넘게 함께 지내며 즐거웠을 뿐만 아니라 밥 걱정할 필요도 없었으니 오랜만에 홀가분했다. 그뿐인가. 동생의 구박(?) 덕에 예기치 않던 옷도 사고 덤으로 밀린 옷장 정리까지 했으니 이것이야말로 꿩 먹고 알 먹고, 도랑 치고 가재 잡고, 일거양득이 아닌 일거삼득? 일거사득? 새로 산 멋진 옷들을 가방 가득 넣고 언제 또다시 이런 신나는 여행을 하게 될까 기다려진다.

신수옥

2013년 『한국수필』 등단. E-mail : sueokshin@gmail.com

가을 수채화

이경애

출퇴근길 팰리새이드 파크웨이 도로변의 가을 숲 속은 노랑 바다였다. 그 속에 들어서면 내 몸에서도 노란 물이 줄줄 흘러 내릴 것 같다. 매번 오는 계절인데도 자연의 변화는 나를 풀리지 않는 경이로움 앞에 서게 한다. 청명한 하늘 아래 아기 요 같은 작은 구름 한 점이 떠 있다. 모든 만물들은 남은 가을 햇살에 해야 할 갈무리를 서두르는 듯, 날마다 다른 풍경을 만들어 내고 있다. 나뭇잎엔 가을 색이 더 짙어지고 열매는 달게 익는다.

얼마 전 햇빛 좋은 휴일, 우린 친구 부부와 뉴욕 주에 있는 모홍크 국립공원 내의 어느 산자락에 올랐다. 거기에 보석같이 반짝이는 호수가 있었다. 시루떡을 켜켜로 비스듬히 올려놓은 듯한 흰 암석의 절벽들이 호수를 둘러싸고 있었다. 숲 사이로 난 높고 낮은 산책길을 따라 걷는 풍광은 어느 쪽에서 보아도 아름다운 한 폭의 수채화였다. 낮은 키에 가지가 공작새처럼 펼쳐 내려진 소나무 한 그루가 절벽 끝에 매달려 있다. 그 곁에 작은 정자와 어우러진 모습이 흡사, 내 고국산천의 정취와 닮아있다. 절벽 아래로 바위 사이에 빨간 단풍나무가 호수 물에 비취어 신비로운 비경을 만들어 내고 있다. 우린 등산로를 따라 숲길을 걸었다. 알 굵은 도토리가 지천으로 떨어져 있다. 언제였던가, 고국의 내가 사는 동네와 가까웠던 서오릉 숲 속에서 도토리를 줍던 생각이 난다. 그때, 나보다 먼저 왔다 간 사람들이 많아 내 몫은 몇 개 남아 있지 않아 아쉬웠던 일이 떠올라 도토리 몇 개를 주워 보았다. 하나를 깨물어 쪼개보니 노란 속살이 통통하다. 길 위에 떨어진 도토리를 무심히 밟고 가는 사람들 속에서 아까워하는 내 마음이 도토리와 함께 밟히고 있다.

가을 계곡을 흐르는 물빛은 예전 물빛이 아니다. 맑고 투명하며, 넘치지도, 서두르지도 않고 단정히 흐른다. 스치는 실바람에 나뭇잎이 우수수 떨어져 내린다. 몇 조각 낙엽들이 흐르는 물살을 붙잡고 뒤뚱이며 떠내려간다. 어디로 가는 걸까? 그 끝은 어디일까? 묻지도 않고 무심히 흘러간다. 태어남도, 늙음도, 죽음도, 그저 우주의 이치에 순응하고 있다. 더 오래 살려고, 더 많이 가지려고, 더 위에 서려고 다투는, 헛된 욕심으로 자연의 이치를 거스르려는 인간의 오만한 허욕들이 순결한 자연 앞에 부끄러워진다.

정상에서 바라본 산 아래 펼쳐진 넓은 숲은 그야말로 '만산홍엽滿山紅葉'이었다. 누가 이렇게 만들었나. 가슴속에 흥분을 감출 수가 없다. 겨우 한 작품을 끝낸 수채화 초보자지만, 난 이 광경을 그림으로 옮기고 싶은 야무진 욕심으로 카메라의 셔터를 눌러댔다. 저 붉으나 아주 붉지 않은 물감을 어떻게 만들어야 하나. 노랗고, 황톳빛 오묘한 색깔들을 만들 자신은 없지만 이 불타는 가을을 붙잡아 두고 싶었다.

피크닉 장소에서 점심을 먹으며, 우린 여유로운 한담으로 모처럼 즐거운 시간을 보냈다. 산의 청정한 공기를 몸속 가득 채웠더니 기구처럼 둥둥 떠오르는 기분이다. 내려오는 길에 만난 드넓은 호박밭엔 수없이 많은 크고 작은 호박들이 흩어져 있다. 가을은 어디에나 넉넉함을 남기고 있다. 주황빛 탐스러운 호박들마다 허옇게 마른 줄기를 달고 있다. 마른 삭정이가 된 그 줄기는 마치, 열 달 동안 태중에 아기를 키운 어머니의 탯줄 같다.

가을은 아름다운 결실을 남기고 떠나기를 주저하지 않는다. 가을은 풍성한 결실 곁에, 두고 떠나야 하는 상실감의 이중성을 가지고 있다. 모든 열매가 기실,

타인의 몫이 아니던가? 반복되는 일상 속에 생각 없이 사는 나의 삶을 반추해 본다. 저 호박 줄기처럼 나는 타인을 위해 어떤 열매를 남길 수 있을 것인가? 아름다운 가을 풍경으로 들뜬 마음이 주춤 내려앉는다. 빛깔 좋은 호박 하나 따서 내 집 안으로 가을을 옮겨놓고 싶었으나 원두막에 주인이 보이지 않아 사진만 가지고 와야 했다.

빈 들에 널려 있는 호박밭은 너무도 평화로운 수채화 같은 그림을 만들어 내고 있었다.

이경애

2010년 월간『한국수필』등단. E-mail : kyungaelee9018@hotmail.com

안타까운 마음

이운선

인생의 여정은 어머니의 뱃속으로부터 시작된다. 나는 이미 오래 전 어머니 뱃속을 떠나 세상을 거닐고 있다. 오늘 하루의 첫 여정을 대형마트로 계획하고 차를 몰아 천천히 달렸다.

"이놈의 자식, 말 안 들을 거야? 뚝! 뚝! 시끄러!"

"으아앙~ 엄마 미워, 미워 엄마 싫어. 싫어."

불만을 토해내며 엄마에게 반항하며 대드는 아이와 고분고분 따르지 않고 제 고집대로 하겠다는 아이를 억압적으로 다스리겠다는 엄마의 우격다짐의 두 소리가 합쳐져 마트 안을 불쾌감으로 가득 채운다. 엄마에게 이기려 드는 어린아이의 울부짖음…. 아이에게 통하지 않는 엄마의 큰소리….

어른과 아이의 통하지 않는 마음과 통하지 않는 대화로 인해 마트 안의 사람들이 쇼핑하던 발길을 멈춰 세우고 두 모자의 다툼 소리에 고개 돌려 얼굴을 찌푸린다. 서로 목소릴 높여 주장을 하는데 각자 들어줄 수 없는 제안에 맞부딪혀 파장되고 있는 울림이다. 아이는 울음으로 엄마를 제압하려 들고 엄마는 자신의 말에 따르지 않는 아이에게 목소릴 높여가며 분노를 토해내고 있다.

혀를 차며 아이를 질타하는 사람들이 있는가 하면 엄마가 아이를 좀 잘 구슬려 달래지 않고 성질을 부린다는 듯 혀를 쯧쯧~ 해가며 언짢은 표정으로 얼굴을 찌푸리는 사람들이 있는가 하면, 애새끼가 오죽 떼를 썼으면 엄마가 저러겠어 자식

교육 한번 잘 시켰구먼 하며 여기저기에서 한 마디씩 중얼거리며 자연스레 아이 편과 엄마 편으로 나누어지고 있다.

이것이 아이를 잘못 키움으로 인해 빚어지는 현실이자 사실이다. 엄마가 자기 자식을 통제할 수 없는 현실 앞에 무너지고 있는 모습을 지금 우리는 지켜보고 있다. 그렇다. 요즈음 젊은 사람들의 자식 키우는 방식들을 관심을 갖고 바라보면 염려와 걱정 속에 안타까운 마음을 금할 수 없다.

어른들은 이 세대를 빗대어 말세라 지적하기도 한다. '황금만능시대', '가급인족시대' 그러다 보니 부족한 것 없이 마음만 먹으면 먹고 싶은 것, 입고 싶은 것, 갖고 싶은 것은 무엇이든 다 소유할 수 있으니 세상 아무것도 귀하고 소중한 줄 모르는 것 같다. 물론 일부 빈곤층이나 극 빈곤층 사람들도 있지만 이분들은 대체적으로 노인층 아니면 어린아이들을 다 키운 장년층이 대부분이라 할 수 있을 것이다.

요즈음 젊은이들이 어렵고 배고프고 헐벗고 굶주린 삶의 쓴맛을 겪어보지 못한 세대들이고 보니 그 자식들에게도 아주 후한 부모가 재벌처럼 자녀에게 물질을 퍼부어 주는 것을 보게 된다. 아이가 원하면 들어주고 저 집 아이가 가졌으면 내 집 아이도 꼭 가져야 도된다는 생각, 어린이집으로 유치원으로 각종 학원으로 돈이 없으면 빚을 내어서라도 서로 앞다투어 돈으로 아이들을 포장하여 키운다.

그뿐인가! 아이들에게 따끔한 사랑의 매는 먼 세상의 일이 되어버렸고 그저 오냐 오냐, 잘한다 잘한다 감싸주기만 하니 가정에서의 아이들은 어떤 게 잘못한 것인지 어떤 게 잘한 것인지 올바른 가정교육을 받지 못하고 자라고 있음이 사실인 것이다. 물론 엄격한 자녀교육에 신경을 곤두세워 올바른 자녀양육으로 지향해가는 젊은 가정들도 있어 앞날의 희망은 존재한다.

사실, 어린이집 유치원, 학원, 학교에서까지 버릇없는 아이들에게 꾸중조차 제대로 할 수 없는 세상이 되고 말았다. 따끔한 훈육 앞에 어린이, 학생 학대로 비하시켜 그 선생을 흔들어 버리니 오늘날 아이들에게 올바른 교육이 실현되겠는가! 물론 일부 몰지각한 부모나 선생들도 있다. 이런 부류들은 마땅히 질타를 받아야 할 것이다.

내가 살아온 세상은 헐벗고 굶주림의 삶이었지만 항상 먹고 입고 잠잘 수 있는 집이 있어 고마운 세상 감사한 부모님이셨다. 먹고 살기 힘든 세상이었지만 부모님은 늘 하늘 같은 분들로 섬겼다. 부모님의 말씀은 항상 위엄이 있어 살아있는 훈육으로 따끔하셨다. 따뜻한 사랑으로 품어 주시다가도 혹여 잘못을 저지르면 금세 불호령이 떨어지고 그 잘못을 짚어 깨닫게 하여 올바른 길로 인도해 주셨다. 무릎 꿇어 앉혀놓고 이것들은 하지 마라, 이런 일들에 마음 써라, 형제간에 우애하라, 이웃과 화목하라, 어른들에게 공손하고 잘 섬겨라, 타인들이 싫어하는 일, 해가 되는 일을 금하라, 남에게 좋은 사람이 되어라, 남에게 필요한 사람이 되어라. 부모님이 자식을 생각하는 산교육 소위 가정교육이라 하는 것을 어찌 여기 모두 나열할 수 있겠는가. 빙산의 일각일 뿐이다.

참으로 안타까운 일은 요즈음 젊은이들에게 어른에 대한 공경이 점점 사라져 가고 있다는 것이다. 세상 누구보다도 효성 지극한 내 사위와 딸도 자기 자식 앞에서는 바람 앞에 갈대가 되고 만다. 내가 어렸을 때도, 내가 아이들을 키울 때도 어른 앞에선 아이들은 조용히 뒷전이어야만 했었다. 그렇게 커오고 교육돼온 우리들 세대들도, 우리 아이들도 훌륭히 자라 세상 속에서 주눅 들지 않고 부끄럽지 않게 잘 살아가고 있다.

자식 자랑은 팔불출이라는 말이 무색해지고 너도나도 내 자식 자랑에 열 올리는 요즘 세태들이 마냥 염려스럽기만 하다. 자식을 사랑하지 말라, 자식을 소중히 여기지 말라 라는 말이 아니다. 모든 것은 이치에 맞게 정도에 맞게 어른을 먼저 섬기는 자세로 대접하고 또한 아이는 아이답게 길러 오만한 아이로 키우지 말아야 한다는 뜻이다. 잘하면 칭찬으로 기를 북돋워주되 잘못을 하면 엄하고 따끔하게 꾸짖고 그 잘못을 깨닫게 하고 반성하도록 해야 한다는 말이다.

우리 속담에 "세 살 먹은 버릇 여든 간다."라는 말이 있다. 어려서부터 제대로 훈육 받지 못하면, 다시는 돌이킬 수 없는 길을 걷게 되고, 가르칠 때를 놓치게 되면, 다시는 돌이킬 수 없는 때를 만나게 된다.

여기저기 어디를 가도 아이들이 어른 노릇을 하고 있음을 쉽게 보게 된다. 장차 이 나라를 짊어지고 갈 기둥은 아이들이 분명하다. 그래서 더욱… 이 나라와 세계를 책임져야 할 아이들에게 무조건적 칭찬보다는 옳고 그름에 대한 올바른 산교육이 선행돼야 할 것이라 믿어 의심치 않는다.

내가 늙어 힘없이 걸으면서도 젊은이들이 모여 있는 사이로 마음 편히 지나갈 수 있고, 마음 놓고 한 마디 훈계할 수 있고, 머릴 쓰다듬을 수 있는 밝은 세상이길 바라기에 더욱더 그렇고, 나의 마지막 여정을 아름답고 희망이 깔려있는 길을 걷고 싶어서이다.

이운선

월간『한국수필』등단. E-mail : lus1026@naver.com

폴란드에 대한 첫 기억

전효택

지난 광복 70주년을 맞는 휴일에 국립중앙박물관에서 개최 중인 '폴란드, 천 년의 예술' 전시회에 다녀왔다. 이 전시회에서는 11~15세기의 중세 예술부터 시작하여 16~17세기의 전성기, 20세기의 젊은 예술까지 1,000여 년에 걸친 폴란드 예술의 흐름을 보여주었다. 회화, 조각, 드로잉, 공예, 포스터 등 250여 점의 다양한 장르의 작품을 보여주는 국내에서는 최초 최대의 폴란드 예술 전시라 하였다.

폴란드는 966년 기독교의 공인과 함께 국가로서의 역사를 시작하여 18세기 후반 주변의 러시아, 프로이센(독일), 오스트리아에 의해 영토가 분할된 후 120년간 국가 자체가 유럽에서 사라졌다가 1918년 독립하였음에도 국가로서의 정체성과 격동의 역사를 간직하고 있다고 소개하고 있었다.

'폴란드' 하면 떠오르는 첫 기억이 있다. 지난 1994년 9월에 폴란드의 크라쿠프Krakow 자원개발대학에서 개최된 국제학술회의에 일주일간 참석하며 내 생애 처음으로 동구권을 방문한 적이 있었다. 크라쿠프는 현재 수도인 바르샤바Warsaw 이전의 옛 수도인 역사 깊은 도시이다. 동유럽의 대표적 국가인 폴란드에서의 국제학회 개최는 매우 이례적이었으나, 폴란드가 소련의 지배로부터 1990년에 자유화되면서 가능해졌다.

김포공항에서 프랑크푸르트- 바르샤바를 거쳐 크라쿠프에 도착하였는데 바르샤바 공항에서 환승할 때 공항의 가트 전체에 대우 로고가 부착되어 있어 이 시기에 이미 동구권까지 미친 대우의 저력에 놀란 적이 있다. 크라쿠프는 히틀러 나치 지배 시절 많은 유대인을 탈출시킨 내용의 영화 '쉰들러 리스트'의 촬영지이기도 하며, 악명 높았던 아우슈비츠 유태인 수용소가 가까이에 있다.

이미 21년 전의 출장이어서 남은 기억이 많지 않으나, 바르샤바 구시가지에서와 크라쿠프 시내 성당 옆 광장에서조차도 한국 사람들뿐 아니라 아시아계 여행객들은 거의 볼 수 없었다. 바르샤바 시내의 한 작은 상점에 삼성이라는 영어 간판과 폴란드 사람들의 무표정, 가게에 가도 살 만한 생활용품이 별로 없던 쓸쓸한 거리가 아직도 생생하다. 크라쿠프 자원개발대학의 소개 자료를 얻으려 하였더니 예산 부족으로 준비가 안 되어 있었고 대학 시설도 낙후되어 있었다.

폴란드가 자유화되기 이전에는 북한 유학생이 네댓 명 있었다 하며, 자유화되면서 모두 본국으로 송환되어 갔다는 얘기를 듣기도 하였다. 학회장에서 영국의 한 대학에 박사과정 유학 중인 제자를 만나 크라쿠프 시내 중국음식점(당시 한국 음식점은 없었음)에서 저녁을 사 주던 기억과, 바벨 고성이나 박물관 등 전시 시설은 잘해 놓은 공산주의의 전형적 전시 행정이 생각나기도 한다.

폴란드 하면 쉽게 떠오르는 인물은 지동설을 주장한 코페르니쿠스, 피아노의 시인 쇼팽, 노벨상을 두 번 수상한 퀴리 부인일 것이다. 폴란드는 동쪽의 러시아와 서쪽의 프로이센(독일) 두 강대국 사이에 위치하며 동부나 서부 국경지대가 모두 평지여서 쉽게 침공당할 수 있는 지형이다. 폴란드는 오랜 기간 나라도 없이 살아온 역사를 지니고 있어 우리와 동병상련의 느낌이 드는 나라이기도 하다.

나는 지난 30여 년 동안 동유럽 국가 중 폴란드, 동독(베를린과 드레스덴, 프라이베르그 도시), 헝가리, 체코, 슬로바키아, 슬로베니아, 루마니아의 도시들을 학회 참석차 또는 초청강연 차 방문하며 대학과 연구소에 단기간 체류한 적이 있다. 이 나라들은 모두 1990년대에 들어와 소련으로부터 해방된 국가들이다. 내가 방문한 시기는 이 나라들이 소련에서 벗어난 지 10여 년 정도밖에 안 되어 개발도상국가 수준이었고, 소련 지배의 영향이 채 가시지 않은 때였다.

이들 동유럽국가의 공통점은 시내 지하철이나 버스의 승차권 검사가 입구뿐 아니라 출구에서도 철저하다는 점이다. 비엔나에서 부다페스트까지는 기차로 약 3시간 정도 걸리는데 헝가리 국경에 들어서면 반드시 기차 승차권을 검사하며 반대로 오스트리아에서는 검사하지 않는다. 서부 유럽 국가에서는 버스나 지하철, 전차 기차 등 승차권 검사를 거의 하지 않는다.

대학의 학과를 소개하는 안내 책자가 없었는데 모두 예산 부족이라 하였다. 이와는 대조적으로 미술관이나 박물관 전시와 같은 전시행정은 아주 잘 되어 있었는데 이러한 점이 전시행정의 특징인지도 모른다. 일반적으로 식당이나 상점에서는 대부분 현금 거래였고 신용카드 사용은 거의 보지 못하였다. 초청강의나 강연을 하여도 강연료를 지불할 여유는 없었으며 보통 초청자가 식사 한 끼를 대접할 정도로 예산이 빈약해 보였다.

학구열이나 연구열은 매우 높아서 시설은 노후화되어 있어도 인터넷 지식 습득이 강하고 익숙하다. 연구자나 교수들이 영어에 미숙하고 러시아어에 강한 반면 젊은 대학생이나 대학원생들은 영어 공부에 열심이던 기억이 난다. 영어 참고문헌이 빈약하고 오로지 노트북에 의존하여 인터넷에 열심이던 모습들이 떠오른다.

지난 2008년 10월 루마니아의 크루지-나포카Cluj-Napoca에서 개최된 국제학회에서 폴란드 대표와 대학원 학생들을 만나며 그들의 수준 있는 발표논문 내용과 질문 답변에서 지난 15년 사이 많이 달라지고 세련된 느낌을 받았다.

비엔나에서 2014년 4월 개최된 대규모의 지구과학연합학회EGU에는 우리 한국과 같이 참석자 수가 16위(186명 참석)였다. 이제는 폴란드, 헝가리, 슬로베니아 등 동유럽 국가들이 유럽연합EU에 가입하여 경제적 성장을 위해 노력하고 있다. 유럽 관광에서 바르샤바나 크라쿠프는 빠짐없이 포함되는 인기 여행 코스 중의 하나가 된 지도 오래다.

폴란드는 최근 10년간 연평균 경제 성장률이 3.7%로서 OECD 34개국 중 4위로서 유럽에서 가장 안정적인 번영을 누리고 있다 한다. 폴란드는 유구한 역사와 함께 과거 냉전 시대에 불행하였던 개발도상국가에서 선진국으로 빠르게 진입하리라 기대하여 본다.

전효택

2014년『현대수필』등단. E-mail : chon@snu.ac.kr

세 사람

최건차

산중턱의 안개가 괴물의 입김처럼 굼실댄다. 비를 금방 쏟을 것 같은 짙은 회색 구름에 짓눌려 숨이 가빠진다. 목을 축이려 물병을 꺼내려는데 어깨띠에 끼어두었던 모자가 보이지 않는다. 어디쯤에서 흘렸는지 한참을 다시 내려가는데 저 밑에서 한 사람이 올라오고 있다. "모자를 흘렸는데요"라고 외치자 아래쪽에서 손에 든 것을 흔들어 보인다. 모자를 받고 고맙다는 인사를 하면서 통성명을 했다.

대전에서 왔다는 그와 수원에서 온 나는 동행이 되었다. 정상까지 1.5km 지점에 이르렀을 때 기어이 비가 쏟아진다. 경사가 급한 철계단을 오르는데 119대원처럼 노란색 우의를 입은 사람이 경쟁을 하려는 듯이 따라붙는다.

세 사람이 한 팀처럼 월악산 영봉에 올랐다. 나는 계절에 관계없이 웬만한 날씨면 먼 곳에 있는 산을 찾아 혼자서 등반을 하는데, 오늘은 알 수 없는 각본에 따라 움직이고 있는 것 같다. 이런 날 월악산을 등반하는 우리 세 사람에겐 별난 기질이 있거나 나처럼 산에다 스트레스를 쏟아버리고 신선한 것으로 채우고 싶은 생각들이지 않나 싶다. 나는 십 대에 시작했던 군대 생활을 30대 초반에 끝내고 사회에 뛰어들었다. 목적을 달성하고 나면 또 무엇에 도전하고 싶어지면서 겪는 갈등을 추스르려는데 저들도 나처럼이지 않겠느냐는 생각이다.

월악산 영봉 1,097m라고 새겨진 표석 앞에서 번갈아 인증 사진을 찍었다. 준비해온 점심을 선 채로 먹으려는데 빗줄기가 약해져서 다행이다. 인천에서 왔다는 50대가 우리의 처지가 고지를 점령한 영화 속의 특공대원들 같다고 했다. 그의 말에 묘한 기분이 발동한다. 군대 생활을 어떻게 했느냐고 묻자 ROTC로 전방 수색중대에서 소대장을 했었다고 했다. 대전에서 온 60대는 유격훈련을 지독하게 시켰던 중사였다며 그 시절이 아련하다는 표정이다. 그만한 군 경력을 가졌었기에 이런 날 월악산을 찾은 것이 아니겠느냐고 덕담으로 화답했다.

두 사람의 시선이 내게로 쏠린다. 4·19혁명을 하고 곧바로 육군에 입대를 해 68년도 초 무장공비가 청와대 앞까지 내려오는 바람에 전방 최초의 5분대기전투소대장을 마치고 중대장으로 베트남전에 참전했다고 했다.

이에 세 사람은 마음을 눈빛으로 주고받으며 중대장, 소대장, 선임하사관이 되었다. 영봉을 점령했으니 지금부터 어떻게 할 것이냐를 두고 작전회의를 했다. 대전서 온 중사는 다음날 출근을 해야 하기 때문에 단축 코스로 하산해야겠다는 것이다. 이에 인천서 온 소대장마저 송계리에 승용차를 두고 왔다며 잠시 망설였다. 두 사람의 역할이 여기까지인가 싶어 사정들이 그렇다면 각자의 형편대로 내려가라고 한 후 나는 나머지 중봉과 하봉을 탈환해야겠다고 했다.

월악산은 세 번째이지만 종주를 계획하기는 이번이 처음이다. 깎아 세운 듯이 멀리 보이는 중봉은 난공불락의 요새처럼 보이고, 그리스의 어느 바위산에 있는 수도원 같아 보였다. 가파른 절벽의 철계단을 몇 번 오르내리고 건너면서 중봉을 점령했다. 대청호가 웅덩이처럼 작게 보이는 게 하늘에 떠 있는 듯하다. 여기서도 인증사진을 찍었으면 하는데 송계리로 하산한다던 소대장이 신기루처럼 나타났다. "혼자 가시게 해 마음이 안 놓여 뒤따라왔습니다."라는 것이다.

그는 사진을 찍어 주며 "저기 보이는 것이 하봉입니다. 저는 여기까지입니다. 길이 매우 미끄러우니 조심해 가세요"라며 거수경례를 하고 왔던 길로 되돌아간다. 험한 산길에서 처음 만난 사람에게 이렇게까지 배려하다니! 장교로서의 군인 정신이 제대로 든 국제신사로구나 싶어 ROTC 30기로 맹호부대에서 전역한 둘째 아들을 만난 것 같아 가슴이 뭉클했다. 그는 특공대장 격인 나를 적진으로 안내하고 돌아가는 역할자처럼 이어서 그저 고맙다는 말만 하고 성함도 연락처도 묻지 않고 헤어지고 말았다. 이는 내 믿음의 기본이기도 하지만 오늘은 월악산에서 어떤 묵계에 의해 임무를 수행하는 것이어서 비장한 마음이 들었다.

롤러코스터를 타듯이 암벽을 오르내리고 절벽 사이를 건너면서 드디어 하봉도 점령했다. 흥분된 마음을 가라앉히며 조심을 했지만 두 번이나 미끄러졌다. 다리와 팔에 찰과상을 입고 바지가 찢어진 몰골이어서 베트남 적진에 버려진 상황에서도 끝까지 임무를 수행하고 귀향하는 람보의 행보가 떠올려졌다. 해가 서산에 기울 때쯤 보덕암 앞 산복도로에 도착했다. 개선장군이 된 기분으로 제천시 덕산면 수산리 마을을 지나 충주행 버스에 올랐다.

최건차

2005년 월간『한국수필』등단.『창조문예』수필 등단. E-mail : ckc1074@daum.net

오월의 효도여행

최성애

아카시아 향이 낮은 대지로 내려앉아 한층 여행의 즐거움이 흥겹다. 봄의 끝자락, 옷의 무게가 가벼워졌듯이 마음도 봄꽃의 흩날림으로 너울너울 하늘을 날듯하다. 이번 여행의 설렘은 나뿐 만이 아니다. 칠순을 바라보고 육순을 넘긴 엄마의 형제분들과 함께라서 더욱 의미 있는 일상의 탈출이다.

경기도 양촌면 학운리 소재인 우리 마을은 삭녕최씨들의 집성촌이다. 품앗이가 필요한 수작농법 시절부터 일 년에 두 번 농사의 준비 시기인 봄과, 가을걷이를 마치고 나면 수고한 마을 분들을 위해 마을 부녀회의 후원으로 개최되는 단체여행으로 마을은 텅 빈다. 그러나 벌써 몇 해를 어머니는 그 대열에 끼지 못하셨다. 직장암 수술을 받고 장루를 하시면서 장거리 여행은 큰 딸인 내가 직접 운전하지 않는 차는 타시지 않는다. 덕분에 성장기 시절 엄마에게 말했던 "내가 크면 흙 안 밟게 해줄게."란 약속을 조금은 지키고 있는 것 같다. 하지만 엄마에게 받은 사랑을 반이나 갚을런지….

15인승의 승합차 안에는 벌써 웃음꽃이 피고 있다. 이모부님과 외사촌이 맨 뒷자리에 이모님 세 분은 중간, 엄마와 외숙모님은 운전석 뒷자리에서 여유로우시다. 총무 역할의 동생은 한 분 한 분 벨트를 매드리며 안전을 확인한 후 출발을 요구한다. 동생의 보조가방은 일곱 분의 만 자제들이 후원해준 경비로 두둑하니 발걸음도 자동차 시동 소리도 더욱 경쾌하다. 이제 1박 2일 강원도 여행을 즐길 시간이다.

차창 안으로 들어온 오월의 햇살은 초여름의 기운이 있다. 하지만 믿고 싶다. 아직 봄이라고 창문을 열었다. 부드러운 바람결에 아카시아꽃 향기가 밀려온다. 흐드러지게 핀 아카시아 꽃도 아름답긴 하지만 그 진한 향이 참 좋다.

한강이 보인다. 김포 분들이시기에 서울로 향한 나들이에서 늘 보셨음에도 탄성이 터진다. "한강이다." 올림픽 대로에서 경부고속도로로 이제 제법 여행의 즐거움이 무르익는다. 외사촌 오라버니의 노랫가락이 차안을 가득 메운다. 뒤이어 엄마의 애창곡 '여자의 일생'이다. 웃으면서 부르는데 난 왜 이리 슬프게 들리는지, 노래 가사가 엄마의 일생을 위로하고 있다. 곧이어 막내 이모의 '섬마을 선생님' 참 맛깔스럽게도 부른다. 노래를 하면서도 막내로서의 애교가 묻어나고 있다. 이어 단아하시고 말씀도 없으신 외숙모님의 '홍도야 우지마라' 빠른 곡조의 박수 소리까지 겹쳤지만 지금은 천상에 계신 외삼촌이 즐겨 부르시던 생각이 나는 건 왜일까, 노래가 끝나자 외숙모님께서 "야 저기 쑥버무리 떡이다." 하신다. 모두 시루에서 갓 쪄낸 쑥버무리 같다고 한마디씩 거든다. 강원도 여행의 즐거움을 한층 더해주는 가로수의 노린재나무는 우리에게 또 하나의 추억을 안겨주었다.

문막 휴게소에 차를 정차시켰다. 맛있는 점심을 대접하려는데 평상으로 가자고 하신다. 어른들은 주섬주섬 가방을 챙기신다. 어느새 평상엔 떡과 김밥, 감자에 과일까지 그득하다. 막내 이모는 커피까지 챙기셨다. 차 키만 들고 있는 나는 왠지 머쓱해진다.

산이 높아짐은 강원도에 다다랐음을 알린다. 차창 밖으로 보이는 낮은 지붕의 민가들 앞으로 끝도 없이 펼쳐진 넓은 감자밭은 이국적인 모습을 자아낸다. 그렇게 즐거운 추억을 하나하나 실은 채 승합차는 대관령의 길고, 짧은 터널을 지나고 또 지난다.

해 뜨는 동해다. 저 멀리 보이는 바다는 식구들을 한 번 더 탄성을 지르게 한다. 드디어 삼척 바닷가 모래사장에 입성했다. 여행의 의미를 한층 높이기 위해 식구 모두 오렌지색 티를 갖춰 입은 덕에 멀리서도 우리 일행은 눈에 띄었다. 손주들의 기념품이 될 예쁜 조개껍데기가 쥐어진 손, 멀리서 밀려오는 파도가 포말을 그리며 거품을 토해내는 것을 감상하는 눈, 쏴아~ 철썩 파도 소리를 즐기며 바위 위에서 망부석이 되어버린 울 엄마, 엄마도 바다를 좋아하셨나 보다.

오월이지만 긴 시간 바닷바람은 옷깃을 여미게 한다. 코발트블루의 수평선 바다를 뒤로하고 숙소로 향했다. 칠 층에 위치한 숙소의 넓은 베란다 차창으로 보이는 바다는 바위의 절경과 함께 한 폭의 수채화 같다.

호텔 앞 미리 예약해 놓은 일식당에서 우리 일행을 데리러 왔다. 똑같이 옷을 맞춰 입은 우리는 식당에 들어앉아도 다른 이들의 환호와 부러움을 샀다. 곁에 와서 어떤 모임이냐고 물어보는 이들도 있었다. 한 분 한 분 친절하리만큼 가족 소개를 했다. 으쓱해진 우리 일행은 서로의 미소를 보며 여독도 잊은 채 큰 웃음으로 화답했다.

내일의 일정을 위해 잠자리에 들어야 하는데 저녁 식사 후 노래방의 흥겨움은 늦은 밤에도 가실 줄을 모른다. 반주와 가사 없이도 형제라는 이유만으로 서로의 노래를 모두 꿰고 있다. 분명 조금 전 들은 노래인데 합창과 재창이 이어진다. 강원도의 밤은 파도 소리와 함께 곧 여명이 올 듯하다.

매년 오월이면 엄마 형제분들을 모시고 다니는 여행도 벌써 여러 해가 됐다. 해가 거듭되면서 늘어나는 사진들 속 어른들의 모습이 많이 변했다. 커트 머리의 막내 이모는 머리를 틀어 올렸고, 엄마의 허리는 실버용 유모차를 의지하게 되었고, 셋째 이모부는 유명을 달리하셨다. 바다 위의 테라스가 펼쳐진 동해의 오징어 물 횟집을 좋아하셨던 이모부님께 이제는 더 이상 물 회를 대접할 수가 없다.

바다의 파도도 언제나 그 자리 그 모습인 것 같지만 우리의 감정에 따라 달리 보일 수 있을 것이다. 내년엔 바닷가 어귀 해송도 조금은 자라 있겠지. 모두 변한다. 하지만 엄마의 추억 만들기 오월의 효도여행은 계속될 것이다. 새로운 발견 말고도 추억을 되새김질하는 것 또한 여행의 묘미일 게다. 내년에도 쑥 버무리 떡 노린재나무는 우리를 반겨주겠지.

훗날 죄스러움이 없도록 최선을 다하는 딸이고 싶다. 세상의 모든 딸들이 하는 후회가 나에겐 없기를 간절히 바라본다. 현명하고 꽃을 좋아하는 예쁜 우리 엄마 오래오래 우리 곁에서 오늘보다 내일이 조금 더 행복한 나날이 되시기를…. 언제나 든든함으로 엄마가 사는 이유가 되는 딸이고 싶다. 엄마의 딸이어서 참 좋다.

최성애

월간『한국수필』등단. E-mail : hanaart1@naver.com

더 웨이브(The Wave), 그곳

한 영

더 웨이브The Wave, 그곳에 내가 왔다.

흰색과 주황색의 아름다운 물결무늬가 따로, 때로는 나란히 함께 어우러져 눈앞에 펼쳐진다. 크고 작은 물결이 발밑에서 하늘까지 이어진다. 바위 위에 환상적 색들이 부드럽게 줄무늬를 이룬 모습은 보고 있어도 믿기 어려울 정도로 신비롭기만 하다. 친구가 들뜬 목소리로 그곳에 같이 가자고 할 때까지 나는 '더 웨이브'가 어떤 곳인지 어디에 있는지도 잘 몰랐다.

웨이브는 유타 주의 카납에서 약 40마일 떨어져 있다. 주라기 시대에 나바호 사암沙岩, Sandstone에 물이 소용돌이치고 내려가 U자 모양으로 침식된 것이 서로 교차하여 만들어진 것이다. 그 후 계속 사막의 모래바람이 불어와 깎아내기도 하고, 머물기도 하면서 아름다운 물결 모양을 만들었다. 국토 관리소에서는 자연 그대로 보호하기 위하여 하루에 스무 명 만의 방문을 허용한다고 한다. 출입허가 4개월 전에 인터넷 신청을 받아 뽑은 열 명과 하루 전날 카납 사무실에서 로터리 추첨을 하여 다시 열 명을 뽑는다. 출입허가증을 받느라 수고한 친구 덕에 나는 무임승차하는 행운을 얻었다.

여자 셋이 길을 떠났다. 한국에서 온 중년의 여인과 미국에 사는 동갑의 두 여자, 사십 년도 넘은 오랜 친구 사이다. 강한 호기심과 모험심을 실천하며 즐기는 친구들과 함께하는 여행길은 설레면서도 마음 든든하다.

자이언 국립공원 안 숙소에서 하루를 묵고 떠나는 아침, 그늘도 없는 곳에서 왕복 6마일을 걸을 생각을 하니 슬그머니 겁이 났다. 웨이브 안내 지도를 얻으려 안내소 사무실에 들렀는데 다음날 웨이브에 갈 사람들의 추첨이 막 끝난 참이었다. 열 명을 뽑는데 어떤 때는 이백 명이 오기도 한다고 한다. 오늘은 아무래도 겨울이라 그렇게 많은 사람이 오지는 않았다.

단지 사진과 안내 글만 있는, 생명줄 같은 보물 지도를 받아서 코요테 봉우리 웨이브The Wave of Coyote Buttes를 향했다. 겨울인데도 날씨가 좋아서 비포장도로 8마일을 큰 어려움 없이 운전해 들어갈 수 있었다. 유타 주에 있는 주차장에 차를 세우고 애리조나 주에 있는 웨이브를 향해 허가증 붙인 가방을 메고 걷기 시작하였다.

정해진 트레일도, 간판이나 방향을 알려주는 표시판 하나 없이 오직 지도 위의 사진과 실제 지형을 대조해 가면서 길을 찾아야 한다. 해낼 수 있을까. 예전에도 이런 자리에 서 있었던 것 같다. 가는 길을 알지 못하고 내디딘 미국에서의 첫걸음, 짐작할 수 없는 미래를 향하여 불안하게 발을 떼어 놓던 날들의 기억이 되살아난다. 이 길은 어쩌면 내 이민 여정을 닮았으리라는 예감이 든다.

처음에는 그나마 먼저 간 사람들의 발자국을 따라갔는데 바위를 지나고 점점 더 나아가니 길 찾기가 어려워졌다. 설명서를 보면 쌍둥이 봉우리를 오른쪽으로 돌아가라고 했는데 둘러보니 여기도 저기도 쌍둥이 봉우리가 한둘이 아니었다. 이곳까지 왔다가 목적지를 찾지 못하고 헤매다가 그냥 돌아간 사람들이 많다고 한다. 어떤 사람들은 완전히 길을 잃어 구조대의 도움 끝에 빠져나온 사람도 있다고 했다. 셋이서 머리를 맞대고 의논한 끝에 먼 산의 가운데에 난 계곡을 방향타로 삼기로 하였다.

바위 언덕을 지나면 발이 빠지는 모래밭, 또다시 언덕 아래로 모래뿐인 마른 강바닥, 그렇게 영 끝날 것 같지 않은 유난히 멀고도 먼 3마일을 걸었다. 끝에 다

다른 가파른 모래 언덕을 힘겹게 오르고 나니 갑자기 눈앞에 모래바위 물결이 일렁인다.

마치 싸리 빗자루로 쓸어 놓은 것 같은 물결무늬가 가파른 언덕을 내려갔다가 다시 반대쪽 언덕을 오른다. 동서의 골이 남북의 골을 만나서 기묘한 모습을 만든다. 단지 물과 바람과 모래의 힘이라기에는 너무나 오묘하고도 정교하다. 해가 조금씩 자리를 바꾸어 앉을 때마다 물결은 다른 색의 옷으로 바꿔 입고 새로운 모습을 보인다. 무늬도 다양하다. 빗살무늬뿐 아니라 꽃무늬도 선명하다. 아프지만 아름답게 삭힌 세월의 흔적이 쌓여있다.

거대한 물살 같은 풍파가 깊은 골을 만들고 굽이치며 지나갔어도, 모래바람이 세차게 불었어도 그뿐, 나는 아직도 얼룩지고 뭉뚝한 단단한 바위로 깎일 줄 모르고 서 있다. 바람에게 나 자신을 내놓아 준다면, 더 깎이고 다듬어진다면, 나에게도 아름다운 무늬가 새겨질까. 이곳에선 차마 나를 넣은 사진을 찍지 못하겠다.

의당 돌아오는 길은 쉬우리라 짐작했으나, 가면서 보던 모습과 되돌아오면서 보는 모습은 너무나 다르다. 보는 각도가 조금만 변해도 전혀 다른 풍경이 된다. 앞만 보고 허둥지둥 걷지 말고 가끔 뒤돌아볼 걸 그랬다. 어느새 비경은 모래 언덕 뒤로 그 모습을 숨기고 사라졌다.

꿈같던 모래바위 물결이 아직도 내 안에서 흔들리는가? 문득 작은 모래알이 되어 바람을 타고 물결을 타며 그곳에 머물고 싶다는 생각을 해본다.

한 영

2008년『한국 수필』등단. E-mail : younghahn@yahoo.com

남도 땅 1박 2일

허철욱

섬진강에는 시심이 있고 박경리 문학관에는 혼이 있다.

30년 직장지기 퇴직동인 자우회 모임에서, 10명이 등산 가방 하나씩을 둘러메고, 고속도로를 바람처럼 달려 남도 여행길에 올랐다. 우리가 가고 있는 여행 코스는 전문 산악회에서 다니는 광양 백운산과 섬진강변의 매화 축제와 더불어 구례 산수유 축제를 답사하는 코스와 같다. 오전 11시가 넘어 등산이 시작된다. 백운산 밑의 주차장에서 백운사까지 경사진 포장길을 따라 한참 오르다 보니 산길에 접어든다.

백두대간에서 갈라져 나와 호남정맥을 이룬 백운산1218M은 섬진강을 사이에 두고 지리산과 마주하고 솟아있다. 서울 인근의 산과 사뭇 다른 백운산은 900여 종의 희귀한 식물이 자생하고 있어 한라산 다음으로 많은 수종이 서식한단다. 서울 인근의 산에서 매주 산행으로 단련한 지기들은 끝없이 이어진 계곡과 능선을 따라 땅 밖으로 드러난 산죽 뿌리를 밟으며 진군을 계속한다. 아침 7시에 서울 양재동에서 출발하여 중간 휴게소에서 유부 국수로 배를 채우고 배낭에 싸온 떡을 나눠 먹어서인지 시장기를 느끼지 못한다. 산을 잘 타는 몇몇을 제외하고 몸이 육중하거나 모처럼 산행에 나선 지기들은 비지땀을 흘리며 1,200고지의 산이 만만치 않음을 실감하고 쉼이 잦아진다.

중간중간에서 과일과 초콜릿으로 피곤을 달래고 땀을 씻어 내며 앞으로 전진

한다. 용소에서 오름을 시작해 백운사-정상-진틀마을로 이어진 산행 코스에는 고로쇠나무마다 수액을 채취하는 빨판을 달고 가느다란 물 호스가 광케이블처럼 이어져 아래로 내려올수록 굵어진다. 철이 지나서인지 수액은 거의 나오지 않고 폼만 잡고 있다. 정상은 웅장한 바위인데 세찬 바람에 중심을 잃지 않으려고 다리에 힘을 모아본다. 어디에선지 까마귀 떼가 날아들어 우리를 반긴다. 정상에 앉아 흘린 땀만큼이나 뿌듯한 기쁨을 맛보며 우뚝우뚝 솟은 주위의 연봉들을 바라본다. 조금 아래쪽으로 내려와 오후 2시쯤 음식을 나눠 허기진 배를 채우고 하산길에 접어든다. 골짜기에는 눈얼음이 그대로이고 정상 부근은 아직도 봄이 멀다.

지친 다리가 얽혀 연신 엉덩방아를 찌며 하산이 시작된다. 수피가 아름다운 노각나무 숲과 키가 크고 수령이 오래된 철쭉 군락을 만나고, 고로쇠 수액을 채취하는 호스가 어지러운 골짜기에서 맑은 물로 목을 축이고 얼굴과 손도 씻어본다. 포장된 도로가 계곡 옆으로 나 있는 길을 한참 내려오니 민박 촌이다. 민박집에서 샤워를 하고 산채 나물과 염소 고기로 건배를 하며 저녁을 든다. 하루의 노곤함을 후끈하게 달궈진 방에서 들척지근한 고로쇠 수액 반말을 시켜 풀어본다. 어둑해진 저녁 산 밑의 바깥 공기는 차다. 계곡에서 흐르는 물소리와 함께 백운산의 하루가 어둠 속으로 사라진다.

다음날 아침 일찍 광양 시내에서 해장국으로 아침을 때우고 매화 꽃 구경에 나선다. 섬진강 하구 물길을 따라 건너는 하동이요 이쪽은 광양인데 강폭은 넓고 고운 모래와 푸른 물은 한 폭의 그림이다. 강가에는 정자가 있고 매화꽃 축제가 열리는 곳이다. 흰 꽃으로 뒤덮인 청매실 농원이 경사진 곳에 펼쳐진다. 청매실 농원은 1931년 1대 매실 농사꾼인 김오천옹의 뒤를 이어 며느리 홍쌍리 여사가 경영하고 있다. 1만3천여 그루의 매화꽃으로 뒤덮인 이곳은 15만여 평이란다. 매화꽃 구경 길에서 배꽃 같기도 하고 벚꽃 같기도 한 매화꽃은 흰 면사포 쓴

새색시 같이 수줍고 아름답다.

매화꽃은 벌과 나비가 찾아오는 것이 번거롭고 귀찮아 추위가 다 가지 않은 경칩 이전에 꽃을 피우고 가지마다에는 적막하고 차가운 혼이 어렸다고 옛 시인은 노래했던가! 눈 속에 피는 매화는 설중매雪中梅다. 홍쌍리 여사는 매화꽃 피는 시기에는 관광객을 받고 매화나무 열매 매실로 만든 엑기스와 음료 된장 장아찌 동동주 아이스크림 한과 등을 판매한다. 축제 기간에는 각종 음악회와 공연이 있고 마당놀이도 펼쳐진다. 매실지기 80년에 매화나무 고목은 족히 100년은 됨직하다. 밑동이 고목이 된 매화나무인데도 꽃이 핀 가지는 새로 나와 싱싱하고 매끄럽다.

홍쌍리 여사가 전지가위 들고 장갑 끼고 매화밭에 가면 매화나무들이 어미의 발자국 소리를 듣고 손잡아달라고 할 만큼 친숙한 나무들이다. 경사진 길을 따라 한 바퀴 돌면서 언덕에 오르니 잔잔하게 봄빛을 띤 섬진강이 눈에 들어온다. 흰 매화꽃 너머로 보이는 섬진강은 산과 마을을 끼고 백사장을 적시며 유유히 흐른다. 매화나무는 수분수 나무 20%가 있고 벌과 나비와 새들이 화분을 옮겨 열매를 맺는단다. 홍쌍리 여사는 낮에는 일하고 밤에는 글을 쓰신다고 하는데 초여름 자운영 꽃밭에 누워 하늘을 바라보면 온 천지가 그렇게 아름다울 수 없다고 한다. 홍쌍리 여사의 삶의 터전은 섬진강이 바라보이는 아름다운 곳이다.

청매실 농원을 뒤로하고 양쪽이 산이요 옆은 강인 남도 길을 따라 북상한다. 길 건너 하동땅 최 참판 댁 가는 길 간판이 보인다. 강 옆에는 소죽이 무리 지어 푸름을 더해주고 차 밭이랑도 간간이 보인다. 강폭은 넓고 강물은 반짝이며 흐르니 시심이 우러난다. 강으로 내려가 흰 모래밭을 맨발로 걷고 맑은 물에 발을 담가보고 싶은 마음 일렁인다. "나 혼자 밭 매다가 호미만 두고 보이지 않거들랑 예쁜 아가씨 손잡고 섬진강 봄 물길 따라 매화꽃 구경간 줄 알그라!"라는 시인의 시구가 흥얼거려진다.

자동차는 다리를 건너 다시 남쪽으로 한참을 내려간다. 하동 땅에 접어들어 박경리 문학관의 주차장에서 발길을 내려놓는다. 박경리 문인의 토지의 무대가 된 이곳 평사리는 관광지가 되었다. 민가를 지나 최 참판 댁 입구에 옹기종기 붙어있는 칠성네 귀녀네 집들을 거쳐서 토지의 주인공 최서희의 집에 도착한다. 안채 사랑채 행랑채 뒷간 연못 최 참판 댁은 옛날 우리의 반가가 사는 모습을 보여준다. 최 참판 댁 뒤쪽에 있는 박경리 문학관은 지리산을 배경으로 쓰인 다른 작가들의 작품 소개와 박경리 씨의 작품이 소개되어 있다.

『나비야 청산 가자』, 『김 약국의 딸들』, 『은하수』 등 주옥같은 수많은 작품을 쓴 박경리 씨는 만년에 원주에 문학관을 짓고 채마밭을 가꾸며 젊은 문인들의 작품 활동을 돕고, 마음의 안정과 평온을 위해 집필을 계속하다가 "버리고 갈 것만 남아 홀가분하다."는 마지막 말을 남기고 타계했다. 박경리 문학관을 나서면서 네모난 현관문에서 바라본 지리산 밑 평사리 들판은 한 폭의 수채화며 소우주다. 경지정리를 한 논에는 봄보리가 파랗고 소나무 푸른빛 옆으로 굽이쳐 흐르는 섬진강은 천천히 흐르고 산들은 멀찌감치 육중하게 자리 잡고 말이 없다. 이 사각문을 통해 소우주를 표현하려고 한 박경리 문인의 혼을 만나고 우주란 광대무변함 속에 균형을 이룬 공간임을 확인한다.

다시 봄 햇살이 밝은 섬진강변을 따라 구례 산수유 꽃을 보러 발길을 재촉한다. 나이가 같은 쥐띠 친구 지기들은 우리의 산하와 우리의 들녘을 지나면서도 새로운 감흥과 섬진강의 아름다움에 노래가 절로 나온다. 고향의 봄, 산유화, 창도 흥얼거린다.

500리 섬진강 물길은 전라북도 진안-백운 팔공산 데미샘에서 발원하여 임실-관촌 신평 운암 강진 덕치와 순창-적성 유동을 지나고 남원-대강 금지를 지나 곡성-오곡을 거쳐 구례-문척을 돌아 수많은 소하천과 합류하면서 광양만으로 흘러든다. 섬진강은 수량이 많아서도 물줄기가 빨라서도 폭포가 있어서 아름다운 것이 아니고 산과 들과 모래밭을 돌고 돌아 천천히 흐르고 강 곳곳의 자정 작용으로 푸름을 잃지 않기 때문이다. 섬진강은 산과 들 사이로 흘러 접근하기 쉬워 인간과 자연이 만나는 다정한 강이다. 강둑이 없고 하류는 모래가 많아 다사강多沙江이라고도 한다. 이 강도 우리 민족의 애환과 함께 임진란과 6·25의 아픔 속에 숱한 슬픔을 간직하고 있다. 때로는 멋들어진 농요 가락과 전라도 창이 어우러지며 때로는 한과 눈물이 범벅되어 강물에 흘린 역사를 간직하고 있다.

구례 봉남리 산수유 꽃밭에 들어서니 노란 색동저고리 옷 입은 산수유 꽃이 만개하여 온 들이 노랗다. 열매는 빨간색이지만 꽃은 노랗고 나무는 매끄러운 껍질로 덮여 가지를 많이 뻗는다. 산수유 열매는 한약재로 쓰이며 과육을 차로 끓여 장복하면 장수한다고 한다. 전망대에 올라 산허리와 들녘에 가득한 노란 꽃을 보며 어릴 적 울타리 옆 무성한 산수유나무에서 빨간 열매를 따 먹다가 시고 떫은 맛에 뱉어버린 기억이 새롭다.

지리산 온천 노천탕에서 벌거벗은 채 일광욕을 즐기고 넓은 온탕에서 뜨거운 물에 자맥질을 두어 번 하고 나니 피로가 한결 가신듯하다. 산은 높고 강은 푸르고 몸이 상쾌하니 여행길이 한층 더 즐겁다.

구례에서 남원으로 가는 길 섬진강 폭은 좁아지고 지기들도 졸음이 찾아온다. 한참을 북상하다가 내친김에 춘향이도 만나고 가자는 청원에 따라 광한루원에 들렀다. 우리나라의 대표적인 연애 얘기 창 춘향전은 남원 사또의 아들 이몽룡이 기생 월매의 딸 춘향이의 자태에 반해 사귀다가 장래를 약속하고 한양으로 떠났는데, 새로 부임한 변 사또가 춘향이의 미색에 반해 수청 들라 하나 한 몸으로 두 남자를 섬길 수 없다 하고 장래를 약속한 임이 있으니 수청 들지 않고 절개를 지켰다. 옥에 갇힌 춘향을 암행어사가 된 이몽룡이 구출해낸다는 고전이다. 광한루에 원자를 붙여 정원임을 알리는 솟을대문에 들어서니 키 큰 나무들이 오래된 정원임을 알린다. 춘향이의 영정이 그려져 있는 사당과 큰 누각과 오작교 밑을 헤엄치는 잉어 떼가 눈길을 끈다. 월매와 향단이가 기거하던 주막에는 김삿갓(김병연)의 휘호가 있는 팔 폭 병풍이 이채롭다. 현대식으로 그네를 만들어 놓고 춘향이가 되어보는 여인들의 마음을 읽어본다. 홍매가 핀 광한루원에는 춘향이의 자태와 절개가 그네와 함께 나부낀다.

섬진강에는 시심이 있고 박경리 문학관에는 혼이 있고 춘향이는 항상 우리의 애인이니 자우회원 10명이서 같이한 여행길은 장년의 나에겐 큰 즐거움이었다.

허철욱

『에세이포레』 등단. E-mail : chulwk@naver.com

秘비 密밀 의 門문

강귀분 강미희 강민숙 강영실 강현순 구양근 국태주 권남희
권순악 권오견 김무웅 김상분 김선화 김영덕 김영숙 김영월
김영중 김영호 김옥남 김용대 김윤희 김의배 김의숙 김종국
김진수 김태식 김하영 김학래 김한호 김현찬 김혜강 김화순
김회직 남상숙 노태숙 류인혜 명향기 문상칠 문육자 문장옥
문희봉 박계용 박계화 박금아 박성숙 박영자 박종국 박종철
박하영 배영수 백동흠 백미숙 서원순 선채규 성은숙 손보령
송복련 신경옥 신수옥 오석영 유동종 유한나 유혜자 윤정희
윤태근 이경애 이방주 이사명 이운선 이은정 이정기 이정아
이정이 이정자 이춘자 이현원 임병식 임순자 임혜정 장정식
전수림 전효택 정목일 정찬경 조경숙 조은해 지연희 채수원
최건차 최계량 최명선 최성애 최원현 한 영 한용석 함정은
허 석 허숙영 허철욱

秘비密밀의 門문

2016년 한국수필 대표선집

사단법인 한국수필가협회